I0817714

MORIR EN LA ARENA

colección andanzas

Obras de Leonardo Padura en Tusquets Editores

SERIE MARIO CONDE

Pasado perfecto

Vientos de cuaresma

Máscaras

Paisaje de otoño

Adiós, Hemingway

La neblina del ayer

La cola de la serpiente

La transparencia del tiempo

Personas decentes

*

La novela de mi vida

El hombre que amaba a los perros

Herejes

Aquello estaba deseando ocurrir

Regreso a Ítaca

Agua por todas partes

Como polvo en el viento

Los rostros de la salsa

Ir a La Habana

Morir en la arena

LEONARDO PADURA
MORIR EN LA ARENA

TUSQUETS
EDITORES

Obra editada en colaboración con Editorial Planeta – España

Diseño de la colección: Guillemot-Navares
Fotocomposición: Realización Tusquets Editores

Bajo el sello editorial TUSQUETS M.R.
Avenida Presidente Masaryk núm. 111,
Piso 2, Polanco V Sección, Miguel Hidalgo
C.P. 11560, Ciudad de México
www.planetadelibros.com.mx

Primera edición impresa en España: agosto de 2025
ISBN: 978-84-1107-663-0

Primera edición impresa en México: septiembre de 2025
Tercera reimpresión en México: noviembre de 2025
ISBN: 978-607-39-3319-3

Impreso en los talleres de Impregráfica Digital, S.A. de C.V.
Avenida 11 463, interior Bodega 2, Colonia San Nicolas Tolentino
C.P. 09850, Iztapalapa, Ciudad de México
Impreso en México – *Printed in Mexico*

Índice

Novela basada en hechos reales

Primera parte
El horizonte

1

—Me cago en...

Reaccionó como si hubiera recibido el impacto de una descarga eléctrica cuando sintió cómo su pie derecho se deslizaba sobre una masa blanda que, aun sin poder distinguirla, no tuvo dudas en identificar. Pero no consiguió terminar la frase porque en ese instante se descubrió incapaz de decidir en qué o en quién cagarse, entre las muchas posibilidades a su disposición, acumuladas a lo largo de tantas experiencias vividas que, en su mayoría y con bastante razón, podría considerar merecedoras del improperio. Mecánica, obtusamente, volvió a subir y bajar el interruptor ubicado junto a la puerta de entrada, pero la luz nunca se hizo. Las manchas oscuras en los cabezales de la lámpara ya le habían advertido de la cercanía de aquel desenlace, para el cual no tenía otra solución que esperar el milagro físico o químico de una improbable resurrección. Aunque él bien sabía que ese prodigio tampoco se haría. A pesar de que el olfato agredido ya le revelaba el nivel y la cualidad del estropicio, en la penumbra, apoyado en el pomo de la puerta, realizó uno de sus habituales ejercicios de masoquismo cuando se empeñó en observar, con el asco y la mueca correspondientes, la puntera y la suela de su zapato derecho, generosamente premiadas con la mierda de la gata negra de Nora, la muy hija de puta —la gata—, que la había cogido con venir desde su casa y entrar en la suya con el empecinado propósito de vaciar sus tripas allí, como si no hubiera suficientes patios, azoteas, yerbazales, aceras, calles, parterres para hacerlo. O cagar en su propia casa, cojones.

—La voy a matar —dijo—, que la voy a matar —repitió, ahora en alta voz, como para convencerse de que no había otra solución ante la disyuntiva de vivir enclaustrado para evitar las sibilinas incursiones gatunas o el merecido ajusticiamiento. Y con aquel calor que exigía ventanas abiertas para procurar el auxilio de alguna brisa, la balanza se inclinaba por la ejecución. Desde hacía un tiempo, los deseos de matar a algo o alguien se le estaban convirtiendo en una obsesión perentoria y, habida cuenta de las experiencias personales y familiares que lo acompañaban, semejante reclamo asesino lo asustaba y muy pronto lo alarmaría aún más.

Caminando sobre los talones fue a sentarse en una de las dos vetustas butacas de madera, ambas ya medio desfondadas, la más próxima a la ventana por la que entraba un poco de luz desde la casa de Nora. Con la esperanza de que aterrizara en la mesa, lanzó hacia las tinieblas de la cocina el paquete de café envuelto en papel de regalo que traía consigo y se descalzó. Después de llevar tantos años viviendo entre la mierda existencial e histórica, la peste de las eyecciones todavía lo repugnaba y nada más imaginar cómo debía manipular aquel pegote para limpiar el zapato le revolvía las vísceras hasta la amenaza del vómito.

Entre una lámpara fundida, un zapato embadurnado con profusión y la perspectiva de tener que remover tanta mierda —la del calzado y la que podía vislumbrar macerada en el piso, justo en la entrada de la casa— para luego, por fin, superar su desánimo e intentar cocinar algo entre las pocas posibilidades que su maltrecha despensa le ofrecía, se decantó por el alivio más expedito. En plantas de medias avanzó hacia la cocina y casi gritó de júbilo cuando la bombilla respondió a su reclamo. Abrió el armario colgado sobre el fregadero, sacó la botella mediada de ron y, en el mismo vaso manchado por el café que había tomado en el desayuno, hacía muchísimas horas, vertió una cantidad generosa del anestésico. Recostado en la meseta inhaló el perfume etílico que espantaba otras emanaciones y se sirvió el primer trago de un día que, se suponía, había marcado el momento tan esperado de su liberación. Al menos de su liberación laboral. Que sí, que se merecía el trago. Y lo bajó de un golpe.

Un poco más sosegado por la dosis de alcohol ingerida y con la intención de repetirla, optó por resolver el que seguía siendo su principal y más urticante problema. Abrió el candado del clóset de la terraza y sacó los útiles de limpieza: escoba, trapeador, bayeta, recogedor, cubo, todos atormentados por un dilatado uso y aun así convenientemente protegidos, pues las cosas andaban tan jodidas en el país que hasta las escobas viejas y las bayetas deshilachadas podían ser robadas. Dos veces se las habían birlado y dos veces él las había repuesto llevándose las escobas y colchas de limpieza de su oficina, una solución que había cancelado esa misma mañana con su retiro laboral. Con aplausos de sus compañeros incluidos. Regresó a la sala y, con el auxilio de las luces provenientes del portal y de la cocina, estudió el panorama y se puso en acción. Con el borde del recogedor trató de levantar la mayor cantidad de la mierda aplastada junto a la puerta, justo sobre las losas más gastadas y porosas y, desde su portal, propulsándola con el mismo recogedor, lanzó la plasta hacia el patio de Nora: esa mierda le pertenecía y él se la devolvía. Entonces aferró la escoba y fregó el suelo como si quisiera levantar las decrépitas baldosas y barrió el agua sucia hacia la acera. Total, a nadie le importaba que allí hubiera un poco más de mierda. Repitió la operación vertiendo otro poco de agua, restregó y escurrió de nuevo y luego roció la zona afectada con los restos de un ambientador de efluvios dulzones (debía ahorrarlo, porque también lo había sustraído de su trabajo) y, ya que estaba en la faena, trapeó toda la sala, un espacio desangelado desde que se concretó el desmontaje del abigarrado taller de costura y las estanterías de lo que muchos años antes había sido la pequeña quincalla que su abuela Lola había organizado en ese salón. Desde la muerte de su abuela y la partida de su hija

Aitana aquella estancia, sin la caricia de un florero o una simple fotografía enmarcada, siempre le parecía como extraviada, incluso un poco ajena.

El ejercicio lo había hecho sudar y, de tránsito por la cocina, se mojó la cara, se dio otro lingotazo de ron y se dispuso para la empresa más onerosa: la limpieza del zapato mancillado. En el lavadero, con un viejo cepillo de dientes y sin escatimar el agua (menos mal: era el día, cada tres, que les llegaba agua del acueducto y presumía que sus tanques debían de estar llenos, aunque en cualquier caso siempre era mejor asomarse para comprobarlo, en este país nunca se sabe, pensó), fue desprendiendo el detritus y supo que otra desgracia se cernía sobre su existencia: la mano enfundada en el zapato se humedeció con el agua filtrada a través de la piel o de la suela, ambas gastadas, del calzado, el par más decente que tenía y, por lo que suponía, o mejor, por lo que sabía (con aritmético conocimiento gracias a su oficio de contador), el único miserable par de zapatos que tendría en mucho tiempo. A menos que le llegara algún salvavidas económico más generoso de lo habitual, esos envíos de plata y alguna otra cosa indispensable (un medicamento, unas maquinillas de afeitar, un pack de calzoncillos, ¿tendría que pedir unos zapatos?, ¿y dinero para sustituir la lámpara difunta?) que él había bautizado como «donaciones»: de su hija Aitana desde Barcelona, en más raras ocasiones de su sobrina Violeta, desde Tampa, o muy de cuando en cuando de alguno de los amigos, Pastorcito o Felipón, los menos desmemoriados, ambos asentados en Miami. Y no se sorprendió cuando sintió que, a pesar de haberse prescrito medio vaso de ron como remedio antidepresivo, lo acechaban unos invasivos, más que comprensibles y justificados, deseos de llorar. En los últimos tiempos también solían asaltarlo esos deseos. Que todo era como para llorar, coño.

—¿Y qué tú estás haciendo ahí? —La voz de Nora lo sobresaltó—. ¿Lavando a esta hora?

No se volvió, pues la supo asomada por encima de la barda que dividía sus respectivos patios, con toda seguridad sonriente, quizás burlona. Bueno, ella podría reírse porque no había sido la que se había embarrado con la mierda de su gata. Cepilló con esmero unos últimos rescoldos de excremento, roció más agua y habló sin voltearse.

—No me hagas hablar... Mira que...

—Pues no hables, chico... Bueno, suelta eso y agarra aquí.

Acomodó el zapato en una pared del lavadero, con la puntera hacia abajo, para que drenara mejor el agua, y se olió los dedos: no, no apestaban, al menos a mierda. Secándose las manos en las perneras del pantalón, al fin se acercó al muro. Sí, Nora sonreía cuando le extendió la vasija plástica cubierta con un paño y que sostenía sobre un trozo de toalla. Como hacía evidente el olor que regalaba su cuerpo, la mujer estaba recién bañada, su melena todavía húmeda.

—Cuidado, está hirviendo —le advirtió ella, y él tomó el recipiente.

—¿Y esto?

—Quimbombó con plátano maduro... Me regalaron hoy el quimbombó y como sé que te encanta. Te salvaste.

—Gracias, de verdad me salvaste..., no sabía qué coño iba a comer hoy. —Y sintió cómo sus tensiones perdían un poco de vapor.

—¿Por qué hoy no viene tu novia Yunisleidis, la culigordo? —La pregunta arrastraba una tonelada de ironía.

Rodolfo tenía amantes ocasionales, a las que solía llamar ninfas, la mayoría cuarentonas y cincuentonas enfermas de soledad, casi todas adictas al alcohol, y todas con brújulas vitales bastante enloquecidas. Pero de vez en cuando también caían en sus redes algunas presas increíblemente apetecibles, como la mulata china Yanelis.

—Hace dos días que ni sé de ella, a lo mejor al fin se fue del país. Ahora los que no aparecen es que se fueron, y cada día se van más.

Nora asintió, aunque sin demasiada convicción. Pensaba en otra cosa: le intrigaba saber, con sus sesenta y siete años a cuestas, qué podía hacer Rodolfo con esas damas, a todas luces voraces. ¿Les pagaba? Rodolfo siempre escatimaba información al respecto.

—¿Qué edad tiene esta novia, tú? ¿Yamila?

—Yanelis, Yanelis... Treinta y seis... Un poco vieja ya, ¿no?

—Sí, una anciana..., qué disparate... Oye, ¿y por fin? —quiso saber ella, y en el tono de su voz se revelaba ahora un interés más concreto.

—Ya. Se acabó... Por fin estoy jubilado...

—Vaya, felicidades...

—¿Qué felicidades, chica? Si no fuera por ti y por mi hija, con lo que me van a pagar ahora sí estaría listo para morirme de hambre. No alcanza ni para... —Evitó cualquier recuento, pues recordó que unos minutos antes ya había sentido deseos de llorar. Porque su situación era como para llorar—. Coño, Nora, después de jodernos toda la vida, de trabajar casi cincuenta años, ¿nos merecemos esta miseria?

Nora asintió.

—Sí, Rodillo, nos lo merecemos todo... y más. —Solo ella, desde siempre, le llamaba así, Rodillo, nunca Rodolfo o Rodo, como los demás—. Pero no te quejes: si esta semana estás en llamas..., la que viene vas a estar peor.

—Es verdad... Qué consuelo... Y tú, ¿hoy te quedas aquí?

Nora afirmó con la cabeza antes de responder.

—Sí, Mima está bastante bien estos días y quería cogerme un descanso. Mi prima Amparito anda otra vez fajada con el marido y se está quedando todo el tiempo allá en la casa con ella —explicó Nora—. ¿Sabes una cosa? A veces siento que me he convertido en la madre de mi madre y que tengo que cuidarla hasta que..., bueno, eso.

—La vejez es una mierda.

—Chico, hablando de eso..., ¿a ti no te da peste a mierda?

—Debe ser que no me he bañado todavía —trató de ironizar, y sin pensarlo demasiado agregó—: o será que me siento como una mierda y huelo... Oye, ¿quieres darte un trago?

Rodolfo se arrepintió al instante de haber lanzado una propuesta tan intempestiva, quizás desatinada. En realidad, esa noche, la primera en que debía asumirse como un viejo jubilado y más pobre, él hubiera preferido estar solo, revolcándose en sus frustraciones. Mientras, apoyada en la barda que dividía la propiedad, Nora hacía como si meditara su decisión. Negó varias veces. Y luego volvió a sonreír.

—Eres el diablo, coño... O vidente... Llevo para allá mi plato de quimbombó y comemos juntos. De todas maneras, también hoy vine para acá porque tengo que hablar contigo. Creo que mucho...

—¿De qué?

—Doy la vuelta y te digo.

—Dale..., pero déjame bañarme primero..., la peste a mierda... Y este calor que no se va...

Sentirse limpio lo reconfortaba. El olor de la piel beneficiada por el jabón siempre lo reconfortaba, y uno de sus lujos era, si había suficiente agua y podía, el de ducharse dos veces al día en verano, que en la isla podían ser muchos días. La compañía de Nora, sin embargo, lo complacía más. Las ninfas ocasionales y unos tragos de alcohol, la pulcritud de la higiene corporal y la cercanía de Nora eran de las pocas satisfacciones que conservaba luego de tantas pérdidas y fracasos. Oloroso a la colonia de ocasión que administraba con austeridad, vestido apenas con el calzoncillo y con la toalla aferrada a la cintura, entró en la cocina. Nora, ataviada con la muy descolorida bata de andar por casa que usaba cada noche, ya ocupaba un lugar en la mesa cuadrada que, en tiempos mejores, también había servido para jugar al dominó. Sobre unos gastados mantelillos de plástico la mujer había colocado los dos platos de guiso pardusco en el que flotaban los trozos verdes de las vainas del quimbombó y las ruedas amarillas del plátano, promesas de sabores rotundos. En el centro de la mesa, en una pequeña cesta de mimbre, cortado en dos mitades, estaba la raquítica pieza de pan que les vendían cada día, junto a dos vasos limpios y a la botella de ron donde aún reposaba algo más de un tercio de su contenido. La imagen podía representar la cena de un dilatado y persistente matrimonio que ha atravesado largos años de convivencia: la estampa de algo que pudo haber sido y ya nunca podría ser.

—Sirve tú —dijo ella cuando él ocupó su silla.

—¿Cuántos días hacía? —quiso saber él antes de escanciar el alcohol.

—Una pila... —Ella ahora estaba seria—. No sé, hacía como dos semanas que no tomaba nada más que agua. Pero tú debes ser adivino, hoy me hacía falta. Mucha.

—Y a mí...

Sirvió ron en los dos vasos.

—¿Por la jubilación?

—No... o sí. Pero sobre todo por culpa de la hija de puta de esa gata tuya. —Se dio un trago de ron y comenzó a contarle el escatológico accidente que había sufrido.

—Es que está vieja..., pobrecita mía, como que ha perdido las nociones. —Nora trató de justificar a su queridísima gata y volvió a sonreír.

—Estará vieja, pero se pasa el día por ahí singando con cuanto gato sarnoso aparece por los alrededores —atacó Rodolfo.

Cuando Nora probó el ron, sus facciones reflejaron de inmediato el golpe expansivo que la bebida provocaba en su organismo y su psiquis. Muchos años atrás, en una época de frustración y desajuste personal, golpeada por varios flancos, había tenido sus primeros contactos intensos con el alcohol, aunque se había distanciado de él con relativa facilidad cuando descubrió que estaba embarazada. Varios años después, desatada otra crisis tal vez más dolorosa, había sufrido una verdadera adicción que, esta vez con mucho esfuerzo, al fin había vencido luego de lo que ella llamaba una temporada en el infierno, un período tenebroso en el cual se sintió perdida, abocada a la depresión. Pero desde hacía un tiempo, luego de más de veinte años de radical abstinencia, la mujer se permitía beber en muy determinadas ocasiones, en dosis reducidas, vigilándose, pues había quedado fisiológicamente afectada por aquella última caída alcohólica.

—Está bueno este ron —sentenció la mujer.

—No debí haberte tentado... Ese vaso es todo lo que te toca —advirtió él.

—Tranqui. Con esto me alcanza —admitió ella—. Para la circulación...

Él asintió.

—Se ve que te hacía falta... Bueno, ¿me vas a decir qué te pasa, lo que me querías decir?

Ella levantó los hombros y tomó otro sorbo de la bebida. Resultaba evidente que demoraba la respuesta.

—Nada. Un día de mierda... Bueno, otro más en este país de mierda que se va a la mierda. No importa... Dale, ahora come, que se enfría. —Se evadió, señalando los platos con el mentón.

Con las cucharas y auxiliándose con sus respectivos trozos de pan, Nora y Rodolfo comenzaron a comer el guiso, todavía tibio. A él le encantaba aquel plato, de un sabor tan preciso y una densidad suave que reclamaba una masticación delicada pero consciente de las ruedas del plátano que casi se deshacían en la boca y de los trocitos del quimbombó, blandos aunque siempre consistentes, con su esencial viscosidad. Sabía bien el guiso, aunque se echaba de menos la presencia de unas masas de cerdo que lo habrían acercado a la perfección.

Mientras comían, Rodolfo se dedicó a mirar a Nora. Hacía más de cincuenta años que la contemplaba con similares ansias e intenciones y, aunque hubiera deseado, preferido, querido dejar de hacerlo, jamás había podido evitarlo. Ahora, a sus sesenta y siete años y a los sesenta y cinco de Nora, él seguía haciéndolo y, muy perversamente, siempre procurando entrever por el escote o las bocamangas de la bata de casa los senos de la mujer, más densos que flácidos para su edad, coronados con unos pezones violetas que delataban sus mestizajes. Cuando lograba ese propósito, Rodolfo sentía las punzadas de un deseo atávico, pospuesto o reprimido, nunca mitigado. Unas ansias tan avasalladoras que, si la visión se dilataba lo suficiente, todavía llegaba a derivar en un goteo seminal y, aunque con menos frecuencia en los últimos años, en la compensatoria masturbación a la que, con la imagen de Nora entre ceja y ceja, se lanzó incluso en épocas de satisfacción sexual con sus esposas o con las ninfas ocasionales. Él, tan adicto a la práctica de la contabilidad, por vocación y oficio, nunca había intentado siquiera registrar las veces que, despierto o dormido, había eyaculado imaginando que acariciaba aquellos senos, besaba a la mujer, la penetraba por alguna de sus puertas.

Terminados los platos, con el vaso de ron en la mano, Nora quiso saber cómo había sido su último día oficial de faena. Él encendió uno de los diez cigarros que se permitía en el día desde que su amiga otorrino le recomendó dejar de fumar (ese era el octavo de la jornada, indispensable después de comer y más si tenía algo que beber) y trató de sintetizar un acontecimiento para nada satisfactorio.

—Una mierda —comenzó—. Todo el mundo parecía contento de que no fuera a trabajar más con ellos. Les da tremenda gracia que me jubile... El director municipal es el que más se alegra, el tipo nunca me tragó porque sabe que yo le sé... Y a nadie le importa que ya sea un viejo cagón y que mañana, cuando me despierte a las cinco de la mañana como todos los días, no sepa qué coño voy a hacer si no tengo que ir a esas oficinas asquerosas como he hecho desde hace cuarenta años nada más que para poner en las planillas de contabilidad los números falseados que me dan esos hijos de puta que se roban hasta las limallas.

—¿Y por fin sabes cuánto te van a pagar como retiro?

—No, nadie sabe cuánto va a ser con toda la rebambaramba

que han armado con el dinero los comemierdas estos. —Y señaló hacia el techo, las alturas, los que mandan, los de siempre—. Parece que entre dos mil y dos mil cuatrocientos pesos. De igual. Una mierda.

—Una mierda —ratificó ella, y se empinó lo que restaba de su trago y soltó vapor—. Eso ahora es menos de diez dólares, y con lo caro que está todo...

—No alcanza ni para una semana... Después de oír tantos cuentos sobre el futuro, de casi cincuenta años de trabajo y hasta de una guerra por el medio de la que volví medio loco... Una vejez miserable... Qué desastre... Carajo, ¿cuántas veces hemos dicho ya la palabra mierda? Mierda y más mierda. Y siempre terminamos hablando de lo mismo, de «la cosa»...

Nora sonrió, asintió y, sin soltar el vaso, lo deslizó sobre la mesa en dirección a la botella donde aún había unos cinco o seis dedos de ron.

—Anda —pidió ella.

—No —dijo él.

—Sí, coño —clamó ella. Su voz tenía las modulaciones de una imploración.

—¿Qué te pasa a ti...? Nora, que te conozco —dijo él, y su afirmación tenía bastante fundamento.

Porque Rodolfo Santiago Bermúdez Páez había conocido a Nora Lara Herrera medio siglo atrás, cuando coincidieron como compañeros de aula al comenzar el onceno grado en el instituto preuniversitario de La Víbora, el concentrado estudiantil de ese nivel escolar más cercano a sus respectivas casas. Rodolfo tenía dieciséis años, uno y pico más que Nora, y estaban en el mismo grado académico porque él había repetido un curso en la primaria (no por burro, sino porque andaba más tiempo jugando beisbol que asistiendo a clases). Desde entonces, quizás también por ser los más aventajados alumnos del aula en matemáticas y física, hubo entre ellos una fluida afinidad, en cierto sentido competitiva. Y, simplemente porque en aquella época ella era así, ocurrente y divertida, Nora comenzó a llamarle Rodillo y él, que todavía era un joven sensible y ella una muchacha hermosa, se enamoró de Nora de un modo intenso, casi adulto. En cualquier caso, una pasión diferente de los varios enamoramientos adolescentes que había padecido, con o sin correspondencia.

Quizás la vida de los dos habría sido diferente —no: sin duda muy diferente— si aquel noviazgo, iniciado cuando ya languidecía el primer curso escolar y que solo llegó a las caricias de manos, caras, cuellos y senos por encima de la blusa en el desarrollo de los ocho besuqueos que Rodolfo sí mantendría contabilizados, no se hubiera pausado por la enfermedad de la abuela materna de la muchacha, que obligó a Catalina, su madre, y a Nora con ella, a trasladarse con urgencia al pueblito de la provincia de Las Villas donde vivía la anciana. Y como la señora no mejoraba y la estancia se prolongaba, al llegar el mes de septiembre y para que cursara el año, los padres de Nora decidieron que la muchacha matriculara el duodécimo grado en el preuniversitario de la localidad, que, por más señas, era de régimen interno y ubicado en plena campiña. Como solía ocurrir en casos semejantes y en aquella época, los novios se cruzaron varias cartas enviadas por correo postal, pues en la casa de la abuela ni siquiera tenían acceso a un teléfono —y Rodolfo tampoco lo tenía en la suya—. Y tanto extrañó Rodolfo a Nora que, para poder seguir viviendo, comenzó a visitar a Yolanda, una vecina de su barrio, tres años mayor que él y que siempre le había gustado por su exuberancia física. Y de pronto todo ocurrió con una lógica implacable: Yolanda lo inició en el sexo, y lo hizo con una furia y sabiduría que trastocarían cada una de las neuronas y hormonas del muchacho, hasta el punto de que dejó de escribirle cartas a Nora y creyó, con categórica convicción de adolescente con una erección perenne que cotidianamente había comenzado a recibir una solución muy satisfactoria, que Yolanda era el amor de su vida. Tal vez todo se habría resuelto como una fiebre erótica más o menos pasajera —algo complicado de superar habida cuenta de las mañas de una amante voraz y con recursos— si Yolanda no se hubiera quedado embarazada y, sin atender a razones, contra toda lógica pasada, presente y, sobre todo, futura, decidiera llevar a término la concepción.

A sus dieciocho años, con la bebé Aitana en sus brazos, Rodolfo se casó con Yolanda, que ya se había instalado con él en su casa. Unos meses antes, reclamado por la necesidad económica que de pronto lo había sorprendido en forma de paternidad inminente, el muchacho había dejado sus estudios y comenzado a trabajar como auxiliar de contabilidad en una fábrica de calzados, en el pueblo de Managua, y engavetado sus aspiraciones de licenciarse en Economía o alguna ingeniería. Desde entonces tuvo la sospecha de que su vida se había torcido, y esa percepción pronto se convirtió en certeza cuando descubrió tres grandes verdades: atribulado por un difícil ejercicio de convivencia cotidiana comprendió que en realidad no amaba a Yolanda ni Yolanda lo amaba a él, pero que, en cambio, él sí adoraba a su hija Aitana, y, de paso, que en realidad seguía enamorado de Nora y que —bueno, eran cuatro verdades—, sobre todo, la había cagado de mala y muy definitiva manera.

Cuando Rodolfo supo que Nora había vuelto a La Habana y a las clases en el instituto, avergonzado por su veleidad y sin otra alternativa aceptable, se impuso mantenerse distante de ella, si era posible, no verla nunca más. Y alejado de Nora estuvo más de cinco años. Con la distancia y el tiempo, Rodolfo casi logró olvidarla y el recuerdo de la muchacha se convirtió en una herida en apariencia cicatrizada hasta el día tan extraño y perturbador en que volvió a encontrarse con ella y la herida que suponía cerrada comenzó a supurar. Sin poder entender muy bien qué había ocurrido para que volviera a verla en la condición en que volvía a verla, Rodolfo comprendió de inmediato la magnitud del desastre que había propiciado, un desatino que estaría plagado de unas consecuencias que desde entonces los persiguieron y, como no podía dejar de ser, todavía los perseguían.

Porque Nora Lara Herrera reapareció en la vida de Rodolfo por el recodo más estrambótico: volvió como novia de Eugenio, conocido por todos como Geni, Geni Mala Cara, Geni Caballo Loco, un tipo avasallante, enérgico, un clásico macho alfa plus que por esa época drenaba su mucha adrenalina con brutales borracheras y los desmanes y carreras en que se enrolaba con sus socios moteros. El mismo Geni que, sobre todo y ante todo, era el hermano mayor de Rodolfo Santiago Bermúdez Páez. Y, siguiendo una lógica aviesa, poco después la reaparecida Nora, ya visiblemente embarazada, se convertiría, oficial y legalmente, en la esposa del turbulento Geni y muy pronto, además, en la madre de la niña Violeta.

—No, tú no me conoces, Rodillo. —Nora negó con la cabeza y reaccionó como solía hacerlo—. Nadie me conoce. Bueno, creo que ni yo misma me conozco —insistió la mujer, rejoneada por la última afirmación de Rodolfo.

—Está bien —admitió él. Quizás ella tenía razón. Existían varias decisiones y razones en la vida de su exnovia y por tantos años cuñada y vecina que él jamás se había podido explicar—. Pero yo sé que te pasa algo... ¿Qué? ¿Problemas con Violeta?

Nora negó otra vez con la cabeza, repitió el movimiento suplicante del vaso sobre la mesa y, arrinconado e intrigado, Rodolfo asintió. Vertió el resto del ron a partes iguales entre su recipiente y el de su cuñada.

La mujer levantó el vaso y miró la bebida a trasluz. Rodolfo comprobó cuánto la conocía: aquel gesto era el preludio de una explosión.

—Parecía que nunca iba a pasar, pero va a pasar, aunque no queríamos que pasara... Nada, Rodillo, que ya van a soltar a tu hermano —dijo, y bajó de un trago todo su ron.

—Pero... —Rodolfo sintió que las sienes le palpitaban, las palabras se le evadían—. ¿No le faltan dos años y...?

Ella negó y de inmediato asintió.

—Fumero me llamó esta mañana. Dice que a Geni le adelantaron la fecha. Porque ya no cabe un preso más en esa cárcel... Tu hermano sale la semana que viene, creo. Y dice que viene para acá.

—Por Dios —musitó Rodolfo, sintiendo cómo lo invadía un vapor malsano que le hervía en las orejas. Se le había disparado la tensión, seguro.

—¿Y qué más te dijo Fumero?

—Nada más lo que te dije. Y ya es bastante, ¿no?

Rodolfo asintió: sí, era bastante. Y más por lo fiable de la fuente de la información, porque desde siempre Raymundo Fumero había militado en el bando de su hermano, profesándole una impermeable fidelidad.

—Las cárceles están desbordadas desde hace mucho, Nora. Tiene que haber algo más... Y yo creo que... —Y se interrumpió en lo que se proponía decir porque se hallaba ante un dilema demasiado serio para resolverlo con una frase, y porque Rodolfo siempre había dilatado pensar en lo que, por lo anunciado, ahora ya iba a ocurrir. No, no se sentía preparado para volver a encontrarse con su hermano Eugenio, el violento, el aborrecible Geni, como lo llamaba en sus monólogos interiores. No estaba listo aunque ya hubieran pasado treinta años desde que Geni, en la última de sus peleas de borrachos, matara al padre de ambos de ocho martillazos en el cráneo.

Nora tenía razón: no podía quejarse de cómo estaban esta semana. Ya sabían que la próxima iba a ser peor.

Según todo parecía indicar por lo conocido y como se había establecido incluso judicialmente, aquel 22 de marzo de 1992, luego de irse a los puños, Eugenio Bermúdez Páez había resuelto el dilema del día dando un paso más. A todas luces ya insatisfecho con los efectos de los improperios, los empujones y los puñetazos que, como otras veces, animaron la discusión entre padre e hijo, esta vez al parecer por un dinero para comprar ron, unos pocos pesos ya devueltos, o debidos, o no totalmente pagados, el hijo había concluido el debate martillando ocho veces, con lo que debía de haber sido una furia incontrolable y el drenaje de odios añejados, el cráneo de su padre hasta convertirlo en un amasijo de huesos, cartílagos y masa encefálica.

Como no hubo testigos y Geni jamás lo había contado, nadie hasta ese momento había sabido más detalles de cómo se había producido el crimen, y ni siquiera quién le debía dinero a quién o, incluso, si nadie debía nada, aunque sí se conoció la ridícula cantidad sobre la que se discutía: ocho pesos, como reveló un vecino que oyó gritar varias veces la cifra, pero el hombre ni se preocupó por los alaridos escuchados, pues ya estaba habituado a los frecuentes pugilatos entre aquel padre y su hijo.

Rodolfo, por su parte, siempre pensaría que los gritos de la cifra se referían a otra cuenta: la de los martillazos que su hermano le propinó al cráneo de su padre. Ocho.

2

La ciencia de la criminología ha establecido que, para perpetrar un crimen, quiero decir, un asesinato, se necesitan tres condiciones: un motivo, unos medios y la oportunidad. Y es cierto. Pero la experiencia de muchos años leyendo y escribiendo novelas policiales me ha permitido tener la rampante certeza de lo fácil que es cometer un asesinato y convertirte en un criminal. Y es que si no eres un asesino en serie, un homicida que actúa con premeditación o ese psicópata violento y sin contención que han puesto de moda las series de televisión y los malos escritores, por lo general las gentes de la realidad apenas necesitan la colisión de dos simples condiciones —una ya advertida por los criminólogos— para que alguien llegue a matar a una persona: tener el mentado motivo y, sobre todo, estar viviendo un mal día. Un mal día. Las elaboraciones más sofisticadas sobre estos desenlaces son si acaso recursos dramáticos de los cuales nos valemos los autores de novelas detectivescas. Sí, a veces bastan y sobran el motivo y el día jodido. El resto de los elementos en juego suelen ser circunstanciales, como también dicen los jueces en esas novelas y películas: el arma, el lugar del crimen, la ocasión precisa, los niveles de alevosía con los cuales puede actuar una persona cuando se desata el fuego de la conjunción de motivo y mal día, con o sin los otros posibles aderezos. Ni siquiera importa si se comete el crimen a plena luz o en las tinieblas de la noche, si eres un psicópata o un desesperado.

A Eugenio Bermúdez Páez, que, por cierto, tuvo además medio y oportunidad, por supuesto le sobraban los motivos, porque arrastraba una poderosa razón: era dueño de una rabia que se había enquistado en su alma y definiría su vida. Y, además, días malos, la verdad sea dicha, de esos días de espanto en que te dan ganas de matar hasta a tu padre, mi amigo Geni siempre tuvo más que suficientes.

A Eugenio Bermúdez, siempre Geni, lo conocí mucho antes de que él cumpliera los catorce años y sufriera aquella tenebrosa revelación, cuando tuvo la abrumadora e irreversible conciencia de que, sin necesidad de demasiados esfuerzos por su parte, quizás por estar predestinado como dirán algunos (el hado), su vida sería un tremebundo y, sobre todo, un sangriento desastre. Los adjetivos son míos, escogidos *a posteriori*, pues a pesar de unos abultados antecedentes (el o los motivos) nadie habría podido imaginar, por aquellos tiempos de nuestra adolescencia, las magnitudes que alcanzaría el mentado desastre, las tremebundas acciones que lo aderezarían. Pero conocerlo con bastante intimidad, hasta el punto de haber sido, antes y después, no solo su mejor amigo sino incluso su más recurrido confidente y el depositario de su sombría promesa, ha sido uno de los eventos más extraños con que puedo adornar mi vida. Más aún, que antes de la explosión de todas las tragedias, a los diez años haya sido su compañero de pupitre escolar y a los catorce tuviera la alarmante certeza de que ese amigo y compañero iba a ser un parricida cuando, con la aterradora frialdad de lo inapelable, lo escuché jurar que un día iba a matar al hijo de puta de su padre.

—Es que ya lo sé, Ray, ya lo sé, lo sé, cojones, lo sé... —Y la pupila de sus ojos verdes casi desapareció mientras repetía su convicción—. Te lo juro por mi madre, un día lo voy a matar.

Cuando recuerdo esa confesión, en una retrospectiva que los hechos del futuro iluminarían con fuego, y consigo recuperar el tono de su voz, exhumar la furia de su mirada, siento que en aquel instante percibí cómo sus labios saboreaban la pronunciación de la sentencia, el poder que le otorgaba a su determinación el empleo del verbo auxiliar y el infinitivo, esa firmeza que le da al propósito por realizarse una punzante veracidad que no hubiera tenido un futuro simple: *mataré...*, que suena como algo posible, incluso lejano. No, no, él dijo: *voy a matar*, así de rotundo, inapelable, con esa inflexión descendente en la última sílaba que golpea... como un martillo.

¿El destino lo preparó todo? Quizás. Pero ¿solo el destino de Geni o también el mío? El caso es que fui testigo próximo, privilegiado y casi desde el inicio, de la gestación del devenir de Geni, esa persona con la que, por compartir cosas, tenemos la misma fecha y año de nacimiento. ¿Por qué Geni era, ha sido, mi sosias? ¿Porque yo pude haber sido él si hubiera tenido una vida como la suya?

Al menos a mí, Geni nunca me confesó por qué decidió lo que decidió con tanta firmeza: hasta donde sé, la única actitud que asumiría sobre lo sucedido ese mal día sería guardar silencio, siempre silencio, desde el principio silencio, todo el tiempo silencio. No importaba quién le preguntara, cuántas veces lo interrogaran, que tal vez su versión de la historia le pudiera proporcionar atenuantes penales o el alivio que se supone que reporta una confesión. Él sabía que iría a la cárcel, que se exponía a una condena casi infinita y que tal vez nunca volvería a salir a la calle ni a ver el mar, como sí me diría. Durante la vista pública, resuelta en apenas dos días, siendo más Geni Mala Cara que nunca, él se limitó a repetir su nombre y, cuando le preguntaron cómo se declaraba, asintió con la cabeza. El juez optó entonces por el camino más expedito: le preguntó por segunda vez si se declaraba culpable o inocente, y él solo volvió a asentir. El juez, ya molesto, le advirtió que debía expresarse verbalmente, hablar. Y Geni asintió.

Porque desde aquel «mal día» su única compañía permanente ha sido un incombustible silencio. Y todo me indica que con ese silencio convivió hasta el último minuto del último de sus incontables días de mierda.

Creo que todo sucedió porque debía suceder, se armó como no podía dejar de armarse: la cadena de una vulgar serie de casualidades y coincidencias como ha habido otras muchas, como las hay todo el tiempo, sucesos y encuentros que aceleran, asientan o tuercen los rumbos de nuestras vidas y al final las conforman. En fin, todo comenzó simple y llanamente provocado porque, empujada por la nueva responsabilidad laboral de mi padre, nuestra familia se trasladó a La Habana y recaló en una muy buena casa que le asignaron en el barrio. Por la ubicación de mi nueva residencia, para que concluyera el curso de 1964 me correspondió matricular en la misma escuela y ser enviado a la misma aula de quinto grado en que estaba Eugenio Fermín Bermúdez Páez, como pronto supe que se llamaba aquel estudiante de rostro enfurruñado. Y fue entonces, por pura cuestión de distribución espacial, por lo que la profesora me sacara del fondo del aula donde con toda discreción de recién llegado yo me había refugiado y me ubicara en el centro mismo del salón, compartiendo la mesa escolar con él, en el sitio que hasta dos días antes había ocupado el por esos días célebre Pelayo Arango. Insisto, porque este dato será importante (o eso creo): la razón de origen espacial que me puso en contacto cercano e inmediato con Geni Mala Cara —como en esa época todo el mundo lo llamaba porque sufrió de un acné juvenil prematuro y por la dureza de sus facciones y las ya fogosas reacciones de su carácter— y arrimó la primera piedra de una relación que se convertiría en íntima amistad, nada tuvo que ver con oscuras predestinaciones o conjunciones cósmicas. Y si tanto insisto en lo casual y no en los destinos marcados, no es por inclinación profesional, sino, y sobre todo, porque mi hijo Humberto, militante religioso que asegura saber algo del tema de los designios divinos, se haya decantado por la predestinación y me pusiera a pensar en oscuras confluencias. Porque mi hijo, muy convencido, afirma que desde la coincidencia de nuestra fecha de nacimiento, ocurrido además en el mismo hospital de La Habana, todo ya estaba programado, diseñado, conectado entre Geni y yo con todavía inescrutables intenciones. ¿Será posible? Bueno, al menos es dramáticamente cautivador y, por supuesto, suena literariamente atractivo.

—Ese asiento no es tuyo. Es prestado —escupió más que habló Geni cuando me acomodé junto a él.

—Bueno..., la maestra me puso aquí.

—Pero es prestado... ¿Cómo tú te llamas?

—Ray... Bueno, Raymundo Fumero. ¿Y tú?

—Eso a ti no te importa...

Fueron las primeras palabras que cruzamos mi compañero de pupitre y yo aquella mañana remota de 1964.

Que la maestra sentara al nuevo alumno matriculado en aquel pupitre «prestado» solo se debió a que el Vanguardia Escolar, Pelayo Arango, el anterior ocupante de ese sitio, no regresaría a clases en el resto del curso, porque una semana antes se había comportado como el guía de pioneros y estudiante destacado que era, engalanado además con el hecho de ser hijo de una madre presidenta de un entonces muy temible Comité de Defensa de la Revolución. La mujer, una verdadera bruja, perversa de nacimiento, era conocida en el barrio como Berta Metralleta por los méritos de su combatividad revolucionaria, vocación entonces tan de moda como el atemorizante uniforme de miliciana con que se ataviaba todo el cabrón día. La uniformada Metralleta, borracha de un poder y autoridad que se había asignado ella misma en el propicio marasmo de la vorágine revolucionaria, era un ser vil que disfrutaba haciendo vivir a todo el vecindario en el pánico de una delación por cualquier cargo, material o solo mental, que podía ser considerado incluso como un acto de contrarrevolución, la más temible de las acusaciones. Pero Pelayo eran también vástago de un padre secretario general de una sesión sindical obrera, Cándido el Cebú le decían (en voz baja), porque todo el barrio estaba al tanto de que la temida Metralleta le pegaba los tarros con Juan el Pirata, un carnicero tuerto que vendía carne de contrabando de la cuota, ya por esa época racionada, y organizaba en el patio de su casa peleas clandestinas de gallos, claro que con la venia de su empoderada miliciana amante... En fin, decía, que justo una semana antes de mi llegada a ese pupitre ocurrió que el ejemplar estudiante Pelayo Arango, de prestigiosa extracción humilde y obrera, como se recordó en un panegírico, había asumido por iniciativa propia la honrosa y patriótica responsabilidad de trepar por el asta para destrabar la enseña nacional atascada en lo más alto del palo erguido frente a la escuela y así hacer posible la correcta ejecución del Acto Cívico matutino. Ante los ojos de los casi doscientos estudiantes alineados en el patio, admirados todos por la combatividad patriótica de su compañero, modélico representante del Hombre Nuevo del Socialismo ya en ardua formación, se produjo entonces desde el extremo del asta el vuelo, propulsado con toda la fuerza de la gravitación universal, de la displicente bandera liberada y, superando en velocidad a la enseña patria, el de la anatomía del vanguardia Pelayo. La bandera, claro está, aterrizó intacta, pero Pelayo lo hizo con múltiples fracturas que requirieron varias cirugías y lo cubrieron de vendajes de yeso de la cabeza a los pies. Por su actitud y mérito político, apenas salido de su primera estancia en el quirófano, el casi desarmado Pelayo fue iluminado con la condición de Vanguardia Escolar Regional y se le concedió el privilegio de, sin necesidad de examinarse, tener todas las asignaturas convalidadas hasta el próximo curso. Y, en efecto, el muchacho no pudo incorporarse a clases hasta el inicio del siguiente año escolar, pero desde entonces el estudiante vanguardia nunca sería para nosotros Pelayo el Grande, o algo por el estilo, sino Pelayo Pata Tiesa, el mote que lo acompañaría por el resto de su vida o, por lo menos, hasta que años más tarde, medio loco y alcoholizado como muchos otros de mis contemporáneos, desapareció de nuestro radar, siempre con una de sus piernas a rastras.

Me extiendo en esta historia de heroísmo escolar no por deformación profesional de escritor, sino porque de veras creo que podría explicar algunas cosas. O no. Al menos da una imagen del ambiente de esos tiempos de efervescencia revolucionaria en que comenzó nuestra educación social y política. Aunque lo verdaderamente importante es que, vencidas ciertas reticencias de Geni Mala Cara ante un forastero como yo (un poco extraño, la verdad, pues yo no pegaba los mocos debajo de la mesa, no masticaba la goma del lápiz y, para colmos, le ponía acento a todas las palabras terminadas en *ión),* muy pronto, gracias a las ayudas que le di en los exámenes de Español e Historia, sus dos debilidades académicas (auxilio que le habría negado Pelayo, no por integridad ética, sino por hijo de su puta madre), Geni me abrió los poderosos brazos de su amistad y, al iniciarse el nuevo curso, el lugar en el pupitre compartido se convirtió en *mi* lugar.

Ser alguien cercano a Geni en aquel colegio y en esa época constituía un valioso beneficio, pues él era temido o respetado por todos y eso implicaba ganar su protección ante los habituales abusos de los alumnos mayores (en aquella época romántica había muchachos hasta de quince años cursando todavía el quinto o sexto grado). Pero, sobre todo, fue el principio de una relación al parecer improbable entre dos caracteres diferentes, que funcionó como un nexo de complementariedad. Porque Geni, tan avasallante en muchos de sus comportamientos, nunca asumió nuestra cercanía como una relación de poder, sino muy pronto como de complicidad, porque (así lo he entendido desde hace mucho) más que un acólito él necesitaba un compañero, y aún no sé bien por qué consiguió entreverlo en mí. Por eso, un tiempo después, ya nos considerábamos amigos, luego amigos íntimos y, por esa condición, tras una paliza especialmente cruel que le propinara su padre Fermín (el engendro de un motivo criminal), Geni me hizo incluso partícipe, por primera vez, de su precoz decisión de que un día *iba a matar* a su padre.

3

Rodolfo creía que si algo en el mundo todavía le pertenecía, eso era *la casa.* A veces se empeñaba en pensar que su hija Aitana también formaba parte de sus exiguas propiedades: esa hija en quien volcó todo su amor y a la que, por años, le dedicó lo mejor de su tiempo y educó con la cordura y coherencia de que fue capaz, procurando darle una vida normal, una certeza de futuro en una época en que aún se solía creer en la existencia de un posible futuro. La misma hija, ya convertida en una joven inquieta y bastante irreverente, a la cual en su momento Rodolfo apoyó en sus decisiones más drásticas, incluida su intención de emigrar. La hija a la cual, desde entonces, no se cansaba de añorar, con un sentimiento cada vez más desgastado, corroído por las implacables escofinas de la distancia y el tiempo. Porque Aitana hacía mucho ya era otras varias cosas más, no solo la hija a la cual prácticamente él crio desde el día en que su madre, Yolanda, la misma que tanto insistió en parirla y con su empeño trastocó varias existencias, se esfumó sin decir ni adiós cuando la niña tenía apenas dos años y jamás volvió a dar señales de vida.

Aitana era ahora una mujer de cuarenta y ocho años, con dos matrimonios fallidos a cuestas, una hija, Karla, de veintidós (furibunda independentista catalana y, por cierto, simpatizante de ciertas posturas derechistas de Aliança Catalana, y que, por ejemplo, hablaba horrores de esos emigrantes que reclamaban ayudas oficiales pero no se esforzaban por integrarse), y una casa (también ella tenía *su casa,* donde sí colgaban cuadros con dibujos y fotos) en la periferia de Barcelona y un trabajo como diseñadora que la satisfacía y la mantenía con cierta holgura. Poseía, en fin, una vida propia, una existencia en la cual Rodolfo constituía apenas una referencia afectiva de un pasado cada vez más remoto, pletórico de asuntos turbios. Esa era ahora la Aitana que, al cumplir sus veintitrés años, había decidido no terminar su carrera universitaria de Arquitectura para que, por el hecho de tener un título, las leyes del país no le impidieran salir de Cuba con un novio español. La misma a la que, desde entonces, su padre había visto solo en dos ocasiones, la última diez años atrás, cuando ella viajó a la isla con Karla para que la adolescente le pusiera un rostro de carne y hueso al retrato de su abuelo cubano. La indispensable Aitana a la que Rodolfo no se cansaba de agradecer, pues la mujer había asumido una responsabilidad filial e histórica: como tantos otros miembros de su generación con hijos en el exilio, muchas veces Rodolfo sobrevivía gracias a los envíos monetarios o materiales —las benditas «donaciones»— que, advertía la hija, ella hacía con gusto pero solo porque él era él, su padre, mientras proclamaba su rechazo por el país natal, convertido según ella en una satrapía, dictadura, tiranía comunista, un sistema que maltrataba a sus gentes, en resumen, un sitio que la deprimía, la enfermaba y al cual por eso le resultaba tan arduo volver, decía y repetía. Por todo eso a veces también él pensaba que Aitana —que no era tan de derechas ni tan independentista catalana como Karla— hacía mucho que había dejado de pertenecerle, al menos del modo en que antes le había pertenecido.

La casa, en cambio, siempre estaba allí, sin condiciones, sin opiniones, ni siquiera posibles y muy justificados reclamos de atención. La relación de Rodolfo con la casa era tan visceral, orgánica, que, de muchas maneras, la vivienda se iba pareciendo a él o, con más justicia, él se iba pareciendo a esa modesta edificación que, cuando él nació, existía hacía treinta o cuarenta años: ya no quedaban personas ni documentos que pudieran precisar su edad exacta, por lo que ahora Rodolfo la suponía centenaria. De maderas cada día más carcomidas, unas paredes de tablas que no habían recibido en mucho tiempo el beneficio de unas manos de pintura protectora (incluso si hubiera encontrado en alguna parte la pintura apropiada, le habría resultado imposible comprarla con un salario estatal) y cubierta con tejas francesas de barro, corroídas por la dilatada y agresiva intemperie tropical. Aun así la modesta vivienda había envejecido con dignidad, aunque el agotamiento físico iba dejando trazas cada vez más visibles y alarmantes en su estructura: grietas, goteras, tablas bajas podridas, ventanas que a duras penas encajaban en sus marcos, losas del piso porosas o quebradas. Achaques de la edad y los malos cuidados, como los que agredían a su inquilino. Pero la morada, que había soportado el paso de muchos huracanes más o menos intensos, era tan generosa que parecía dispuesta a mantenerse erguida al menos mientras su último propietario la requiriera. Después, muy posiblemente, implosionaría en el espacio y también en la memoria, como si nunca hubiese existido, como si la extinta y dispersa familia Bermúdez jamás hubiera vivido allí ni en ningún sitio.

El barrio donde se levantaba la casa era una periferia bastante apartada del centro de la ciudad cuando el abuelo Quintín Bermúdez compró la parcela pantanosa en la cual, con sus propias manos y habilidades, construiría la estancia. En aquella cuadra apenas existían entonces otras tres o cuatro viviendas, y solo una era de mampostería, una pequeña quinta, propiedad del boticario de la zona, que ocupaba la mejor esquina, la más fresca, la menos agredida por el sol. Como el terreno era tan poco atractivo, su precio resultaba casi ridículo y Quintín negoció un espacio doble, en total veinte metros de frente y treinta de fondo. Allí, sobre cimientos de piedras extraídas de la cantera cercana, erigió la morada de modo que, vista de frente, ocupaba la linde de la izquierda de la parcela, mientras a la derecha quedaba un espacio que servía de patio y donde ya en esos tiempos se elevaban un aguacatero y dos matas de mangos, de los llamados filipinos, unos árboles generosos de los cuales todavía sobrevivía un ejemplar de los filipinos, aunque cada vez menos productivo: los efectos universales de la vejez.

Cuando Rodolfo nació, la casa era un sitio quizás alegre, sin duda alguna concurrido, casi abarrotado de personal, pues mientras en una habitación dormían el abuelo Quintín y la abuela Flora, en la otra se arracimaban Fermín y Lola, el ya nacido Eugenio y luego el recién llegado Rodolfo. Mientras, en la sala, espaciosa, apropiada para su misión, la abuela Flora (que todo el tiempo oía en la radio programas musicales y novelas que formarían parte de la educación sentimental de Rodolfo, que era capaz de recordar las letras de cientos de boleros, mas no de cantarlos) había colocado su máquina de coser, un torso de maniquí, el troquel para forrar los botones con telas y los estantes para moldes, retazos, encajes, alfileres y cintas con que, gracias a la maestría de la señora para el corte y la costura, se completaba la economía familiar. El pequeño negocio implicaba, por supuesto, la frecuente presencia de esas mujeres locuaces y de todas las edades que le encargaban diversos modelos que, antes de terminar su confección, ellas debían probarse detrás de un biombo que estuvo colocado en una esquina de la sala, hasta que se descubrió que Geni había hecho unas pequeñas perforaciones en las tablas de la pared lateral para espiar a las semidesnudas clientas.

Ante tal escasez de espacio vital para una familia en crecimiento, el siempre abúlico Fermín, compulsado por el impetuoso Quintín, decidió al fin, con dolor del alma de cada miembro del clan, talar el viejo y generoso aguacatero para levantar en el terreno contiguo una edificación, esta sí de ladrillos y techo de hormigón, con dos habitaciones, cocina, baño y las intenciones de una terraza y un portal que, agotado el impulso del constructor (cuando el viejo Quintín se cansó de empujar y, es muy probable, también de pagar), solo llegarían a tener pisos de cemento pulido y cubiertas de tejas de fibrocemento (aporte tardío de Geni) que, esas sí, dos o tres veces volaron con el paso de algún huracán.

Cuando Rodolfo era niño, ya en la familia formada por tres generaciones se había bautizado la propiedad de los Bermúdez, distinguiendo una y otra edificación: la original, la de madera, la del taller de costura al que Flora había añadido un mostrador abierto hacia el portal para vender algunas bisuterías de quincalla y golosinas, era *la casa;* la otra, la añadida, la de Fermín, de paredes de ladrillos que no se repellarían hasta mucho tiempo después y durante años permaneció como chata por falta de portal, sería *la casita.* Y, por un arreglo familiar que nunca estuvo del todo claro o al menos no se manifestó de manera abierta, mientras Fermín, Lola y Geni se instalaban en *la casita,* Rodolfo permaneció alojado en el segundo cuarto de *la casa,* cerca de sus abuelos. Y quizás fue esa decisión familiar la que contribuyó a marcar los rumbos vitales de uno y otro hermano, desde siempre tan diferentes. O sin duda influyó, según lo pensaba Rodolfo, que se consideraba un privilegiado por tal distribución doméstica y por instantes hasta asumía aquella decisión incluso como una culpa.

Mucho antes de que Geni se instalara con Nora y su hija Violeta en la casita de Fermín y Lola, y por fin, entre un impulso y otro el joven repellara las paredes exteriores, el muchacho también decidió, para disgusto del abuelo Quintín, levantar en medio de la propiedad una barda de ladrillos de un metro setenta de altura. Desde entonces el impertinente parapeto impuesto por Geni dividía o separaba las dos moradas, dejando del lado de la casita el todavía abundante terreno del patio sombreado por los dos mangos filipinos y los nuevos frutales plantados por Quintín y Fermín (guayabos, anones, ciruelos), ese espacio que había sido el territorio de convivencia familiar. Allí una larga mesa de madera invulnerable, construida por Quintín, había sido el centro de las animadas y concurridas reuniones por cumpleaños o Navidad y, con sostenida constancia, ámbito propicio para los almuerzos dominicales, siempre de arroz con pollo, ensaladas de estación y postres caseros. Aquel encuentro semanal había constituido un rito que convocaba a toda la familia cercana, pues a ellos casi siempre se sumaba la tía Rosa, la hermana menor de Fermín, con su esposo Alberto y sus hijos Leonel y Asela, adolescentes cuando Rodolfo era todavía un niño. Rosa y su tropa eran la otra parte de la familia, y por esa época residían en el barrio de El Sevillano. Hasta que, como evidencia de que ya vivían en otros tiempos, un domingo de 1964 dejaron de asistir al encuentro filial. Como antes y después harían tantos compatriotas, Rosa y los suyos se habían largado unos días antes y por años los parientes que permanecieron en Cuba supieron que habían recalado en Union City, New Jersey, aunque luego de la muerte de los abuelos Quintín y Flora y la casi inmediata de la tía Rosa en un accidente de tránsito, ya ni se sabía adónde los otros habían ido a parar, como si hubieran sido arrastrados igual que el polvo atrapado por el viento.

Después de soltar la información que la hostigaba y de beber su segundo y último trago de ron, Nora le había pedido a Rodolfo que dejaran para el día siguiente el escabroso tema de conversación sobre el regreso de Geni al ahora desvencijado mundo de los Bermúdez. Más precisamente, a *la casita.* Ella necesitaba hablarlo primero y mucho consigo misma y procurar tener algunas respuestas, sobre todo decisiones que ya debían ser definitivas. Entonces, sin que ella esperara cualquier consentimiento, Rodolfo la vio recoger sus platos y salir hacia la casita, y en esta ocasión se sintió aliviado con la retirada de la mujer, pues él también necesitaba meditar sobre el asunto que ahora los agredía y que, por desagradable, desde hacía tiempo tenía pospuesto: un problema de pronto desvelado con dos años de anticipación y que, para cumplir con alguno de sus muchos efectos posibles, ya presentía que le espantaría el sueño.

Fumándose el decimosegundo cigarro del día, sentado en el portal, a Rodolfo lo había sorprendido aquella evocación de lo que habían sido y significado *la casa, la casita,* la familia entonces numerosa y hasta el patio arbolado y sin barda divisoria antes de que comenzaran los más funestos desaguisados domésticos. Unos agrios debates promovidos, acumulados, engordados a lo largo de los años: peleas verbales y físicas, partidas casi siempre definitivas, muertes naturales y violentas, conflictos más o menos intensos a los cuales no se atrevió a sumar la lista de fracasos, traumas y frustraciones que habían adornado su propia vida en un país que, día a día, él percibía cómo se desintegraba mientras a gentes como él los abocaba a la pobreza. Porque ahora lo espoleaba, con perversa insistencia, la perspectiva de lo que podría ocurrir allí mismo cuando su hermano parricida se presentara con el clásico morral a cuestas y reclamara un espacio en el sitio al cual, una tarde de marzo de 1992, se había concretado la tragedia.

4

Yo he sido la única persona de su pasado con la que Geni ha mantenido contacto a lo largo de sus años de encierro: esos que comenzaron siendo los veinte de la primera condena por homicidio a los que se añadirían otros doce por agresión, o sea, casi la mitad de su vida. A pesar de todos los reproches que le hicieron a Lola, su madre fue la otra persona que lo acompañó en los primeros años de su condena, y quizás la terminó de matar la certeza de que nunca volvería a ver a su hijo en libertad cuando Geni, por la agresión con lesiones a un custodio de la cárcel, recibió la pena adicional que elevaba su encierro a un total de treinta y dos años sin derecho a condicional, una condena que sumaría dos años más que una perpetua cubana. Y, claro, no debo excluirlo: el único de los otros viejos amigos de la escuela y el barrio que acudió a verlo a la cárcel fue su más encarnizado enemigo o, mejor debo decir, su más querido rival infantil: el inefable Pablo Reyes, alias «el Salvaje», el genio frustrado de nuestra camada.

Confieso que no sé si por la altruista fidelidad al amigo condenado por la vida antes que por la justicia, o empujado por la pena que me producía su ya prefigurada suerte en este mundo, o solo motivado por una tan natural como mezquina curiosidad de escritor interesado en los pliegues más oscuros de la condición humana (debo reconocer que, aun sin que haya sido mi propósito, es cierto que a veces me sentía una especie de Truman Capote tropical, dispuesto a entender para luego escribir), el caso es que por estos casi treinta años había ido al menos una vez cada doce meses a visitar a Geni y llevarle algunos alimentos y libros que endulzaran un poco su ergástula, porque, como a su abuelo Quintín, a ese Geni turbulento y también poliédrico siempre lo atrajo la lectura. Pero en cada ocasión había sido yo el que había pedido la visita, según mi estado de ánimo, mis sentimientos de culpa por tenerlo abandonado, o por simple hábito asumido y reforzado con el paso del tiempo, de tanto tiempo. ¿O me movió la posible existencia de esa conexión recóndita que tal vez haya existido entre él y yo y me inducía a seguirlo? No, no lo creo: la fidelidad es una cualidad humana, no una emanación cósmica.

El ciclo de nuestros encuentros a lo largo de estos muchos años solo se fracturó en el 2020, con las restricciones sanitarias de la pandemia, y en los dos años siguientes por petición de Geni, que rechazó mi propuesta de visitarlo, y entonces llegué a pensar que no volvería a verlo y me convencí de que ya nunca sabría esos inconfesados, iluminadores detalles de sus acciones. Por eso, cuando en julio de 2023 recibí su llamada y me pidió que en un par de días fuera a visitarlo, e insistió en que no lo decepcionara, al principio solo pensé que aquel reclamo entrañaba una señal de que el Geni de piedra se estaba derrumbando. Además —debo confesarlo— fui tan perverso que llegué a pensar que tal vez, al fin, Geni me convocaba porque me contaría esos reveladores detalles de una de las pocas cosas que nunca había querido confiarme (ni a mí ni, hasta donde sé, a nadie), sin duda la más dramática de todas sus actuaciones: toda la trama de cómo había sido la pelea mortal con su padre Fermín, por qué en lugar de uno o dos fueron ocho los martillazos y, lo más intrigante, conocer de una vez la razón de su blindado silencio sobre aquellos hechos. Y a la cárcel del Combinado del Este me fui, cargado con una bolsa de comida y otra de libros que ya había leído y entre los cuales iba, por supuesto, mi más reciente novela, *La furia de los días*, que, milagrosamente, el año anterior había logrado editar en este país donde escasean tantas cosas, incluida la esperanza, y donde tampoco podía haber abundancia de algo tan prescindible como el papel para imprimir novelas. Digo yo.

Desde hacía varios años las visitas a Geni se venían realizando en un salón donde otros presos también recibían a sus familiares y amigos. Antes, por largo tiempo, Lola y yo debimos verlo rejilla de por medio en unos cubículos destinados a los reos recalcitrantes, la mayoría de ellos sin derecho a rebajas de pena por ser considerados demasiado peligrosos para la sociedad.

Al entrar en el salón de visitas, luego de los humillantes cacheos reglamentarios (como si un viejo de setenta años fuera a llevar una ametralladora para facilitar la fuga del recluso), vi de inmediato a alguien que se parecía a Geni, de pie, mientras agitaba un brazo en el estanque de uniformes de un azul cada vez más desteñido. Desde ese momento advertí que los casi tres años transcurridos desde nuestro último encuentro habían hecho lo suyo, con mucho empeño, en el aspecto de mi amigo: había perdido peso y casi todo el pelo, la piel de su rostro tenía más pliegues y un tono cetrino, como de carne tumefacta, y la dentadura postiza que llevaba en la encía superior, además de oscurecida, parecía encajarle mal en su sitio. Incluso sus ojos habían perdido potencia: el verde de sus pupilas era ahora más desvaído, como la constancia de un enorme cansancio.

Y como su nueva ubicación nos lo permitía, nos abrazamos.

—Gracias, bro —me dijo, casi en su susurro, y ya no tuve más dudas: algo estaba muy jodido, quizás Geni estaba definitivamente derrotado. Porque sin poder precisarlo en ese instante, tuve una impresión que, luego de pensarlo bastante, se ha convertido en certeza: esa debía de ser la segunda vez en sesenta años que Geni me decía esa frase, «Gracias, bro». La otra ocasión había sido unas semanas después de coincidir en el pupitre escolar, cuando le pasé el chivo con las respuestas que le permitieron aprobar, con noventa y dos de cien puntos posibles, la prueba final de Español de quinto grado y me hizo su amigo, digno de ocupar un sitio junto a él.

—Nada de gracias, sabes que es un deber —dije, y pensando si esa debía ser mi primera pregunta por lo obvia que resultaba la respuesta, me decidí a hacerla, pues no tenía otra mejor—. ¿Cómo estás?

—Coño, Ray, ¿no me estás viendo? —Se pasó la mano por el cráneo, me mostró las manos con unas manchas oscuras y los antebrazos con hematomas.

—Más viejo, como yo —dije, ya sabiendo que había más.

—Sí, más viejo. Pero además casi muerto —agregó.

Y me contó entonces la razón de su llamada: saldría de la cárcel en dos, máximo tres semanas. Lo soltaban porque, como me enteraba en ese momento, tenía cáncer de páncreas. Ya no le pondrían más sueros citostáticos ni le darían más radiaciones, pues su proceso estaba en fase terminal. Lo soltaban para que se muriera por ahí, al cabo de los tres o cuatro miserables meses de vida que los médicos más optimistas le calculaban. Y, como no tenía otro sitio, pensaba volver a su casa.

—A la casita —me dijo.

5

A Nora siempre le había gustado mirarse en los espejos. Fue una afición que la atrajo desde niña, cuando, disfrazada con cualquier indumentaria, modelaba y hasta cantaba o actuaba por el placer de autocontemplarse. Mientras crecía, la pasión especular la acompañó en su evolución mental, hasta derivar en una necesidad exigente, erótica unas veces, existencial en otras muchas ocasiones: como en la historia de Blancanieves y su madrastra, ella podía interrogar al espejo, no precisamente mágico, aunque bastante locuaz. Por eso, cuando tuvo que irse del hogar familiar expulsada por los reproches de su padre y recalar con Geni y la pequeña Violeta en la casita de Fermín y Lola, entre las pocas cosas con que arrambló estaba el espejo enmarcado con maderas labradas, heredado de su abuela, y en el cual alcanzaba a verse de cuerpo entero.

Nora nunca había sido una mujer que se pudiera considerar hermosa, según los machistas códigos cubanos que implicaban no solo la armonía facial, sino las proporciones (las grandes proporciones, preferiblemente) del culo y las tetas, la generosidad de las caderas, sin descontar el volumen genital, por supuesto. Pero, en su armonía, Nora siempre había sido bella, y lo era de un modo enervante cuando Rodolfo la conoció en la flor de sus quince años (él nunca había visto a una muchacha con tanta vida en la mirada) y más aún cuando se casó con Geni, ya embarazada y en la plenitud femenina de sus veintidós. Incluso, a sus más de sesenta, cuando su vida de noria (quizás condenada por el significado de su nombre) amenazaba con dar otra vuelta, Nora todavía sostenía una apacible belleza, aunque hacía ya mucho que no tenía la misma expresión de brillante vitalidad en su mirada, porque a la joven que una vez se comportó con rebeldía y creyó tener apetito como para devorar el mundo, la vida y su tiempo la habían traicionado, golpeado, decepcionado. ¿Incluso domesticado?

En su juventud, cuando más le gustaba mirarse en los espejos, desnuda o vestida con los modelos que se probaba antes de tomar una decisión sobre sus atuendos, Nora tenía una abundante mata de cabellos gruesos, color castaño oscuro, con unas ondas provenientes de África que le daban a su melena volumen, gracia y movimiento. El cuerpo, más bien delgado, describía formas y curvas muy precisas, ajustadas, en las que destacaban la dureza erguida y apretada de las nalgas, mientras sus senos, coronados con unos espléndidos pezones rojo púrpura, parecían pequeñas elevaciones compactas, con aspiraciones de tocar el cielo. Pero el rostro ganaba en la competencia de atributos apetecibles: de su padre blanco, nieto de un chino, había heredado los ojos con el iris color café y levemente almendrados, y de su madre mulata, los labios gruesos y encarnados (de la misma coloración y textura de los pezones y los labios vaginales), y de la mezcla de genes de ambos progenitores, quienes a su vez portaban genes entreverados, el tono sombrío de una piel tersa, resistente, elástica que, con notable fortuna e incluso pocas arrugas, conservaría más allá de los sesenta años.

Uno de los varios novios que la muchacha tuvo entre el frustrado enamoramiento con el tímido e inconsistente Rodolfo y el inicio de su relación con el avasallante motero Geni, era un aficionado a la fotografía que vivía pegado a su camarita Leica y al cual Nora le pidió que la captara desnuda, contemplándose en el espejo de su habitación. Todo un rollo de treinta y seis exposiciones, convinieron, ella posando de frente y de espaldas, nada pornográfico, ni siquiera con acento erótico, más bien antropológico y documental. De ese rollo ya revelado ella escogería dos imágenes para imprimir y luego quemarían el negativo. Las dos instantáneas al fin impresas, las que ella había considerado las más favorables, congelaron la belleza sin mácula de sus veinte años, aunque el transparente propósito original del documento gráfico resultó tener un fogoso carácter sensual. La picardía de su sonrisa daba a la revelación coqueta de su intimidad ese toque sutil e intencionado de placeres posibles, aunque lo más delator de su condición estaba en su mirada atrapada en las fotos, desafiante, segura, retadora, viva. Salvo ella y el novio fotógrafo, pronto desechado por comemierda (acusación de Nora), nadie nunca había visto esas imágenes, tomadas cuarenta y cinco años antes, hasta que, para echar cerrojos en el proceso en que se había trastocado su vida, pensó lo bien que estaría mostrarle las fotos a Rodolfo, solo para que su cuñado tuviera una noción más exacta de lo que se había perdido, por cobarde, por comemierda (acusación, o mejor, convicción de Nora, pero también de un nutrido colectivo de amigos y conocidos de Rodolfo).

Recién salida de la ducha, antes de ponerse el blúmer, cubrirse con la bata de casa de tela agotada y de servir el pozuelo del recién cuajado quimbombó con plátano maduro que minutos más tarde le ofrecería a Rodolfo, Nora se había parado frente al mismo espejo de siempre, la piel desnuda todavía húmeda, el pelo recién lavado, olorosa a jabón, champú, acondicionador, cremas hidratantes, talco perfumado y colonia —todos obsequios que su hija Violeta, por alguna vía, le hacía llegar desde el más allá—. Observó su cuerpo, con sus atributos mellados por el implacable desgaste del tiempo, pero no lo hizo para contemplar los restos todavía muy satisfactorios de su belleza, criticar los deterioros sufridos (senos crecidos, pubis menos poblado, grasa en la cintura, unos pliegues en el cuello) o intentar recordar qué tiempo llevaba sin usar ese cuerpo en una actividad sexual que no fuese una masturbación por cuenta propia que no tenía ánimos para practicar en ese instante, sino para así, desnuda ante sí misma, atreviéndose a contemplarse, preguntarse qué coño iba a hacer ahora con su existencia. O más bien qué podía hacer. Porque para ella la vida había sido un combate desigual librado contra unas fuerzas avasallantes que, en cada ocasión que ella se erguía, la golpeaban hasta lanzarla a la lona, y cada vez le resultaba más difícil volverse a levantar para, ella ya lo tenía asumido, con toda seguridad verse sometida a otro castigo, a otra golpiza. Y el resultado era que ahora llevaba veinte años en pausa, en algo así como una hibernación de sus necesidades, movida apenas por la inercia descendiente del tiempo.

Y contemplándose, Nora empezó a acumular respuestas que encerraban decisiones de emergencia, soluciones postergadas, salidas antes desechadas, pero en ese momento al parecer impostergables. A pesar de las derrotas, se imponía romper su abulia existencial, levantar nuevos puntales para sostener su vida y proyectar de una vez lo que le restaba de futuro, sin dejar de repetirse unas preguntas que todos sus amigos y conocidos se habían hecho, porque en realidad ella era la que más se las hacía: ¿qué esperaba?, ¿habían tenido algún sentido sus renuncias, posposiciones y privaciones?, ¿alguna vez su vida sería su vida?, ¿por qué todavía estaba allí?

Cuando Nora regresó de la misión familiar que por más de un año la mantuvo alejada de lo que estaba siendo una muy común y hasta apacible existencia de joven estudiante de su tiempo, la muchacha descubrió al fin que, desde que coincidieron en el preuniversitario, ella había estado enamorada de Rodolfo.

Antes de conocer a su Rodillo, la muchacha había tenido dos o tres enamorados, ya algo más que platónicos, ¿o fueron cuatro? No recordaba con precisión los niveles de cercanía alcanzados con cada uno de ellos, pero sí sabía que apenas había llegado a la intimidad de los besos, más o menos lenguados, y a la caricia de los senos por encima de la blusa o de las nalgas falda de por medio: lo normal en aquella época en que —a pesar de que se hubiera producido en el mundo toda una revolución social y sexual y en Cuba una revolución socialista que superó ciertas inhibiciones y prejuicios— todavía muchas adolescentes como ella, más por inercia que por temor, no se atrevían a saltar las más altas bardas sexuales levantadas por la vieja moral burguesa y cristiana. Cuando coincidió con Rodolfo en el primer año del bachillerato, en 1972, Nora acababa de cumplir sus quince años y, por haber superado esa frontera etaria, ya sus padres le permitían ir sola o con sus amigas a fiestas de sábado por la noche o a pasear por La Rampa y tomar un helado en Coppelia, con la condición de que antes de la medianoche estuviera de vuelta en casa (como si a las dos de la tarde y con treinta y ocho grados de temperatura la gente no pudiera templar hasta por las orejas). La estricta educación familiar recibida y el puritanismo socialista que profesaban sus padres, ortodoxos militantes del viejo Partido Comunista, aún la presionaban como un fardo moral tan asumido que Nora lo aceptaba sin contradicciones de conciencia, pues apenas sentía su peso. No obstante, desde que le resultó evidente que ella le gustaba a Rodolfo y que Rodolfo le gustaba a ella, Nora esperó la ofensiva del muchacho, creyéndose al fin dispuesta a avanzar unos pasos más en su experiencia sexual, incluso cruzar la barda en el momento oportuno. Pero la timidez del joven o quizás la sospecha que él albergaba de un rechazo, dilató por meses un juego galante que, a las alturas de mayo de 1973, cuando agonizaba el curso escolar, al fin llegó a su destino. En la oscuridad acompañada de un cine, viendo una película tan inapropiada para escarceos amorosos como el *Espartaco* de Stanley Kubrick (años después sabría algo de quién era Kubrick, y por qué veían en 1973 y en blanco y negro una obra de 1960), él la tomó de la mano y ella no la retiró. Luego él puso su brazo sobre los hombros de ella, y ella tampoco lo rechazó, sino que se inclinó un poco sobre él para alentarlo, porque lo deseaba y, justo cuando en el clímax de la película los soldados romanos buscaban al revoltoso Espartaco entre los esclavos sublevados, él le volteó con delicadeza el rostro y la besó, y otra vez ella no lo detuvo, pero tampoco lo estimuló en ese momento con una respuesta contundente, porque con el rabillo del ojo estaba siguiendo la trama que se proyectaba en la pantalla. Como acto de fidelidad y rebeldía, todos los esclavos dijeron ser Espartaco.

En varias ocasiones (sabría después que fueron ocho) repitieron aquellos amagos sexuales que, por la inhibidora timidez de uno y la falta de agresividad y decisión de la otra, convencida de que al muchacho era a quien le correspondía estar a la ofensiva, quizás también por no encontrar el sitio y espacio posibles que no fuese un terreno baldío o un banco de un parque, se limitaron a besos y caricias de rostros y cuellos, a sentir contra uno de sus muslos la erección de Rodolfo asfixiada bajo el calzoncillo y el pantalón, promesa de ansias explosivas que los dos añoraban concretar del mejor modo sin decidirse a hacerlo. Pero todo llegó hasta ahí cuando el curso terminó, porque, casi de inmediato, apenas sin tiempo para una satisfactoria despedida, ella debió salir con su madre en auxilio de la abuela que vivía en un pueblito de Las Villas y había sufrido un ictus.

Para la joven comenzó entonces todo un año calamitoso, gastado en un ambiente que Nora repelía no solo porque echaba de menos a su novio, sino, y sobre todo, porque, al dilatarse la contingencia familiar, debió iniciar el nuevo curso escolar en un preuniversitario de régimen interno, de los que habían sido construidos en plena campiña. El propósito de semejante proyecto pedagógico era que los estudiantes, retoños del Hombre Nuevo, crecieran alejados de las sobreprotectoras tutelas paternas e invirtieran la mitad de su jornada realizando trabajos agrícolas y manuales y así se foguearan en un espíritu proletario que los mejoraría en cuanto seres sociales con conciencia de clase, según les decían. Más que la dolorosa sensación de encierro o de la disciplina del internado, a Nora la enervaba el hecho de que como las horas lectivas se reducían en virtud de aquel experimento socio-político-docente de combinar estudio y trabajo, en esos centros se había establecido la obligación adicional de realizar repasos colectivos en las noches y de recibir, al menos una vez por semana, los llamados «Plenos de Formación Ideológica». Como muchos de sus compañeros, Nora detestaba esos mítines, dirigidos por los jefes del Comité de Base de la Juventud Comunista y con la supervisión del profesor guía designado por el núcleo del Partido donde se leían los programáticos discursos del Líder Máximo, sobre los cuales después debían abundar los ponentes y los escuchas, no solo en los «plenos», sino también en los matutinos y otras actividades posteriores para que de ese modo las enseñanzas y consignas quedaran prendidas en sus conciencias de jóvenes revolucionarios blindados en su ideología.

Y aunque ya para esa época Nora había comenzado a sentir el apogeo trepidante de su feminidad, la satisfacción de ver, conocer, disfrutar de su cuerpo, esos placeres que la convertirían muy pronto en una voyerista de sí misma y asidua practicante de la masturbación, para ella la relación con su físico y la desnudez eran, sin embargo, asuntos estrictamente personales. Por eso la molestaba con más ardor la convivencia con otras jóvenes con las cuales compartía albergue, duchas e inodoros, a las que podía ver bañarse o incluso mear y cagar, oír soltar ventosidades y ver tirados sus apósitos menstruales en cualquier rincón, comportarse muchas veces sin un asomo de recato. Algunas de aquellas jóvenes, además, contaban sin demasiado pudor sus lances amorosos con los compañeros varones, incluso con ciertos profesores, y que para asombro de Nora podían incluir en sus relatos detalles del acto sexual. Tal promiscuidad expansiva la asqueaba y potenciaba su estado de soledad sentimental en medio de tanta compañía. Alguna noche Nora incluso pensó en fugarse de aquella cárcel docente y viajar sola a La Habana, adonde había retornado su padre luego de una larga estancia en la URSS. En algún instante de crisis hasta llegó a desear que su abuela muriera y todo volviera a ser lo que había sido, como si apenas necesitara empalmar dos cables para que circulara otra vez la electricidad de su existencia cortada.

Un año duró aquel tormento que, lejos de domesticarla, potenció un sentimiento de rebeldía hacia una estructura social que alentaba la homogeneidad y aplastaba las individualidades. Pero apenas regresó a la ciudad, la alegría de la recuperación de su ambiente se empañó con la noticia de que el cada vez más distante Rodolfo se casaba porque iba a ser padre. Mucho más de lo que hubiera imaginado, tamaña inconsistencia de su enamorado la removió y, agotada la decepción, la abocó a algo parecido a una pertinaz tristeza. El reinicio de las clases, ya para vencer el tercer y último curso de preuniversitario, otra vez en el instituto cercano a su casa, fue un bálsamo para su espíritu y Nora se impuso volver a ser ella misma, con el añadido de la convicción que le regaló la lección recibida: iba a cumplir dieciocho años, era una mujer adulta, asquerosamente virgen, y su cuerpo, su vida, constituían propiedades con las cuales podía hacer lo que le viniera en gana. Más aún: se propuso construir su vida.

Novios como el fotógrafo (comemierda, pero magnífico semental que recibiría la misión de desvirgarla), compañeros de estudios más o menos inocentes o fogosos y también un par de amantes adultos con los que amplió sus conocimientos sobre el sexo, se fueron sucediendo en esos años despreocupados y plenos en los que su único deber era vencer materias y avanzar hacia lo que se prefiguraba como una total independencia, como algo posible que se llamaba el futuro. Y todo fluyó por los cauces programados hasta que en 1978, a sus veintiún años, cuando cursaba en la universidad el tercer año de la carrera de Economía recibió una brutal sacudida y empezó a entender de forma dolorosa que en un país y una época como los que les había tocado en suerte, era casi imposible la idea de construirse una vida según los deseos, las aspiraciones, necesidades, preferencias individuales.

La revelación fue aplastante: ante todos sus compañeros de facultad, Nora fue juzgada y expulsada por dos años de la universidad por criticar en público la propuesta de suspender el estipendio estudiantil y, sobre todo, por denunciar la hipocresía del procedimiento. La propuesta de eliminar la cuota económica que recibían los universitarios, una decisión colegiada en las alturas, había sido camuflada como una espontánea sugerencia, lanzada en una asamblea general de alumnos, y se presentó como fruto de una personal, altruista y también muy revolucionaria iniciativa de un compañero de carrera, deportista de gran éxito, figura de renombre nacional que, todos lo sabían, por su condición de atleta de élite no necesitaba de esos pocos pesos para alimentarse y vivir. Pero había sido él quien se encargó de proponer que esos dineros se destinaran a la financiación del magno evento del Festival Mundial de la Juventud y los Estudiantes, próximo a celebrarse en la isla. La asamblea de estudiantes, como solía suceder en trances similares, como no podía dejar de suceder en esa precisa coyuntura, levantó la mano cuando se puso a votación la propuesta de cancelación del estipendio. Solo Nora y otro alumno de cuarto año habían votado en contra y criticado el procedimiento. El golpe que recibieron los disidentes fue el previsible, una respuesta aleccionadora, diseñada para extirpar cualquier asomo de sinceridad que alterara lo que se pretendía aprobar por la siempre exigida unanimidad ante lo ya decidido que se practicaba y se practicaría en el país. Fue un castigo ejemplar en el cual se podrían reflejar otros compañeros a la hora de manifestar alguna desavenencia con las políticas y mandatos oficiales. Con la expulsión por dos años a la que fue condenada, Nora quedó aturdida, descentrada, y por primera vez la rondó la idea de mandarlo todo a la mierda e intentar irse del país, pero apenas fue eso, una idea muy peregrina, imposible de concretar en una isla que era más isla que nunca.

En la vagancia a la que Nora se lanzó entonces, sin saber hacia dónde conducir su vida, mandándose ella misma a la mierda por el procedimiento de sumergirse en la mierda, su rebeldía se encausó con sus primeras experiencias con el alcohol, incluso probó la marihuana (no se aficionó a fumarla, no le pareció una travesía agradable y además tuvo miedo a posibles consecuencias legales) y comenzó a vivir muchas noches de locura, música, baile y sexo. Fue en una de esas reuniones de inadaptados cuando chocó con un motero soez, turbulento, posesivo, que resultó ser sexualmente avasallante, conocido entre sus amigos como Geni Caballo Loco. Un tipo dueño de unos ojos de un verde desvaído que proyectaban un carácter impetuoso, en cierta forma demoníaco, un personaje con el que un par de años antes jamás se habría relacionado. El hombre con el que, ahíta de un sexo desenfrenado pero sin saber muy bien ella misma por qué lo hacía, qué pretendía, Nora se empecinó más cuando supo que su nombre completo era Eugenio Fermín Bermúdez Páez y podía funcionar como el vehículo para gestionar su revancha.

El vértigo de la velocidad. Pelo suelto y carretera. Las noches que se empataban con el día y el día con la noche, flotando en nubes de alcohol, cigarros y enajenación, *heavy metal,* frecuentes sesiones de sexo y efímeros momentos de comidas aleatorias donde y cuando apareciera algo que tragar (pizzas, muchas pizzas, panes con croquetas), porque si había dinero (¿de dónde coño salía el dinero?) era para comprar ron y ponerle gasolina a la moto y seguir devorando kilómetros y enloquecer con el arrebato de la velocidad hacia la inconsciencia y la libertad, más pelo suelto, más carretera, más turbación alcohólica, noches dormidas a la intemperie, en la arena de una playa o donde fuera, y de vez en cuando peleas a puñetazos. Aquellos jóvenes, una especie de tribu nómada, habían creado un extraño meandro que los apartaba del curso agobiante de una sociedad cada vez más uniformada, para ellos invasiva. Con sus pelos largos y ropas que podían resultar estrafalarias, habitaban ese territorio apache donde palabras como camarada, conceptos como socialismo, misiones como internacionalismo proletario, trabajo voluntario, conciencia de clase, milicias de tropas territoriales para defender a la patria de una agresión imperialista o reclamos a la votación unánime, resultaban como ecos difusos de alaridos emitidos en un idioma desconocido.

Practicaban una libertad anárquica, de cierto estilo *hippie* caribeño con vergonzoso retraso temporal, y pretendieron extenderla, quizás perpetuarla, cuando Geni convenció a Nora de que les había llegado la gran oportunidad. Y hambrientos y mal bañados, Geni y Nora se presentaron en una oficina en la cual se gestionaban las autorizaciones para, con el permiso de migrar, trasladarse al puerto del Mariel por donde, en embarcaciones provenientes de La Florida, los cubanos residentes en el norte recibían la autorización de ir con sus embarcaciones para llevar hacia Estados Unidos a sus familiares de Cuba. Aunque otras veces Geni había hablado de una soñada intención de largarse del país, pues él quería experimentar otras libertades, decía, Nora nunca se lo había propuesto como una opción realista y posible, si acaso como un desfogue momentáneo de sus frustraciones. Sin embargo, ella no lo pensó demasiado y lo siguió en el intento simplemente porque irse a otro sitio se le antojaba como una aventura capaz de alimentar su rebeldía en eclosión. O de realizar su propio parricidio del progenitor marxista-leninista-estalinista que consideraba traidor a la patria a todo el que optara por largarse a donde quisiera largarse. Contrariar al padre le gustaba como idea.

La posibilidad de que ellos emigraran sin que nadie los reclamara se debía a que el Gobierno cubano, luego de autorizar la apertura del puerto y la operación de salidas familiares, les hizo a los navegantes la jugada de permitirles embarcar a los parientes solo si rellenaban sus lanchas con los que ellos consideraban verdaderas escorias sociales: presidiarios sacados directamente de las cárceles, enfermos mentales enviados desde los manicomios, homosexuales confesos, inadaptados reconocidos, vagos contumaces. Cinco fardos de escoria por cada familiar fue la condición establecida. Por ello, para lograr su objetivo, Geni y Nora se presentaron ante el cancerbero armado de cuños dispensadores y se catalogaron de alcohólicos, drogadictos, vagos habituales, y como tal fueron registrados. Pero en la lista de indeseables al parecer quedaron en un escalafón de prioridades muy bajo y pasaron los días y las semanas sin que los llamaran para conferirles la autorización de largarse y, por ello, se salvaron de verse sometidos a la despedida revolucionaria que se había ordenado ejecutar: un mitin de repudio para los que abandonaban la patria, con ofensas, huevos lanzados y, si el ambiente se calentaba, hasta alguna golpiza al pretendiente a emigrante, siempre catalogado de forma oficial como escoria.

Geni ya andaba pensando que si cometían algún delito, tal vez los consideraran más antisociales de lo que eran y al fin se decidirían a deshacerse de ellos. Pero justo mientras buscaban esas alternativas desesperadas se produjo el frenazo. Nora había tenido náuseas y mareos y, para que se recuperara de un episodio más intenso, pasaron la noche en el garaje vacío de la casa donde ahora vivía el recién casado Raymundo Fumero, el eterno amigo de Geni. Al amanecer, apenas bebida una taza de café, volvieron las náuseas. Nora no pudo esperar más y al fin soltó la bomba: debían hacer algo, ya no tenía dudas de que estaba embarazada, le confesó a Geni, presintiendo cuál sería la respuesta del motero ante algo tan inconveniente. Nora fue la más sorprendida cuando al día siguiente, luego de tener la confirmación médica de la gravidez de la joven ya en un término tan avanzado que no hacía practicable el aborto, mirándola con toda la intensidad de aquellos ojos de un verde desvaído, él le dijo que lo único que ella iba a hacer era seguir con el embarazo y parir. Debían tener ese hijo, él quería tenerlo... Y es que Geni podía ser así, o ser lo contrario o lo opuesto de lo contrario, ser todo o ser nada u otra cosa diferente. Y ella, que incluso hubiera aceptado sin discutir la solución de la interrupción, sintió un arrebato tan vigoroso de ternura, gratitud, quizás de amor verdadero al escuchar semejantes palabras de Geni Caballo Loco, que se sorprendió de la potencia de sus propios sentimientos hasta ese instante reprimidos o desestimados. Porque antes de escuchar la propuesta de su amante, Nora no había querido pensar ni un instante cuánto le hubiera gustado conservar a esa criatura para no sufrir el trauma de tener que abortarla. Y la decisión de Geni despertó de pronto la personalidad más verdadera de la joven, la que había ocultado bajo el vértigo de la rebeldía, la rabia, la velocidad y la locura, la personalidad pospuesta que, a temperatura y presión normal, siempre le hubiera reclamado la opción de la maternidad. Nora también podía ser así, y a la vez, por supuesto, lo contrario: de pronto, por obra de la naturaleza y sus instintos ancestrales, le daba una vuelta más a la noria de su vida para encontrarse frente a la joven centrada, lógica y hasta cautelosa que había sido unos años atrás, antes de que la traición primero, y la intolerancia después, le quebraran la línea de la que ella pretendía que debía ser su camino recto y ascendente, y le perforaran el recipiente de los sueños, escamoteándole el futuro.

Como en los últimos meses de vagancia y locura Nora había escapado de los constantes reproches de su padre, el militante ortodoxo, y encontrado refugio ocasional en la casa de su prima Amparito, decidió hacer la prueba y someterse a la humillación e intentar un regreso a su propia casa, colocando por delante la noticia de su preñez. Desde su expulsión universitaria, sus padres habían tenido una actitud crítica con los comportamientos de la joven y sus actitudes posteriores y ambos alentaron el distanciamiento, incluso la negación: ella no era la hija revolucionaria que ellos habían educado, sentenciaron. Cuando Nora planteó su intención de volver, embarazada y con marido, como era de esperar el padre gritó, la acusó, le dijo que le habían informado de su intento de salir del país como una contrarrevolucionaria, una gusana, una escoria, porque ellos lo sabían todo, todo. Y le ratificó que él sabía que ella terminaría así: sin nada y con la barriga hinchada. Pero cuando la joven iba a contraatacar y declarar la guerra, la figura de su madre de pronto creció del modo imprevisto y sorprendente que Nora le agradecería por el resto de su vida: si su hija embarazada no podía volver a la casa, ella se iba con su hija, le dijo la madre Catalina al padre Raúl, y, de forma también imprevista y sorprendente, el hombre rindió sus armas aunque, para salvar algo de su dignidad, dijo que lo que nunca admitiría era que se le llenara la casa de moteros ni que bautizaran en la iglesia a la criatura por venir. Yo también soy atea, lo calmó la joven.

En noviembre de 1980, cuando Geni y Nora se casaron en el Palacio de los Matrimonios de la calle Mayía Rodríguez, ella tenía seis meses de embarazo, él llevaba dos con un trabajo fijo en un taller de mecánica y ya compartían una habitación en la casa de los padres de la mujer, en la calle Juan Delgado. Y hacia allí fueron en la que sería la última travesía que harían en la moto (a unos precavidos treinta kilómetros por hora), rodeados por sus camaradas de trashumancia, el velo blanco al viento, el vientre ya crecido de ella contra la espalda del hombre que, desde ese día y todavía, legalmente sería su marido.

Muchísimas veces durante aquel proceso Nora se observó en el espejo de su habitación para comprobar y disfrutar las alteraciones físicas de su cuerpo: el vientre en crecimiento, las tetas que se redondeaban, las caderas que se marcaban con más amplitud. Los deseos sexuales, mientras tanto, se mantuvieron alertas, quizás incluso potenciados por la intensidad de los sentimientos y el repunte de las hormonas. Y, por fortuna para sus ansias, Geni era un animal inagotable, siempre dispuesto a satisfacerla, y ensayaron posiciones cada vez más complicadas a medida que la panza de Nora crecía hasta dimensiones que parecían imposibles de alcanzar sin que se le abriera la piel y la criatura saliera andando. Durante una de esas funciones, penetrada desde atrás, observándose en su espejo, ella sintió la primera contracción de una forma tan definida que tuvo la certeza de que no se estaba viniendo, sino casi pariendo. Apenas ocho horas más tarde, el 2 de febrero de 1981, Nora acunó en sus brazos a la recién nacida Violeta, una niña muy hermosa, rolliza, de ocho libras y diez onzas de peso.

6

Entre las muchas cosas que Eugenio Bermúdez había perdido o, sin su autorización, pero sin poder evitarlo, le habían sido robadas a lo largo de su vida, estaba la capacidad de sentir emoción. Su corazón, su alma, su cerebro, o dondequiera que habitara ese sentimiento, había sido drenado a golpes y con múltiples adversidades hasta vaciarse de esa facultad. El paso de los años y las calamidades que lo persiguieron no hicieron más que refinar el proceso.

A diferencia de su hermano Rodolfo, que desde niño fue un pusilánime cobarde, siempre inseguro y tal vez por ello sobreprotegido por sus abuelos (y esta valoración es bastante objetiva), Geni creció sin paraguas bajo el signo de una violencia en la cual germinó el odio y, como defensa, desarrolló las facultades de la arrogancia y la agresividad. Cuando enumero estos cuatro sustantivos —podría añadir otros, como la pobreza, tan mezquina, provocadora y eficiente en su labor de perversión humana—, se me hace más difícil entender cómo pude trabar una incombustible amistad con una persona así y, en cambio, me es más fácil comprender los comportamientos de ese amigo que, por cierto, a la vez podía ser un tipo generoso, desprendido de lo que tenía, y con un encarnizado sentido de la hombría, ese código callejero del honor que entre nosotros tanto valoramos.

La llave que abre y cierra la puerta de la vida de Geni fue su padre, Fermín. Lo recuerdo perfectamente: delgado, musculoso, calvo desde que lo conocí, Fermín era un demonio que engendró otro demonio al que le dio en herencia esos ojos de un verde desvaído. Más complicado resulta entender el carácter de ese hombre diabólico, pues había sido criado por los viejos Quintín y Flora, dos seres adorables, laboriosos, personas decentes como solía decirse cuando en este país a la gente le importaba la decencia, y que, hasta donde sé, criaron a sus hijos Fermín y Rosa con los esfuerzos que en su tiempo implicaba tener una pobreza digna. Un techo, comidas, zapatos y la posibilidad de asistir a una escuela, que Rosa siguió hasta graduarse de secretaria mecanotaquígrafa, y que Fermín abandonó en el cuarto o quinto grado para comenzar a vagar, buscándose unos pesos en lo que apareciera, sin más aspiraciones en la vida que verla pasar.

Fermín terminó trabajando sobre todo como albañil, con más regularidad desde que se casó con Dolores, Lola para todos, una mujer delgada como él, fibrosa como él, sin el carácter de él, o tal vez sin ningún carácter. De joven debió de tener cierta belleza, pero muy pronto esa cualidad física dejó paso al rostro más amargo que he conocido en mi vida: ojos opacos, boca con un rictus como de asco, acentuado por el cigarro que solía colgarle de la comisura de los labios. Y su rostro era el espejo de su alma: porque con o sin alcohol en las venas, Fermín siempre la trató como si fuera un perro, y, como un perro sin carácter, a ella no le quedó otra que amoldarse a los maltratos físicos, verbales, psicológicos, económicos que sufrió toda su vida hasta que, cumplida la gran tragedia, Rodolfo pudo rescatarla y darle unos pocos años finales de vida con alguna dignidad.

Ya habían nacido Geni y también Rodolfo cuando, empujado por el abuelo Quintín, Fermín había construido una casita, así la llamaban ellos, *la casita,* en el terreno anejo a la vieja casa familiar. El impulso de Quintín para alejar al menos unos metros a Fermín y su familia fue un intento de darle una responsabilidad filial a su hijo, una misión que lo ayudara a centrarse en la vida. Aunque estoy seguro de que mucho tuvo que ver en la decisión el intento de Quintín de poner alguna distancia con las tribulaciones de la relación de Fermín con su mujer, a la que vilipendiaba y golpeaba con frecuencia, lo que conseguía provocar reacciones también violentas (solo verbalmente violentas) del siempre apacible Quintín.

En honor de Fermín debe decirse que con sus propias manos levantó una especie de cuartón de ladrillos con cubierta de hormigón y unas divisiones del espacio interior bastante arbitrarias. Geni tenía ocho años (dos menos que cuando nos conocimos) cuando él y sus padres se trasladaron a *la casita,* mientras que, por insistencia de Flora y Quintín, que debían de tener buenas razones, el pequeño Rodolfo se quedaba con ellos en la segunda habitación de *la casa,* la original de madera.

Ese traslado fue para Geni el inicio, ya con la suficiente conciencia de su suerte, del infierno que ha sido casi toda su vida. Las iras y rabietas de Fermín, ahora sin ninguna barrera, se manifestaron desde entonces con más frecuencia, y cuando se desataba su furia, por el motivo que fuera (la comida estaba fría o muy caliente, había bebido ron o no había conseguido ron), vilipendiaba y golpeaba a Lola y también a Geni si se ponía a tiro o intervenía para intentar proteger a su madre. El dinero que Fermín ganaba en sus trabajos de albañilería o electricidad era cada vez menos, pues cuando no se emborrachaba apostaba en peleas de perros o de gallos, por lo que Lola tuvo que comenzar a lavar y planchar ropas de vecinos por algunos pesos, y el propio Geni, justo cuando lo conocí, se dedicaba a chapear patios y limpiar zapatos a domicilio, cargando un pequeño cajón que su abuelo Quintín, con dolor de su alma, le ayudó a armar. Nunca he podido olvidar que aquel día preciso, cuando la maestra me ubicó junto a Geni en el aula de quinto grado, lo primero que me impresionó de mi nuevo compañero no fue su mala cara, sino ver sus uñas y cutículas percudidas, las palmas de las manos encallecidas como las de un hombre que labora con ellas. Esa presunta falta de higiene me provocó un mezquino rechazo que duró hasta que supe que la aparente suciedad eran restos resistentes de la tinta rápida y del betún con que limpiaba zapatos para ganar un par de pesos, mientras las llagas y callos de las palmas habían sido desarrolladas por el uso del machete con que chapeaba patios por todo el barrio. Eran las trazas de la búsqueda de un dinero que, casi íntegramente, por años y hasta el horrible desenlace, tantas veces Geni le entregó a Lola, con la sola condición de que Fermín no se enterara. Pero el muchacho hacía esos aportes como si cumpliera una penitencia, no por compasión con su madre: lo hacía con rabia. Sin emoción, como lo haría casi todo en su vida, hasta sus últimas decisiones y acciones.

7

No del mismo modo ni con la intensidad que lo afectaba estar cerca de Nora o la fiesta que significaba recibir una de las esporádicas llamadas de Aitana, pero lo cierto es que para Rodolfo sentirse víctima también era algo que lo reconfortaba. Al menos siempre le reportaba un alivio, un sórdido alivio. Como percibir que una jaqueca persistente de pronto cede y unos minutos después uno olvida el dolor porque ha dejado de sentirlo, sin que el aura de la cefalea se haya desvanecido del todo, como advertencia de su pasada presencia y de un posible retorno. ¿A quién o a qué prefería culpar de sus miedos, desasosiegos, frustraciones? ¿A su padre distante, alcohólico y abusador? ¿A Nora y sus comportamientos? ¿O mejor solo a Geni por haber sido como había sido desde mucho antes de que llegaran Nora y el parricidio, o por el modo en que había sido su hermano porque existían Nora y también el parricidio? ¿O en realidad se protegía orientando hacia otros la culpa y sus diversos desenlaces? Rodolfo podía seguir hurgando y desenterrar más cadáveres, apuntando a todos los blancos, y sin que le faltaran verdaderos motivos ni muchas razones. O podía seguir y ampliar el diapasón: ¿la culpa era de su tiempo, de la historia, en fin, del avasallante país en que le había tocado nacer y vivir, de todo aquel cúmulo de sacrificios que les exigieron, con guerra incluida, actuaciones y decisiones a las cuales los conminaron, muchas veces sin contar con su voluntad? ¿O él se escudaba en cualquier motivo o pretexto exterior para intentar explicar o hasta justificar lo que había sido él mismo y no hubiera querido ser? ¿Cuál de aquellos argumentos esgrimir? ¿O acaso todos confluían y formaban un magma candente, impenetrable, y resultaba imposible separarlos porque componentes propios y ajenos constituían una lamentable unidad viscosa? Qué clase de desastre todo, ¿no? Un desastre él y uno mayor su circunstancia.

Pasadas las once de la noche, cuando al fin se dejó caer en su cama, Rodolfo se había rendido y, contra sus cálculos previsibles, durmió casi seis horas de un tirón, sin las pesadillas o desvelos que desde hacía años solían asediarlo. Y se despertó al filo de las cinco de la mañana, como el hábito lo ordenaba. Así ocurría cada amanecer, desde que superó la peor etapa de la nebulosa temporada de 1986 en que, deprimido, tembloroso, anémico, hediente y al borde de la locura, lo habían sacado de la casamata angolana donde lo habían destinado para hacer la guerra y devuelto a Cuba para ser hospitalizado y luego confinado por varias semanas en una clínica psiquiátrica donde lo habían tratado de «el mal de la tristeza culposa», como le había dicho su muy heterodoxo loquero.

Cuando le otorgaron el alta médica y la liberación militar, abriendo ya el año 1987, Rodolfo había comenzado a trabajar como contador principal de la Dirección Municipal de Comercio Interior, donde desde siempre fue el primer trabajador en llegar. No importaba la hora en que se hubiera ido a la cama, ni la cantidad de ron bebido la noche anterior, ni que alguna de sus ninfas ocasionales le hubiese animado la noche. Incluso los domingos Rodolfo se despertaba faltando cinco, tres, como mucho dos minutos para las cinco de la mañana y apagaba la obsoleta alarma programada del invencible despertador soviético de cuerda que había heredado de su difunto padre. Empujado por el hábito, ese primer amanecer como jubilado Rodolfo buscó en la oscuridad el botón de la alarma cuando recordó que esta vez no la había activado: después de treinta y cinco años de labor casi ininterrumpida en la Dirección Municipal de Comercio Interior, ese era el primer día hábil en que ya no tenía la obligación de llegar en hora a ningún sitio, y Rodolfo, maniático de las estadísticas, descontaba de esa rutina, por supuesto, las vacaciones, los días de entierro o velorio, un par de violentas agresiones virales y algún que otro percance puntual, como la única semana de la pandemia en que un brote de contagios obligó a cerrar por varias jornadas una dependencia que, por su función, no podía estar cerrada porque si no se distribuía la poca mercancía que podían recibir, la gente se moriría de hambre antes que por la plaga de la covid. Y al despertar no supo si sentirse feliz o vacío: ni una cosa ni otra, concluyó. Porque desde la noche anterior llevaba una piedra atada al cuello que impedía la erupción de esos otros vulgares dilemas existenciales.

Afuera todavía estaba oscuro y, después de tragar la dosis diaria de medicamentos que regulaban su presión arterial y controlaban sus triglicéridos (con lo poco y mal que comía, solo Dios sabía por qué demonios tenía alterados los triglicéridos), Rodolfo desayunó como cada día: de pie, recostado al borde del fregadero, oteando la penumbra apacible que sobrevivía más allá de su ventana, un velo oscuro apenas rasgado por la lánguida bombilla que iluminaba el desvencijado portal de la casita de Nora. Bueno, en realidad y muy pronto otra vez, el sitio donde (¿qué otra opción existía?), como había anunciado con la noticia del anticipo de su liberación, pretendía alojarse su hermano Geni. ¿Qué haría Nora? ¿Rodolfo dejaría de verla si se trasladaba definitivamente a la casa de la moribunda progenitora que nunca se moría?... Bebió su medio vaso de café, en el que mojó y ablandó el mal pan de la cuota del día anterior (cada vez ese pan sabía más ácido), raspó con una cucharilla las migas rebeldes y lo sorprendió el recuerdo de los años en que allí mismo le preparó sus desayunos a Aitana. Para fumar el primer cigarro del día, en cambio, Rodolfo sí necesitaba sentarse, inhalar, exhalar y esperar, como si el humo tóxico y la postura le restaurasen la condición de ser pensante y, lo más esencial, prepararan su vientre para soltar la abundante deposición de cada mañana. Como lo de los triglicéridos exagerados, ese era otro misterio. Porque no importaba si cada vez tenía menos avituallamientos y apenas comía o incluso si se saltaba un turno: su organismo siempre producía una notable cantidad de desechos sólidos. Y unos minutos después, mientras defecaba, lo abrazó una idea seductora: el mar. La libertad y el mar.

Rodolfo tuvo la noción más precisa de su despropósito madrugador cuando a las seis y diez, como cada día, cerró la puerta de la casa para, con instinto pavloviano, dirigirse andando a la que había sido su oficina, aquel local húmedo y oscuro donde había laborado tantos años y con el que había establecido una encarnizada relación de amor y odio. Y que ahora no era más *su* oficina. Otra pérdida que contabilizar, aunque para nada lamentable. El día anterior, incluso, para sentir mejor los beneficios de su liberación, sin que nadie se lo reclamara él había entregado las llaves del edificio donde radicaba el organismo y con las cuales Rodolfo, por décadas el más madrugador de todos los registrados en la plantilla laboral, había abierto sus puertas y ventanas cada amanecer. Por su actitud ante el trabajo, muchas veces Rodolfo Bermúdez había sido electo vanguardia del centro, hasta que a alguien se le olvidó que se debían escoger vanguardias. Total, para lo que servía.

Charlando con el custodio que terminaba su faena a las siete, vio llegar a Consuelo, la mujer que se encargaba de la limpieza y solía presentarse como Especialista A en Trapeología. Consuelo (con la que tiempo atrás había tenido varios encuentros sexuales más bien higiénicos) lo miró como si no lo conociera y le preguntó qué coño hacía él allí. ¿No lo habían despedido el día anterior con discurso del secretario general de la Sesión Sindical incluido y un paquete de café como merecido, muy cotizado y apropiado obsequio? ¿Acaso era tan masoquista que iba a hacer trabajo voluntario socialista?

—El dinero del salario llegó ayer muy tarde. Vengo a cobrar el mes —explicó Rodolfo, como si se justificara, y aunque su ánimo no era el más propicio, no pudo evitar una socarrona sonrisa—. Me siguen pagando aquí hasta que me llegue la chequera de la jubilación.

Consuelo asintió y comenzó a buscar en su bolso la llave con que, desde ese día, la Trapeóloga A se encargaría de descorrer las puertas del local.

—Y, por cierto, ¿de cuánto va a ser tu jubilación?... Vaya, si no es una indiscreción.

—Como dos mil quinientos, creo... —Exageró la cifra, avergonzado de reconocer la posible cantidad, seguramente menor, en cualquier caso muy devaluada.

—Je, lo que gano yo... Así será la mierda que me van a pagar cuando me retire. No sé qué carajo voy a hacer, porque ya ni sé cómo coño vivo... Pero eso a nadie le importa en este país. Esto ya es sálvese quien pueda... Estoy casi ciega y desde antes de la pandemia en la óptica dicen que no hay cristales ni espejuelos, pero un tipo de esa misma óptica me dijo que por veinte mil pesos me resuelve el problema. Dime algo...

—Eso es verdad, digo, eso es así —ratificó el custodio, que, todos lo sospechaban, incluso lo sabían, era casi retrasado, pero que, como todos, tenía muy asumido que debía robarse cuanto pudiera de las oficinas para mejorar su magro salario. Quizás con él se podría conseguir el tubo de luz fría que necesitaba para su lámpara, pensó Rodolfo, pero no se atrevió a hacer la averiguación—. Ahora a los que están más jodidos los llaman «vulnerables»... Mira que esta gente inventa... Vulnerables ni vulnerables... ¡Pobres y muertos de hambre es lo que son!... Lo que somos. Oye, Rodolfo, ¿tú no estás cansado de que nos metan tantos cuentos?

—¿Te queda café para colar ahora? —le preguntó Rodolfo a Consuelo. No tenía intenciones de discutir sobre el estado de «la cosa», menos sobre los cuentos que les metían ahora y los que les metieron por años. En realidad lo que más le molestaba era que unos cabrones intentaran burlarse de su inteligencia. Y lo hacían todos los días.

La mujer miró hacia los lados, como para garantizar que nadie más la podría escuchar.

—Y no es del polvo mezclado que venden en la bodega y nos mandan para acá..., es del bueno, del café café. —Y siguió en modo confidencia—. Un paquete que le tumbé al capo... Roban tanto que ni se dan cuenta de lo que tienen. Bueno, de esos robados fue el paquete de café que te regalaron ayer.

—Voy a tener que intervenir —susurró sarcástico el custodio. ¿Era de veras retrasado o se hacía?

—Oye eso, Rodolfo, mira quién habla... —dijo la mujer mientras abría la puerta principal del edificio y se volteaba para sonreírles a los dos hombres—. Dale, vamos, voy a colar ahora.

Sí, qué carajo, beberían del café robado al director de la empresa que lo recibía del café que se robaba el responsable de suministros en contubernio con el jefe de almacén del supermercado de donde también salía el azúcar, el arroz, el pollo, las papas, el laterío que el administrador del local, conchabado con los distribuidores y el gerente municipal de ventas, desviaba (a nivel de retórica oficial se utilizaba ese otro eufemismo) y vendía con beneficios económicos (en dinero y en especies) para cada uno de los eslabones de una cadena que, Rodolfo lo sabía, subía hasta estratos ocultos en las nubes altas del poder y la impunidad. Rodolfo era, precisamente, el único de los posibles receptores inmediatos de las comisiones generadas por semejantes actividades que nunca había reclamado su porción de la rapiña, y solo se debía a una razón: prefería tener carencias a vivir con más miedo del necesario. Durante los meses que estuvo en la guerra había agotado todas las reservas de sus muchos miedos soportables y lo paralizaba la sola idea de estar encerrado en una cárcel, como había ocurrido con algunos de los jefes y jefecillos corruptos, los más osados, que habían robado más de lo aceptable, o repartieron mal los botines de guerra. Al César lo que es del César y bueno es lo bueno, pero no lo demasiado, como solía decirse.

Apenas eran las nueve de la mañana, ya tenía su salario del mes en el bolsillo y ningún deseo de permanecer en lo que había sido su centro de trabajo. La mejor opción, se convenció, seguía siendo el mar. Para él, siempre el mar.

Tuvo suerte con el transporte y a las diez llegó a la costa, prácticamente desierta a esa hora en que ya reverbera el sol del verano. Debía conformarse con ese tramo de mar abierto en el oeste de la ciudad y al cual se debía bajar calzado y haciendo equilibrio sobre los agrestes arrecifes, pues con la carencia de transporte y combustible la posibilidad de trasladarse hasta las amables playas de arena del este resultaba casi imposible.

Se desvistió, guardó la ropa en la bolsa de nailon que había llevado para ese propósito y, luego de comprobar que nadie lo observaba, sepultó la bolsa debajo de varios pedazos de roca para al menos dificultar que se la robaran, en un país donde todo era robable. Pero apenas se sumergió en el mar, agradablemente templado, lo arropó una potente sensación de libertad. ¿O de liberación? El mar siempre le regalaba aquel beneficio. Habían perdido tantas, tantas cosas, habían desaparecido demasiadas satisfacciones y habían tenido que renunciar a muchas posibilidades, pero les quedaba el mar. Por fortuna. Todavía. Rodolfo nadó un par de tramos y se echó de espaldas para que la densidad del agua salada lo mantuviese a flote y, desde aquella posición de amable ingravidez, miró al cielo de la mañana. Nubes blancas, nubes grises, una extraña estela, pintada de naranja, impropia de la hora. Detrás, por encima, a través de un orificio circular, casi perfecto, abierto entre las nubes displicentes, se conseguía ver la bóveda celeste de un azul desvaído. Pensó: como para que Dios en los cielos tuviera un mirador desde el cual disfrutar de las tropelías de sus criaturas.

El agua que sostenía su cuerpo le regalaba la placidez en que puede quedar el mar al día siguiente de una lluvia estival vespertina. Rodolfo cerró los ojos y se propuso no pensar. Todavía no, no más. Ni siquiera en Dios y sus veleidades. Tenía miedo a lo que podía pensar y luego concluir. Pero fue en vano. Siempre pensaba, toda su puta vida no había dejado de pensar ni un instante. O, como había colegido y certificado: solo dejó de hacerlo por un segundo y fue en la malhadada tarde angolana en que apretó el gatillo de su fusil AKM e hizo un barrido con su ráfaga. Y en una extraña o lógica continuidad recordó entonces que cuando era niño y aún no tenía una clara conciencia de los dramas que se desarrollaban a su alrededor gracias a aquel proceso en marcha llamado Revolución que lo revolvía todo, a Rodolfo le encantaba imaginar que vivía otras existencias diferentes a la suya, aunque siempre sin dejar de ser él mismo. O mejor, tal vez solo un poco diferente a lo que él estaba siendo, aunque sobre todo ser él mismo, pero sin miedo. Solía concebir en esos desvaríos que era hijo de unos padres que no se peleaban, que su padre no le propinaba bofetones y hasta patadas a su madre, golpes que él mismo podía recibir si intentaba intervenir llorando de desesperación y miedo. O fantasear que su hermano Geni no lo aporreaba por cualquier cosa, y así él no tendría el temor de que se le escapara una pelota, que no le bailara un trompo o fallara un tiro a la canasta y de inmediato Geni lo castigara con, cuando menos, un tirón de orejas o un puntapié en una espinilla. O que su casa no era de madera y tejas, sino de mampostería y placa como la de su amigo Felipón o la pequeña quinta de Cristóbal, el boticario, y no fuese necesario mirar todas las noches debajo de la almohada para comprobar si allí se escondía un alacrán caído del techo de tablas y tejas. Imaginaba cosas así: había otras vidas, por supuesto mejores, y, sobre todo, vidas en las que no imperaba el miedo. Y aunque con los años esos ensueños habían menguado, nunca semejantes maquinaciones lo habían abandonado del todo. Cambiar causas y mejorar efectos... ¿Cómo habría sido todo si la abuela de Nora no se hubiera enfermado y obligado a la joven a trasladarse lejos por un tiempo que resultó ser demasiado tiempo o el suficiente para joderle la existencia?, era una de sus preguntas dialécticas preferidas. Qué desastre, por Dios...

Cuando abrió los ojos encontró un paisaje celeste diferente:

había más nubes grises, el azul de la bóveda era más oscuro, el orificio circular parecía no haber existido nunca, porque el mundo no para de moverse aun cuando parece inmóvil, se dijo Rodolfo y otra vez se preguntó: ¿de verdad soy libre? ¿Alguna vez lo había sido? ¿Alguna vez lo sería? Sí, respondió a la última cuestión: seré libre cuando no exista. Porque la mayor certeza que acompaña a la muerte es que con ella se concreta la más verdadera liberación, concluyó, repitiendo lo que varias veces le había recordado su psiquiatra... Y siguió de largo, pensando, pensando: cuando muriera, ojalá hubiera logrado su mayor sueño de descubrirse al fin sin miedo y entonces alguien se ocupara de plagiar para su tumba el epitafio de Nikos Kazantzakis: «No espero nada, no temo nada, soy libre».

Porque todo, desde el principio, prácticamente había sido obra exclusiva del miedo. Y el miedo, como cualquier enfermedad crónica, se puede intentar controlar, pero resulta muy difícil de curar, y una mínima alteración de una rutina, ya sea física o incluso solo mental —un recuerdo, una idea, una sospecha—, puede delatar su presencia y potenciar sus efectos, como tantas veces le explicaría su loquero, el doctor en Psiquiatría Pedro Luis Gonzaga.

Rodolfo pudo haber dicho que no esa tarde de febrero de 1986 cuando lo convocaron a una oficina del Comité Militar de su municipio para comunicarle que, en su calidad de reservista, había sido escogido para la honrosa responsabilidad de cumplir misión internacionalista en la República Popular de Angola. En puridad, aun siendo reservista del ejército, Rodolfo no estaba obligado a aceptar la captación por tratarse de una contienda militar fuera del país y así se lo dijeron. Entonces él hubiera podido aducir que, por supuesto, tenía la disposición de ir a la misión de solidaridad internacionalista con nuestros hermanos africanos, pero también la responsabilidad filial de criar a su hija, él era su principal sustento desde que fuera abandonada por su madre cuando la niña apenas tenía dos años, y por esa misma razón, por ejemplo, en su momento él había sido exceptuado de cumplir el Servicio Militar Activo y, qué problema, por eso nunca había tenido un fusil en sus manos. O, mejor aún, podía haber confesado sin más tapujos la verdad: que la sola idea de ir a una guerra lo aterraba, detestaba cualquier forma de violencia, no se imaginaba que él pudiera matar a otra persona o que debía dejarse matar por obedecer una orden y defender una idea que se les había ocurrido a otros. En fin, simplemente alegar, como razón irrebatible, que tenía miedo.

Rodolfo supo que había habido otros reservistas y reclutas convocados para esa campaña, quizás incluso tan valientes como muchos de los que sí fueron a combatir, que con ese coraje asumieron posibles consecuencias políticas, adujeron sus motivos y se rehusaron a enrolarse en esa guerra. O se negaron sin más. Pero en aquella época en la que escaseaban las alternativas, empujado por el miedo a las secuelas que una negativa pudiera ocasionarle, presionado por una compacta violencia psicológica extendida en la atmósfera nacional, casi sin pensarlo Rodolfo le había dicho que sí al oficial. Iría a Angola, a la guerra, como habían ido e irían otros trescientos mil compatriotas, militares y civiles, a lo largo de catorce años de presencia militar cubana en aquel país. Gentes como él, empujados muchos de ellos por una convicción ideológica, otros muchos porque cualquier cosa les daba igual y pensaban que tal vez hasta obtendrían alguna recompensa de su decisión, y otros más por la compulsión social. Rodolfo sería uno de los que reaccionarían ante esa poderosa compulsión, a la que tantos temieron más que a la lotería de la guerra.

En realidad, la opción de verse enrolado en una aventura militar había sido algo que nunca había entrado en sus cálculos personales. Desde niño, siempre que veía películas de temas bélicos —cuando ya era adolescente hubo una verdadera invasión de filmes soviéticos sobre la Gran Guerra Patria—, tenía la patente percepción de que asistía a un absurdo: ver a esos hombres que, con palos, lanzas, espadas o fusiles, según la época, colocados bajo pendones o banderas, obedecían a una voz de mando y avanzaban hacia el ejército enemigo para matar a los otros o morir en el intento, le hacía preguntarse si semejante actitud tenía alguna lógica humana. Quizás fuera cierto algo que había leído de que los despiadados vikingos se lanzaban a ese desafío endrogados con opiáceos que les hacían perder el temor a la muerte y el pudor a matar a otros. Se sabía que muchos de los marines estadounidenses enviados a pelear a Vietnam se ponían ciegos de drogas. Y eso explicaría muchas cosas. Pero, aparte de que alguien pudiera reaccionar bajo esa enajenante condición, él no conseguía encontrar más respuestas que las conceptuales que les eran inculcadas desde los primeros años escolares: se estaba dispuesto a morir y matar por cuestiones de honor, de patriotismo, de ideales, de fidelidad. Y se le revelaba entonces la siguiente cuestión: ¿el honor, el patriotismo, los ideales o las ansias de justicia valían más que la vida? ¿La causa o la vida, como proclamaba incluso el himno nacional? Rodolfo, que siempre pensaba demasiado, había concluido que, al menos para él, nada de aquello tenía sentido y no porque fuera un cobarde, sino porque no era capaz de darle ese valor necesario que las sustentara. La guerra se le presentaba como una negación de la vida, como una aberración de la condición humana a la cual, sin embargo, con tanta facilidad solían acudir los humanos.

Apenas salió del Comité Militar cargado con una citación oficial para que se presentara allí mismo en una semana e iniciar en una unidad de combate una preparación física e informativa previa al viaje a Angola, Rodolfo tuvo la certeza de que había cometido uno de los mayores desatinos de su vida. Porque si algo sabía era que él no quería ir a ninguna guerra. Y, para seguir, si se hubiera negado a enrolarse, ¿qué represalias podían tomar con él, un simple auxiliar de contabilidad de una dependencia tan inocua como los Servicios Comunales donde ahora trabajaba? ¿Rebajarlo a barrendero? ¿Qué le podían quitar a alguien que nada tenía? ¿El agua, la electricidad, la libreta de abastecimientos? ¿El carnet de identidad y la ciudadanía?... La compulsión social había funcionado y el miedo había hecho lo suyo. Porque si algo tenía Rodolfo, tan o más fuerte que sus convicciones, era miedo, en realidad, diversos miedos. El miedo a verse marginado, excluido, repudiado por una sociedad que no admitía las disidencias, y las castigaba, que alimentaba el miedo personal y el medio social generado por la desprotección, la indefensión ante el poder de un Estado dueño de todo, propietario incluso de las decisiones y vidas de los ciudadanos, incluidos los barrenderos y sus escobas, como lo comprobó Rodolfo con su propia vida y decisiones.

Y ya casi muerto de miedo, comenzó a preparar su partida hacia una guerra en la cual, como en todas las guerras, las posibilidades de morir se multiplican. Lo más terrible, también lo comprendió muy pronto, era que, con la vida de mierda que llevaba, él ni siquiera tenía demasiado miedo a morir. Lamentaría el destino de su hija Aitana, sin madre ni padre, aunque convencido de que la familia la arroparía, de que su abuela Flora y su cuñada Nora no la abandonarían y la niña, que ya exhibía una avasallante fortaleza mental, saldría adelante. Su miedo, en el fondo, era a vivir, y en parte sentía esa aprehensión porque siempre había sido un cobarde, pero también porque le habían inoculado en la sangre esos temores y, como tanta gente a su alrededor, se había adaptado a vivir con ellos, respondía al reclamo de ellos, actuando muchas veces sin percibir que lo hacía empujado por el miedo.

Y ahora, al final del camino de su existencia, Rodolfo se preguntaría: ¿para qué le había servido tanto miedo, miedo a la vida y a la marginación, si terminaría siendo un marginado con una vida en disolución y para siempre cargado con el peso de un pecado mortal en lo más intrincado de su conciencia?

8

—¡Rodillo! —gritó, asomada sobre la barda que dividía la propiedad.

—¡Voy, voy! —respondió Rodolfo, y descargó la taza donde acababa de orinar. Abrió la puerta de la terraza y salió.

—¿Dónde coño tú estabas metido, chico?

—Por ahí..., ¿qué te pasa ahora?

Nora lo enfocó enarcando las cejas. Era uno de sus gestos habituales.

—Eh... ¿Fuiste al mar y no me invitaste?

—Bueno, no sabía que iba a ir... No tenía nada que hacer..., quería pensar.

—Eres un cabrón...

—¿Y tú...? ¿Hablaste con Violeta de...?

Ella miró hacia el fondo del patio. Demoró la respuesta.

—No, todavía no. Sé lo que me va a decir...

—Lo mismo que te he dicho yo. Hace años te lo estoy diciendo...

—Para ustedes es muy fácil.

—¿Fácil qué? —casi gritó Rodolfo—. ¿Fácil para mí?

—Bueno, no fácil, pero distinto... Fermín era tu padre y Geni es tu hermano. Pero él es el padre de Violeta. Y aunque no lo parezca, me cago en diez, todavía es mi marido.

—OK, OK..., ¿y cuántas veces fuiste a ver a tu marido a la cárcel? ¿Desde cuándo no tienes nada que ver con él?

Nora negó varias veces con la cabeza.

—Vamos a dejarlo ahí, por fa...

—Sí, mejor... No sé...

—Bueno, ¿qué vas a hacer esta noche? —preguntó Nora, con un cambio radical de tono en la voz. Ahora ella sonreía de un modo que él podía decodificar: tramaba algo.

—¿Qué estás inventando, tú?

—Fiesta... ¿Se te olvidó? Hoy es el cumple de Fumero...

—Ni me acordaba, coño... También es el de Geni... Setenta y uno, creo... Pero no, no estoy para fiestas.

—Al contrario. Eso es lo que nos hace falta. Dale, báñate y vístete, que Fumero nos está esperando.

—De verdad no tengo ganas, chica... Y menos de ver ahora una actuación del payaso Fumero.

—Rodillo, si alguien sabe algo de lo que pretende tu hermano, ese es Fumero. Y si nos invita a su cumpleaños es por algo... ¿No? Con lo comemierda que es... Dale, dale.

Nora miró con toda su intensidad a los ojos de Rodolfo. Conocía el poder que ejercía sobre el hombre. Sabía que de determinados anzuelos a Rodolfo no le era posible escapar.

—Yo voy a bañarme —agregó ella—. En una hora estoy lista. Y si no vas, no me importa, yo sí voy. Ya me cansé de estar pensando todo el cabrón día.

La amistad de ambos con Raymundo Fumero había sido una de las pocas herencias salvables que les había dejado Geni, quizás porque Raymundo Fumero, el amigo íntimo y eterno de Geni, era sin duda la persona en el mundo que más y mejor conocía a Eugenio Bermúdez, a pesar de que encarnaba, en cualquier sentido, su antítesis más rotunda. Para Rodolfo, además, la fidelidad de Fumero hacia Geni siempre le había parecido una decantación hacia el bando contrario y presumía que ahora se ufanaría de ello, y él no tenía intenciones de servirle de testigo. Y ni siquiera una súplica de Nora lo haría claudicar.

Desde que a sus diez años Raymundo Fumero recaló en el barrio sintió la premura de escapar de allí y tuvo la certeza de que lo lograría. Como sus padres, Raymundo había nacido en un pueblo polvoriento y mal iluminado de la llanura matancera, donde vivió hasta que la familia se trasladó a la capital cuando su padre fue gratificado con una nueva responsabilidad laboral. Convertido de la noche a la mañana, por obra de la Revolución y en recompensa por su participación en la lucha contra el dictador Batista, en funcionario de la dirección nacional de la recién fundada Asociación Nacional de Agricultores Pequeños, le asignaron en la capital una casa recién confiscada por el Estado (sus moradores, un bodeguero gallego y sus hijos, habían abandonado el país que ya se decantaba por el sistema socialista) y era una de las más confortables de la zona y estaba ubicada apenas a dos cuadras de la propiedad de los Bermúdez. Pero, a pesar de la notable mejoría física y espacial que había implicado para su familia aquel salto doméstico, luego de los primeros recorridos por las zonas céntricas y burguesas de la todavía deslumbrante ciudad de La Habana de principios de los sesenta (a bordo del auto también confiscado y luego asignado a papá Fumero), el niño Raymundo tuvo la convicción de que, por más que su nueva residencia fuera amable, aquel barrio pobre, periférico y proletario no debía de ser su lugar en el mundo. Y es que la ambición por ascender siempre lo impulsaría.

Años más tarde, cuando se casó por primera vez y dejó la casa de sus padres para instalarse en la mejor zona de Santos Suárez, en una casona burguesa de cuatro habitaciones, sala, saleta, comedor y amplia cocina y generoso portal, una mansión que su esposa había heredado de sus abuelos, Raymundo Fumero tuvo la confirmación de que sus sueños y aspiraciones no habían sido dislates: constituyeron propósitos y, con suerte y esfuerzos, él lograba materializarlos.

Aquella primera esposa, Zoila, Zoilita para todos, había muerto poco tiempo después en un accidente de tránsito, y entonces Fumero se convirtió en el único propietario de la mansión. Sin embargo, tras la muerte de la mujer, Fumero —que ya había debutado como escritor— apenas había podido pensar en recompensas a sus aspiraciones, pues había atravesado un período de desajuste emocional y negación existencial a lo largo del cual, sin experiencia para hacerlo, además tuvo que lidiar con la crianza de Humbertico, el hijo de ambos. Pero dos años después un bote salvavidas vino en su auxilio y su existencia se recompuso cuando conoció y muy pronto se casó con su segunda esposa, Ada Helena, una mujer que lo admiraba como persona por ser escritor y lo veneraba como a un dios por su inteligencia (astucia según Nora), y con la cual había tenido otras dos hijas que, como estaba resultando normal, se habían ido del país: una a España, otra a Canadá.

A lo largo de esos años vividos con Zoilita y después con Ada Helena, siempre en la mansión del barrio de Santos Suárez, el para otras cosas muy presumido y hasta veleidoso Fumero se había dedicado a la escritura y publicado varias novelas, casi todas policiales. A pesar de no ser demasiado elaboradas literariamente, los libros tuvieron un relativo éxito nacional y hasta algunas ediciones fuera de la isla, primero en ruso y uzbeko, gracias a convenios propios del por entonces todavía existente mundo socialista, y luego en pequeñas editoriales de México, España y Argentina. Gracias a aquellas publicaciones que le abrieron un espacio entre los escritores de su momento, Fumero comenzó a viajar al extranjero, y no solo a los hermanos países socialistas a los que lograban acceder la mayoría de sus colegas, sino también a otros destinos de Europa y de América Latina, formando parte de delegaciones culturales a congresos y ferias. Desde entonces, aprovechando sus posibilidades y para demostrar que era escritor, Raymundo Fumero, que pronto ocuparía diversas responsabilidades en la Unión de Escritores y Artistas, había adoptado las que él estimaba que eran las señas visibles del oficio: barba mal cuidada, camisolas anchas, *jeans* gastados pero de marca, chanclas (primero unas toscas huaraches cubanas, luego unas auténticas mexicanas de las que tenía una colección), sombrero panamá en verano y boina francesa en invierno (bufanda si era posible), y una pipa estilo Holmes en la mano, con la que había fumado por casi treinta años, pero que no desecharía cuando decidió dejar el hábito. Con aquella pipa, al hablar, el escritor siempre apuntaba al pecho de su interlocutor como si fuese un revólver, un gesto que Nora detestaba: sentía que, en lugar de conversar, Fumero te sometía a interrogatorio. Su indumentaria y aquel afán de parecer culto dispensando citas (le encantaban Nietzsche y Schopenhauer, aderezados por Marx), a Nora siempre le había parecido que era apenas un disfraz con el cual el escritor, más que pretender figurar como tal, lo que en realidad procuraba era ocultar sus limitaciones literarias. O lo que le parecía peor y más probable: convencerse de que no las tenía. ¿O acaso Nora lo juzgaba con demasiado rigor?

A pesar de su rechazo a semejantes poses exhibicionistas, Nora debía reconocerle a Raymundo Fumero otras virtudes, como la constancia en su trabajo (el talento es otra cosa), que para hacerse espacios nunca lo hiciera subiendo en los hombros de otros como tan habitual resultaba entre los de su profesión, o la fidelidad que había demostrado con su viejo amigo Geni, al que todo el tiempo le profesó una lealtad inquebrantable. Porque a lo largo de los ya cumplidos treinta años de prisión del parricida, Fumero había sido, junto a Lola, una de las dos personas que, siempre que le resultó posible, asistió a las visitas concedidas al condenado. En cambio, desde el momento en que su marido fue detenido por la tremebunda causa de la que era acusado y de la cual era declarado culpable, la propia Nora apenas lo había visitado dos veces, muy al principio de su encierro, y las dos con resultados tan lamentables que decidió no volver a repetir la experiencia y cortar toda relación con el presidiario.

Al principio de aquel amargo proceso Rodolfo había discutido con Fumero y también con su madre que mantuvieran alguna relación con un asesino, el asesino de su padre. Desde el primer momento, Rodolfo proclamó que no quería saber nada de Geni, para él ya no existía. Pero Lola, tan pusilánime en casi todo, le dio una respuesta contundente: haga lo que haga, él es mi hijo y yo soy su madre. Fermín siempre lo provocaba, lo maltrató desde que era niño, a veces todavía hasta trataba de pegarle y Geni tuvo un mal día y se cansó de soportarlo, fue lo que argumentó la madre en descarga del hijo asesino. Fumero, mientras tanto, zanjó la cuestión cuando adujo que los amigos deben ser más amigos en el trance en que están más jodidos, a la vez que se apropiaba de la frase de Lola —«un mal día», ¿o fue Lola quien la tomó de Fumero?— y la alzaba como una bandera. Y Nora debía respetar esa actitud, aunque, no podía evitarlo, desde hacía mucho tiempo también arrastraba una sospecha que jamás se había atrevido a comentarle a nadie: con su cercanía, más aún, intimidad con el criminal, ¿Fumero no estaría fraguando la escritura de un *A sangre fría* cubano?

Sonrisa, beso en la mejilla, felicitación cumpleañera que incluyó abrazo y un segundo beso. Fumero estaba exultante bajo su panamá auténtico —según él—, *Made in Ecuador,* y debía de ser cierto porque era un obsequio de Humbertico, su hijo rico. Nora, como ya lo había decidido, rechazó el trago de ron, la botella de cerveza, la copa de vino (¿blanco, tinto, rosado?), incluso la opción del champán (francés francés, no cava catalán) que como cartas de barajas le fue ofreciendo el anfitrión, por supuesto que apuntándole al pecho con la boquilla húmeda de saliva de su extinta pipa holmesiana, disparando con cada oferta.

—Un refresco, bien frío, por fa..., con este calor... Es que vengo caminando desde Diez de Octubre, ¿ya por aquí no pasan guaguas?

—¿Guagua, guagua? —Fumero enarcó las cejas—. Me suena esa palabra, pero no sé qué significa. Y eso que ya me quieren hacer de la Academia de la Lengua, di tú... Oye, ¿y Rodolfo?

—No, no quiso venir. Que si estaba cansado, que lo disculparas... Bueno, creo que prefiere no saber nada. De nada ni de nadie...

—La técnica del avestruz. Típico de Rodolfo..., pero siempre deja el culo al aire. Por eso se lo han partido tantas veces.

—¿Hablamos?

—Ahorita..., tranquila. Como proponía el violador de Boston: relájate y disfruta.

—Ojalá pudiera —dijo ella, cuando se acercó Ada Helena y las mujeres se besaron las mejillas.

En la sala y el amplio portal de la casa de Santos Suárez había unas doce personas y, por el aspecto y edad de los asistentes, más que una celebración cumpleañera parecía el espacio social de un asilo de ancianos con lamentables aspiraciones de no parecerlo tanto. Salvo la misma Nora, Ada Helena, la estomatóloga Tamara y dos anodinas ninfas acompañantes, el resto de los convocados superaba la setentena y algunos ya andaban por encima de los ochenta: carne de geriátrico, especímenes andantes de un país de viejos. Entre los invitados, Nora reconoció a un par de escritores tan malogrados y mediocres como ella insistía en considerar a Fumero, candidatos al más rotundo olvido, aunque como dirigentes de la Unión de Escritores eran de los que, según ellos, tenían mano para conferir un premio nacional o cosas parecidas, justo esas cosas parecidas a la cuales Fumero todavía aspiraba; también distinguió a dos pintores, estos sí muy exitosos y cotizados (sus relucientes autos modernos, aparcados frente a la casa, y las mujeres que los escoltaban, mucho más jóvenes que ellos —las ninfas mencionadas—, certificaban su cotización); y, como no podía dejar de ser, gracias a la abundancia y variedad alcohólica anunciada, Nora distinguió y saludó a Mario Conde, viejo amigo de Rodolfo y de ella desde que coincidieron en el preuniversitario de La Víbora, y también cercano a Fumero pues, en un pasado remoto, había sido su consultor para las novelas policiales y, desde hacía años, era su suministrador de buenos libros de segunda mano e, incluso, también de primera mano salidos de no se sabía dónde. Esta vez el Conde (cada vez más calvo y con más mala leche) estaba acompañado por la incombustible Tamara, la gemela de Aymara, también antiguas compañeras del preuniversitario de Nora y Rodolfo, la mujer con la que el librero expolicía vivía desde hacía como mil años y que él se empeñaba en presentar como su novia. Y Nora registró la ausencia de Humbertico, el hijo mayor de Fumero y ahijado de ella por quien Nora sentía un cariño casi maternal y de quien aseguraban los conocedores que, gracias a haber nacido con un don, se había convertido en uno de los babalawos yorubas más respetados de la ciudad y, para coronarse, ahora era además un empresario de éxito en varios ramos. Un nuevo rico brotado del pantano nacional cubano.

En un rincón de la sala la eficiente Ada Helena había montado una pequeña mesa con las botellas de las bebidas, vasos y copas, junto a la que reposaba una caja térmica donde se mantenían casi heladas las latas de cerveza y refrescos, como el Sprite que la anfitriona le entregó a Nora, que se consoló sirviéndolo en una copa de vino. Mientras, en la mesa del comedor contiguo la mujer había acomodado platos, cubiertos y servilletas para la cena que, habida cuenta de la abundancia exhibida, cada cual se podía ir sirviendo a su gusto y apetito: un pequeño cerdo asado con el pellejo crocante, como debía ser, escoltado por recipientes hechos de yaguas de palma, cargados con el arroz congrí, las yucas hervidas rociadas con ajo y jugo de naranjas agrias, y la ensalada de tomates y pepinos. Sobre un aparador cercano se exhibía el *cake* rebosante de merengue sin el cual ningún cumpleaños cubano es un verdadero cumpleaños. Al contemplar semejante abundancia Nora no pudo dejar de preguntarse cuánto habían costado la bebida y la comida allí acumuladas. Con la galopante carencia de suministros de todo tipo y la inflación disparada gracias a esa escasez y a la genial idea gubernamental (otra idea genial más) de hacer una reforma monetaria, con los precios que ahora tenía cualquier cosa en un país donde cada vez había menos de todo (incluidos los cerdos, que tras la pandemia parecían haber pasado a la lista de especies extinguidas), aquel banquete debía de haber costado una fortuna. Y, por supuesto, Nora se preguntó (aunque sospechaba la muy posible respuesta) de dónde carajo Fumero había sacado la plata para tal derroche. Porque de unos derechos de autor cubanos no podía haber sido: el propio Fumero se quejaba con frecuencia de la mierda que le pagaban en Cuba por la edición de una novela, si es que conseguía imprimirla.

A pesar de que conocía a los anfitriones, y también a Conde y Tamara e incluso a algunos de los invitados de anteriores mítines organizados por el escritor, muy dado a los mítines, desde que llegó Nora se había sentido fuera de lugar y maldijo a Rodolfo por haberse negado a acompañarla. Si por lo menos pudiera beber ron o whisky o vodka de las botellas que iluminaban la mesa auxiliar, podría escaparse por esa tangente. Pero ese momento, más que otros, no parecía muy apropiado para atreverse. Ya los tragos bebidos con Rodolfo dos noches atrás entrañaban una claudicación y ella bien sabía que, acercándose la tormenta que se asomaba en el horizonte, los riesgos de sufrir una nueva debacle alcohólica resultaban muy patentes y podría provocar un derrumbe, más que una caída.

Un poco arrinconada, sonriendo o asintiendo cada vez que alguien la enfocaba mientras lanzaba su discurso, Nora escuchó en silencio la sarta de lamentos que desgranaban los invitados. Porque en el país, concluían, todo estaba mal: para empezar, la literatura. La gente quería decir cosas pero todavía a estas alturas no se atrevían, y si se atrevían, pues no los publicaban, y aunque no se atrevieran, pues tampoco los editaban, no había papel ni un carajo, y las editoriales de fuera ya ni se acordaban de que Cuba existía. Para seguir, la comida —de este asunto hablaban mientras tragaban carne de cerdo y yucas y congrí, bocados generosos lubricados con abundante cerveza, vino, champán, caipiriñas y mojitos—: cada vez había menos, más cara, y ya ni se conseguía en los mercados supuestamente surtidos para comprar con ese invento de la tarjeta cargada con moneda libremente convertible, otro de los muchos modos ideados para joder a la gente (como siempre), esta vez con la promesa de garantizar los productos que en realidad no garantizaban, qué desastre (como siempre), aunque... ¿han visto los barrigones que tienen todos esos dirigentes que inventan lo que sea para no bajarse del caballo, repitiendo el mismo cuento de que nos toca resistir otra vez, sacrificarnos un poco más, ser creativos, dicen, porque al final final final venceremos? Como no podía dejar de ser, hablaron de lo malo que estaba el transporte y de que a veces no había gasolina. ¿Y los apagones?... ¿Y las medicinas que no hay?... No, no, clamó Fumero cuando emergió el tema: está prohibido hablar de enfermedades, porque no terminamos en una semana. Pero, como ya estaban impulsados, cayeron en el ejercicio más doloroso de sacar la cuenta de la cantidad de gente que se había ido, que se estaba yendo, que quería irse y podría o no podría largarse, los que estaban volando para Rusia y pretendían cruzar el estrecho de Bering como las mongólicas tribus prehistóricas; y los otros que, en aviones siempre desbordados, ahora salían hacia Nicaragua porque allí no les exigían visados y desde Managua recorrían la ruta de los coyotes, por Honduras, Guatemala y México para cruzar la frontera americana; y los que... Conde, ya achispado, alcanzado a esas alturas su «modo filosófico» como lo definió Fumero, interrumpió el recuento y habló entonces del origen de lo que vivían, un estado nacional que él llamaba «cansancio histórico»: la gente no quería vivir en la Historia, sino en la normalidad y alcanzar el mínimo espacio para gastar su vida, tener la posibilidad de practicar su libre albedrío sin que los jodieran por eso, pues era un derecho humano y divino, y etcétera, etcétera. «Qué pena de país, lo están destrozando, coño», dijo Conde. «No, no, lo han destrozado», de inmediato precisó y sentenció uno de los viejos escritores, un personaje que era el mismo camaján que, en sus tiempos, había publicado poemas muy revolucionarios, muy publicitados, con loas y bendiciones a los loables y bendecibles. Ese era, también por cierto, el mismísimo cabrón que recientemente, en una entrevista televisiva que Nora había visto, el muy cínico había dicho, con igual vehemencia que la exhibida esa noche, pero con el signo político cambiado y siempre afirmando con la cabeza, que la cultura nacional y el país estaban en buenas manos. Como las suyas (la cultura) o la de los conocidos pero no nombrados demoledores de marras (el país), ¿no?

Nora los escuchaba y también asentía, solo como forma de ratificar su angustia. En cada ocasión que se reunían personas como ellos, las charlas siempre derivaban en la expresión en voz baja de lamentos acumulados por la frustración de promesas presentes o pasadas, la expresión del cansancio histórico, como lo había llamado Mario Conde. Lo más absurdo era que ellos sabían que sus quejas no resolverían nada, porque eran palabras al viento, más bien susurros, que nada podrían conseguir. Porque, como pensaba Nora —y no era ni mucho menos la única en pensarlo—, no se vislumbraba solución, y por eso tanta gente se había ido y, como pintaban las cosas, no pararían de hacerlo. Y ella, ¿debía esperar a estar más vieja y ya totalmente descontinuada, más amargada y más frustrada de lo que estaba para hacer algunas de las cosas que sabía que debía hacer? ¿Contemplaría la posibilidad de largarse varias veces considerada por ella? No, ella no tenía derecho a preguntar por quién doblan las campanas. Doblan también por ti, le habría dicho Fumero.

Llegado el momento, Ada Helena convocó a los invitados. Cantarían el «Cumpleaños feliz» o el «Happy Birthday to You» de siempre y picarían el *cake*. Que todos prepararan las cámaras fotográficas de sus teléfonos, y Conde, siempre tan comemierda, con el auricular del teléfono de línea en la mano, preguntó cómo era eso de un teléfono fotográfico... Fumero se acomodó su sombrero panameño, se atizó la barba ya casi totalmente blanca, mostró su mejor perfil y agrandó su sonrisa, dispuesto para el evento. Genio y figura. Fotos, *selfies* de las ninfas incluidos, estampas que esas mismas ninfas se encargarían de enviar de inmediato a la galaxia de las redes sociales.

Con las cuñas de *cake* servidas se abrió un impase y Nora logró al fin acorralar al homenajeado. Acomodados en unas ortopédicas sillas de hierro que habían quedado en la terraza colindante con el patio, la mujer le reclamó la información que había ido a buscar.

—Dicen que las cárceles están desbordadas —comenzó Fumero. Le encantaba compartimentar la información, pero Nora insistió—. Y por eso están soltando gente.

—¿Por qué a él? Él no tenía derecho a ninguna reducción.

—Pues se la van a dar.

—¿Y te dijo qué piensa hacer?

—Nada..., bueno, lo que tú sabes. No tiene otro lugar adonde ir.

—Yo no quiero verlo...

—Es su casa, Nora. Geni será lo que sea, pero esa es su casa.

—Más bien la casa del padre al que mató a martillazos, ¿no?

—Tiene derecho..., ya pagó, con propina incluida. Tiene derecho, aunque sea a morirse en su cama, ¿no? Y, bueno, chica, si tú quieres, puedes quedarte en la casa de tu madre.

Fumero dejó el plato con el *cake* a medio comer sobre el borde del lavadero y pescó del suelo el vaso mediado de whisky para darle un trago largo.

—Una mierda este *cake*...

—Ya ni *cake* saben hacer en este país —ratificó Nora, pero se terminó su porción. Su asquerosa sobriedad necesitaba esa dosis de azúcar para mitigar la envidia que sentía al ver al escritor tragando whisky.

—Hoy también es el cumpleaños de Geni —anotó Fumero.

—No se me había olvidado —admitió ella—. Setenta y un años, igual que tú...

—Setenta y un años, del carajo... ¿Cuántos nos quedan? ¿Sabes? Siempre he pensado que haber nacido los dos el mismo día puede tener algún significado.

—No me jodas, Fumero... —reaccionó la mujer, quizás con excesiva brusquedad—. No me vuelvas a hacer ningún cuento de almas gemelas o paralelas o lo que estés maquinando ahora. Fue una casualidad y punto.

—Está bien, está bien, como tú quieras. Hoy te veo que andas con el cuchillo en los dientes...

Nora se sintió levemente apenada por su exabrupto. Al fin y al cabo era una invitada y se celebraba el cumpleaños de Fumero y a ella le daba lo mismo que los dos hombres compartieran fecha de nacimiento y sabía Dios qué otras cosas.

—¿Cómo será cumplir años en la cárcel? —propuso para buscar otros senderos de conversación hacia la información que buscaba.

—Me imagino que muy jodido. Por lo menos, seguro, sin *cake* ni cervezas...

—Oye, Fumero, hablando de eso, ¿cómo coño pudiste comprar todo eso que hay allá dentro? Nada más que el whisky... ¿Irlandés, por cierto?

—Sí, me gusta más el irlandés... Bueno, regalo de Humbertico. Todo.

—Me lo imaginaba... ¿De verdad le va tan bien?

—Mejor que nunca. Humbertico es un lince. No sé si sabes que ahora anda metido en los negocios de las mipymes privadas esas que autorizó el Gobierno y tiene gente que compra y vende cosas, sobre todo comida, la que no puede garantizar el Estado. El dinero se le sale por las orejas.

—¿Y la brujería? ¿Ya no hace santo ni consulta?

—Sí, sigue en eso, claro. Y con eso también está haciendo zafra. La brujería, la adivinación, la protección divina, el opio de los pueblos, tú sabes, esas cosas se venden mejor cada día, casi más que la comida. Debe ser la industria más próspera de este país que ya ni azúcar produce. Y tú lo sabes, Humbertico es una estrella. El superbabalawo..., imagínate que junto con un judío ucraniano ahijado de él son los brujeros del cuerpo diplomático.

—¿Un judío ucraniano?

—Un judío ucraniano santero, como lo oyes.

—En este país no tienes que inventar mucho para escribir novelas...

—Eso siempre lo he dicho... ¿Viste los tremendos carros que tienen los dos pintores que están allá delante?... Esos dos están aquí por Humbertico, no por mí... Humber es el padrino de santos de los dos y ellos mismos dicen que su padrino les limpió de obstáculos el camino... ¿Qué te parece?

Nora sonrió.

—Hace meses que no veo a Humbertico. Me tiene tirada a mierda. Ya ni se acuerda de que aunque soy atea también soy su madrina.

—Es que no para, pero tú sabes que te quiere mucho, él nunca se olvida de cómo tú y Geni fueron con él... Y yo tampoco... Pero es que de verdad verdad Humbertico se cree todo lo de su religión, aunque, eso tú también lo sabes, le encanta tener dinero y comprar cosas.

Ella asintió.

—Qué locura..., al final resulta que Humbertico es el Hombre Nuevo del socialismo cubano: bautizado por la Iglesia católica, santero afrocubano y hombre de negocios... Coño, creo que voy a ir a verlo... para saber.

—¿De verdad?

—De verdad. Estoy más perdida que la carne de res —dijo, y los dos sonrieron.

—Y bueno, ¿qué dice Rodolfo de todo esto? —quiso saber Fumero.

—Lo que te imaginas... Tampoco quiere verlo. Nunca lo perdonó, ni lo va a perdonar.

—Fue un mal día... Geni no hubiera querido matarlo.

—¿Todavía sigues con eso?... Pues, mira, lo disimuló mucho. En lugar de uno, le dio ocho martillazos. Le sacó el cerebro por las orejas. A su padre... No me jodas, Fumero...

El escritor negó.

—Al cabrón, al hijo de puta maltratador de su padre... Aunque siempre he sabido que al que Geni hubiera querido matar era a su abuelo Quintín.

—¿De verdad tú piensas eso, Fumero? —se extrañó Nora—. ¿Que él le echa la culpa de todo al viejo Quintín?

El hombre dio una calada de aire en su pipa antes de responder.

—Sí..., esa historia tú la conoces. El abuelo dejó a Rodolfo viviendo con él y con Flora y mandó a Geni a vivir con Fermín y con Lola a la casita. *La decisión de Sophie,* ¿sabes? La novela de Styron que seguro no te has leído..., nada, que salvó a uno y condenó al otro. Cuando Geni entendió lo que había pasado, lo que le estaba pasando, maldijo al viejo.

—En los años que vivimos juntos casi no me hablaba de su abuelo... ¿Eso te lo dijo él o es una conclusión tuya? ¿La creación de un personaje?

—No, Nora, es lo que me dijo Geni. Y seguro que también te lo dijo a ti, a lo mejor de otra manera... Mira, yo creo que ya lo pensaba desde que éramos unos muchachos, cuando se dio cuenta de que su vida iba a ser un desastre. Bueno, él no lo decía así, pero yo sé que lo pensaba. Casi que lo sabía.

—¿Que iba a matar a alguien?

—Sí, no, bueno, me hablaba del desastre de su vida... Pero no sé, quizás sí, presentía que iba a matar a alguien... A ver, para que no jodas más: lo que de verdad me dijo Geni era que iba a matar a Fermín, y lo dijo más de una vez... Me lo decía cuando Fermín lo zurraba o cuando Geni se encabronaba por alguna tunda que Fermín le daba a Lola.

Nora asintió y cerró los ojos unos instantes. Ella bien sabía que la personalidad de Geni era insondable, turbia, explosiva, y haber vivido doce años con él, haber pasado otros treinta tratando de no pensar en él sin lograrlo del todo no le garantizaba la capacidad para desentrañar los recodos más oscuros de su carácter. Porque también siempre había considerado que entre decir que se quiere matar a alguien en un momento de ira y luego matarlo de verdad existía cierta diferencia, ¿no? ¿O la maldad manifestada como reacciones violentas se había adueñado de Geni hasta el punto de condicionar muchos de sus actos? Y es que a esas alturas de su vida, ella seguía creyendo que en el mundo hay gente buena y gente mala, que existen seres puros en su esencia benévola o en su naturaleza maldita. Pero sobre todo que hay personas capaces de hacer cosas buenas y también cosas malas, y a esos se les puede entender mejor. Por ejemplo: que tengan un mal día y traspasen un límite, dependiendo del límite. A Geni no lo entendía. Al que fue su novio loco, el hombre que tenía el extraño poder de acariciarla y de inmediato excitarla, su amante incansable, el que engendró a su hija Violeta y, a pesar de su locura e inconsistencia, no titubeó en la decisión de dejarla nacer, a ese hombre que, quizás por ella, su mujer, y por su hija, rechazó la posibilidad de tener otra vida en otros sitios, no, a ese hombre Nora todavía no conseguía decodificarlo de un modo satisfactorio, quizás porque no estaba dispuesta a aceptar una presunta fatalidad como un designio inapelable y tal vez, entonces, llegar a perdonarlo. Solo su amigo Fumero parecía capaz de bajar al pozo de los sentimientos del homicida, desmontar su personalidad y darle el beneficio de la duda, como Nora lo estaba comprobando. ¿O había algo más en la relación entre ellos?

—Fumero, las veces que has ido a la cárcel a ver a Geni, ¿de qué hablan ustedes?

El escritor pareció no entender la pregunta.

—De muchas cosas..., de cómo le va, de cómo me va a mí... No sé... De la libertad también.

—¿De verdad nunca te ha contado cómo fue lo de esa noche?

—De verdad que no. Hasta donde sé, ni a mí ni a nadie. ¿Por qué me vuelves a preguntar eso?

—Porque Geni va a regresar y porque hace tiempo que tengo una sospecha...

—¿Sospecha? ¿De qué? —Aunque intentó disimularlo, Fumero pareció alarmado.

—De que seas muy calculador y hayas ido a verlo a la cárcel porque estés pensando escribir o ya estés escribiendo sobre la vida de Geni. De que te metes en su cabeza y le sacas información. De que le has prometido contar su vida para que esa historia le dé a Geni no sé qué fundamentos y sea para él una especie de redención. Y de paso escribir un buen libro...

Fumero sacó la pipa de su boca.

—Tal vez... Sí, sería un buen libro. Pero no te preocupes, no es de Geni del que estoy pensando escribir ahora. Ya vas a ver.

—No te hagas el misterioso.

—Soy misterioso... Y, bueno, ya me voy con mis invitados —dijo Fumero, y se puso de pie, y desde su posición apuntó a la mujer con la boquilla de su pipa—. Nora, la verdad es que a Geni lo van a soltar porque se está muriendo. Le quedan dos o tres meses. O menos. Yo creo que menos.

9

Siempre que me preguntan por qué me convertí en escritor, específicamente en novelista, me he acostumbrado a decir que lo hice porque quería contar historias. Y todo el mundo queda satisfecho, pues a la gente le gusta oír razones simples y trilladas, que les eviten la complicación de tener que pensar, sobre todo en un país donde desde niño has aprendido que es más saludable no hacerlo, o no mucho. Pensar, quiero decir. Pero la verdad es que, si lo analizamos un poco, no se necesita ser novelista para contar historias, inventar narrativas, como se dice ahora. Vivimos rodeados de esas narrativas y, por ejemplo, no hay mejores inventores de historias que los políticos: esos sí son novelistas consumados, los más hábiles creadores de ficciones, y eso nosotros lo sabemos bien. Y también sabemos que debe, o debería al menos, ser indispensable tener libertad para expresar lo que necesitas, no andar con miedo a mezquinas consecuencias que afecten las exigencias de la creación. Y esa condición, lamentablemente, resulta ser más esquiva, y desde el principio yo lo aprendí muy bien.

La otra verdad —en este caso muy personal— es que, cuando me examino a mí mismo, todavía me parece extraordinario que, sin tener demasiada imaginación, aunque con mucho empeño, haya podido escribir novelas, que no serán grandes ni excelentes novelas —a diferencia de la mayoría de mis colegas, reconozco y padezco mis limitaciones, sin exhibirlas, por supuesto—, pero tampoco son bodrios detestables (no todas, creo). Y tanto es así que han sido publicables: ocho novelas, una histórica, otras seis policiales y una erótica (con la que gané más dinero), dos libros de cuentos y varios premios en el currículo, uno de ellos a los mejores libros del año (la de trama más heroica, claro), y unas cuantas ediciones conseguidas en ese mundo ancho y tan ajeno que nos rodea. Nada mal, ¿no?

Para explicar todo esto de cómo y por qué he terminado siendo escritor existe, como en las buenas novelas (buenas de verdad), una segunda lectura, mucho más enrevesada y en la cual yo no creí por mucho tiempo. Sin embargo, con el transcurso de los años he llegado a considerar, cada vez con mayor seriedad, si esa presunta otra y más profunda lectura puede ser la verdadera explicación de mi profesión. Y es que mi hijo Humberto, que desde niño tiene extrañas relaciones con misterios insondables, el mismo niño que en una etapa muy temprana de su vida bajó a los infiernos y le vio el rostro al demonio (eso dice él y yo casi casi lo creo) y hace tiempo vive de su capacidad de asomarse al futuro (¿o es un arte, tal vez su propia manera de hacer una narrativa?), asegura que el camino de mi vida fue marcado, desbrozado, iluminado por una fuerza superior. Argumenta Humbertico que todo ha sido obra de la potencia del que es mi padre espiritual: el orisha Changó, el guerrero africano, que en mi origen se combinó con Eleguá, la divinidad inquieta cuya misión es abrir los caminos, dos deidades muy volubles pero cercanas a Olodumare, el creador, y muy generosas con sus hijos. ¿Debo creer algo de todo eso?

El caso es que cuando estudiaba en el preuniversitario, yo era ya un buen lector que ni siquiera pensaba en la posibilidad de escribir, pues todavía creía que sería ingeniero civil o mejor geólogo o quizás sociólogo, o sea, no sabía qué carajos podría estudiar, como le pasa a casi todo el mundo a los dieciocho años. Y si terminé optando por la licenciatura en Historia y matriculando en la Facultad de Humanidades no fue por vocación sino para estar cerca de Zoilita. Porque yo estaba tan enamorado de ella como para marcar, con el sendero que la muchacha sí sabía que quería seguir, el que empezaría a ser el rumbo de mi vida. Suena bien eso, mejor que la opción mística y mágica que a un García Márquez seguramente le hubiera encantado esgrimir... En fin, que es mejor pensar que todo se redujo, en un primer momento, a una simple dependencia amorosa. Así, sería historiador, aunque no tenía claro por qué y mucho menos para qué sirve un historiador, con tantos libros de Historia ya escritos —mientras más o menos entendía que un ingeniero civil puede construir puentes y carreteras, un geólogo estudiar los suelos y las rocas e intentar descifrar qué coño es este planeta que habitamos y más o menos pensaba que un sociólogo es alguien que puede decir lo que se le ocurra de lo que sea, no importa si está equivocado, pues ya se sabe, lo más normal es que esté equivocado, y aunque no lo esté, que nadie le haga caso.

Zoilita y yo ingresamos en la Escuela de Historia de la Facultad de Humanidades en el año terrible de 1971, apenas unos meses después de celebrado aquel devastador Congreso de Educación y Cultura en el que se aprobaron las tesis y las políticas que estipulaban quiénes podían y quiénes no ser artistas representativos del país en revolución, trabajar como docentes en un sistema socialista, ser jóvenes militantes aspirantes a la condición de Hombre Nuevo. El terror social y psicológico que aquel congreso sembró en el mundo cultural de la isla y que de forma invasiva irradió hacia los recintos universitarios (y eso lo descubrí desde el día de la matrícula) se había convertido entonces en algo así como un magma sólido, caído desde las cumbres, una masa pesada que no se podía cortar ni con una sierra eléctrica y que había cubierto todos los espacios, calcinado cualquier posible divergencia. Recuerdo que quienes eran miembros de los núcleos del Partido o de la Juventud, cargaban el aura de iluminados y su militancia les confería un poder. Pero incluidos esos elegidos, la verdad es que todos tenían miedo y todos se vigilaban entre sí, todos y cada uno: profesores, estudiantes, bibliotecarios y hasta bedeles tenían miedo, los militantes se temían entre sí, pues cualquiera podía ser delatado, acusado, repudiado, parametrado, como se decía (cancelado, se le llama ahora), y, para protegerse o defenderse, las gentes o se callaban la boca o, mejor, se subían en cualquier tribuna para lanzar discursos de reafirmación política y protagonizar actos de fe marxista leninista con sus necesarias pizcas estalinistas. Y las delaciones, una de las consecuencias generadas por el miedo y promotoras de más miedo, proliferaron, como la conocida verdolaga. Porque, como bien se sabe, potenciar el miedo es condición *sine qua non* para el ejercicio del control.

Con centenares de artistas marginados, decenas de escritores excluidos, muchos profesores y estudiantes expulsados o castigados, cada uno de nosotros entendió la lección y practicó sus estrategias de supervivencia. Nadie de los que tenían alguna afición por la lectura se atrevía a decir, por ejemplo, que estaba leyendo —mejor no decir que alguna vez los había leído— a Vargas Llosa, a Carlos Fuentes, a Cabrera Infante o al mismo Cortázar, menos aún a Lezama Lima y a Virgilio Piñera, por no hablar de Orwell o de Borges o de Solzhenitsyn. Lo ideal era llevar bajo el brazo *La última mujer y el próximo combate,* la novela de Manuel Cofiño —¿se acuerdan de que existió un tal Manuel Cofiño? ¿Alguien ha vuelto a leer al entonces célebre, popular, muy reeditado Manuel Cofiño?—, que no por casualidad con esa novela realista socialista había ganado el Premio Casa de las Américas de aquel año y había sido inmediatamente publicado y varias veces reimpreso con tiradas muy generosas. O confesar que tus escritores preferidos eran, digamos, el Shólojov de *Campos roturados* y el Nikolái Ostrovski de *Así se templó el acero.*

Al mismo tiempo, cuando en la carrera comenzaron a sucederse los semestres de Materialismo Histórico y Dialéctico, Historia de la Filosofía y del Movimiento Obrero Mundial, Economía Política del Socialismo, Ateísmo Científico o aquel curso increíble de Comunismo Científico (semejante programa de estudios resulta muy revelador de nuestro contexto, ¿verdad?), por supuesto que ya sabías que debías levantar un altar a Marx, Engels, Lenin y el camarada Stalin. Y, de más está decirlo, ni delirando, con fiebre de cuarenta y dos grados, permitir que de tu boca saliera el nombre de Gramsci o el de por esa época ya repudiado Sartre, y muchísimo menos el de un tal León Trotski si no era para calificarlo de traidor a la clase obrera, de falso profeta y, muy enfáticamente, de revisionista, que era el peor estado de degradación al cual un ser pensante podía descender.

Si tenías la vocación o la necesidad de hacerlo y en esos años comenzabas a escribir, ¿qué literatura podías imaginar que debías escribir? O, mejor, si querías existir como escritor, ¿podías concebir que escribirías una literatura diferente de la que se esperaba, prometía, casi se exigía? Fue en la atmósfera de esa escuela artística (ideoestética, podría especificarse) en la cual, todavía no sé bien por qué, yo descubrí que me gustaba escribir, contar historias más que indagar sobre la Historia, pues además debe resultar evidente que el ambiente generado también determinaba los posibles intereses y proyecciones de los historiadores, divididos en dos grupos irreconciliables: idealistas y marxistas; y nosotros, no habría que decirlo, solo podíamos vestir el uniforme de los segundos.

Y en ese tórrido panorama redacté mis primeros cuentos, entre otras motivaciones para crecer ante los ojos de Zoilita. Mis personajes de entonces fueron heroicos milicianos, obreros también devenidos héroes e incluso mártires —mejor si ya vestidos de milicianos—, o jóvenes capaces de dejar cualquier comodidad pequeñoburguesa, como cagar en un inodoro, para alistarse en los cortes de caña (en los que yo también estuve y cagué en matorrales) o además hacerse milicianos como los otros héroes y obreros. Aunque creo que lo más encomiable se conseguía si esos jóvenes personajes se rebelaban contra sus mayores, porque estos no pensaban como se debía pensar de la religión (el opio de los pueblos), del pasado capitalista (hambre, miseria y explotación), del imperialismo (el enemigo de los pueblos), de la necesaria igualdad de la mujer (incluso de una hija de puta malvada como Berta Metralleta solo por el hecho de ser mujer), o mostraban alguna duda en sus convicciones revolucionarias (blandenguería, rezagos del ya mentado pasado capitalista, deficiente conciencia de clase). No exagero ni simplifico, coño, que así mismo fue.

Por eso ninguno de los escritores supervivientes de los pogromos de parametración y mucho menos cualquiera de los novísimos autores emergentes en esos años se atrevió por largo tiempo a escribir de otra manera. Creo que la mayoría ni siquiera logró pensar en hacerlo de otra manera, pues hasta los espacios mentales habían sido invadidos por el miedo y acotados por la densidad del contexto. Todos habían aprendido la lección de lo ocurrido con Heberto Padilla, acusado de escribir una literatura contrarrevolucionaria y castigado por ello al más férreo ostracismo, y sabíamos además de la marginación de Lezama Lima y Virgilio Piñera, o de la conversión en obreros fabriles de otros colegas ahora en proceso de purificación ideológica en cercanía con un proletariado que los limpiaría de sus veleidades intelectualoides, rezagos pequeñoburgueses, el abominado hipercriticismo o incluso perversas inclinaciones (homo)sexuales. Y si alguien tan rebelde como Reinaldo Arenas se atrevió a escribir algo fuera de los «parámetros», fue a la cárcel porque lo vigilaron y lo cazaron y cayó allí no procesado por su literatura, sino por su punible homosexualidad. Una inclinación, por cierto, muy voraz y sin fronteras, como el mismo Arenas lo reflejó en su autobiografía, que es más bien una novela hiperbólica, estilo *Gargantúa y Pantagruel*, por un simple dato de carácter fisiológico: no creo que haya en el mundo culo capaz de resistir la visita de tantas pingas en un espacio de tiempo limitado.

Cuando terminamos la carrera, yo fui ubicado como profesor de Historia Universal en el mismo instituto preuniversitario donde había estudiado. Mientras, por ser el primer expediente del curso, Zoilita resultaba escogida para trabajar en un muy cotizado centro de investigaciones históricas militares —y ahí mismo se comenzó a tejer otro nudo de nuestro (¿prefijado?) destino en común—. Y como ya teníamos un salario que nos independizaba, Zoilita y yo nos casamos en diciembre de 1977.

Fue ya instalado en la generosa casa de la zona de Santos Suárez, la que mi mujer había heredado de sus abuelos, donde tuve el privilegio de poder montar un estudio de trabajo en una de las habitaciones que nos sobraban. Y en los ratos libres comencé a escribir mi primera novela. Como el ambiente lo hacía propicio, me decanté por una historia policial, de las que había leído muchas y en ese instante proliferaban entre nosotros. Y, como debía ser, le di mi aliento a unos policías irreprochables, estrictos pero con rasgos humanos, sagaces, responsables y justos que, con la ayuda de un sabio profesor de Literatura que calqué del padre de Nora, el ortodoxo defensor del realismo socialista, descubrían el crimen cometido por dos delincuentes pervertidos, antisociales, casi casi contrarrevolucionarios..., y en 1980 obtuve con *La paga del crimen* una primera mención en el concurso nacional de novelas policiales, y en 1981, el mismo año en que nació nuestro hijo Humberto, debuté como escritor editado, con veinte mil ejemplares estampados del primer golpe, y hasta cobré unos generosos derechos de autor que por esa época se volvían a recibir —creo que por orientación soviética—. Y desde entonces me sentí tan a gusto y recompensado, tan admirado por mi mujer Zoilita y mis compañeros de trabajo, que decidí que desde entonces me mantendría como docente pero viviría como escritor. Así, como algo que me correspondía, como el hallazgo de un nicho propicio, sin plantearme de manera inquisitiva todo lo que esa condición podía o debía entrañar en mi tiempo y lugar.

Miro aquellos años y recuerdo que, desde la estrecha perspectiva mental e informativa que conseguíamos tener, lo que otros han llamado nuestra «ignorancia programada», muchos de nosotros sentíamos que la vida era buena, nos sonreía, y estábamos cada vez más convencidos de que el futuro mejor, tantas veces prometido, ya se vislumbraba en el horizonte. El país progresaba, según nos decían, y a paso seguro nos encaminábamos hacia el desarrollo, pues incluso hacía diez años éramos miembros del CAME, el solidario y socialista Consejo de Ayuda Mutua Económica, y, por ejemplo, se estaba construyendo ya, justo en el medio de la isla y con financiación soviética, una central termonuclear que garantizaría no solo la independencia energética nacional, sino que (así me lo confió nuestro viejo amigo Pablo el Salvaje, enrolado en ese proyecto) hasta podríamos exportar electricidad por todo el Caribe. Además, en las tiendas, por años casi vacías, ahora se vendían camisas polacas, *jeans* húngaros, zapatos checos, y con el salario podías comer de vez en cuando en un buen restaurante, como El Moscú, El Sofía, El Praga y otras capitales socialistas. En la isla se había celebrado un fastuoso Festival Mundial de la Juventud y los Estudiantes y fuimos el epicentro del mundo progresista y en los bares de la ciudad reapareció la cerveza (con sus etiquetas y todo), lo cual no fue poca cosa. ¿Se acuerdan de todo eso? ¿De la bonanza socialista y las promesas de un futuro luminoso?

En nuestra casa también la vida era mejor: yo era profesor jefe de cátedra y escritor, había recibido unos derechos de autor con los que hasta había podido comprarme un Volkswagen escarabajo de tercera mano pero de los indestructibles, y escribía ya una segunda novela con atributos similares a los de la primera, mientras Zoilita, con la militancia partidista adquirida, había ascendido académica y salarialmente y le habían asignado un auto con varios años de uso (a un coronel de su centro de investigaciones le habían entregado un Lada soviético nuevo y Zoilita heredó aquel Fiat argentino medio destartalado), y nuestro hijo Humbertico crecía saludable e inteligente, a sus dos, tres años dueño ya de esa mirada inquietante que siempre ha tenido. ¿Qué más se podía pedir? Ahora sé qué más era lo que se podía pedir: desear que no sintiéramos miedo, incluso si por estar profundamente imbuidos en semejante fantasía socioeconómica ni siquiera tuviéramos plena conciencia de padecer ese miedo ni capacidad para poder calcular sus proporciones y efectos, quizás porque su abrasadora y compacta cercanía nos impedía definirlo, identificarlo como lo que en realidad era: miedo mondo y lirondo. Y muy justificado.

Unos dos años después de la publicación de mi primer libro, cuando ya ponía los puntos finales de la que sería *Morir en la luz,* mi segunda novela, esta vez un policial de contraespionaje protagonizado por un mártir ejemplar, había hecho mis primeros viajes al extranjero (México, de donde regresé calzando unas maravillosas huaraches), y cuando nos sentíamos tan realizados y felices, el destino nos lanzó un golpe demoledor. El viejo Fiat en que Zoilita se dirigía a la academia militar se quedó sin frenos en una pendiente y se proyectó contra la baranda metálica de un puente, la quebró y cayó al vacío. Mi mujer agonizó durante diez días a lo largo de los cuales, sin decírselo a nadie, recé hasta el agotamiento, de rodillas le supliqué por su salvación a un Dios en el que no creía pero tanto necesitaba que existiera y me escuchara. Pero si existe, Dios no respondió, ni siquiera por vía de su colega africano Olodumare. Zoilita murió y yo un poco con ella.

Más o menos en la misma época en que Zoilita y yo tuvimos a nuestro hijo Humbertico, Geni conoció a Nora. Por esos tiempos nos veíamos poco, nuestras vidas andaban por rieles paralelos, pero debo reconocer que, a pesar de las circunstancias tan radicales que nos rodeaban y los prejuicios entre los que vivíamos, nunca renegué de la amistad que habíamos cultivado. Nosotros, de un lado, graduados universitarios, docentes, yo escribiendo, integrados, ambos militantes de la Juventud Comunista, luego Zoilita hasta del Partido, y de contra, ya padres de un niño. Del otro, Geni, que por ni sé cuántos cambalaches, había logrado el prodigio de hacerse de una moto MZ 250, todo un lujo en esa época, y vivía la locura de su juventud irresponsable y libertina devorando kilómetros sobre dos ruedas y bebiendo todo el ron que fuera capaz de tragar. Por su parte Nora, la muchacha a la que mi amigo conoció en una de sus noches locas y de la que pronto se enamoró, era una exestudiante universitaria condenada en un Proceso de Profundización de la Conciencia Revolucionaria, congelada de la vida docente hasta nuevo aviso, alineada en un estilo de vida sin brújula que encajó con facilidad en el modo en que la gastaba Geni. Y así se conocieron, se empataron y vivieron, como decía Nora, «pelo suelto y carretera», y hasta pretendieron irse del país en el éxodo del Mariel. Sin embargo, cuando ella salió embarazada, casi de un día para otro aquellos nómadas inadaptados se convirtieron en los cautelosos preservadores del embarazo de la muchacha, luego en marido y mujer y, en 1981, en los padres de una niña preciosa de ojos rasgados a la que llamaron Violeta.

Como ahora ambos vivíamos en la zona de Santos Suárez, Geni y yo volvimos a vernos con mayor frecuencia y, a pesar de todas las distancias en nuestros intereses y proyecciones sociales, nuestra amistad recuperó mucho de la densidad de los viejos tiempos allá en el barrio. Más de una vez las dos parejas salimos juntos, fuimos varias veces al cine, nos encantaba la sala del Mónaco, y luego ir a comernos unas pizzas y tomarnos unas cervezas (de aquellas con etiquetas vendían dos por persona) en el local adosado al cine. Ellos, como Zoilita y yo, eran felices. O eso siempre he creído. Porque Geni, en más de una ocasión, con esa simpleza que exhibía para ciertas cosas, me confesó que tener sexo con Nora era como un viaje a la Luna o algo así: ella lo ponía a volar como ninguna otra de las mujeres que en sus años de vida motera había conocido, y calculo que fueron unas cuantas.

Ese Geni enamorado y filial, con un trabajo estable en una fábrica de acero, fue mi mayor sostén cuando ocurrió el accidente fatal de Zoilita. Ya para esa época él y Nora, por desavenencias de mi amigo con el padre de ella, que, como he dicho, era un fanático intransigente, más ácido que un limón podrido, no habían tenido otra opción que la de trasladarse a vivir en la casita de Fermín y Lola, una decisión que al final sabríamos que funcionó como un catalizador para un desenlace que, solo tal vez, pudo haberse evitado. No obstante, cada día de la agonía de Zoilita, Geni estuvo conmigo, mientras Nora, instalada en mi casa con la bebé Violeta, se ocupaba de atender a Humbertico, que andaba ya por sus cuatro años. Luego, muerta mi mujer, ambos siguieron cerca de mí, Nora siempre atenta a las necesidades de mi hijo —recuerdo que fue ella quien lo llevó a comprarle el uniforme para su entrada en el preescolar, que incluía la pañoleta de pionero que con tanto orgullo me mostró el niño, mientras repetía que en el futuro él también sería como el Che Guevara—, Geni consolándome y, porque la vida suele ser así de extraña, acompañándome por los bares donde, por largos meses y con peligrosa frecuencia, nos fuimos a tragar los rones y cervezas que yo necesitaba para aliviar mis penas, mientras él, en cierta forma por hacerme compañía, volvía a beber casi cada día luego de uno o dos años en los que solo lo había hecho en ocasiones muy especiales: cumpleaños o fiestas navideñas de las que todavía organizaba el viejo e incombustible abuelo Quintín, por esa época como enamorado de sus nietas Aitana y Violeta.

Durante unos dos, tres años las cosas transcurrieron para mí por esos cauces oscuros, tiempos de una triste pero rutinaria cotidianidad hasta que en 1986 se movieron tierras o diques y empezaron a correr aguas hasta entonces estancadas que cambiarían muchos de los ríos de nuestras vidas, de muchas vidas. Y de la Historia.

En el extremo más lejano y a la vez más cercano del mundo, al menos para nosotros los cubanos, se levantó una piedra que provocaría un derrumbe, cuando Gorbachov inició en Moscú su perestroika y unas luces, que iluminaban tinieblas del pasado y del presente, comenzaron a mostrar máculas que ni siquiera habíamos imaginado que podían manchar la gloriosa historia del socialismo en la URSS.

Mucho más cerca nos tocó, en ese momento, que Rodolfo fuera enviado a combatir a Angola. Nunca entendí por qué un tipo como él, tan cobarde para casi todo en la vida, la antítesis misma de un soldado o un militar, aceptara ir como voluntario a una guerra. Mucho mejor asimilé, porque casi resultaba previsible, el hecho de que, tres o cuatro meses después, el pobre Rodolfo regresara casi moribundo y con matrícula abierta para ingresar en un sanatorio de enfermos mentales. Lo que más me asombró, sin embargo, fue llegar a saber que ahora Rodolfo arrastraba una historia de muerte, que él contaba mal, siempre con una distancia que más parecía un relato, armado con torpeza, algo así como el cuento de algo que había escuchado, imposible de precisar si en realidad había ocurrido. Una traumática experiencia personal que mucho después conoceríamos en sus verdaderos pormenores.

Fue la misma e intensa época en la que, en una exposición de artes plásticas a la cual asistía luego de más de dos años sin apenas hacer vida social ni cultural, conocí a una muchacha que me redefiniría la vida y me devolvería tantas sensaciones y satisfacciones que había extraviado y creía perdidas. Ada Helena. Hablamos, descubrimos que teníamos conocidos comunes, me dijo que trabajaba en la Dirección de Artes Plásticas, y, sin saber bien por qué, fui a verla un día, luego otro y la invité a salir y pronto descubrí que mi corazón había sanado lo suficiente como para poder enamorarme otra vez. El resto es una historia matrimonial más o menos feliz, gracias a la cual, muy alentado por Ada Helena, recuperé los deseos y la capacidad de escribir y la posibilidad de vivir como escritor. Una crónica con sus inevitables picos y fosos dramáticos, pero en cuya trama incluso asumo como un elemento positivo que nuestras dos hijas queridas decidieran irse a vivir en otras partes del mundo, aunque nos hayan dejado una permanente, agresiva sensación de vacío.

Otro acontecimiento memorable, que al principio, en el medio y al final siguió rumbos muy extraños y durante unos meses alteró casi todos los ritmos domésticos, se manifestó cuando Humbertico, a sus seis años, cuando ya era un pionero que asistía al colegio y cada día prometía por el comunismo ser como el Che, empezó a tener unas aterradoras pesadillas, plagadas de violencia, persecuciones, caídas en el vacío y hasta dolores físicos (cefaleas, punzadas en los dientes, dolores de oídos, dedos engarrotados) que lo despertaban gritando incoherencias y llorando horrorizado. Al principio todos achacamos aquella crisis a la conciencia adquirida de que había perdido a su madre cuando comprendió, por ejemplo, que era el único de sus compañeritos de aula que no tenía una mamá que lo acompañara. Pero, al persistir los malos sueños, la opción más racional fue llevar al niño a consultas de psicólogos, psiquiatras y hasta neurólogos, sin que se obtuviera ningún diagnóstico definitivo, ni siquiera una mejora para los tremebundos ataques de pánico o terror que Humbertico sufría casi cada noche, al punto de que tuviera miedo de irse a dormir y perdiera peso a ojos vistas.

Fue en el peor momento de la crisis de esas terribles visiones cuando Julián, un vecino de la cuadra, se nos acercó y, pidiendo muchos permisos y lanzando todas las disculpas posibles, me dijo que hacía semanas venía observando a Humbertico y ahora sabía la que, según su criterio, era la causa que provocaba las pesadillas de mi hijo. «Este niño tiene un don y lo que ocurre es que un espíritu maligno lo ha poseído para impedir que desarrolle esa facultad», me soltó, así, muy seriamente, mirándome a los ojos. Al escuchar aquello yo casi me le reí en la cara. «¿Hay que hacerle un exorcismo?», me atreví a soltarle, y fue Julián el que entonces se rio antes de preguntarme si yo me había fijado en la forma en que mi hijo miraba las cosas y a las personas, como si pudiera ver a través de ellas. Y tenía razón: Humbertico siempre ha tenido una mirada que, sin ponerme esotérico, podría llamar, como mínimo, intensa. «Yo soy babalawo, no sacerdote», continuó Julián, «y no practico exorcismos, y tampoco creo en el pecado, ni en el infierno o el paraíso», me explicó. «Creo en el bien y el mal, en los espíritus buenos que aportan claridad y en las ánimas malignas que brotan de lo oscuro, creo en el poder de Dios y de los seres que habitan en el monte sagrado y estoy convencido de que posiblemente el niño nada más necesita una rogación de cabeza... por ahora», me dijo y añadió: «Y en cuanto pueda, tiene que bautizarlo en la iglesia, mejor si lo hace ya mismo, pues de todas formas a su hijo tarde o temprano habrá que hacerle el santo y para eso debe estar bautizado», concluyó mi vecino, hablando siempre con toda la gravedad que para él entrañaba el caso, con una seguridad capaz de alarmarte y sin dejar espacio para cualquier negativa.

Para alguien como yo, siempre agnóstico convencido y, de contra, aprobado con la máxima calificación en el curso universitario de Ateísmo Científico, aquel diagnóstico místico que Julián le hacía al comportamiento de mi hijo me pareció un disparate y, para colmos, una solución poco adecuada. Si yo accedía a tal procedimiento religioso, ¿qué pensaría de mí la gente, mis colegas escritores, los responsables del Ministerio de Cultura, los militares e historiadores marxistas excompañeros de Zoilita, la misma Ada Helena con la que apenas comenzaba a relacionarme? Tuve miedo y, con prudencia, le dije a Julián que me dejara pensar, procesar lo que me había revelado. Pero los gritos de horror que escupiendo una saliva sanguinolenta lanzó esa noche Humbertico me decantaron por acceder. Al fin y al cabo, la ceremonia parecía ser muy simple y, lo más importante, nadie tendría que enterarse. Yo estaba desesperado, Humbertico cada vez más delgado, casi enloquecido, y me dije que no se perdía nada con probar. Todo se resolvía con su bautismo católico, y luego una ceremonia con rezos, vasos de agua, humo de tabaco, colonia, flores, polvos de cascarilla y ungüentos de miel y manteca de cacao aplicados en el cráneo del poseído, que debía dormir tres noches con la cabeza cubierta con un paño blanco.

Al final de esa misma tarde, luego de pasar subrepticiamente por la iglesia de San Juan Bosco donde bautizamos a mi hijo, con Geni y Nora como padrinos, vimos llegar al vecino Julián, ataviado con un estrafalario gorro azul punteado con hilos dorados y acompañado por su mujer Eulalia, también santera y vidente, toda vestida de blanco. Y a dos voces y cuatro manos, le realizaron el rito a mi hijo y yo rogué por que surtiera efecto. Al comenzar los rezos, Humbertico observaba todo con aquella mirada suya, tan adulta, taladrante, que de verdad parecía atravesar las cosas y las gentes. Y en un momento, quizás vencido por el sueño y la letanía de los rezos o tal vez por comenzar a sentir un alivio que lo arropaba, el niño se quedó dormido en la silla donde lo habían acomodado. Al terminar, el babalawo y la santera me ratificaron lo ya advertido: Humbertico poseía una energía extraordinaria porque tenía un don y yo no debía impedir que, en su momento, mi hijo lo desarrollara. Lo que de una manera inquietante removió todos mis principios y creencias fue que esa noche, y desde esa todas las noches, con o sin paño blanco embadurnado en miel cubriéndole el cráneo, mi hijo durmió sin volver a sufrir pesadillas. Ese mismo hijo, Humberto Fumero, en cuya vida espiritual decidí desde entonces no inmiscuirme, es hoy uno de los oficiantes de la religión yoruba más connotados del país, capaz de predecir los futuros con tanta precisión como el clásico oráculo de Delfos, y asegura que jamás ha vuelto a soñar aunque es capaz de ver cosas que otros no perciben.

Ante semejante evidencia, sentí cómo mis juicios y prejuicios caían en su propia crisis, porque entendí que algo más que sugestión debía de haber en todo aquel procedimiento y sus rotundos efectos. ¿Qué podría hacer desde ese momento con los libros que Zoilita y yo habíamos acumulado en nuestros cursos de Ateísmo Científico e Historia de la Religión? Deben de andar desde hace años en algún cajón olvidado (mi amigo Mario Conde me recomendó que los quemara, como Pepe Carvalho, pues nadie los compraría), aunque lo más extraño es que creo en lo que me dijo y ejecutó mi vecino Julián, en lo que dice y practica mi hijo Humbertico, pero yo no puedo dejar de ser ateo. Y no me pregunten cómo se traga eso.

Para hacer más denso aquel período pletórico de sucesos que mucho me obligaron a meditar en lo que habían sido y podrían ser nuestras vidas, justo en ese año 1986, mientras Gorbachov comenzaba a cambiar la historia (y Rodolfo caía en un hueco sucio en algún punto de Angola y veía volar a un compañero que pisó una mina y él disparaba su fusil; y una noche Humbertico gritaba por los horrores que veía en sueños y a la tarde siguiente lo bautizaban y se curaba de sus pesadillas con una ceremonia primitiva que rogaba por la paz de su cabeza; y yo me enamoraba de Ada Helena y volvía a escribir como creía que debía escribir, creyendo otra vez que nuestra vida era buena), pues mi amigo Geni consiguió irse a la República Democrática Alemana con un contrato de trabajo pactado por cuatro años y con la promesa oficial de que, cumplido el compromiso, podría importar una moto y tendría un número de privilegio en el escalafón de viviendas asignadas por el Gobierno en algún edificio recién construido por las llamadas microbrigadas obreras.

Cuando mi amigo consiguió ser enviado a Alemania para que, de paso, fortaleciera su conciencia revolucionaria en contacto con obreros de otros países hermanos y retornara dispuesto a transmitir esas experiencias, enseñanzas y convicción ideológica entre sus compatriotas (como le dijeron en las oficinas que gestionaban los contratos), todos sus allegados pensamos que, aun con las recompensas prometidas, Geni no regresaría. Sin embargo, Geni sí volvió a su casa y lo hizo cuando ya no existía el Muro de Berlín, la Unión Soviética se desmoronaba y en Cuba se habían celebrado los cataclísmicos juicios del verano de 1989, saldados con los ejemplarizantes fusilamientos del Héroe de la República general Ochoa y compañía. Regresó cuando ya Rodolfo se había recuperado de la fase más aguda de su locura, Humbertico había recibido la mano de Orula y avanzaba en su cercanía a los misterios insondables, y nuestro amigo Pablo el Salvaje de un día para otro dejaba de ser uno de los ingenieros encargados de poner en marcha una poderosa planta termonuclear que ya no existiría. Volvió cuando al fin yo había publicado mi tercera y muy premiada novela, *Soldados del silencio,* con las últimas resmas de papel existentes en el territorio nacional. Mi amigo Geni, el que había pretendido irse de Cuba en 1980 por el puerto de El Mariel, retornó más Geni que nunca cuando también se esfumaron las microbrigadas obreras porque se destapaba como una explosión atómica la crisis que inauguramos entonces. Esta crisis que seguimos transitando treinta años después y nos ha demostrado con virulencia que la vida de mucha gente no ha sido buena ni les ha sonreído demasiado.

En fin, que Geni volvió a la isla en esos años de tantas definiciones y cometió así el peor error de su vida, porque en sus manos había tenido todas las opciones para escapar de su destino y evadir ese hado trágico que lo ha marcado. ¿Por qué regresó?

10

La unidad de combate a la cual fue destinado estaba en la provincia de Huambo, en el centro del país africano, precisamente la zona de más profundo arraigo tribal de las guerrillas antigubernamentales de la UNITA, comandadas por el viejo combatiente anticolonialista Jonas Savimbi, de quien se contaban las más diversas historias, incluidas las de su capacidad de transformación física en leopardo, pantera, impala, buitre, araña o culebra, y que por eso había sido imposible, y lo sería siempre, capturarlo. También se había mitificado la crueldad de Savimbi tanto como sus habilidades militares y, sin que nadie lo supiera a ciencia cierta, decían que había conocido al Che Guevara y hasta discutido con él sobre las estrategias del combate irregular, del que el angolano llegó a ser un experto. Y aunque para 1986 la guerra entre las tropas del Gobierno, apoyadas por soldados y oficiales cubanos y los asesores soviéticos, contra las fuerzas de los opositores dirigidos por el mítico Savimbi (quien contaba con diversos soportes internacionales, entre ellos los comunistas chinos y la CIA estadounidense), había entrado en un período de baja intensidad, con frecuencia se producían escaramuzas, emboscadas y operaciones de hostigamiento que obligaban a las guarniciones a vivir en estado de alerta permanente. Además, también latía sin reposo la posibilidad de una operación militar de gran envergadura, que podía ser lanzada desde la frontera con Namibia, al sur del país, encabezada por los guerrilleros de Savimbi y con el apoyo en el terreno de los batallones del ejército regular sudafricano.

La unidad de combate tenía su comandancia a unos cincuenta kilómetros de la ciudad de Huambo y muchos de los soldados cubanos que la integraban vivían distribuidos en casamatas, construidas bajo tierra, de donde solo salían en las noches o para ejecutar algunas misiones, esporádicas en aquel momento. Desde que Rodolfo llegó a ese refugio, coronado con los cañones de unas antiaéreas camufladas bajo mantos de sombra, cayó en un estado de conmoción psicológica y física. Sus generosas y consistentes deposiciones se convirtieron en unas diarreas crónicas, las pastillas de cloroquina que debían ingerir para combatir los efectos de la malaria le provocaban reacciones como tener la vista nublada, percibirse más torpe y, desde el principio, se había sentido mentalmente desubicado, con la agobiante impresión de que él no era él y la absurda esperanza de que en cualquier momento despertaría de la pesadilla en que había caído.

Un par de meses después de estar sepultado en su casamata, Rodolfo y una veintena de sus compañeros volvieron a ser movilizados para lo que debió de ser otra rutinaria operación de «cacería de bandidos», pues se había detectado la presencia en la zona de fuerzas guerrilleras de la UNITA. Rodolfo, en su extravío mental, nunca recordaría qué sintió cuando lo convocaron para participar en la batida. No registró en su memoria si había sentido temor, o quizás incluso, como el cabo Mauricio Cáceres y otros combatientes, si había manifestado cierto alivio por la posibilidad de estar un tiempo fuera de aquel agujero que apestaba a sudor, orina y sardinas portuguesas en aceite, el plato principal con que se alimentaban y al cual Rodolfo achacaba sus desajustes estomacales y el repugnante hedor oleaginoso que brotaba de su piel. Recordaba, sin embargo, que al adentrarse con sus compañeros en el altiplano de pasto requemado por el frío y la sequía, salpicado por unos árboles solitarios y de aspecto tétrico llamados *imbondeiros*, los baobabs o ceibos de las mesetas y sabanas angolanas, descubrió el cielo más impoluto y azul que había visto en su vida y consiguió contemplarse a sí mismo en una extraña perspectiva, como si se mirase desde fuera y no reconociera al hombre maloliente, vestido con el uniforme militar de camuflaje, que cargaba en su hombro un pesado fusil AKM soviético con el cual debería disparar si fuera necesario. Con el que disparó.

La operación de búsqueda duró varios días. Para muchos de los combatientes fue como un paseo de excursión campestre. Los guías angolanos marcaban senderos por donde, según huellas y rastros físicos o informaciones de los lugareños, debieron de haberse movido unos enemigos que resultaban intangibles. Y ya se hablaba de un pronto regreso a la unidad cuando el suboficial al mando ordenó a diez soldados de la pequeña compañía de reconocimiento registrar una aldea cercana que, se sabía, había prestado ayuda y entregado alimentos a los rebeldes. La misión: que supieran que ellos sabían, teniendo siempre los cuidados necesarios, pues eran civiles, aunque, como advirtió el suboficial, con esos negros traicioneros nunca se sabía quién era quién o qué era. El suboficial Rodrigo Sotolongo, por cierto, era negro.

Rodolfo fue uno de los diez soldados escogidos. Como les ordenaron, avanzaron emparejados desde cinco posiciones hacia el poblado, de esos llamados *museques,* y por supuesto advertidos de que miraran dónde ponían los pies, porque en aquella zona solía haber sembradas minas antipersonales. Aquel *museque* tenía unas veinte, treinta chozas de paja y barro, distribuidas de modo muy arbitrario a través de senderos sinuosos. En un recodo había una especie de corral con unas cabras famélicas, una vaca de tetas secas y largos cuernos y otros animales domésticos. La miseria del sitio era evidente, profunda, ancestral, de proporciones africanas. Pero lo que ocurrió en aquel lugar sin nombre, al parecer nunca ocurrió como había ocurrido.

¿Había guerrilleros de la UNITA escondidos en las chozas? ¿Una emboscada? ¿Qué fue primero, la explosión o las ráfagas? Nadie sabía ni nadie supo o quiso saber y hablar. Solo que el cabo Mauricio Cáceres, alias «El Mauro», el reservista que avanzaba junto a Rodolfo, al parecer vio algún movimiento que consideró peligroso y disparó dos veces al aire y, sin decir palabra, corrió hacia una de las chozas. ¿Qué había visto El Mauro, por qué disparó y, sobre todo, por qué, olvidando las advertencias recibidas, corrió hacia la aldea? Nunca tendrían respuestas, pues apenas dio unos quince, veinte pasos hacia la choza se produjo la explosión de la mina y Mauricio Cáceres voló por los aires. Rodolfo vio cómo la anatomía de su compañero despegaba de la tierra, envuelto en polvo y chispas, y, sin pensarlo, el soldado Rodolfo lo hizo: levantó el fusil y soltó la ráfaga de su AKM soviético que impactó en varias de las chozas. Y eso Rodolfo lo recordaba perfectamente: las briznas de paja volando, un alarido de dolor, un perro y unas gallinas corriendo, gritos incomprensibles, más ráfagas de otro de los soldados encargados de la misión de reconocimiento, reclamos de auxilio médico y luego, como cumpliendo una orden terminante y durante un tiempo inmensurable, el imperio del silencio más opresivo y oneroso.

Paralizado como la clásica estatua de sal, Rodolfo vio o creyó ver cómo el resto del grupo de reconocimiento acordonaba el *museque* y comenzaba su registro, mientras dos hombres evacuaban a un moribundo Mauricio Cáceres. Lo que quedaba de su pierna derecha era un amasijo de carne, músculos, tendones y huesos. El suboficial Sotolongo ordenó entonces que Rodolfo y los otros soldados que habían disparado se retiraran con uno de los guías que los condujo a donde estaba el resto de la partida de reconocimiento, para que de inmediato los llevaran hacia el campamento de las casamatas.

Varias horas después, cuando al fin pudo hablar, aunque sintiendo su mente nublada, Rodolfo preguntó varias, muchas veces, qué había ocurrido, y nadie le dio más detalles de los conocidos por todos. Una mina antipersonal, «busca-pie», de las que había muchas por la zona, y unos disparos más o menos, lo normal, una escaramuza, dijeron, todos los días se oían disparos por allí, tanto hechos por los de la UNITA como por los de las FPLA gubernamentales, a esos negros les encantaba disparar, dijeron. Pero Rodolfo sabía que, además de la explosión de la mina que le arrancó parte de la pierna a su pareja de misión, había ocurrido algo más, y lo pudo ratificar con toda certeza cuando uno de sus compañeros le susurró que había oído decir al capitán que una mujer angolana del *museque* había muerto.

Aunque el capitán negó después que él hubiera dicho nada de ninguna mujer muerta ni de ningún *museque* (no había ocurrido nada, dijo y repitió, no existían ni *museque* ni escaramuza, solo una mina enemiga), Rodolfo comenzó a intentar reproducir en su mente cómo se habían encadenado los acontecimientos, buscando la razón, el motivo, la causa o como pudiera llamársele para que él, precisamente él, mientras veía volar a su compañero, de inmediato tirara del gatillo del fusil con el disparador dispuesto en ráfagas y apuntando hacia las chozas de un *museque* real. Aunque intentara sacarla de su cabeza, aquella secuencia llegó a ser prácticamente su único pensamiento, aderezado con la certeza de que, en lugar de El Mauro, habría podido ser él quien pisara la mina que le arrancó el pie y, horas después, la vida al combatiente internacionalista cubano. Pensaba, veía en su mente aquella película de guerra y sufría ataques de angustia durante los que tenía sudoraciones y sentía cómo se le detenía el corazón. Desde esa misma jornada, Rodolfo padeció de más diarreas y las noches se le poblaron de pesadillas que lo asolaban cuando el agotamiento lo vencía y se dormía, a veces incluso sentado en la letrina. Con los días, su cuerpo comenzó a perder energías, como si sus motores se hubiesen agotado, y el reservista Rodolfo Bermúdez hasta dejó de sentir asco por su avasallante fetidez corporal y cayó en lo que sería diagnosticado como un estado de *shock* y de depresión profunda.

Dos meses estuvo Rodolfo tendido en su catre en un rincón de la casamata, ajeno a las órdenes que recibía, muchas veces sin comer, otras muchas sin bañarse, sin hablar apenas, solo pensando, sudando, cagando un líquido sanguinolento. Si la decisión de evacuarlo primero a Luanda y casi de inmediato de devolverlo a Cuba hubiera demorado un par de semanas más, su organismo habría colapsado y, posiblemente, hubiera muerto de un paro renal o cardíaco reales. Así se lo dijeron en el hospital militar de La Habana donde estuvo ingresado, con sueros, drogas y otros cuidados, antes de ser remitido a la clínica psiquiátrica en la que por fin pudo recibir la visita de sus padres y donde lo trató el doctor Pedro Luis Gonzaga, especialista en trastornos de estrés postraumáticos y que diagnosticó su padecimiento: el mal de la tristeza culposa.

—Ah, Rodolfo, del carajo, así que ya estás jubilado —le dijo el médico a su expaciente cuando, propulsando su sillón de ruedas, salieron de la casa para procurar el ángulo más fresco del portal corrido y allí conversar—. Oye, por si no lo sabes..., lo de la relatividad del tiempo es un embuste. Nada de relativo: el tiempo es concreto e hijo de puta. Mírame a mí... y mírate a ti. Hemos sido el combustible de la máquina del tiempo. Las cenizas del carbón.

—Tú nos vas a enterrar a todos, médico —le dijo Rodolfo, sabiendo que era mentira, pero satisfecho de haberlo dicho. Total, qué carajo.

—Ojalá pudiera..., me encantan los entierros...

Desde hacía casi treinta años, periódicamente, Rodolfo emprendía un ascenso hasta aquella cumbre de la ciudad donde se hallaba su oráculo particular, el doctor Pedro Luis Gonzaga. En los últimos tiempos podía pasar varios meses sin hacer la travesía, aunque para navidades o Año Nuevo siempre volvía, incluso sin que lo acompañara alguna congoja que reclamase un alivio mental.

Con la respiración todavía agitada por la escalada de una

pendiente que en los últimos cien metros se tornaba abrupta, desde la acera tendida frente a la casa, Rodolfo había vuelto a comprobar cuánta pena daba el avance acelerado del proceso de deterioro del inmueble.

Situada en la parte más alta de la zona de La Víbora, la mansión donde vivía el psiquiatra había sido construida en la década de 1920 cuando algunas familias burguesas escogieron esa colina para levantar nuevas residencias en lo que entonces eran las afueras de la ciudad, en esa elevación premiada con la transparencia de sus aires y cierto alivio de las temperaturas veraniegas. Para mayores beneficios, la morada del doctor Pedro Luis y su esposa, la otorrinolaringóloga Hilda Casas, ocupaba la esquina más favorecida por la luz y tenía un amplio portal que corría por el frente y el lateral de la edificación, desde donde se podía contemplar todo el mapa de la ciudad, hasta el mar del norte. Altas columnas redondas, rematadas con algún arabesco caprichoso y sin prosapia, sostenían el elevado puntal bajo el cual se extendía la parte habitable de la casa. Sus dueños originales —o ya quizás sus primeros herederos— la habían abandonado en 1960 cuando decodificaron los rumbos demasiado revolucionarios por donde comenzaba a moverse el país. Entonces, al igual que la más modesta asignada al padre de Raymundo Fumero y como otros centenares de casas disponibles por similares motivos, el palacete había sido entregado por el Gobierno Revolucionario a personajes que merecían recompensas. Así llegaron a la entonces elegante y bien pintada morada los padres del doctor Pedro Luis, abnegados militantes comunistas desde décadas atrás, devotos sin fisuras de Stalin y, más aún, del estalinismo, del realismo socialista y de la dictadura, que —según el psiquiatra— ellos no siempre aclaraban que debía de ser la del proletariado, y menos cómo debían ejercerla los empoderados obreros devenidos estadistas gracias a una revolución hija de la necesidad de la Historia cuyo motor, todos lo sabían, empleaba como lubricante la lucha de clases.

Pero el paso del tiempo, los efectos del clima y la desidia familiar conjugados por seis largas décadas, habían hecho su labor y ahora varios de los techos de la mansión se veían desconchados, exhibiendo unas cabillas ferrumbientas, en tanto que las columnas se poblaban de grietas cada vez más amenazadoras y las paredes se cubrían de la suciedad del polvo, el moho de la humedad y el festín del abandono. Desde hacía unos años, mientras se hacía más patente esa degradación física del inmueble, siempre que procuraba al doctor Pedro Luis, Rodolfo solía pensar que aquella casa que daba congoja era como la representación sintética del estado hacia el que había derivado todo el país: cada vez más desconchado, agrietado y sucio, con alarmantes amenazas de derrumbe. Y cada día más vacío.

Fue casi a finales de 1986, tras dos largos meses de tratamiento y terapia, cuando el psiquiatra Pedro Luis Gonzaga había decidido que ya era el momento de darle el alta médica al paciente Rodolfo Bermúdez para que, a pesar de las cicatrices indelebles que lo marcaban, intentara recuperar su vida. Entonces el médico le dijo que si en algún momento lo necesitaba, no dudara en ir a verlo, incluso a su propia casa, y en la puerta del pabellón de psiquiatría le entregó un trozo de papel con un número telefónico y la dirección del palacete. Y varias veces, a lo largo de casi cuarenta años, Rodolfo había acudido en busca de la ayuda de aquel hombre que, en la mayoría de las ocasiones solo con sus palabras y en algunas coyunturas más arduas incluso con píldoras, había intentado aliviarlo de sus angustias más leves o más justificadas. Como la que lo invadió cuando su hermano mató a martillazos a su padre, o como la que sufrió cuando vio partir a su hija Aitana, columbrando que emprendía un viaje sin retorno. Dos de las muchas pérdidas de una vida trucidada a machetazos.

Cumplidos sus ochenta años, el doctor Pedro Luis Gonzaga estaba visible y efectivamente al borde de la muerte. Entre otras esdrújulas: cardiópata, artrítico, hepático y diabético (dos años atrás una de sus piernas había sido amputada, más o menos a la misma altura del muslo que la del soldado reservista Mauricio

Cáceres antes de que muriera en el quirófano de un paro cardíaco), los padecimientos asolaban a una ruina humana que apenas recordaba al psiquiatra que en sus tiempos había sido un devorador de enfermeras en la flor de sus veinte años, hasta que lo atrapó la doctora Hilda Casas, la otorrinolaringóloga veinticinco años más joven que él, su tercera esposa, con la que desde entonces convivía. Su mente, sin embargo, se mantenía funcionando con la mayor eficiencia, y Rodolfo, cada vez que lo necesitaba, se aprovechaba de aquel epílogo vital del especialista que, además, ya consideraba su amigo.

—Y, bueno, además de no hacer nada, ¿qué vas a hacer desde ahora?

—Sobrevivir, hasta que me canse... Y quiero decirte que ya estoy bastante cansado. Esto de trabajar toda la vida para ser más pobre y tener que seguir trabajando para no morirme de hambre...

—¿Trabajando en qué?

—De custodio nocturno en la casa de algún nuevo rico, de jardinero, de pintor de brocha gorda, qué sé yo, en lo que aparezca y yo pueda. Aunque ahora nadie pinta porque no hay pintura y en mi barrio nadie arregla los jardines, para qué... Voy a ver si le hace falta un contable al hijo de un amigo mío que tiene varios negocios y ahora es rico. Y no exagero, es rico de verdad... y babalawo que le hace santos, preferiblemente a los extranjeros... Coño, Pedro Luis, no sé qué hubieran pensado de todo esto tus padres, los comunistas convencidos. Mira las cosas que estamos viviendo. Ellos, tan seguros del progreso social, del ascenso de la Historia hacia la sociedad de los iguales, ¿no?

Como pudo, porque casi no podía, el anciano sonrió:

—Rodolfo, ellos lo habrían justificado todo. Estarían diciendo que la Historia se mueve en espirales y que el sacrificio es una prueba y nos fortifica. Que hemos sido víctimas de un bloqueo americano despiadado, el más largo de la historia moderna, y, como los buenos estalinistas que fueron, recordarían de paso la blandenguería de Jruschov y la traición de Gorbachov... ¿Cuántas veces voy a repetírtelo, muchacho?... El comunismo no es una filosofía ni una ideología, o lo fue al principio, pero luego, para los que siguieron creyendo en él, se convirtió en una religión y, como todas, exigió una fe y la aceptación de un dogma, con sus liturgias incluidas. ¿Eso te explica algo?

—Casi todo... Aunque contando que, como pérdidas colaterales, con ese paso hacia una fe religiosa habrían destripado al materialismo histórico y al dialéctico y hasta al 18 brumario de Luis Bonaparte.

—Eso no importa. En verdad desde el principio no importó. Solo la fe y la lucha de clases... Ah, y el control y la electrificación, como dijo Lenin. Lo importante era creer en un proceso histórico sabiamente conducido por líderes infalibles y eternos. El problema es que solo los dioses lo son. Así que, por carácter transitivo, líder conjugado con infalibilidad y omnipresencia implica... divinidad. Pero yo soy ateo.

—Eso explica más cosas... ¿También que ahora estemos tan jodidos? ¿Que este país se esté quedando vacío? ¿Que la gente tenga casi que arañar las paredes para comer algo todos los días? O, a lo mejor, ¿también explica que por el desastre nacional haya unos cuantos tipos más listos, como ese babalawo comerciante que te dije, que se estén haciendo ricos vendiendo la comida que no garantiza el Estado y que a veces es la única comida que hay porque ese Estado está quebrado? No me jodas...

—Oye, no te jodo. Nada de eso es culpa mía...

Rodolfo asintió, movió una mano como para marcar una disculpa, y de inmediato negó con la cabeza.

—¿O la cuestión es el poder, no soltar el poder? ¿Eso es lo que de verdad les importa?

—Hoy estás que cortas...

—Y todo eso de la fe..., ¿también explica que ahora yo tenga que andar buscando una brocha o un machete para sobrevivir?

—También, también... Bueno, tú lo sabes. Hilda y yo vivimos más de los regalos que le hacen a ella sus pacientes que de su salario y de mi jubilación... —Hizo una pausa y bajó la voz—. No lo divulgues por ahí..., pero Hilda casi tiene montado un gabinete en uno de los cuartos de allá atrás. A sus buenos y viejos pacientes los atiende aquí en la casa y... a ti creo que no te cobraría la consulta...

—Menos mal... Y tus viejos pacientes, como yo, cuando venimos a darte lata..., ¿a ti no te pagamos ni te regalamos nada?

—Alguna botella de ron o un paquetico de café, si acaso... A ustedes los locos de verdad les encanta hacerse los locos y son unos tacaños o unos muertos de hambre... Pero a ver, a ver, no des más vueltas y acaba de vomitar. ¿Qué coño es lo que te pasa ahora que andas con ese impulso suicida y esa tremenda cara de mierda? Pero antes de empezar te voy a dar un consejo: no te pongas a repetir por ahí estas cosas que hemos hablado... Y mucho menos se te ocurra salir con un cartel a la calle, carajo.

Rodolfo asintió, porque él podía estar orate, pero no tanto. Y era evidente que el médico lo conocía mejor de lo que él se conocía a sí mismo. No había que dar más rodeos: Rodolfo más psiquiatra, la ecuación daba igual a problemas. Y aunque el doctor no tuviera la posibilidad de resolver el dilema, el expaciente sabía que, cuando menos, podía escucharlo, y ese drenaje provocaría un alivio. Por eso, con Pedro Luis Gonzaga, Rodolfo siempre se explayaba. Sin miedo.

—Mi hermano ya sale de la cárcel. En dos o tres semanas —dijo, y comenzó a contarle lo poco que había logrado saber por Nora de lo que había revelado Raymundo Fumero: lo soltaban para que se muriera en la calle y el único sitio donde Geni podía echarse a morir era en la misma casita frente a la que había asesinado a su padre, donde todavía vivía la que aún era su esposa que ya no quería ser más su esposa, y a veinte metros de donde dormía, comía y cagaba Rodolfo.

La doctora Hilda les había traído el café y los vasos de agua que fue acomodando en una mesita de terraza que se tambaleó nerviosamente. La mujer, ya al borde de los sesenta, se mantenía muy ágil, vital y, como era su inveterada costumbre incluso para andar en casa, se maquillaba con cierta exageración: labios muy rojos, pestañas y ojos perfilados, un rosetón de color en las mejillas. Siempre había sido una mujer bella y Rodolfo no entendía la necesidad de tantos afeites. ¿O era que estaba esperando a alguno de sus pacientes a domicilio? ¿Le pagaban en especies o en metálico, tenía ya tarifas establecidas para sus consultas privadas, por supuesto que clandestinas?

—Me imagino que ya sabes que no te puedo ayudar mucho con este problema. Esto no es un caso clínico ni psicológico, ni siquiera familiar, sino social —empezó el médico, y cuando su mujer muy discretamente fue a retirarse, el anciano la tomó del brazo y le propuso que se quedara, podía oír la conversación, Rodolfo también era su amigo—. Anda, siéntate ahí, querida.

—¿De verdad puedo? —preguntó ella.

—Claro, Hilda..., no es una consulta —la alentó el presunto paciente mientras, ya bebido el café, y casi sin pensarlo, hurgaba en su cajetilla y le daba fuego al sexto cigarro del día.

—Bueno, hablando de eso..., me toca a mí hacer la consulta ahora —dijo ella, y se acomodó en una de las butacas de hierro que siempre dejaban en el portal, aunque encadenadas a una reja cada noche—. ¿Cuándo vas a dejar de fumar, Rodolfo?

—Estoy en diez... nada más...

—Sigue siendo mucho. Ya estás advertido. El que por su gusto muere... En fin, me callo.

Rodolfo lamentó haber encendido el cigarro. Le molestaban semejantes recriminaciones que solo revelaban su endógena falta de voluntad. Con la doctora Hilda Casas no solo había sostenido una relación médica por sus toses e irritaciones de la garganta. A diferencia de su marido, con más capacidad para manejar sus sentimientos (por entrenamiento profesional o porque le resbalaban las cosas que escapaban de su dominio de escarbador cerebral), a la mujer le había afectado profundamente la salida de sus dos hijas del país, y Rodolfo había compartido con ella los sentimientos de pérdida y abandono sufridos, y entre ellos habían intentado consolarse con la única convicción válida para el dilema: los hijos tenían derecho a decidir sus vidas y los suyos ejercían esa potestad largándose de un sitio en donde se sentían sin posibilidades de encontrar lo que deseaban o necesitaban. Y en esa búsqueda los jóvenes se habían empeñado, sin importar los desafíos que vendrían ni las heridas que provocaban.

—Cuando pase todo esto, voy a dejar de fumar —dijo entonces Rodolfo, sin saber si sería capaz de cumplir el propósito.

—Bueno, muchacho —recuperó la palabra el psiquiatra—. Aunque no pueda ayudarte a resolver la jodienda de volver a convivir con tu hermano, yo sé por qué viniste a verme. Porque tienes miedo.

—¿Y no debería tenerlo?

—Sí y no... Vamos a ver. Yo creo que tu conflicto tiene que ver con la redención. Creo que siempre ha tenido que ver con eso.

—¿Redención?... ¿Me estás hablando de Jesucristo en la cruz y el perdón de los pecados y esas cosas?

—Sí, también. Pero lo veo más en el sentido de la liberación. ¿Sabes lo que significa esa palabra, redención?

Rodolfo lo pensó un instante.

—¿Pedir perdón? ¿Perdonar y salvar a otro?

—En cierta forma. A ver, esto me lo explicó mi paciente Freddy Ginebra, que está muy loco aunque sabe mucho del tema porque dice que alguna vez quiso ser cura... Nada, que según Freddy redimir significa «comprar de nuevo». Era el trato para comprar la libertad de un esclavo, o para volver a comprar algo. Pero se ha convertido en sinónimo de liberación luego de cumplir una pena, un castigo. Y en el cristianismo lo importante es que Cristo es el redentor, él es quien redime. Y para cumplir su papel de redentor, él se presentó como Hijo de

Hombre y se sacrificó por todos nosotros, los mortales, él que era inmortal e Hijo de Dios.

—Me estás complicando la existencia. —Rodolfo casi sonrió.

—Y Rodolfo no vino para eso, Pedro Luis —intervino la doctora Casas, y conminó a su marido—: No des más vueltas y acaba.

—¿Ustedes están apurados? —preguntó el psiquiatra mientras negaba con la cabeza y apuntaba a su eterno paciente—. Bueno, sé que con lo que hizo tu hermano sufriste un daño psicológico que has logrado sumergir, pero que está ahí, como un ancla. Y ya te lo he dicho, te lo dije también cuando volviste medio trastornado de Angola, y es que sea lo que sea, tú debes asumirlo así: como una pertenencia, algo de tu propiedad. Lo que complica todo es la falta de solución, la imposibilidad de esa redención, que también implicaría un perdón, por supuesto. Porque es un perdón que tú no quieres otorgar. Porque tu hermano ha sido la segunda peor maldición de tu vida, antes y después, y lo sigue siendo ahora. La primera, bueno, la primera fue tener el padre que tuviste y...

—Por fa... —intervino la doctora Hilda, que con el brazo en alto pedía la palabra mientras se movía inquieta en su butaca, y los dos hombres la enfocaron—, discúlpenme, yo nada más quiero decir algo muy breve y me voy, porque tú no puedes evitarlo, Pedro Luis, eres psiquiatra hasta dormido, y tú tampoco puedes, Rodolfo, eres su paciente hasta que uno de los dos se muera... Así que mejor no oigo más de esta consulta que parece más la de un pastor protestante y que da asco... Qué redención ni qué niño muerto... Lo que te quiero decir, Rodolfo, es que hasta donde sé, tú eres un hombre bueno, que te han pasado cosas jodidas en la vida y te han obligado a vivir experiencias por supuesto que también jodidas, y te han convertido en un tipo amargado y... disculpa mi sinceridad...

—Sigue —la alentó su marido.

—Sigue, Hilda, por favor —le pidió Rodolfo.

—Sigo entonces... Te han convertido en un amargado y te han frustrado en muchas cosas. Ahora, chico, no te cojas para ti culpas que no son tuyas ni te escondas echándoles la culpa a otros y sintiéndote víctima. Y tampoco pienses que no puedes mover esa ancla de que habló este viejo de mierda. —Y con los labios rojísimos señaló al psiquiatra—. No estás obligado a perdonar ni a redimir. A nadie. Aunque la verdad es que no te vendría mal, porque el perdón también libera al que perdona, eso es una verdad como un templo... Pero lo que sí estás obligado a hacer es vivir tu vida, tu propia vida, lo poco que nos va quedando de vida, y no gastarla en función de lo que han hecho los otros. —Y abrió los brazos como para abarcar a esos otros—. Y mucho menos con odio, con resentimiento y con miedo... En fin, lo mejor es que tires a mierda todo lo que puedas y cágate en el mundo, porque el mundo hace rato se cagó en ti... Cómo vas a hacerlo, no lo sé, descúbrelo tú mismo... Y ya..., eso es lo que quería decir. Ah, y esto: no pienses, como sé que andas pensando, que cuando te mueras vas a liberarte. Cuando te mueres lo único que pasa es que te mueres. ¿Está claro? Y ahora sí terminé... Me voy a preparar algo... Ah, no, carajo, me faltaba una cuestión... sobre lo del comunismo y la fe como en una religión de que hablaban ahorita... Nada, tú lo sabes, que las religiones son el opio de los pueblos, ¿no?... Nos endrogaron y mira cómo estamos...

—¡Coñó! —exclamó el doctor Pedro Luis, y sonrió—. Estoy rodeado.

—Oye, Rodolfo —añadió Hilda, ya de pie—, mejor quédate a comer y abrimos una botella de ron para empezar a resolver todos estos problemas. —Ella también sonrió y avanzó hacia la entrada de la casa y ya en el umbral volvió a asomar la cabeza—. Y sigue fumando, qué carajo, te vas a morir igual... ¿Ves? A eso sí que no le tienes miedo, Rodolfo, a morirte. ¡Qué libertad ni redención ni un carajo!

Los dos hombres se miraron y no pudieron evitarlo: tuvieron que sonreír.

—¿Te hace falta que te diga algo más? —preguntó el psiquiatra.

Rodolfo negó con la cabeza.

—¿Sabes? Creo que ella debió haber sido mi loquera, no tú.

11

Por supuesto, el Geni que rebotó tras vivir su aventura alemana no podía ser el mismo que había partido cuatro años atrás, entre otras cosas porque volvía con la experiencia de haber constatado la revelación de un fracaso político tan colosal que cambiaría la Historia y hasta los colores de los mapas. Y también porque lo hizo a bordo de una reluciente motocicleta MZ ETZ 250 que un vecino de Leipzig le había vendido por casi nada, pues ahora que se reinstauraba el capitalismo en su país se compraría la BMW de sus sueños.

Como era habitual en él, Geni tampoco contó demasiado de lo que había vivido en la acería de Dresde adonde con varios cubanos y otros extranjeros, también de países hermanos (búlgaros, rumanos, vietnamitas), habían ido a trabajar. Contratados todos ellos como mano de obra barata para realizar las labores más arduas, recibían un salario en marcos del cual el Estado que los enviaba a «la misión» se quedaba con un porciento, mientras que con el dinero restante los conchabados debían pagarse todos sus gastos. La solidaridad socialista e internacionalista en acción. Geni sí habló —algo ya había ido contando en varias de las pocas cartas que envió en cuatro años— de que el trabajo era duro y para ahorrar vivían cuatro cubanos en un mismo apartamento del típico edificio socialista feo y compacto, acomodados dos de ellos en cada habitación y compartiendo todos la cocina y el baño, lo que provocaba lógicos conflictos de convivencia. Lo más complicado, sin embargo, había sido lidiar con los «jefes de misión», esos funcionarios de algún ministerio que nunca se sabía bien cuál era (y en Cuba cuando se dice «el ministerio» todos saben que no es el de Educación ni el de Cultura), encargados de vigilar y controlar al personal y que, con amenazadora frecuencia, les advertían que por cualquier desliz sus contratos podían ser rescindidos y ellos devueltos deshonrosamente a la isla, sin derecho a importar nada ni a recibir nada al regreso.

A pesar de aquellas limitaciones y vigilancias a veces muy opresivas, Geni pudo comprobar con sed y apetito que la cerveza, aunque democrática, era alemana al fin y al cabo, y las salchichas también. Poco a poco aprendió algo de la forma de vida y la mentalidad germánica bajo el socialismo, y lo primero que descubrió fue que allí también imperaba el control, la vigilancia, el miedo, en unas proporciones descomunales. No obstante, consiguió comunicarse con diversas gentes, sobre todo gracias a que las alemanas con las que él y otros compatriotas nuestros pudieron relacionarse resultaron ser amantes voraces y bastante desinhibidas en muchos sentidos. Supo por esas mujeres, por sus compañeros de trabajo y por sus cofrades de bares y cantinas germanas (encontró alguna que prohibía la entrada de perros, cubanos y vietnamitas), que, a pesar de la propaganda y de un nivel de vida muy digno, los del Este envidiaban encarnizadamente a los del Oeste y que la política exterior del país se dictaba en Moscú, mientras el gran poder doméstico (el que controlaba, vigilaba y provocaba justificado temor) era la omnipresente Stasi, como llamaban despectivamente a la policía secreta (Ministerio de la Seguridad del Estado), concebida con la experiencia, métodos y asesoría de la KGB, una policía de la cual se hablaba siempre en voz baja y a la que los ciudadanos comunes le profesaban igual proporción de miedo que de odio, y de cuya macabra capacidad de control y represión solo tendrían una precisa y espantosa radiografía cuando fue asaltado su cuartel general y ventilados sus archivos, apenas dos meses después de la caída del Muro.

Mientras, por compañeros de trabajo rumanos y búlgaros conoció que si los alemanes del Este se quejaban era por ser unos malagradecidos, pues gracias a los soviéticos que convirtieron a la RDA en la vitrina del socialismo real, vivían mucho mejor que ellos en sus países, donde también, por cierto, las policías secretas, como la Securitate de Ceauşescu, controlaban la vida de los ciudadanos, de todos.

Entre jornada y jornada de trabajo, y entre alemana complaciente y alemana complaciente, Geni aprendía la lengua y mitigaba su hastío y nostalgias con frecuentes visitas a los bares de la ciudad, donde bebía cerveza alemana y vodka soviético baratos en cada ocasión que se le presentaba. Si en sus años más recientes en Cuba, Geni había puesto cierta distancia con el alcohol, la temporada alemana lo amarró a un consumo diario y elevado, con el que se evadía de su realidad cotidiana y de una sensación de soledad que no se calmaba ni con los compañeros de piso ni con las alemanas voraces. Y Geni bebió hasta el punto de desarrollar una verdadera dependencia: más que el bebedor ávido y resistente que fue en su juventud, el Geni que volvió a Cuba en 1990 regresó convertido en un alcohólico. Y con esa adicción también había abierto un poco más la puerta sombría que, desde hacía muchos años, el destino tenía marcada para él, literalmente a fuerza de golpes.

Geni sí contó que presenciar la caída del Muro y lo que de un día para el siguiente comenzó a ocurrir en Alemania fue una experiencia muy reveladora. Sobre todo lo conmovió ver cómo tantos millones de personas que unos meses atrás vitoreaban a la URSS en el desfile de la victoria sobre el nazismo, que todavía una semana antes juraban fidelidad al socialismo y al Partido, que temblaban cuando pasaban ante los tétricos edificios donde, en cada ciudad, todo el mundo sabía que radicaban los cuarteles de la Stasi, eran las mismas personas que ahora arrancaban con picos, barretas y hasta con las manos las piedras de una barrera que no solo era física y gritaban que al fin tenían libertad. Aquello resultó algo tan revulsivo que no podía dejar indiferente su inteligencia, en la que ya había sembradas semillas empeñadas en advertir de los desajustes del sistema. Entonces Geni, que había marchado en varias de las multitudinarias manifestaciones de Dresde y Leipzig como si solo participara de un juego prohibido y para saber qué se sentía al protestar públicamente por algo, torció el timón. Sin encomendarse a nadie ni pedir permiso a sus vigilantes del «ministerio», abordó un tren hacia Berlín para ver con sus propios ojos el espectáculo de la demolición y la algazara. Allí, observando en primera fila el tremendo acontecimiento que hasta unos días antes hubiera parecido inimaginable, mi amigo terminó de convencerse de que había pasado tres años viviendo una mala ficción en la cual todos los personajes llevaban máscaras. Sobre todo, que había sido víctima de un engaño, de que muchos habíamos sido víctimas de un engaño, como luego me diría. Con semejante convicción y violando todas las prohibiciones imaginables, Geni dio un paso más y atravesó uno de los boquetes abiertos en el Muro y cruzó la antigua frontera hacia el país del Oeste, el Occidente capitalista. Pensó y sintió que, al menos de momento, allí nadie lo podía castigar, que a partir de ese mínimo desplazamiento físico había llegado a otro mundo donde se le abría la posibilidad de empezar una vida diferente, de cortar todos los lazos con su historia y enterrar todas sus laceraciones. Es verdad que el futuro se le mostraba incierto, pero también que su pasado, del que apenas podía salvar a su mujer y a su hija, debió de presentársele como un tiempo demasiado doloroso. Y tomó una decisión. La más extraña decisión.

No creo que las muchas veces que se lo pregunté, Geni evadiera darme una respuesta convincente porque pretendiese preservar la privacidad de su determinación, o porque algo muy turbio lo avergonzaba, o solo para no admitir la que, como he llegado a convencerme por falta de otra causa pesada, debió de ser la gran razón: Geni había sentido miedo y por una vez no había sido capaz de enfrentar un sentimiento que él apenas conocía. El caso es que, ante mi insistencia por entender, al fin me contó que, dos o tres días después de haber cruzado al Oeste, regresó sobre sus pasos a la todavía República Democrática Alemana y no paró hasta llegar a la acería, también todavía democrática y socialista de Dresde. ¿Lo hizo por no dejar atrás a su mujer y su hija? ¿Por la moto soñada y la posible casa prometida? ¿Por miedo a lo desconocido, lo ajeno, a tener que aprender otra vez a vivir la vida? ¿O porque tenía una misión pendiente? Creo que la razón de su retorno es más simple, a la vez más oscura, sin duda más trágica y fatal: el destino, su destino, parecía tirar de él, arrastrarlo, obligarlo a seguir el tránsito en el camino marcado hacia su infierno, y toda esa trama se le presentó en forma de miedo al futuro. Unos años después, siempre sin expresar con claridad sus razones, Geni lamentaría su decisión de no cortar, de volver, pero lo que ocurrió, ocurrió, y ya no era posible borrarlo y reescribirlo con otros argumentos o personajes.

El caso es que unos meses más tarde, cuando las fronteras todavía estaban abiertas y una fuga aún era posible, la nueva gerencia de la acería alemana despidió a los camaradas socialistas conchabados y Geni regresó a Cuba. Y toda la revelación de la realidad vivida en esos años turbulentos, sumada a la dramática certeza adquirida de haber sufrido un engaño histórico y con el aporte insidioso de la duda insoluble sobre si había tomado o no la mejor decisión respecto a su futuro, no encontrarían a su vuelta un cauce favorable o posible para drenarse. Al contrario, su frustración se enquistaría y, conjugada con la imposibilidad material de alejarse de la casita, sería potenciada con las amargas disputas que por cualquier motivo comenzó a tener con Nora, como si la considerara culpable de algo. Toda esa frustración acumulada se convirtió, como le correspondía al carácter de mi amigo, en explosiones de ira, rencor, odio, unas reacciones violentas que solo habían estado aletargadas.

El resto ha sido su tragedia, que, precisamente por su carácter dramático, tiene un poderoso aunque lamentable potencial literario.

Fermín tenía todo el tiempo y toda la sed etílica del mundo, además de un olfato de rastreador entrenado en la faena, y por eso solía ser el encargado de gestionar el alcohol y, por supuesto, fue él quien, aquel 22 de marzo de 1992, con la poca plata de que disponía, compró un destilado infame, de esos que quemaban la garganta y diluían la mielina. Que hasta podía potenciar los más adormecidos instintos criminales.

En semejante transacción comercial que esa tarde precisa había ejecutado Fermín, además de los económicos, influyeron pesados factores históricos e incluso de geopolítica que quizás no hubieran alterado los hechos, pero los arroparon. Porque con el apogeo de la crisis destapada casi de un día para otro en la isla por el distanciamiento de la Unión Soviética previa a su desintegración y la vertiginosa renuncia al socialismo de casi todo el bloque del Este europeo, en Cuba no se realizó ningún cambio político, aunque de inmediato se sintieron las consecuencias de un revulsivo y muy revelador proceso histórico plagado de causalidades. De pronto todo escaseó en la isla e incluso se hizo difícil conseguir un producto de alta demanda y muy necesario consumo personal y social como es el ron. Ante la creciente exigencia popular, alentada además por el desconcierto, la frustración, las horas de apagones, el calor y la falta de comida, florecieron los fabricantes de unos destilados sucedáneos, pronto bautizados con diversos nombres de acuerdo a los métodos de fabricación o los efectos de su ingestión: Chispa e' Tren, Tres Pasos, Bájate el Blúmer, Mierdolina (según la mitología popular, se fabricaba utilizando como catalizador mierda de recién nacidos), o la clásica y cotizada Walfarina, preparada con alcohol de combustión, filtrado en carbón para mejorarle el sabor del querosene con que había sido mezclado. Esa Walfarina, por cierto, siempre había sido la modalidad preferida de Fermín y a la cual Geni también se había hecho aficionado a sus trece, catorce años, primero por robarle algún trago a su padre cuando Fermín perdía la conciencia, luego por haberla comprado él mismo con el dinero que sacaba como limpiabotas, chapeador de patios, fregador de autos o lo que apareciera, incluido algún que otro de los hurtos cometidos —con diferentes beneficios y, sobre todo, consecuencias.

Cliente asiduo, Fermín conocía todos los puntos de fabricación y venta del barrio, donde compraba lo que apareciera, con dinero propio, pero la mayoría de las veces en los últimos tiempos con el capital aportado por Geni, que lo hacía a través de su padre y a escondidas de Nora para parecer menos culpable de sus roces con la bebida. Luego, con un par de tragos ya asimilados, casi todas las tardes Fermín aguardaba la llegada de su hijo para, sentados bajo la vieja arboleda de mangos filipinos, vaciar el contenido de la botella o de las botellas, hasta verles el fondo o perder el conocimiento, uno de ellos o los dos, una de aquellas opciones, o las dos.

Antes de su estancia alemana, Geni solo había bebido con su padre en las ocasiones festivas que, organizadas por Quintín hasta su muerte (el viejo se había rendido a los ochenta y dos años, poco después de la partida de Geni, y unos meses después del deceso de su querida Flora), habían convocado a la familia alrededor de la mesa de madera en cuyo centro cada domingo se colocaba la gran cazuela de arroz con pollo. Incluso, desde que un Geni más centrado había recalado en la casita acompañado por Nora y la pequeña Violeta, muchas veces el hijo había rechazado las invitaciones del padre. En más de una ocasión, cuando Fermín cogía una de sus jumas agresivas y enfocaba sus resabios contra Lola, su objetivo preferido de siempre, Geni había tenido amargas discusiones con él, choques que, varias veces, terminaron en empujones y hasta golpes, trifulcas en las cuales, si andaban cerca, Nora o Rodolfo debían intervenir, mientras Violeta lloraba, en un temblor, y Aitana daba la espalda y se iba a la calle, soltando maldiciones.

Pero cuando a mediados de 1990 Geni volvió de su estancia alemana, alcoholizado, decepcionado y con moto, la necesidad de endrogarse lo fue acercando a ese padre que, por muchos motivos, él siempre había odiado. Primero de forma eventual, luego de manera casi cotidiana, Geni y Fermín, el aceite y el vinagre, comenzaron a compartir vasos y bebidas para alzar el telón del segundo acto de una tragedia cuyo desenlace había sido marcado casi cuarenta años atrás. Todo se armó como si sobre los eternos rescoldos, Geni añadiera leña seca y, al final, el propio Fermín vertiera gasolina.

Nora, que desde los tiempos de su embarazo apenas había vuelto a probar el alcohol —algunas cervezas o un par de copas de vino en alguna comida—, asimiló mal el nuevo hábito de su marido, pues en lugar de sosegarlo, la bebida muchas veces provocaba que Geni replicara las reacciones violentas y vociferantes de Fermín con su mujer, aunque (advertido por Nora de las consecuencias a que se abocaba si la agredía) nunca llegó a los extremos de atacarla físicamente. Además de beber casi a diario, ahora Geni (que se había dejado crecer el pelo y acostumbraba a llevarlo atado en una coleta) también solía perderse por horas, y varias veces hasta por días, pilotando su MZ como si hubiera retrocedido a sus locos días juveniles de motero. En esa época Nora y Geni discutieron con tal frecuencia e intensidad que, en dos o tres ocasiones, la mujer había cargado con Violeta y una mochila y vuelto a casa de sus padres, considerando con seriedad la posibilidad de una separación. Entonces Geni iba a buscarla, le suplicaba, prometía enmendarse, y cuando Nora se ablandaba y regresaba con él, debían de tener unas sesiones de un sexo que conseguía diluir muchos de los resquemores de la mujer. Entonces se establecía una paz precaria, que podía extenderse por varias semanas, hasta que el demonio volvía a asomar la cola y Geni, sin hacerse de rogar demasiado, caía de nuevo en las redes etílicas de Fermín. O al revés: Geni, desesperado por la abstinencia, compraba él mismo o le encargaba a su padre que buscara el combustible que su mal ánimo ya le reclamaba.

Tan acostumbrados llegaron a estar todos —Nora, Violeta, Lola, Rodolfo y Aitana—, que ver a Fermín y Geni beber alcohol a la sombra del centenario mango filipino, armar sus discusiones sobre cualquier tema, darse unos empujones o caer uno o el otro al suelo en estado de borrachera total y dormir allí hasta la madrugada, dejó de ser motivo de preocupación, ni siquiera de observación. Así era un día y poco después volvía a ser otro, sin solución visible. O, al menos, sin la solución sangrienta e irreversible que tuvo semejante representación grotesca protagonizada por dos alcohólicos furibundos el nefasto 22 de marzo de 1992, el «mal día» que cambiaría para siempre la vida de Geni y sería el último que viviría Fermín.

12

Nora sintió cómo se le partía el corazón cuando una Violeta exultante, más achinada que nunca por la felicidad que la anegaba, llegó a la casa y le dijo que le habían concedido la beca de estudios para hacer una maestría en el Colegio de México y que, a más tardar en un mes, debía partir. Nora entendía, sin que fuese necesario hacerlo explícito, lo que aquel trámite significaba: un viaje sin retorno. Y no era porque conociera mucho a su hija, porque lo presintiera, porque supiera que tantos otros compatriotas habían realizado igual travesía de una sola senda. Lo sabía porque Violeta se lo había dicho, varias veces, en una ocasión incluso con un libro de Milan Kundera en las manos: *La vida está en otra parte*.

A sus veinticinco años Violeta, graduada en Filología Francesa hacía ya dos, era todo lo que Nora, antes de que le troncharan sus propios anhelos, hubiera querido ser: realizada en lo académico, independiente en lo económico, sentimentalmente blindada y, sobre todo, alguien que creía en el futuro y estaba dispuesta, o mejor aún, estaba armada, para luchar por concretar su sueño. Solo que hacía mucho que el despertar del sueño no lo veía en su país, cerca de lo que quedaba de su familia, sino en otra parte de un mundo diverso que, para ella, no tenía por qué ser más inhóspito que su propia tierra de nacimiento, en donde ya no se veía crecer y fructificar.

Durante esas dos décadas y media que había disfrutado de la cercanía de su hija, Nora había luchado cada día para darle la mejor vida posible (la lucha incluso podía reducirse a que tuviera un vaso de leche y un pedazo de pan para desayunar antes de enviarla a la escuela) y lamentaba los momentos de debilidad en los cuales Violeta pudo haber sentido que no hacía lo suficiente, o no estaba todo lo cerca y dispuesta que la joven hubiera necesitado. En especial, Nora se recriminaba aquellos meses, más de un año en realidad, en que se había derrumbado, empujada por la terrible acción de Geni. Porque entonces a Nora la había abandonado esa capacidad de recuperación que en otros momentos la había acompañado para luchar por apuntalar su propia vida y procurar hacerla mejor, o al menos tolerable, en un tiempo y espacio cuyo devenir la había golpeado, defraudado y tronchado sus modestas aspiraciones: una carrera universitaria, un empleo digno y satisfactorio, una existencia sosegada. Pero el crimen cometido por Geni había sido tan brutal en todos los sentidos posibles que una Nora anonadada, casi en *shock*, necesitó de una evasión mental y la buscó por el turbulento camino del alcohol, la droga fatídica de su generación, la anestesia nacional. Transitó entonces por un tiempo sombrío, buscando escabullirse de su presente, procurando liberarse del asco de sí misma que le provocaba la idea de haber convivido por doce años con un parricida: la imagen de aquel hombre manchado de sangre y masa encefálica con un martillo homicida en la mano se había convertido en una visión recurrente y devastadora. Y mientras Geni iba a la cárcel, ella comenzó a atravesar esa otra estancia en el infierno de su existencia, pero no con la rabia y la turbación que la anegaron cuando fue excluida de la universidad y lanzada al vacío, no con su ya muy mellada capacidad de rebeldía en acción, sino apenas con una perversa intención de autodestruirse, de dejar de ser ella misma.

La habitualmente tímida Violeta, que andaba por sus doce años cuando se quebró el precario equilibrio familiar con el crimen cometido por su padre, se convirtió desde entonces en una adolescente hosca y reconcentrada. Los martillazos asesinos habían liquidado su infancia y la muchacha tuvo que aprender a vivir señalada entre sus compañeros de estudio como la hija de un parricida y, casi de inmediato, de una madre enajenada y alcohólica. La caída de Nora, la depresión de su tío Rodolfo, el mutismo ponzoñoso de su abuela Lola le dejaron como único soporte firme a Catalina, la abuela materna (el abuelo ortodoxo ya había fallecido, enfermo de decepción por el destino soviético), en cuya casa se refugió para escapar del marasmo en que se hundían sus otros allegados. Y con ese cambio domiciliario a su favor, se las ingenió para matricular en otra escuela donde confiaba que no la identificaran como la hija del parricida y la borracha depresiva de la que prefirió desentenderse, pues incluso odió a Nora por considerarla la máxima responsable de la existencia que a ella le había tocado.

En realidad fue su prima Aitana, que al producirse la sangrienta debacle familiar ya andaba por los diecisiete años, la persona que más y mejor la acompañó por esa época. Si Violeta se convirtió en una adolescente arisca, conmovida por un trauma, con todos sus paradigmas quebrados, que se autoexaminaba para intentar comprender sus opciones y ya mostraba una inclinación por los alivios místicos a los que se abrazaría en el futuro, la joven Aitana reaccionó ante lo ocurrido con una determinación que resultó salvadora para las dos: Violeta no podía asumir los desastres de sus padres, como ella, Aitana, se había negado a cargar con los de los suyos, le dijo una y otra vez a su prima. Para Aitana el hecho de haber sido abandonada por su madre, Yolanda, cuando apenas tenía dos años, de haber crecido viendo cómo su abuelo Fermín agredía y humillaba a su pusilánime abuela Lola, y la ida y vuelta de su padre a una guerra de donde regresó quebrado, fueron, entre otros, golpes que la afectaron profundamente. Sin embargo, en lugar de doblegarla, las circunstancias vividas la endurecieron y le advirtieron de lo que podía y lo que no podía hacer, qué aceptar y qué rechazar, en qué creer y qué negar. Y primero por una cuestión instintiva de supervivencia, que con los años razonaría y convertiría en su código vital, Aitana asumió sobre todo algo que sería crucial para ella: en medio de tales debacles, ella solo se tenía a sí misma.

De la mejor manera que pudo, como se le ocurrió en cada momento, Aitana le dio su apoyo a la prima Violeta. Y lo hizo en medio de una época en que, además de las trifulcas familiares, se vivió con carencias de todo tipo, sufriendo hambre y apagones casi diarios de hasta doce horas, percibiendo la enervante incertidumbre nacional de ver un país paralizado, en demolición. La precariedad económica había llegado al punto de que se advertía que en cualquier momento el Gobierno podía decretar la terrífica Opción Cero, con la cual los inquietaban —cero todo, decían— e implicaba un proceso a través del cual se vaciarían las ciudades moribundas y, en caravanas de parias, como en un éxodo bíblico, se llevaría a la gente a vivir en comunas campesinas, donde comerían en ollas colectivas y cagarían en los matorrales. Luchando contra todos esos escollos, Aitana abrió los grifos posibles que conseguían liberar tensión y llevó consigo a Violeta a los cines que aún funcionaban, a comprar y devorar las hamburguesas de subsistencia que recetaba el Gobierno, a bañarse en el mar en la costa rocosa ante la imposibilidad de viajar a las playas por la difuminación del transporte, incluso a las fiestas de sus compañeros de estudio de la Escuela de Diseño —aunque con la estricta prohibición de beber de los alcoholes con que esos jóvenes también se evadían de la abrumadora realidad y mucho menos de probar algún furtivo cigarrillo de marihuana que pudiera salir de una manga mágica.

Por aquellos senderos pobres e improvisados, Violeta vivió, sobrevivió, incluso creció, siempre un poco hosca aunque cada día más bella, con aquellos ojos rasgados heredados de algún ancestro oriental. Y, sobre todo, se encontró a sí misma gracias a la decisión de Aitana de matricularla en la Alianza Francesa para que invirtiera su tiempo aprendiendo el idioma con el que de inmediato la adolescente establecería una relación de amor.

—Mipri —le había dicho entonces Aitana, que desde siempre había llamado así a su prima más joven—, esto está del carajo. Ya tú sabes, aquí falta todo, pero, coño, sobra tiempo, y ahora hay que comprar lo que vendan con la moneda del tiempo que sí tenemos y además está barato, ¿no crees?... Vamos a ver, las cosas son así, al menos yo las entiendo así... Este país se está yendo a la mierda, bueno, está metido en la mierda que antes acumularon, y me parece que va a seguir así por muchísimos años, porque yo creo que esto no tiene arreglo. Como decía el abuelo Quintín..., ¡ni los americanos lo arreglan!

Las dos primas sonrieron. Se habían sentado en el paseo de la calle G, frente al edificio de la Alianza Francesa donde acababan de hacer efectiva la cotizada matrícula de Violeta, conseguida gracias a que una de las profesoras de la academia era la madre de una compañera de estudios de Aitana. Desde el mar, tendido al fondo de la avenida, les llegaba una brisa cariñosa, como un regalo de los caprichos del trópico. Las muchachas, con sus respectivas bicicletas chinas todavía encadenadas al pedestal de hierros labrados de una farola del paseo, tenían, con su avasallante juventud, la belleza de la pureza pero también el brillo de la decisión, y podían parecer dos delicadas flores de cactus que hubieran brotado entre las espinas y en medio de un campo de ruinas físicas y espirituales.

—¿Y qué tú crees que podemos hacer nosotras? —preguntó Violeta.

—A eso voy... Lo que podemos hacer es no dejarnos aplastar, por nada ni por nadie. Ni por la familia que tenemos, llena de dementes, frustrados, abusadores, alcohólicos y hasta de asesinos, ay, qué familia, ni tampoco por este país que en esta miseria total, como dice hablando bajito mi profe de Historia del Arte, es más real que nunca y siempre ha tenido una extraña capacidad para prometer lo que no va a cumplir y, de paso, burlarse de los que alguna vez creyeron en sus promesas. Bueno, como le pasó a tu madre, por no ir más lejos. O a tu abuelo, el comunista ortodoxo que maldijo a Gorbachov y se murió con un ataque de rabia y echando espuma por la boca cuando vio que todas sus consignas se fueron al carajo... —Y en ese punto una sonrisa apareció en medio del dramatismo de su discurso—. Un personaje de una película buenísima que vi el otro día dice algo así...: «Ahora resulta que todo lo que nos dijeron del capitalismo es verdad, y todo lo que nos dijeron del socialismo era mentira».

—Eso fue lo que mató a mi abuelo. No pudo soportar esa idea. La parte del comunismo, claro.

—Pues que se joda y se revuelque en su tumba... Y perdona, era tu abuelo, pero me dan urticaria los creyentes dogmáticos como él. Todos los dogmáticos —recalcó Aitana.

—Pero es que también mi madre...

—No, no es lo mismo, y tú lo sabes. Creo que eres demasiado dura con ella. Y la tía Nora también ha sido una víctima. De su padre, de tu padre, de esta época de mierda...

—¿Y por qué siguió con mi padre cuando ya se pasaban la vida discutiendo?

—No lo sé. Yo hacía rato que lo hubiera mandado a cagar..., pero no quiero juzgar a la tía Nora. Tampoco la juzgues tú. O, por lo menos, no la condenes... Pero, bueno, a lo nuestro, sigo a lo que iba... Mipri, ahora las cosas se han puesto en un punto que nosotras no nos tenemos más que a nosotras mismas, y vamos a salvarnos como sea, hay que mantener la cabeza fuera del agua hasta que podamos sacar el cuerpo completo. ¿Por qué tú crees que sigo dando pedales todos los días desde el barrio hasta mi academia? Pues para eso, para estudiar, aprender, prepararme para, en cuanto pueda, largarme de aquí. ¿Por qué crees tú que luché para que tú pudieras entrar en esta escuela a aprender un idioma? Para lo mismo, Mipri, para que aprendas, te prepares y abras una ventana por la que en algún momento puedas saltar.

La lógica implacable de Aitana la hizo reaccionar.

—¿Irme y dejar a mi madre...? ¿No sería muy egoísta? —musitó Violeta.

Aitana sonrió.

—Tranquila. Tú verás que en su momento lo vas a hacer, y va a ser lo mejor que podrás hacer por ella. Por cierto, ya que volvemos a hablar de ella..., ahora lo que sí deberíamos hacer con la tía Nora es darle dos patadas en el culo, amarrarla a la mata de mangos del patio, como le hicieron a Aureliano Buendía, y obligarla a dejar de beber. Lo que hizo tu padre es horrible, pero lo hizo él y está pagando por eso. Nora no tiene por qué pagar nada...

—Tu papá la está llevando a ver a su psiquiatra.

—Me parece bien, claro... Y va a mejorar, seguro..., pero acaba de entender esto, Mipri, tu vida es tu vida y no puedes dejar que los otros la jodan, ni siquiera tus padres y mucho menos que la joda este país... Y recuerda esto... Si para el momento en que puedas y quieras dar el salto ya yo estoy del otro lado de la ventana, siempre cuenta conmigo. Porque de verdad espero estar de ese otro lado... Yo sí no aguanto esto. —Y abrió los brazos para abarcar «esto».

Por el resto de su vida, Violeta recordaría aquel encuentro catártico y las palabras, quizás no tan precisas pero igual de reveladoras de su prima. Para ella, esa conversación de adultas que tuvieron sentadas en un banco de la calle G fue el momento dramático en que la aprendiz de diseñadora Aitana le entregó un boceto de su presente y, sobre todo, de lo que podría ser su futuro: en el dibujo perfilado se veía un muro infinito, de apariencia infranqueable, en el cual, sin embargo, había una pequeña ventana entornada, aunque a cierta altura, lo cual dificultaba su acceso. Y ese fue el resquicio posible por el que la adolescente Violeta, parada en puntas, se asomó a un paisaje que sería el mundo hacia el que se movería: las lecciones de lengua francesa que comenzó a recibir funcionaron como una revelación de algo que deseaba mucho poseer sin haber sabido ni imaginado cuánto lo deseaba, y de inmediato semejante revelación trazó una ruta por la cual transitó hasta llegar al clímax de su destino. Y unos años después, ya licenciada universitaria en Lengua y Cultura Francesa y con una beca en las manos para realizar la maestría en el extranjero, al fin pudo trepar por la escalera que le ofrecían, subir, aferrarse a grietas, rebordes y abrir de par en par la ventana por la que, según lo prefigurado, saltó para caer del otro lado, en los brazos generosos y firmes de su prima Aitana. Sin demasiados remordimientos por dejar atrás a su madre y, con ella, casi todo su turbio pasado y buena parte de la rabia que por años la había habitado.

Nora despertó completamente decidida y casi comenzó a contar las horas que la separaban del momento en que daría el paso necesario: no podía dilatarlo más, iba a hablar con Violeta.

Desde que su hija se fue a estudiar a México, veinte años atrás, Nora había mantenido con Violeta la comunicación más constante que le resultó posible. Primero durante los meses que la joven pasó estudiando en el Colegio de México, luego cuando cortó toda relación con la universidad cubana y, con un visado gestionado por Aitana, se trasladó a vivir con su prima en España. Allí Violeta vivió tres años en Barcelona, donde conoció al joven profesor quebequés Laurent Delarre y comenzaron la relación que la llevaría hacia Estados Unidos, ya casada con Delarre y ambos con contratos de trabajo en una academia de idiomas de Tampa, en La Florida. Apenas un año después había nacido su hijo Michael Delarre, el nieto de Nora, agraciado con los persistentes ojos rasgados de su madre. En Tampa, la familia creada por Violeta y Laurent (que poco después de establecerse en esa ciudad se habían afiliado a una iglesia presbiteriana) sostenía una vida que a la joven, así se lo trasmitía a Nora, le parecía ser una buena vida. Al menos sin agresiones del tipo que su madre había sufrido en la suya, y, al parecer, reconfortada con unas creencias y prácticas religiosas que, al decir de la muchacha, le habían dado un mejor sentido a su existencia.

Durante los siete largos años que mediaron entre la salida de Violeta y el primer cumpleaños de Michael, Nora no vio a su hija. Pues hasta que no tuvo la residencia norteamericana, Violeta (siempre con Laurent y Michael) no había vuelto a Cuba. Y después, cuando viajaba para ver a Nora y a la abuela Catalina, ponía la única condición de que se alojarían en la casa de la abuela materna de la muchacha, no en la desventurada casita del barrio donde, tozudamente y para desagrado de su hija —incapaz de entender semejante obstinación—, había permanecido Nora, como si ella también cumpliera una condena, decretada por ella misma, y por lo que Violeta consideraba una pérdida de carácter. Porque para Violeta si algún retorno resultaba inviable, era el de pisar otra vez el escenario de la gran tragedia familiar que había estado a punto de destrozarle la existencia. Su propósito mayor era mantener a su hijo Michael lejos de ese pasado tóxico, que pensara incluso que no había existido, aunque a ese pasado pertenecían las abuelas cubanas y los primeros veinticinco años de vida de su propia madre.

Para su mala suerte, los intentos de que Nora viajara a Tampa se habían frustrado repetida, empecinadamente: por alguna razón recóndita, las caprichosas oficinas consulares estadounidenses le habían negado siempre el visado por considerarla posible inmigrante, y cuando en la era Trump la solicitud del permiso comenzó a hacerse con presencia física en el consulado de Guyana por haber sido clausurado el de La Habana, Nora se olvidó de la posibilidad de visitar a su hija y nieto, y se conformó con verlos en Cuba, cuando ellos quisieran y pudieran viajar, una opción que se fue haciendo cada vez más esporádica. De todo aquello, lo que a Nora le resultaba en verdad macabro era que, por décadas, los cubanos, ante las férreas políticas migratorias de su Gobierno, habían practicado las estrategias más diversas para salir, incluidas unas precarias balsas, y ahora, cuando las autoridades nacionales habían aflojado la mano y abierto rejas, eran los presuntos receptores quienes los rechazaban. Los cubanos parecían condenados a ser la croqueta del pan con croqueta: una masa maleable, freída en manteca hirviente y luego oprimida entre dos fuerzas empeñadas en aplastarla antes de ser triturada y, al final de un proceso, convertida en mierda.

Ante el persistente inconveniente consular, Violeta le había ofrecido a su madre diversas opciones para verse y, así lo repetía, incluso si decidía emigrar. Desde reunirse para pasar unos días en España donde además podrían encontrarse con Aitana y Karla, hasta la alternativa de trasladarse todos a México y, si lo resolvían, llevar a Nora a la frontera para que, en su calidad de ciudadana cubana, ingresara clandestinamente en Estados Unidos y, protegida por la vieja ley de Ajuste Cubano, obtuviera la residencia y se fuera a vivir con su hija y familia.

Nora, sin embargo, siempre rechazó de plano semejantes propuestas de viajar y, sobre todo, la de emigrar, que ella misma había considerado con diversos niveles de seriedad en varias ocasiones a lo largo de los años. En la más recóndita razón de su negativa aún se movían algunos de los flecos sobrevivientes de su dignidad que le hacían rechazar la idea de ser, desde entonces, de manera absoluta y para siempre, una mantenida. Porque sabía que dependería desde entonces de una hija que en ocasiones podía tener comportamientos ríspidos con ella, como erupciones de un volcán —que quizás palpitaba en las entrañas de sus genes—, y que desde hacía varios años veía la realidad y entendía la vida a través de una perspectiva mística bastante fundamentalista que Nora se sentía incapaz de compartir. No le importaba que Violeta fuera, sin duda alguna, el ser que ella más quería en el mundo y que, a pesar de sus arranques, la muchacha hubiera demostrado ser muy generosa en lo económico con su madre. Y es que Nora, sin jamás atreverse a comentárselo a nadie, siempre había sentido que, a pesar de esa generosidad, su hija albergaba un persistente reproche hacia ella por haberla hecho nacer y crecer en un ambiente enrarecido y quizás también porque nunca había entendido las razones de que a Nora le hubiera faltado valor para romper el vínculo malsano que la ataba a Geni y su mundo enfermizo.

Además, sobre Nora también incidía el peso de una responsabilidad filial que en los últimos años la había anclado: el cuidado de su madre anciana. Ella había asumido, sin titubeos ni posibles reproches, el hecho de que debía corresponder al apoyo que Catalina le brindara en momentos críticos, como cuando se opuso a la voluntad de su marido, aun siendo la propia Catalina también una militante ortodoxa, pero dotada con un invencible sentido maternal. Y por una elemental gratitud, Nora se había negado a pensar siquiera la posibilidad de ingresarla en un desvencijado asilo de ancianos. Catalina era su grillete y Nora debía arrastrarlo hasta un desenlace que se dilataba en la décima década de vida de su madre. Por suerte, en aquella misión también había tenido el apoyo de Violeta, que, además de dinero contante y sonante para la compra de alimentos imposibles de adquirir con las cada vez más devaluadas pensiones de Nora y Catalina, a través de canales eclesiásticos enviaba medicamentos y artículos necesarios para la salud y la higiene de la abuela bajo cuya falda se había refugiado incluso antes de que su padre cometiera el crimen. Y, viviendo en esa encrucijada, Nora sentía que todo se había trastocado: ahora ella era como la madre de su madre, convertida en la hija que ella debía cuidar; su hija Violeta se había transformado en la madre de su madre y de su abuela, pues de hecho prácticamente las sostenía. Nada, que en un país donde casi todo se había alterado, hasta las lógicas familiares andaban de cabeza. Cuando andaban.

Calculando la mejor hora para establecer la comunicación con Violeta, Nora había estado todo el día esperando el regreso de Rodolfo, al que había visto en la mañana cuando se disponía a salir. Rodolfo le había prometido retornar cuanto antes, luego de realizar una gestión impostergable, pero avanzaba la tarde y seguía sin aparecer. Quizás la evadía, pensó ella, pues le resultaba extraño que él se hubiera negado a su casi ruego de ir al cumpleaños de Fumero. A las cinco de la tarde Nora se sentía agotada de esperar. Tenía un ligero dolor de cabeza y unos deseos avasallantes de tomarse un trago. Pero se conformó con la dipirona que bajó con el jugo de mangos hecho con los filipinos del patio, y no aguardó más: «¿Podemos hablar? ¿Puedes a las seis? Bssss», escribió en el teléfono y envió el mensaje.

Desde que tenían el beneficio del WhatsApp las comunicaciones entre madre e hija habían sido más fluidas, aunque Nora las había administrado con prudencia. Si a ella le sobraba tiempo y soledad, a su hija no le ocurría lo mismo. Por lo general, un par de veces por semana hablaban o chateaban, y eso las mantenía al día. Si era necesario y por algo puntual, una u otra pasaba un mensaje y esperaba la respuesta. La de esa tarde llegó unos minutos después: «Mejor a las siete. Estoy a tope. Besossss».

Nora aprovechó para ducharse, dejando que el agua le corriera desde la cabeza y tal vez arrastrara la molesta pesadez que la agobiaba. No quería pensar, se había censurado todo el día esa posibilidad, prefería dejar cada una de sus dudas y preocupaciones para la conversación con Violeta y el encuentro con Rodolfo, pero su cerebro se negaba a obedecerla. La rejoneaba la evidencia de que después de años de sentirse libre, sin ni siquiera dedicarle algo más que un pensamiento casi siempre rencoroso, ahora volvía a perseguirla la imagen de Geni: abriendo la reja del jardín y avanzando hacia la casita... Y en ocasiones el recién llegado lo hacía con un martillo en la mano. A las fotos mentales que conservaba del hombre, Nora le había añadido canas, angustias, remordimientos y, por lo ahora sabido, los posibles efectos devastadores de su enfermedad ya sin remedio. El resultado gráfico era lamentable, impreciso, pero la reacción de ella ante lo que podría ocurrir era de absoluta firmeza: lo que veía en su imaginación no ocurriría en la realidad. Geni volvería, ya lo sabía, pero ella no estaría allí para verlo regresar al lugar del crimen, como habría dicho o escrito Raymundo Fumero.

Nora nunca había podido olvidar, porque siempre había sido para ella un poderoso motivo de orgullo —que en un futuro se llenaría de tantos sentidos—, el día en que un Geni, medio borracho y como enloquecido, levantó la mano y amenazó con pegarle. Fue la primera y única vez que algo semejante ocurrió en los doce años en que convivieron, y sucedió apenas unos meses antes de todos los desenlaces, cuando ya Geni había regresado de Alemania más amargado y furibundo, había alcanzado la cima de su relación de dependencia alcohólica y en el país comenzaba a faltar todo, incluida la confianza, y a sobrar la frustración. En fin, Geni pudo haber tenido uno de sus malos días, y el cúmulo de condiciones que lo rodeaban haber provocado el exabrupto contra su mujer.

Nora sabía que el carácter de Geni se había forjado entre su propia naturaleza genética y la experiencia vital que lo acompañó desde la niñez, ambas hicieron de él un ser volátil que con mucha facilidad daba respuestas violentas a cualquier dificultad. La violencia para él fue una forma de relacionarse con el mundo y la potenciaba el hecho de que, como él mismo le confesara, le hubiera perdido el miedo al dolor, después de sentirlo tantas veces gracias a las palizas que por años le había propinado el también irascible y abusador Fermín.

Muchos años atrás, como si fuera un chiste, Fumero le había contado a Nora, entre otras memorias de las reacciones violentas de su amigo, la pelea que un Geni de once, doce años, había tenido con William el Rubio en un terrenito de pelota cercano a la casa. Todo se había desencadenado por una jugada que para uno era *out,* para el otro *safe,* y luego de discutir un rato gritándose insultos, los contendientes se enredaron a golpes, sin que los otros muchachos o algún adulto preocupado lograran apartarlos. Fumero juraba que ni en un ring de boxeo había visto a dos seres humanos propinarse más golpes que aquellas dos bestias, que solo se separaron cuando casi no podían verse por las inflamaciones que ya tenían alrededor de los ojos, la sangre que los cegaba y los golpes que tiraban solo barrían el aire. Sin embargo, la violencia de Geni, también le dijo Fumero, siempre había tenido un límite: el que se le representaba con un ojo amoratado o un labio partido de su madre. Geni podía vociferar, y por etapas solía hacerlo también con Nora, pero jamás descargar sus explosiones agrediendo con golpes a una mujer. Incluso en los tiempos en que Fumero lo conoció, cuando Geni se peleaba por cualquier motivo —la época de sus muchas peleas con su compañero de aula y rival académico Pablo el Salvaje—, jamás lo vio dirigir su violencia sobre alguien más débil.

Nora había olvidado el motivo que había provocado el inusual exabrupto de su marido, pero nunca las palabras con que ella había respondido a la amenaza de un castigo físico:

—Si me tocas, te mato... Yo no soy tu madre...

—¡Deja tranquila a mi madre! —vociferó Geni, que, al parecer tocado por la mención de su madre tantas veces zurrada, de inmediato dio media vuelta y se alejó, de alguna forma reconociendo su derrota o quizás avergonzado de su comportamiento.

Nora sabía que las dos oraciones capaces de paralizar a Geni le habían salido del alma. Y las dos eran ciertas. Pero tuvo la comprobación más patente de su victoria personal cuando esa noche, ya acostados en la cama, Geni musitó una disculpa, no sabía qué coño le había pasado, dijo. Él nunca la agrediría. Nora le acarició la cabeza y esa noche hicieron el amor con la rispidez pactada, admitida por ambos y que a Nora tanto la satisfacía. Sin embargo, el recuerdo de su reacción, esa promesa de matarlo si la golpeaba, muchas veces la hizo meditar en las razones del propio Geni para pasar de la formulación verbal de que mataría a su padre a la ejecución del acto homicida. Pero lo que Nora nunca fue capaz de entender, ni jamás lo lograría, era el carácter de la segunda oración de su propia promesa: «Yo no soy tu madre». Una afirmación que implicaba el estoicismo sumiso de Lola y el hecho de que la mujer nunca hubiera sido capaz de confrontar a su marido de la manera radical en que lo había expresado ella: «Si me tocas, te mato». Quizás esa simple afirmación condicionada habría cambiado muchas cosas. O no. Y tal vez incluso Geni no hubiera terminado martillando ocho veces el cráneo de Fermín.

Nora lamentaría durante todos esos años no haber sido más enérgica con su suegra y lo que ella consideraba una actitud servil y una vocación de sufrimiento. Quizás con alguna presión sobre Lola se hubiera podido evitar el desenlace trágico, solía decirse, sin saber si aquel habría sido el antídoto. Por eso, a diferencia de Rodolfo, nunca se atrevió a reprocharle a Lola que desde la detención de Geni, en 1992, hasta unos meses antes de la muerte de la mujer, en 2004, la razón de la vida de Lola fuese ver y atender a su hijo condenado, en quien, así lo creía Nora, podía identificar a su liberador. Con una energía que contrastaba con la pasividad sumisa de su vida con Fermín, Lola, ya anciana y luego padeciendo de un enfisema respiratorio, con la mente cada vez más perdida por el avance del alzhéimer, luchó todos esos años por estar lo más cerca posible de Geni y llevarle a la cárcel alimentos, libros y hasta los alientos de los rezos que le dedicaba desde que se aferró a su fe religiosa. En medio de la crisis que se padecía en el país, cada bolsa de suministros acumulados por la mujer implicaba un esfuerzo enorme, y muchas veces ella debía renunciar a sus propias necesidades para aliviar las del preso. A Rodolfo lo enervaba aquella actitud, pero la respetaba solo por complacer a su madre, aun sabiendo que era él quien solventaba práctica y económicamente las requisas que recibía el aborrecido hermano parricida. Nada, que aquella familia que su empecinado destino le había puesto dos veces en el camino era una tribu bien complicada, se decía la mujer.

Por su parte, la reacción de Violeta respecto al acto homicida de su padre fue inmediata y radical. A diferencia de Nora, que sin saber bien por qué razones no concretó desde el primer momento la ruptura total, la joven expulsó de su vida la figura de su padre y nunca justificó la actitud de su abuela Lola ni los titubeos de su madre. Ni siquiera quiso escuchar las razones de los otros, y Nora respetó la decisión de Violeta, pues sabía que su actitud estaba fundada en sus propias causas. Porque lo peor para la niña de doce años no había sido perder de un golpe (de ocho, en realidad) al abuelo y al padre, sino que en todo el barrio y más allá la identificaran como la hija del hombre que le martilló la cabeza al padre, quizás por defender a su propia madre, la maltratada abuela de la joven. Padre, abuelo, abuela en el mismo recipiente desbordado de violencia y sangre. Y, afectada por aquellos hechos, Violeta los consideraba a todos culpables: a Geni, a Fermín, a Lola. Incluso vertió culpas en su madre.

Si unos meses después la muchacha aceptó dejar el amparo de su abuela Catalina y volver a vivir por un tiempo en la casita, fue para darle apoyo a Nora, sumergida en un abismo del cual solo pudo salir por la presencia de esa hija, el aliento de su madre Catalina, los auxilios psiquiátricos que le facilitó Rodolfo y, sobre todo, la firmeza de Aitana, que no dejaba de tildarla de cobarde por no enfrentar de otro modo sus desgracias y decepciones. Aitana se lo gritó en la cara un día: con su comportamiento Nora se estaba traicionando a sí misma y castigando a Violeta, que ahora la necesitaba más que nunca. Y que la sobrina tuviera aquella percepción de ella, la conmovió profundamente.

—Ya bastante jodidos estamos todos en un país en que la gente debe luchar cada día por la supervivencia —le había argumentado Aitana, con Violeta a su lado—, un lugar donde te han sucedido cosas como las que te hicieron cuando te botaron de la Universidad y donde el pasado está lleno de mentiras y el futuro es una masa oscura y, así, viscosa, sin forma. Pero uno no puede dejar que lo aplasten y conformarse con autocompadecerse. Tú no eres mi abuela, ni siquiera eres como mi padre, que tiene miedo a vivir... Así que no jodas más y haz como Lázaro, coño: levántate y anda. Y si no lo haces por ti, hazlo por tu hija, que no se merece nada de lo que le ha tocado vivir, cojones.

No, ella no era como Lola, y así se lo había dicho en su momento a un airado Geni. «Si me tocas, te mato.» Y por eso, sin saber muy bien cómo, Nora logró levantarse e incluso andar. Y mucho había andado para llegar a donde ahora estaba, buscando una respuesta, tal vez la definitiva. No, después de tanto nadar ella no podía morir en la orilla. Al menos pondría los pies en la arena y marcaría allí las huellas de sus plantas, se dijo.

13

Rodolfo se bajó de la guagua inverosímil, por supuesto abarrotada de personas y de malos olores químicos y fisiológicos, esa máquina renqueante que, pasadas las nueve de la noche, contra toda lógica, pronóstico y posibilidad había podido atrapar en La Víbora. Y apenas puso un pie en tierra corroboró que su barrio, ahora más tenebroso, había sido premiado con uno de los cada vez más frecuentes apagones de aquella temporada. Pasaban los años y la oscuridad los perseguía. La sola idea de tener que tirarse en la cama sin el alivio de un ventilador que mitigase el calor del verano lo deprimió un poco más. Deprimirse le resultaba muy fácil y además le parecía casi la única opción que le conferían, porque él ya ni siquiera encontraba mucho sentido a la posibilidad de encabronarse, pues no valía la pena invertir energías en empezar a cagarse en la madre de nadie, o sea, de los mismos de siempre. Bueno, si acaso cagarse en la suya —pobre Lola— por haber sido tan estúpido y no haber hecho algún esfuerzo y buscar el modo de escapar cuando debió hacerlo. ¿Cómo habría sido esa otra vida que Rodolfo no se decidió, no buscó o no se atrevió a vivir? Sabía que no tenía sentido preguntárselo, pero en ocasiones recaía en el tema, sobre todo cuando la vida realmente vivida ya le parecía un lamentable argumento de tragedia clásica, con hijos matando a padres incluidos en la trama, y con el final de miseria y desolación que ahora acaparaba el escenario.

Frente al local de la Calzada por donde transitaban los ómnibus, tozudamente abierto con la iluminación de una vela, Rodolfo vio a los más fieles clientes del barrio congregados en el bar de mala muerte y peor ron que dominaba una esquina, bebiendo sus alcoholes y procurando el olvido. Tipos gastados, vencidos, feos. Más derrotados que él. Al otro lado del muro donde se acomodaban los bebedores, sentado en el bordillo de la acera vio a su viejo amigo, el Negro Mongo, tullido desde hacía años como resultado de un ataque isquémico. El infeliz esperaba entre la mugre, la penumbra y la canícula alguna limosna que le permitiera acumular la cifra que ahora costaba una pizza, su plato diario, cuando alcanzaba a reunir dinero para ese bocado.

—Coño, Rooodoooo —lo saludó Mongo.

—¿Qué hubo, Negro?

—Aquí, en la lucha. Tú sabes.

—¿Cuánto te falta?

Con los dedos engarrotados de la mano izquierda, Mongo contó los billetes que tenía en la derecha.

—Doscientos pesos... ¿Tú sabes lo que vale ahora una pizza?

—Da igual —dijo, sacó la cartera y decidió ni pensarlo: le entregó al amigo los dos billetes de cien que le quedaban—. Pero no cojas este dinero para emborracharte con los descerebrados estos. Come algo y vete a dormir.

—Tranqui, compadre... Gracias... ¡Rooodoooo, tú no te destiñes!

—Ya perdí hasta el color, Negro... —dijo mientras ayudaba al otro a ponerse de pie y luego le entregaba la muleta con que se auxiliaba.

Desde la Calzada hasta su casa, Rodolfo debía caminar tres cuadras por una calle secundaria en la que no se sabía por dónde era mejor —o peor— avanzar, si por la vía llena de furnias o por las aceras destrozadas, dispuestas a provocar esguinces de tobillo y donde la gente colocaba sillas para escapar del calor, depositaba (o tiraba, sin más) sus bolsas de basura y los perros cagaban impunemente, todo mezclado, todo mezclado. En esa ruta siempre pasaba frente al edificio de la escuela donde había hecho varios cursos de sus estudios primarios, y tal vez por tener en la mente el regreso de su hermano, al ver el asta desnuda de la bandera, esa noche iluminada por una luna espléndida, recordó la historia de Pelayo Pata Tiesa, el muchacho que se estrelló en la losa cuando fue a destrabar la bandera en el pico del mástil. En otra vida difusa Geni solía repetir, casi siempre muerto de risa, el cuento del vuelo y aterrizaje de Pelayo como si fuesen algo muy divertido. ¿Adónde habría ido a parar Pelayo? Rodolfo no lo veía desde hacía años y en las últimas ocasiones en que se lo encontró siempre había sido en el bar también cochambroso del mercado del barrio, bebiendo un ron atroz servido en latas de cerveza o de refresco cortadas por la mitad, acompañado de sus colegas de tragos Yoyi el Mono, Felipe el Bizco, Billy el Niño, Orlando Zanahoria, alcohólicos irreductibles, detritus sociales ya todos acogidos a mejor vida. Y se preguntó qué ocurriría con las existencias anodinas y volátiles de especímenes como esos cuando gentes como él o como Fumero también desaparecieran, de la realidad y de las memorias, y fuese como si jamás ninguno de esos personajes hubiese pisado la tierra. El imperio del olvido, se dijo, el olvido sin ron y sin retorno. Sin redención posible.

Cuando dobló la esquina que lo llevaba a su casa, lo sobresaltó la tenue pero rebelde claridad que salía de su portal. Y no supo en un primer momento si alegrarse o disgustarse. Había comido bien con sus amigos médicos, bebido unos generosos tragos de buen ron, escuchado consejos e invectivas sobre su situación física y su vida espiritual, tratando de apuntalar el futuro turbio que se le echaba encima. Y al despedirse de los médicos y emprender el regreso a su casa lo que más añoraba —hasta que descubrió el corte eléctrico que lo privaba del ventilador— era darse una ducha y procurar la inconsciencia del sueño.

—¿Y tú dónde estabas metido? —preguntó la voz de la mujer desde cuyas manos partía la claridad proyectada por su teléfono celular, la luz que en ese instante se esfumó—. ¿Yo no te dije que venía hoy?

Rodolfo supo entonces que la opción era por alegrarse, aunque con cautela, pues no recordaba haber quedado en algo con la ninfa esplendorosa que lo observaba con las manos en las caderas, en actitud retadora.

—Perdón... Es que me compliqué y... —dijo, ya en el portal, y sintió el olor familiar y amable de lo que, estaba convencido, debía de ser una porción de arroz amarillo con pollo. Y también el avasallante perfume a piel joven de la ninfa.

Yanelis tenía treinta y seis años y era una mulata achinada contundente, un espécimen magnífico de un atrevido cruce étnico intercontinental. Su relación con Rodolfo había sido uno de los efectos colaterales de la pandemia, sus restricciones y sus alteraciones psicológicas. Durante años, desde su portal, Rodolfo la había visto pasar hacia su casa, unas cuadras más abajo de la suya, a veces sola, en ocasiones con un rubio alto y fuerte que después supo que era su marido, y siempre miró a la joven con muchas intenciones pero sin pretender cualquier acercamiento, sin ni siquiera imaginarlo como posible. En algún momento difícil de precisar, pero con seguridad unos meses antes de que apareciera el virus que cambió por dos años la vida del mundo, Rodolfo anotó que la mulata china contundente ya no pasaba acompañada, y un día se atrevió y la llamó, sobre todo por curiosidad. Había visto que ahora andaba sola y...

—Mi marido se fue —le había dicho ella—. Le dieron la ciudadanía española y voló a la semana.

—Otro más que se fue..., ¿y tú?

—¿Me ves cara de gallega? —soltó ella, rio, Rodolfo la invitó a café y ella lo aceptó.

Con la pandemia, los confinamientos y las crecientes carencias que la acompañaron, Rodolfo y Yanelis coincidieron después en un par de colas interminables para comprar pollo, aceite, lo que hubiera y les tocara comprar en la tienda del barrio asignada a su área y, en una de esas dilatadas esperas, luego de comprobar que ambos habían leído recientemente el mismo libro y tenían algún tema de conversación que los comunicaba, él la invitó a comer una noche, pues también podía prestarle otros libros, de esos que después de leerlos Aitana le hacía llegar y que seguramente a la joven le gustarían. Y otra vez ella aceptó.

Quizás el rasgo más sorprendente en el carácter de Rodolfo Bermúdez haya sido su evolución en el trato con las mujeres. Porque la timidez que en otro tiempo dilató el inicio de su noviazgo con Nora y quizás hasta determinó la suerte de la relación, o el proceso de hipnosis erótica vivido con Yolanda, la madre de Aitana, o la dependencia sentimental y sexual que lo dominó durante los dos años de su matrimonio con Julita, su segunda mujer (que lo dejó en la estacada cuando él volvió medio enloquecido de Angola), todos aquellos comportamientos de pronto fueron superados junto con la depresión profunda con que regresó de la guerra. Decidido a no volver a casarse jamás, Rodolfo se convirtió casi de un día para otro en un pragmático sexual y con la suerte que nunca tuvo en la juventud, sin atisbos de repugnancias electivas, tomaba lo que aparecía, lo utilizaba, sin permitirse pasar a otras intimidades que no fuesen las sexuales. A veces se preguntaba cómo había logrado semejante metamorfosis sin conseguir explicarse con satisfacción la mutación de carácter sufrida. Sin embargo, todo aquel pragmatismo entraba en crisis cuando lo acechaba la impertinente esperanza de que pudiera entrar en la vida de una Nora que había decidido cortar toda relación con el convicto Geni... Pero habían pasado casi treinta años desde el crimen y Nora seguía ahí, siempre del otro lado de una barda física cada vez más desconchada y, sobre todo, de la barda sentimental que nunca habían cruzado. Por fortuna, él había podido aliviarse con esas ninfas ocasionales que se desfogaban practicando el ejercicio que parecía mantener a flote al país, en realidad a sus habitantes: la singueta, la válvula de escape a la que muchos se daban desde la adolescencia y, si podían y tenían con qué y con quién, hasta avanzada la tercera, y hasta la cuarta edad.

La relación con Yanelis funcionaba como él lo prefería: comida si había qué comer, tragos de ron casi siempre, una charla que solía ser inteligente (la muchacha había estudiado programación cibernética y era una lectora voraz) y la cama como destino manifiesto. Sus encuentros ocurrían una o hasta un par de veces por semana y Rodolfo ya empezaba a preocuparse, pues sabía que había comenzado a esperarlos con más ansias de las recomendables para su sosiego sentimental. Sus últimas ninfas habían sido las ideales para la satisfacción práctica de sus necesidades: mujeres tan descontinuadas como él. Pero aquel regalo inesperado era una joya de calidad: Rodolfo casi no se creía lo que estaba consumiendo cada vez que olfateaba su perfume de juventud mientras devoraba la desnudez magnífica de la mujer que tenía diez años menos que su hija. Y, por ser como era, él no pudo evitar tratar de entender por qué aquello ocurría y concluir que pisaba terreno minado (horrible metáfora), pues si cometía el desatino de enamorarse de Yanelis, ella con treinta y seis años y él con sesenta y siete, en el presente podía disfrutar por un tiempo de su increíble fortuna, pero en el futuro solo podía esperar sufrimientos, toneladas. ¿O reaccionaba como un cobarde? ¿Qué hacer con el diagnóstico de la otorrino Hilda?

—Bueno, Rodolfo, yo misma ni sé por qué estoy singando contigo, pero vamos a ver... —le había dicho Yanelis hacía un tiempo, para que las cosas entre ellos estuvieran claras, como advirtió la muchacha, y él apreció su sinceridad—. Tú me caes bien, no hablas mucha bobería como hace la mayoría de la gente, mi oficina está cerrada hasta no se sabe cuándo por los contagios del virus, no hay guaguas para salir de este barrio cochino y hasta las playas están cerradas por la dichosa pandemia esta. La televisión está cada vez peor, los tipos de mi edad ya se fueron o se quieren ir o se endrogan con cosas raras y les gusta el reguetón porque tienen una plasta de mierda en la cabeza, y, además, yo no quiero compromisos serios, porque en cuanto pueda también me voy para donde sea que me den una visa. Y, en fin, porque, y eso tú lo sabes bien, porque me gusta singar de vez en cuando y en mi casa no puedo ni hacerme una paja porque somos como veinte gentes todos metidos allá dentro unos arriba de los otros... y, bueno, tú no me das problemas y, de contra, de vez en cuando todavía se te para más o menos bien, y te gusta mucho mamar...

—Entiendo, gracias.

Pero lo que podía resolverse como unos cuantos revolcones pandémicos se extendió en el tiempo y se convirtió en una especie de costumbre, un poco aleatoria, que muchas veces resolvían con comidas, hechas por ella —era buena con los arroces— o por él —su especialidad, las pastas y los potajes—, con el visionaje de alguna película que Yanelis traía grabada en un disco duro, y con más o menos tragos de ron, que en los prolegómenos Rodolfo se administraba con discreción para no pagarlo con una inhabilitación eréctil.

Cuando todo funcionaba bien en la cama, Rodolfo disfrutaba de la imaginación y las artimañas de la joven, la primera mujer a la que vio utilizar ciertos sofisticados artilugios sexuales para alcanzar los más altos niveles de placer, unos instrumentos enviados por su marido para que ella los empleara en busca de remedios solitarios, que, por suerte para Rodolfo, la muchacha prefería utilizarlos en compañía. Y para él fue un alivio comprobar que a Yanelis le complacía tanto la penetración como el *cunnilingus,* que se lo comieran, como decía ella, mientras él le introducía por el ano un aditamento plástico (lo estrenó con él, recién enviado por el marido rubio desde Madrid), una especie de pene con ondulaciones como pequeñas elevaciones (los sabañones, los bautizó Rodolfo), que, a falta de vaselina, él debía lubricar con mucha saliva antes de la penetración que, acompañada por la succión del clítoris, enloquecía a Yanelis.

—Vamos, entra —le dijo él a la muchacha, y de pronto gritó—. Pérate. —Y la aferró por un hombro.

—Dios..., ¿qué pasa? —gritó ella, alarmada.

—A ver, enciende tu celular y alumbra la sala... Es la mierda, querida, la mierda. La mierda que está por todas partes.

14

Lola fue quien lo definió y Raymundo Fumero el que se encargaría de certificarlo: el 22 de marzo de 1992 fue ese «mal día» que terminó de destruir la vida trágica y ya en desintegración de Geni. Pero, en realidad, tanto la madre como el amigo del parricida sabían que esa jornada sangrienta sumaba muchas, muchas más que veinticuatro horas: había comenzado a correr casi tres décadas atrás, cuando el niño de once años, con medio cuerpo en carne viva, sintiendo cómo se quemaba por la fiebre, tal vez incluso delirando, por primera vez les aseguró a ellos dos que un día *iba a matar* al hijo de puta de su padre.

Cuando Geni regresó de su misión laboral internacionalista en Alemania, fue gratificado con la ubicación como jefe de brigada en la Antillana de Acero. Su ingreso en la acería había coincidido con los albores de la crisis que se profundizaría en los años siguientes y, con creciente frecuencia, por falta de energía o de materiales, llegaron a ser más las jornadas en que no se trabajaba que las ocupadas en alguna producción. Pero ese preciso y catastrófico 22 de marzo de 1992 se habían encendido los hornos y, por la negligencia de un compañero, a Geni le había caído en un antebrazo una barra ardiente que le había provocado una dolorosa quemadura. Como si el percance hubiera sido obra de una agresión, un Geni descontrolado reaccionó de la peor manera: con la tenaza que utilizaban para manipular las barras al rojo vivo la emprendió a golpes contra el compañero, y si ese no fue su primer homicidio de aquel «mal día» se debió a que otros obreros lograron interponerse, desarmarlo, alejarlo a empellones.

En el puesto médico de la fábrica le revisaron la quemadura, que resultó ser de segundo grado. La enfermera que atendía a los trabajadores de la acería desinfectó la laceración y, sobre la zona afectada, colocó los ungüentos de azufre recomendados para tales accidentes, tan frecuentes en la fábrica, y lo vendó, con la recomendación de que fuera a verse la lesión con un especialista. El administrador de la acería, que lo acompañó en el trámite, le dijo entonces que se podía ir al hospital a examinar la quemadura, pero que lo esperaba al día siguiente para someterlo a un consejo disciplinario, porque no era el primer problema de violencia física que protagonizaba en el centro. Geni, quizás presintiendo que ya nada de lo que le ocurriera en el mundo exterior le importaría, le gritó al dirigente que le daba igual lo que hicieran, pero el quemado era él y no el otro imbécil que dejó caer la barra ardiente, y se alejó gritando improperios. Y, como era un día de mierda, cuando se disponía a trasladarse al hospital, comprobó que la moto no tenía suficiente gasolina para hacer el recorrido necesario y decidió que se marcharía a su casa y, si su lesión no mejoraba, en algún momento iría al hospital. O no.

Nora, que unas semanas atrás otra vez se había dejado convencer por Geni y vuelto a vivir a la casita, hasta muchas horas después no tuvo noticias del accidente sufrido por su marido ni de los hechos que luego se sucederían. Ese día ella cumplía la primera jornada de una semana en la que debía cubrir el turno de la tarde en las oficinas centrales del Acueducto de La Habana, con un horario desde hacía varios meses reducido a solo cinco horas, de tres de la tarde a ocho de la noche, cuando se detenían los motores de bombeo para así ahorrar la cada vez más deficitaria electricidad. Como a las horas en que terminaba ese turno era casi imposible conseguir algún transporte para trasladarse hasta el barrio y tampoco resultaba conveniente moverse en la bicicleta china que le habían vendido y ella usaba para trasladarse cuando tenía el turno diurno (los baches, la oscuridad, los asaltos para robar bicicletas se habían incrementado y resultaba demasiado riesgoso pedalear en la noche), ya Nora había decidido que regresaría caminando a la casa de sus padres, unos cuarenta minutos de marcha, y allí se quedaría a dormir en compañía de Violeta, pues desde hacía unos meses la niña se alojaba con mucha frecuencia con la abuela materna, a pesar de que, por la casi total falta de transporte público, semejante ubicación implicaba que la adolescente también tuviera que trasladarse en bicicleta hasta la escuela donde estudiaba, cerca de la casita.

Rodolfo, por su lado, justo hasta que alrededor de las ocho de la noche su amigo Felipón salió a buscarlo para comunicarle lo ocurrido en la casita, ese 22 de marzo había tenido un día que calcaba sus más vacuas rutinas.

Se despertó a las cinco de la mañana, coló su café, lo bebió, fumó un cigarro e hizo sus abundantes deposiciones matinales, para luego dejar listo el desayuno de Aitana e irse andando a las dependencias de la Dirección Municipal de Comercio Interior, donde, desde que se recuperó del *shock* angolano, había conseguido una plaza de contador. A las seis y treinta, como todos los días, Rodolfo llegó a las oficinas, hizo su trabajo y a las doce almorzó un pan con croqueta y un vaso de un refresco de fresa artificial bien cargado de azúcar. Regresó a su casa a las tres de la tarde, se comió una guayaba medio reseca que encontró en su muy deshabitado refrigerador, se recetó una siesta, luego se duchó con el esmero con que siempre lo hacía, se tomó un trago y alrededor de las siete de la noche, sin prestar atención al diálogo exaltado que en el patio de la casita y ron mediante sostenían su padre y su hermano, se fue a ver a Adriana, la ninfa de turno, una cuarentona paliducha y sin atractivos que, agradecida por los servicios sexuales que le prestaba el todavía joven y eficiente Rodolfo, lo recompensaba haciéndole comidas que casi resultaban exóticas pues las elaboraba con productos esfumados con la crisis y que ella sacaba de solo Dios sabía dónde: carne de res, garbanzos, chorizos, calamares... El plan de Rodolfo era echar un rapidito con Adriana, comer todo lo que pudiera y, a más tardar a las nueve y media, volver a su casa para, si no había apagón, ver con Aitana la película que proyectaban esa noche por la televisión, *El declive del imperio americano,* que él había visto unos años antes pero que le interesaba que su hija lo hiciera ahora, porque, le había dicho a Aitana, era una de las más bellas historias de amistad que jamás se hubieran filmado.

Mientras, Aitana, que de mala gana se levantaba a las siete menos cuarto de la mañana, había desayunado ese día, como todos los amaneceres, el pan con mayonesa y el café con leche también cargado de azúcar que le dejaba preparado su padre para irse luego pedaleando como una posesa en su bicicleta e intentar llegar cuando sonaba el timbre de las ocho de la mañana en la Escuela de Diseño. Por suerte para ella, en el centro todavía les servían algo de almuerzo (un poco de arroz, algún potaje aguado, col rayada y, en jornadas de júbilo, hasta un huevo hervido o una croqueta de masa infame) y la joven casi siempre pasaba la tarde en la casa del novio (decía que estudiando o trabajando en proyectos, pero ya tenía diecisiete años y Rodolfo se esforzaba por asimilar que cada día la muchacha le pertenecía menos), de donde regresaba al barrio ya de noche y, para alivio de su padre, muchas veces después de haber comido, como ocurrió ese día. A las ocho y media de esa noche, en aquel momento ya una noche trágica, Aitana se vistió (increíble: había perdido tanto peso con sus pedaleos mal alimentados que hasta el blúmer le quedaba holgado), le dio un último beso a su novio, y se subió en su bicicleta, dispuesta a llegar a su casa antes de la hora acordada con su padre y poder ver la película que él tanto había insistido en que debía ver y que, por supuesto, no vieron.

Lola también había tenido un día horrible ese 22 de marzo. Uno más. Desde la mañana, por la falta del café que tanto necesitaba su organismo, había andado con jaqueca y, a duras penas, a mediodía, le preparó a Fermín un plato de espaguetis que aderezó con un poco de aceite, sal y los restos de un puré de tomate que encontró en el refrigerador de Rodolfo, y, aunque lo intentó con esmero y ansiedad, no pudo descubrir dónde su hijo escondía el café. Como era de esperar, Fermín se enfureció al ver lo que su mujer le servía como almuerzo, tiró el plato de espaguetis por la ventana y le gritó que la iba a descojonar, pero ella logró llegar indemne al cuarto (así lo atestiguó) y cerrar la puerta que él pateó varias veces, hasta que se cansó de golpear y gritar. Lola, sabiéndose a salvo al menos mientras estuviera en la habitación, se desentendió de su marido y, luego de fumarse dos cigarros y tragarse la última dipirona que tenían en casa, acompañada además de un diazepam, se recostó en la cama y, escuchando el bramido de sus tripas, en algún momento se quedó rendida. La mujer solo despertó cuando ya había oscurecido, alarmada por el nivel de los gritos de Fermín y de Geni, pero ni se movió de la cama: ¿qué podía hacer ella si siempre era lo mismo, un día y otro y otro? Pues fumarse un par de cigarros más para calmar el hambre que la atenazaba y esperar la claudicación de los bebedores para salir.

Pero ese 22 de marzo de 1992 el desenlace de la disputa tendría resultados diferentes. Quizás porque a Geni con toda seguridad le tenía que doler cada vez más la quemadura del antebrazo. También porque debía de estar muy molesto porque la moto, la niña de sus ojos, se había quedado sin gasolina a cuatro kilómetros de la casa y había tenido que empujarla desde allí porque los servicentros estaban secos y nadie le vendió, prestó o regaló ni siquiera un miserable litro de combustible. Además, ya entrando en el barrio, se había encontrado con su viejo amigo Pablo el Salvaje, con el que se bebió los dos o tres o cuatro primeros tragos del día mientras el exingeniero atómico le contaba que su mujer, la ucraniana Olenka, se había ido a su país y lo que él quería era morirse, y sí, iba a matarse pal carajo, y empezó a llorar en el hombro de Geni, que le gritó entonces que no fuera tan maricón. Y, tal vez para rematar, al llegar a la casita Geni debió de encontrarse con que su padre estaba ya medio borracho (eso era normal), pero que el alcohol comprado, del que de inmediato el recién llegado seguramente se dio un trago, era un brebaje infame, de esos que hasta a un bebedor como él podía quemarle las entrañas en el proceso de buscar alivio físico y mental. El alivio que Eugenio Bermúdez tanto debía de estar necesitando ese preciso y jodido día que ya casi no podía ser peor y, sin embargo, empeoraría.

En fin, por todo lo que, revelado por una u otra fuente, se llegó a saber: Geni había tenido una jornada plagada de peripecias adversas y, como ya se ha dicho, además había acumulado a lo largo de los años demasiados motivos y una vieja promesa: un día iba a matar a ese hijoeputa. Y el día había llegado.

Además de los trabajos que desde sus nueve, diez años, Geni hizo en el barrio para ganar algún dinero, y que le dejaban las manos y las uñas en el estado lamentable que descubrió Raymundo Fumero la misma mañana en que la maestra los hizo compartir la mesa escolar, fueron varios los hurtos con los cuales el muchacho pretendió mejorar sus finanzas. Como la más deleznable de sus rapiñas podría anotarse la del *jacket* reversible que le robó a un compañero de Rodolfo. Lo birló durante la única visita que, en todos los años de sus estudios medios, le hizo a su hermano en uno de los campamentos donde albergaban a los estudiantes durante los dos meses del curso destinados a realizar labores agrícolas lejos de la ciudad y de la familia, todo como parte del entrenamiento necesario para la forja de Hombres Nuevos. El más productivo de esos hurtos quizás fue el de una bicicleta a la cual, luego de cambiarle el color, le vendió a Juanito, el hombre que tenía allí en el barrio un tren de alquiler de ciclos. Mientras, el más estúpido, memorable y cargado de consecuencias fue el de los dos gallos de pelea que le robó a Juan el Pirata, el carnicero tuerto.

Geni sabía que los gallos de lidia del Pirata, famosos en la zona por sus capacidades de combate, podían valer un dinero, y también sabía que en las tardes el tuerto no regresaba a su casa hasta las siete, cuando cerraba el portón de la vieja carnicería donde trabajaba desde hacía ni se sabía cuántos años. Y conocía, como todos en el barrio, que Juan el Pirata andaba tranquilo porque su patio estaba custodiado por dos perros pastores alemanes más feroces que los gallos. Pero Geni, sin ser más inteligente que Pablo el Salvaje, para algunas cosas era un tipo muy listo (para otras no tanto) y planeó su acción y encontró su momento: con una perra callejera en celo se metió en el lindero del patio del Pirata y lanzó a la perra hacia el territorio de los pastores alemanes, que, alterados sus instintos, ni miraron al muchacho que unos minutos después saltó la verja, metió dos gallos finos en un saco y volvió a salir a la calle. Esa misma tarde Geni le vendió los dos gallos a un criador de un barrio vecino que, conociendo el origen de la mercancía, apenas le dio diez pesos por cada animal que podía cotizarse en cincuenta pesos o más.

Geni nunca supo quién lo delató y, de haber sabido ese dato, quizás hubiera redirigido su odio, enfocando a un culpable. Pero al día siguiente, al llegar del trabajo de albañilería que en ese momento hacía, Fermín le dijo a su hijo que se había enterado de lo que había hecho y lo obligó a ir con él a la casa del comprador de los gallos robados, devolverle el dinero y regresar al barrio con los animales para entregárselos a Juan el Pirata y pedirle una disculpa.

Terminada la operación con la disculpa incluida, un Fermín hasta ese momento muy controlado, llevó a Geni a la casita. Le dijo a Lola que saliera al patio y él se encerró con su hijo ladrón. Vas a cumplir doce años y ya necesitas aprender una lección, le dijo al muchacho y le exigió que se desnudara. Entonces se desabrochó el grueso cinturón de cuero que solía usar para protegerse la cintura en sus labores de albañilería y comenzó la tunda: «En esta casa no pueden vivir ladrones ni maricones», le dijo con los primeros fustazos. Veinte minutos después, Fermín, sudoroso por el esfuerzo y hasta salpicado de sangre, salió al patio y volvió a ajustarse el cinturón. Solo entonces, con un cigarro consumido en la comisura de los labios, Lola pudo entrar en la casita. La mujer encontró a Geni ovillado en el suelo humedecido con sangre y orina, con la espalda, los brazos y las piernas casi en carne viva por los incontables azotes recibidos. La madre apenas musitó un «Por Dios», pero el muchacho, al borde de un colapso, logró decirle que un día él iba a matar a ese hijo de puta.

A la tarde siguiente, cuando fue a saber por qué su amigo Geni no había asistido a clases, Raymundo Fumero lo encontró tendido en la cama, casi todo el cuerpo cubierto de unos emplastos que le había colocado Lola en las heridas más profundas. Geni temblaba, afiebrado, con la mirada medio extraviada, pero fue capaz de jurarle que un día, algún día, cualquier día iba a matar a su padre, como si eso fuera lo único que en su estado febril consiguiera expresar. Esa fue la primera de las varias ocasiones en que Raymundo Fumero lo escuchó hacer ese juramento y por eso el escritor supo que el 22 de marzo de 1992, mientras martillaba el cráneo de su padre, Geni apenas estaba cumpliendo una vieja promesa. Haber tenido un «mal día» solo había sido un catalizador de una larga contienda de rencor y odio abierta, como la piel de Geni lacerada por los azotes, casi treinta años atrás.

Cualquiera de los dos, víctima u homicida, pudo haber comenzado la discusión. El motivo resultaría intrascendente: la calidad del Chispa e' Tren abrasivo o el regusto a querosene de la Walfarina, el dinero que invirtió uno u otro en ese asco de bebida que sabía a rayos y el destino del dinero restante si es que había dinero restante. O incluso el debate podía haber empezado por el comentario de que, para ser el mes de marzo, ese día hacía mucho calor y el otro no pensaba lo mismo, o más probablemente, por el habitual anuncio de que, cuando la agarrara, Fermín iba a zarandear a Lola por las bazofias que le cocinaba... Nadie supo, tampoco, de dónde salió y cómo llegó aquel martillo de herrero a la mesa de madera fabricada cincuenta años atrás por el viejo Quintín, la mesa que, desde aquel entonces, había estado y seguiría estando ubicada bajo el centenario mangal sobreviviente. Hasta donde se sabría, nadie fue testigo del clímax y el desenlace sangriento de la discusión, aunque por Rodolfo y otros vecinos se llegó a saber que antes hubo empujones y golpes, igual que en otras muchas ocasiones.

En cambio, sí se pudo establecer con exactitud que eran las siete y treinta y ocho minutos de la noche del 22 de marzo de 1992 cuando Eugenio Bermúdez Páez salió a la acera con un martillo de herrero ensangrentado en la mano del mismo brazo que, de la muñeca al codo, exhibía un vendaje también manchado de pomada de azufre, sangre y masa encefálica. Allí le pidió al primer transeúnte que se encontró que llamara a la policía, porque él acababa de matar a martillazos a un hombre. A su padre, aclaró, y dejó caer ese martillo cuyo propietario original nunca se pudo identificar.

Y en las semanas que pasó en los calabozos del Departamento de Criminalística de la Policía Nacional, luego en la prisión preventiva y durante el juicio que unos meses después le celebraron en la Audiencia Provincial de La Habana, Geni solo declararía que el 22 de marzo de 1992 él había matado de ocho martillazos en el cráneo a su padre, Fermín Bermúdez Soto. Y, con esa rabia suya, se sumergió en el más compacto y permanente mutismo.

Segunda parte
La orilla

15

En algunas de las otras existencias deseables que cuando era niño Rodolfo solía imaginar, siempre se veía acompañado de otra familia y en otra casa, viviendo una vida muy distinta, en la que no imperaba la violencia ni sentía miedo y también encontraba como recompensa adicional el exótico ingrediente de la expresión del amor de doble vía: la posibilidad de recibirlo y la capacidad de saber entregarlo. En lugar de bofetones, gritos, castigos, en esas ficciones se dispensaban besos, abrazos, sonrisas. Los padres de sus elucubraciones infantiles se amaban entre ellos, amaban a sus hijos, incluso los hermanos también se amaban unos a otros, como en algunas de las series de aventuras que pasaban por la televisión, y con esas dosis de afecto soñado él fraguaba en su mente un mundo feliz. Entonces creía que el amor filial era un estado tangible y que, en otra vida, él podría resultar beneficiario de ese sentimiento y, al mismo tiempo, lograr algo que cada vez le parecía más complicado: ser capaz de profesarlo.

Tal vez el niño tenía conciencia de lo que le faltaba gracias a lo que poseía: sus abuelos, Quintín y Flora. Sobre todo el abuelo Quintín, que tenía sus modos de hacerlo sentir que era querido. Mientras la abuela Flora, que siempre andaba como aturdida, casi corriendo entre la cocina, el taller de costura y el mostrador de su diminuta quincalla cuando era reclamada por algún cliente, y se dedicaba además a la limpieza de una casa que, según ella, siempre estaba que daba asco, solía tener fugaces frases y gestos de cariño y lo había apodado Nené. Aunque ella podía ser a la vez la más estricta de la pareja, pues desde que Rodolfo se quedó a vivir con ellos y Lola casi se desentendió de él, la abuela fue la encargada de revisarle las orejas y las uñas, de exigirle que se lavara los dientes, levantara la doble tapa del inodoro cuando fuera a orinar y cuidara del uniforme escolar (como casi todos sus compañeros de estudio solo tenía uno que, por supuesto, ella se encargaba de lavar y remendar).

Rodolfo recordaba que tras cada comportamiento satisfactorio suyo, su abuela Flora solía despeinarlo un poco (con su pelo rebelde, tan difícil de domesticar, a él le jodía eso) y luego besarlo en la cabeza, pues practicaba la teoría de que los viejos, llenos de microbios, parásitos y otras alimañas, no deben besuquear a los niños. El abuelo Quintín, en cambio, era pegajoso: le gustaba sorprenderlo con abrazos, lo acomodaba a su lado en las comidas familiares, le leía fragmentos de los libros que al hombre (que como estudiante apenas había alcanzado algo así como un tercer grado) le gustaba devorar. Rodolfo nunca olvidaría que, cuando era más pequeño, el abuelo solía sentárselo en una pierna y contarle historias que, años después, el nieto sabría que eran falsas pero que en su momento le resultaron tan excitantes. Quizás imbuido por las teorías de su mujer, Rodolfo no recordaba que el abuelo Quintín lo hubiera besado nunca, pero casi cada día, antes de que se fuera a la escuela, le pedía que le extendiera el pulgar de la mano derecha y, con dos de sus dedos formando una pinza, se lo halaba con un suave tirón que el viejo llamaba «sacar una pezuña»: así garantizaba que el niño creciera sano y fuerte, mientras le aseguraba en el oído a Rodolfo que en realidad aquel tirón era para que le creciera mucho el pito.

Cuando maduró y dejó de tener semejantes desvaríos familiares y domésticos, pues tuvo la conciencia de que su vida no correría por otros cursos más amables, Rodolfo comenzó a preguntarse si, fuera de los abuelos y sus peculiares maneras, en realidad alguien lo había amado y él había amado a alguien. Porque no sentía que su relación con Fermín, Lola y Geni estuviera adornada por el cariño, el afecto, el amor o como pudiera clasificarse la existencia de una cercanía afectiva, sino que solo se trataba de una obligatoria convivencia, con algún que otro bofetón o patada incluidos, y casi siempre en un estado de tensión violenta, una atmósfera malsana que Rodolfo dejaría de advertir por haberse convertido en un estilo permanente de comportamiento filial.

Rodolfo entendería lo que es amar a alguien cuando conoció a Nora y sufrió una patente sensación de dependencia, un ansia desconocida de estar en cercanía, en contacto. Sin embargo, el destino torcido de la relación apenas iniciada laceró la forma e intensidad del sentimiento, aunque él siempre conservaría por ella una forma más vulgar de atracción, la del deseo, y sostendría una extraña relación de complicidad que no conseguía definir, pues difería de todas las otras que había establecido con el resto de la humanidad.

En cambio, desde el mismo momento del nacimiento de su hija Aitana, quizás presintiendo la tremenda responsabilidad que asumía con aquel ser indefenso al cual debía proteger, alimentar, educar, Rodolfo descubrió el amor más verdadero e incondicional y supo que él sí tenía una alta disposición de cultivarlo. Y aun cuando nunca había sido un padre que prodigara besos y abrazos —quizás porque, cargado con su experiencia personal, y hasta por las invectivas de la abuela Lola, estaba mal habilitado para ello—, siempre fue capaz de expresarlo, de sostenerlo, de materializarlo, sobre todo a partir del momento en que asumiera el cuidado integral de Aitana cuando la madre de la niña se esfumó. Y luego de tantos años sufriendo la distancia de ese afecto, aunque ya no padecía de frecuentes temores por lo que imaginaba podría pasarle a su hija lejos de él, allá en su exilio, la esencia de su sentimiento de amor paterno casi se mantenía intacta, aunque ahora también debía sumar que le profesaba a Aitana la gratitud del náufrago que recibe un salvavidas.

Precisamente por su limitada capacidad de sentir amor, Rodolfo se autoflagelaba pensando en las reacciones y actitudes que le había generado el crimen de Geni. Entendía que el asesinato era algo reprobable, que su condición de parricidio lo hacía aún más espantoso, pero también influía en su percepción una evidencia terrible de la cual no conseguía desprenderse: y era que ni el victimario ni la víctima habían sido afectos cercanos, gentes por las cuales alguna vez él hubiera sentido amor. Había convivido con ellos, lo horrorizaba el desenlace de su turbia relación, pero ni el crimen ni el castigo le habían provocado el dolor que se suponía que debía de haberlo embargado. Sin titubeos condenó a su hermano Geni a la distancia, al desprecio más compacto, incluso al asco, como si su víctima hubiese sido alguien querido por Rodolfo. Él sabía que no lo era y lo supo más y mejor porque, cuando amainó el vendaval provocado por el asesinato, percibió que asumía como un alivio la ausencia definitiva del problemático Fermín. Por eso, lo que Rodolfo consideraba más mezquino de su reacción respecto a la muerte del padre y la larga condena del hermano era que se había sentido despojado de dos fardos pesados y se había descubierto más ligero, casi liberado. Y, en el fondo de todo aquel marasmo de sentimientos —o no tan en el fondo—, estaba la perversa esperanza de la cercanía con una Nora que, tal vez, ahora podría resultarle asequible.

Cuando le confiaba al doctor Pedro Luis aquellas oscuras emanaciones de su mente, el psiquiatra le ofrecía diversas razones comprensivas, como el hecho de que, siendo muy joven, cuando debía estar bailando en fiestas, estudiando en la universidad y cambiando de novias, Rodolfo había tenido que valerse por sí mismo y trabajar para sostener a su mujer y a su hija y lo había hecho con un mínimo apoyo filial, lo cual había profundizado más las viejas distancias. O la certeza de que su antiguo paciente, por haber crecido en la violencia y luego por haber sido conminado a practicarla en una guerra real, se revelaba contra ella intentando negarle cualquier espacio en su vida. O la convicción —el psiquiatra tenía siempre muchas alternativas—

de que la mente humana es, simple y sencillamente, un mecanismo muy complicado, a veces incluso arbitrario en sus reacciones, con tendencia a esgrimir escudos protectores. Y al final de sus diálogos, el médico lo consolaba con un simple diagnóstico: Rodolfo no era un monstruo. Más bien un damnificado, y si tenía dificultades para profesar amor, también se debía a que apenas lo había recibido. Pero la demostración de su bondad, su ejercicio de redención —al doctor Gonzaga le encantaba esgrimir ese sentimiento o comportamiento, de marcadas connotaciones místicas, y solía utilizarlo para explicar actitudes de las personas (sus pacientes) a través de su posible manifestación—, había estado en el propósito de proteger y sostener a su madre, de luchar para darle una dignidad humana que la mujer nunca había tenido. Y Rodolfo lo haría aun cuando, tras el crimen, tuvo la mayor convicción de que Lola, tan atizada por la vida, también había sido castrada en su capacidad de profesar afectos y solo tenía espacio para albergar amor por un hijo, y ese hijo era Eugenio, su redentor particular, a quien parecía considerar el vengador de todas sus humillaciones. No obstante, Rodolfo nunca cejó en su empeño de cuidar a la mujer en los años finales de su vida, más cuando comenzó a perder facultades mentales y, con frecuencia, lo llamaba Eugenio y se empeñaba en acariciarle el rostro, como al hijo ausente pero siempre preferido, quizás respondiendo así a la apertura de un atajo de su conciencia por donde se evadía de la realidad tan dolorosa de no volver a convivir con el hijo amado, porque a Eugenio ella sí lo amaba. Y, en ese proceso, Rodolfo descubrió al fin lo que le provocaba su madre: una profunda lástima. ¿Sería ese sentimiento una forma de amor? Quizás, sentenció el doctor Pedro Luis Gonzaga. El amor es un sentimiento misterioso.

En fin, que imaginaba el tiempo de su jubilación como una era apacible, el premio merecido para una vida que debía de haber sido más anodina y no lo fue. La guerra nunca lo es; la muerte mucho menos, y además, por ser irreparable, su presencia implica la carga de un peso intransferible. Incluso la vía por donde había llegado a la paternidad fue turbulenta y no le permitió siquiera dar forma a una familia tópica como la de sus desvaríos infantiles. Con más razón, por todos esos antecedentes, él había esperado poder disfrutar de ese estado conclusivo de serenidad y lo había imaginado con más intensidad durante esos últimos años que, por ley, se habían adicionado a la edad de jubilación y lo habían obligado a seguir realizando su soporífero y cada vez más absurdo trabajo. Lo dramático de aquella prolongación de la edad requerida para el retiro era que se aprobara una disposición como esa en un país donde cada vez más gente vivía del «invento», dedicándose a «resolver», a «escapar» o «ir tirando», y donde se practicaba, de modo generalizado, la máxima de que yo hago como que trabajo y tú (el Estado) haces como que me pagas, y en donde, para joder más las cosas, se reconocía que en las plantillas estatales que acogían a la mayoría de los empleados de la nación lo que sobraba era gente, mucha gente. Sin embargo, a él lo obligaban a seguir trabajando tres años más en algo que no le interesaba y distaba kilómetros de lo que alguna vez pensó (¿de verdad lo pensó?) que hubiera querido ser (¿qué hubiera querido ser?), y lo condenaban a permanecer en un lugar donde solo acumulaba toneladas de futilidad, mientras figuraba como testigo mudo de tantos desmanes de los cuales ni siquiera había sacado los jugosos provechos materiales que podrían haber mejorado su vida.

Sentado en su portal, sin planes ni expectativas para el día, volviendo a fraguar posibles salidas para su precariedad económica (¿podría reciclarse como repasador de Matemáticas de estudiantes de nivel medio? ¿Lo contrataría Humbertico para llevarle las cuentas de sus negocios?), Rodolfo había recuperado una percepción extraviada por décadas y que lo alertó sobre la tenaz persistencia de algunas cosas. Porque hasta las diez de la mañana, el momento en que ya el sol alcanzaba cierta altura, el frente de la casa recibía sin alivios el azote de luz y calor solar y se convertía en un sitio inhóspito, salvo en mañanas lluviosas o algún día muy específico del raquítico invierno insular. Ahora, en una de las primeras jornadas de su retiro, bañado por la claridad y golpeado por la canícula, Rodolfo había recordado que aquella agresión astral había determinado, cuando eran niños, que en las mañanas veraniegas y vacacionales el mejor sitio de la propiedad para planear juegos era alrededor de la eterna mesa de madera, en el espacio beneficiado por la sombra de los frutales del patio.

La amable divagación de Rodolfo terminó cuando una voz de barítono con las cuerdas vocales quemadas por el alcohol lo devolvió a su realidad.

—De pinga este calor —escuchó y no necesitó volverse para saber que aquella voz, salida de las cavernas del pasado, pertenecía a Pablo el Salvaje.

Rodolfo le debía a Fumero, no a Geni, la mayoría de las historias de las peripecias escolares vividas por ellos en los tiempos en que habían comenzado su amistad. Y tanto Rodolfo como Nora ya habían certificado que muchos de esos relatos entre románticos, heroicos y nostálgicos, reescritos por el novelista (incluso algunos de ellos reelaborados en sus libros), le servían para justificar su fidelidad al amigo parricida. ¿Acaso se sentía orgulloso de su íntima cercanía con un asesino? De un veleidoso como él, todo es posible, sentenciaba Rodolfo.

Uno de los personajes recurrentes en aquellas remembranzas era Pablo Reyes Garriga, apodado en el barrio como Pablo el Salvaje, y que era presentado por Fumero como la persona más inteligente que por ese entonces había conocido. Según el escritor, si descartaban al combativo Pelayo Pata Tiesa (pues siempre se sospechó que entre la directora del colegio y Metralleta hubo un acuerdo para favorecerlo en los exámenes), en aquel grupo de estudiantes reinaban en términos académicos María Antonieta la Jabá, inteligentísima (y fea como ella sola), y sobre todo el genio de la clase, Pablo el Salvaje (¿inteligente un salvaje?), que debía su sobrenombre a una cuestión física evidente: era un negro orangutánico, de esos que tienen las encías retintas y los ojos rojos, sí, selváticos, pura genética africana, y llamarlo el Salvaje no se consideraba en esos tiempos simples una postura políticamente incorrecta ni mucho menos. Picado tal vez por la preeminencia académica de Pablo, con frecuencia distinguida por los maestros y que, por supuesto, le restaba parte de su liderazgo a Geni, este se empeñaba en molestarlo (le escondía las libretas de notas, le robaba los lápices de punta afiladísima que usaba el muchacho, se reía si no obtenía una calificación de cien puntos), lo que provocaba que tuvieran incontables peleas a puñetazos que, en el fondo, Fumero consideraba que eran como una puesta en escena de ambos contendientes. O al menos de Geni, porque Pablo sí se encabronaba de verdad.

Porque el Salvaje, que según todos en el barrio siempre fue un tipo buena gente, no tenía ínfulas de genio que fueran infundadas, y con el tiempo demostró ser muy inteligente de verdad (para algunas cosas, al menos). Y gracias a su capacidad intelectual, al terminar sus estudios medios Pablo fue incluido en una lista muy selecta de jóvenes escogidos para cumplir la misión de ir a diplomarse en Ingeniería, en la especialidad de Energía Atómica, en la más prestigiosa universidad de la URSS. Y allá se iría el Salvaje, negrísimo e inteligente (además de férreamente revolucionario), y de allá regresaría, como se esperaba, con título y Diploma de Oro, el carné que lo elevaba al rango de militante del Partido Comunista y, como solía ocurrir, con una mujer soviética, ucraniana en su caso, rubia como debía ser, y que se llamaba Olga, como no podía dejar de ser. Y sucede que el genio del aula y de todo el colegio primario de aquellos años de 1960 y más tarde muy distinguido alumno de la Universidad Tecnológica de Moscú de la que egresó en

1978, volvió al país y, acorde con lo que se había planificado socialistamente, fue enviado a trabajar y ocupar el puesto de especialista (llegaría a ser el especialista principal) en el montaje de los reactores de la central termonuclear que se levantaría en medio de la isla con los mismos planos y tecnología soviética que la de Chernóbil..., hasta que el proyecto se fue a bolina (tal vez para fortuna nacional y regional), entre otras muchísimas cosas que, desde entonces y sin fin, en el país se fueron y se siguen yendo a la mierda. Cosas, ideas, realidades y posibilidades que, en su tránsito hacia la nada y la demolición nacional en curso permanente, se llevaron hasta la fe de muchos tipos como el mismo Pablo el Salvaje (que sí tenía esa fe, aseguraba Fumero). Cancelado el proyecto termonuclear, y para poder sobrevivir, el ingeniero atómico ultracalificado en Física de la Fusión Pablo Reyes debió reciclarse como guía de unos desaforados turistas rusos que comenzaron a llegar a la isla en la década de 1990. Y Pablo el Salvaje cayó en ese momento en la pendiente de una depresión de origen ideológico (se puede sufrir semejante padecimiento político-psiquiátrico, según le ratificó a Rodolfo el doctor Pedro Luis Gonzaga) que lo llevó a un intento de suicidio. Según él mismo le contó tiempo después a Fumero, Pablo había pretendido matarse bebiendo litros de ron y vodka con tiras de barbitúricos y con los ojos llorosos clavados en un retrato de su amada Olenka, su mujer ucraniana, ya retornada a Kiev cuando comprendió que allá podía vivir mejor que aquí, aunque allá hubiera tremendo frío, se hubiera acabado el socialismo y le faltara su negro catedrático. Pobre Salvaje, tan inteligente y ni el suicidio le salió bien, se reía Fumero, aunque en el intento agarró la mayor juma de su vida, la misma borrachera suicida que, para darle más connotaciones oscuras, había comenzado a alimentar precisamente el 22 de marzo de 1992, cuando al atardecer de ese día se bebió los primeros tragos letales en el bar del mercado del barrio y lloró la ausencia de Olenka sobre el hombro de Geni, hora y media antes del homicidio y tres antes de que el Salvaje, ajeno al acto de su amigo, empezara a tragar las píldoras con que pretendía libarse de sus congojas.

Hacía mucho que Rodolfo no lo veía. Sabía que en algún momento, varios años atrás, Pablo se había mudado a Guanabacoa, donde, según se había dicho en el barrio, vivía con una mujer que era como una extraña réplica cubana de la rubia ucraniana Olga, y que gracias a ella el Salvaje incluso había dejado de beber. Por ello, salvo si su nombre se cruzaba en alguna de las historias de Raymundo Fumero, Rodolfo no había vuelto a pensar en Pablo el Salvaje, quizás el compañero de Geni con el que más veces su hermano se había enredado a puñetazos, pues a diferencia del resto de los muchachos del barrio —incluido el escurridísimo Fumero—, el Salvaje no le tenía miedo.

Como Geni, Pablo debía de andar ya por los setenta aunque se mantenía corpulento. Sin embargo, su piel tan negra ahora tenía un enfermizo matiz cenizo, y si no se le veían canas era porque andaba con la cabeza completamente rapada.

—¿Y eso? ¿Qué estrella se va a caer? —le preguntó Rodolfo mientras le estrechaba la mano al recién llegado. Tras la sorpresa, lo había ganado una bondadosa alegría por encontrarse con alguien que lo remitía a tiempos anteriores a las grandes tragedias y, de paso, lo sacaba del fondo de sus cavilaciones y le daba otras cosas en que pensar en esa mañana tan soleada y, para Rodolfo, hasta ese momento espantosamente vacía de expectativas.

—¡Cojones, Rodo, qué viejo estás!

—¿Viniste desde Guanabacoa o de donde coño estés metido para decirme eso?

Pablo rio. Sus encías seguían siendo negras y sus dientes ya no tan blancos.

—Entre otras cosas —dijo Pablo—. Pasé por tu trabajo y me dijeron que acababas de jubilarte.

Rodolfo asintió.

—Sí... ¿Y a ti cómo te va, compadre? No te veía hace mil años.

Pablo se acomodó en uno de los bancos que rodeaban la vieja mesa construida por Quintín y con la palma de la mano acarició su superficie.

—¿De qué madera es esta mesa, chico? Increíble, mira cómo está de bien y es más vieja que yo.

—Caguairán, creo. O guayacán..., no sé, pero sí, es durísima y va a seguir aquí cuando no estemos nosotros.

—Y eso va a pasar ahorita —aseguró Pablo, y al fin respondió la pregunta de Rodolfo.

Después de sus años de estudios, de los otros años laborados en la construcción de la central atómica que nunca existió y de convertirse por otros veinte años más en guía de turismo para los rusos postsoviéticos que comenzaron a viajar a la isla y de alcoholizarse con ellos otro poco más, al fin se había jubilado cuando le correspondió hacerlo. Pero, como él era tan fatal, apenas una semana después sufrió una leve isquemia cerebral que lo obligó a largos meses de ejercicios para recuperar la forma de la boca y la postura de la mano derecha —Pablo hizo la mueca de cómo había tenido la boca y dobló la muñeca y la mano le quedó como un paraguas mal abierto o mal cerrado—. Y el caso es que ahora, cuando ya era un anciano, o no, un viejo cagado, aclaró, pues ahora el superespecialista en fusión atómica vivía no de su jubilación ingenieril o turística, que era una miseria que no alcanzaba para nada, sino gracias a una recomendación de Humbertico Fumero, el Padrino, que había mediado con el pintor Adigio Montero para que lo contratara como custodio nocturno, jardinero, elaborador de bastidores de madera y hombre de confianza para la adquisición de frutas y verduras. Cien dólares al mes (los bastidores para los lienzos se pagan extra), comidas, café y algún regalito luego de un viaje al extranjero del artista. Sí, tres dólares al día, una fortuna en Cuba.

—Me alcanza incluso para emborracharme un par de veces por semana —aseguró Pablo.

—Pero ¿no habías dejado de beber?

—Volví después que me recuperé de la isquemia. Para mejorar la circulación, ¿no? Acuérdate de que soy medio ruso. —Y sonrió—. ¿Y tú? ¿De qué coño piensas vivir?

—Ya vivía de la caridad, de las donaciones..., y ahora va a ser más. Mi hija... y ¿sabes quién me tira un salve a veces? Pues Felipón. ¿Te acuerdas de Felipón?

—Claro, el ñato —ratificó Pablo, y de inmediato negó con la cabeza—. Yo le dejé de hablar cuando supe que se iba del país. Se había convertido en un traidor...

—Sí, en ese tiempo esas cosas pasaban.

—Y pasaron más, muchas más. Pero no supimos ver las señales. Estábamos ciegos, o nos habían vendado los ojos y nos llenaron la cabeza de consignas mierderas... Y yo me las creí todas, compadre. Geni era el único que ya lo decía desde hacía rato, y por pensar distinto, una vez yo lo acusé de ser gusano o contrarrevolucionario, algo así... De pinga, qué mojones nos comimos... Mira, cuando yo estuve allá, en la URSS, fueron los años finales de Brézhnev y de lo que más se hablaba era de si habría o no una guerra nuclear, y, por supuesto, se decía que los soviéticos la iban a ganar. Con ese cuento de la guerra de las galaxias y con el de la carrera espacial, que también los bolos iban a ganar, se tapaba todo, y como nos creíamos la historia, no veíamos la mierda que sin guerra y con Soyuz no sé cuál en el espacio se había acumulado, y todavía creíamos que rodábamos por la senda correcta que conducía al futuro.

—El futuro de la humanidad pertenece por completo al socialismo —Rodolfo recordó la consigna.

—Así mismo. ¿Tú te imaginas que yo lloré cuando anunciaron que se acababa el proyecto de la central nuclear? ¿Que me cagué mil veces en la madre de Gorbachov porque era un traidor pagado por el imperialismo yanqui? Yo me lo creí todo todo... Pero después se cayeron las vendas. En verdad, Gorbachov ayudó a que se cayeran. Lo de los soviéticos metidos en Afganistán fue una de las peores cagazones, y luego lo que se supo de los calabozos de la Lubianka y los campos de trabajo, las descojonaciones ecológicas que formaron... Y por fin empezamos a entender algunas cosas. De todas formas, para mí fue una frustración cuando aquí se canceló el programa nuclear, tú lo sabes... Pero lo peor, Rodolfo, lo peor es que yo sabía por qué había pasado lo que pasó en Chernóbil, pero creía que podíamos hacerlo mejor y... Bueno, ahí se acabó una parte de mi vida, esto aquí empezó a ponerse cada día peor, Olenka no aguantó vivir sin comida y sin luz y se fue pal carajo, y yo me alcoholicé y quise morirme. La Historia, la que lleva H mayúscula, me aplastó.

—Nos aplastó a todos.

—A unos más que a otros, como dijo Orwell. Y yo, porque en el fondo seguía siendo un creyente, no supe ni pude reciclarme. Nada, que se me jodió la vida..., y si ahora no me muero de hambre es porque con mi Diploma de Oro en Ingeniería Nuclear y más de cuarenta años de servicio tengo un trabajo de sirviente por el que me pagan esos cien dólares que ahora mismo son como quince veces más que mi jubilación. Linda historia, ¿verdad?

—Y sin H mayúscula.

—Sí, ni siquiera tenemos esa mayúscula. Qué desastre.

—Oye, Salvaje..., ¿y tú sigues siendo militante del Partido?

—Ya no..., hace años entregué el carné... Pero eso es historia antigua, deja eso, deja eso...

Pablo sonrió y, sin dejar de acariciar la superficie de la mesa, pasó la mirada por el patio y fijó la vista en la casita.

—Oye, tú, ¿y Nora? ¿Todavía sigue viviendo aquí?

—Sí..., pero creo que no está. Parece que salió temprano.

—¿Cómo está ella? Siempre fue linda...

—Se mantiene, la verdad.

—Del carajo. No sé cómo el loco de tu hermano pudo pescar una pieza así.

—Yo tampoco —admitió Rodolfo, aunque él sí conocía cómo había ocurrido todo, pero agregó—: Y hasta creo que ella tampoco lo sabe, aunque... —dijo, y de pronto su mente recibió un grito de alarma y se detuvo—. Oye, Salvaje, ¿tú viniste...?

—Me enteré, sí.

—¿Cómo?

—Fumero me lo dijo.

Rodolfo sintió de momento un flujo de indignación, pues Fumero no tenía por qué andar anunciando la cercana salida de la cárcel de Geni, como si se tratara del inicio de un carnaval o hubiese que preparar el recibimiento del hijo pródigo. Aunque de inmediato tuvo que aceptarlo: si él había renunciado a cualquier relación con el hermano, Fumero había sostenido su amistad y esa condición le daba algunos derechos. Como el de advertir a otros amigos. A los pocos sobrevivientes.

—Y me dijo que lo sueltan porque se está echando a perder.

Rodolfo apenas asintió.

—Eso parece..., que se va a morir.

—Bueno, todos nos estamos muriendo —concluyó Pablo.

—Pero yo no quiero saber nada de... No me importa, ¿sabes?

Ahora fue Pablo quien afirmó, moviendo la cabeza.

—Fumero también me dijo eso, que tú seguías pensando igual... Y por eso vine a verte... Imagínate, para llegar desde Guanabacoa hasta aquí, como están las guaguas..., salí directo de la casa de Montero a las seis de la mañana, cuando terminé mi guardia. Sí, tenía que verte.

—¿Verme a mí? ¿Por qué?

Pablo pareció meditar sus razones.

—No quise nunca hablarte de esto, pero ahora cambié de opinión... Bueno, ¿tú sabes que cuando tu mamá estaba viva yo fui con ella dos veces a ver a Geni al tanque? —Rodolfo asintió, lo sabía—. Después tu hermano tuvo esa bronca con el carcelero y le metieron mil años más y no dejaron verlo por no sé qué tiempo y..., el caso es que soy un falso y no volví más. Y sé que tú no fuiste a verlo nunca. Y Nora creo que tampoco.

—Nora fue un par de veces... Yo no fui nunca. Y no quisiera volver a verlo. Oye, ¿qué coño viniste a decirme? ¿Que lo reciba con una piñata y le dé un abrazo?

—No, eso es cuestión tuya... Carajo, ¡ni café me has brindado!... Ya se te acabó el café, ¿verdad?... Pero, en fin, a lo que iba. Tú también sabes que Geni nunca contó cómo había sido la bronca con Fermín... Según Fumero, sigue sin hablar.

—Tú eres el que tiene que acabar de hablar, compadre —le exigió Rodolfo, que ya lamentaba estar sosteniendo una conversación que se revolcaba sobre los mismos asuntos sórdidos del más sórdido de los pasados—. Termina, para colar un café..., el último que me queda, por cierto.

Pablo asintió.

—Mira, una parte de esto tú la debes conocer, porque la dije cuando me citaron en el juicio. Otra nada más la he hablado con Fumero...

—A ver, ¿qué cosa es?

—Bueno, tú sabes, esa tarde yo vi a Geni... Estaba cabrón, muy cabrón... Tenía una quemadura en el brazo, no sé qué lío con la moto, iba a dejar su trabajo, decía que ahora sí quería irse del país, creía que Nora lo iba a botar pal carajo... Echaba chispas hasta por las orejas... Y nos tomamos dos o tres tragos ahí en la esquina... Y dijo muchas cosas, todas esas cosas, pero también me dijo algo más...

—Dale, dale, acaba de hablar. Tú sabes que esos cuentos a mí no me interesan, ¿verdad?

Pablo lo miró fijamente. Sus ojos también habían perdido color y vigor.

—Me dijo que si Fermín volvía a darle un golpe a Lola, lo iba a matar.

Rodolfo negó con la cabeza.

—¿Eso? Coño, chico, eso lo dijo un montón de veces.

—Es verdad, pero lo repitió una hora antes de matarlo. Y piensa esto, Rodo, piensa esto: ¿y si ese día Geni terminó una bronca que no había empezado él?

—¿De qué coño tú estás hablando, Pablo?

—De la promesa de Geni, primero, y del silencio de Geni después. ¿Por qué ni en el juicio, ni a Nora, ni a Fumero, ni a ti les ha querido contar nunca lo que pasó esa noche? Piensa, Rodolfo, piensa. Porque aquí —y Pablo el Salvaje extendió uno de sus brazos negros y barrió el espacio del patio y luego volvió a posar la mano sobre la vieja mesa construida por el abuelo Quintín y la golpeó varias veces—, en este lugar, además de Fermín y Geni también estaba Lola. Y que yo sepa, Geni no andaba con un martillo encima. Un martillo de herrero que no se sabe de dónde salió, por cierto... Y, sí, estaba cabrón, le dolía el brazo quemado, pensaba que Nora lo iba a soplar, se había metido unos tragos, volvió a decir que iba a matar a Fermín, pero no andaba por el mundo como Raskólnikov con un hacha debajo de la gabardina.

16

—¿Qué? ¿Se te cerraron los caminos y la candela te viene para arriba?

—No me jodas, chico, y no te hagas el pitoniso conmigo —se defendió Nora.

Y su ahijado Humberto, siempre Humbertico para ella, le había dicho que, por supuesto, hablaban. La esperaba al otro día en su casa.

—¿A las once de la mañana?

La conversación telefónica de la tarde anterior con Violeta había sido todo lo tensa que Nora había imaginado. A la hija no le importaba si su padre salía de la cárcel para morirse. Hacía treinta años que ese hombre no existía para ella. Lo que no se atrevía siquiera a pensar era que su madre, por compasión o por lo que fuera, se atreviera a tener otra vez alguna relación con él. Si Geni volvía a la casita, pues bien, que se encontrara las llaves colgadas de la mata de mango y Nora en la casa de la abuela Catalina, fuera de su alcance tóxico, sentenció Violeta con una ira impermeable al paso del tiempo y al beneficio de sus creencias religiosas. Y la hija volvió a proponerle a su madre que pensara en la posibilidad de salir de Cuba. La opción era dejar a la abuela, que ya estaba ida del mundo, al cuidado de la prima Amparito con la promesa de recompensarla con la propiedad de la casa de Santos Suárez, una retribución que le solucionaría casi todos sus problemas personales a la prima. Ahora mismo, le repitió Violeta, había una vía casi expedita, utilizada cada día por centenares de cubanos: volar a Nicaragua, donde no se les exigía visado, y ascender hacia la frontera de Estados Unidos por la ruta centroamericana de los coyotes. Si Nora aceptaba esa opción, Violeta y Laurent se encargarían personalmente de conducirla sin mayores riesgos por todo el trayecto hasta verla sentada en la terraza de la casa de Tampa, con vistas a la bahía. La decisión era de ella. Y Nora, como había hecho otras veces, le prometió pensarla. Y también pensó que esta vez lo prometía en serio.

—Voy a hacerte una pregunta, aunque creo que conozco la respuesta —había dicho Nora casi al final de la conversación.

—A ver... —propuso Violeta.

—¿Tú crees que alguna vez quisiste a tu padre?

La respuesta de Violeta demoró.

—Me imagino que sí, cuando era chiquita... Pero no me acuerdo, la verdad.

—¿Y después?

—No lo sé... ¿Qué importa eso ahora?... Bueno, yo tenía cuatro años cuando se fue para Alemania. Y cuando regresó era distinto. Mima, eso tú lo sabes mejor que yo... A veces me daba miedo. Y después, ya no...

—¿Ya no qué?

—Ya no lo quería. Creo que porque en el fondo de verdad le tenía miedo. Y eso lo ensució todo entre nosotros.

Nora tragó en seco. Lo que le decía Violeta era tan terrible como cometer una violación, pues entrañaba pervertir los sentimientos naturales de un niño.

—Yo creo que él volvió de Alemania por ti y por mí. —Nora intentó encontrar un lado amable de la relación.

—Es posible, aunque yo no estoy segura, lo que decía era muy..., no sé, nunca me convenció. Pero, la verdad, habría sido mejor si no hubiera vuelto. Para él y para todos —sentenció Violeta.

—¿Y a tu abuelo Fermín? ¿Lo querías?

—Tampoco, le tenía asco. Siempre olía a alcohol y sudor, le

apestaba la boca. Era un puerco, y eso también tú lo sabes. Yo le huía... y él se dio cuenta, creo, aunque a mí no me importó. Los niños podemos ser crueles. Y sinceros.

—¿Y a tu abuela Lola?

—La abuela era un fantasma... Yo creo que para ella nada más existía mi padre, a lo mejor porque le tenía lástima. Igual que mi padre a ella... Eso no es amor... Y ella también hedía, con ese cigarro colgándole de la boca todo el santo día... Mima, ellos tres eran gentes muy dañadas, no eran ni fueron normales y yo no podía tener unos sentimientos normales hacia un padre y unos abuelos así. Ellos vivían en el infierno. Y lo que nunca he podido entender del todo es cómo tú soportaste vivir entre ellos.

—Yo tampoco, hija... Sí, debe de haber sido muy duro para ti.

—No, para mí llegó a ser normal... Lo duro vino después, cuando para todo el mundo me convertí en la hija del asesino.

—Qué desastre —sentenció Nora.

—Sí..., tanto que muchas veces pensé que yo no debí ni haber nacido... Tuve miedo de haber heredado los genes de la locura de esa familia que tú me diste.

—Por Dios, mi hija... Sí, coño, qué vida te di...

—Y tú lo sabes: no tuve paz en mi alma hasta que se la entregué al Señor. O se la entregué al Señor a cambio de que al fin tuviera un poco de paz en mi alma.

—Me alegro —se limitó a acotar Nora, temerosa de que la conversación derivara por unos senderos místicos que a ella seguían pareciéndole escabrosos pues ponían un hiato entre ella y su hija. Aunque respetaba sus ideas.

—Ahora míralo de otra forma, mamá..., qué vida te diste tú. Yo me escapé en cuanto pude, pero tú no lo hiciste nunca. ¿Por qué, por qué? Alguna vez tendrás que decírmelo.

—Te lo he dicho mil veces, mi niña... Al principio principio fue un juego, una revancha. Pero enseguida me enamoré de Geni, enamorada de verdad, y todavía más cuando salí embarazada y decidimos parar todas las locuras y tenerte, porque ya te queríamos, antes de nacer ya los dos te queríamos... Después, cuando tu padre se fue a Alemania, me quedé porque no quería volver a mi casa y además estaba convencida de que él no regresaría a Cuba, pero regresó y yo seguía ahí... Y siempre he creído que volvió por ti y por mí y... me lo creí de verdad, porque creo que era verdad. Geni hizo todo lo que hizo, era como era, pero si de algo estoy segura es de que te quería mucho.

—Si tú lo dices... Bueno, hay amores que matan, ¿no?

—O por lo menos te joden la existencia... De esos amores hay muchos, mi hija.

—*Sorry,* Mima, no me hagas caso, tú no tienes que explicarme nada —la alivió Violeta—. Ni lo que hiciste ni lo que vas a hacer ahora. No tengo derecho. Solo recuerda que estoy aquí para ti. En el momento en que tú lo decidas... Y por si acaso, voy a recordarte algo, porque creo que es importante.

—A ver, dime...

—A ellos no los pude querer. Pero creo que quise mucho al abuelo Quintín. Y lo extrañé cantidad cuando se murió. Me encantaba sentarme con él en el patio y que leyera en voz alta el libro que leía en ese momento. A veces no entendía mucho, pero me encantaba hacerlo.

—Sí, me acuerdo de eso. —Al hablar, Nora sentía el clásico nudo en la garganta.

—¿Ves? A él era fácil quererlo... —remató Violeta.

Cuando se despidió de su hija y colgó, Nora sintió cómo crecían en ella unos avasallantes deseos de llorar. Le parecía una terrible injusticia del destino que una persona como Violeta, con la bondad esencial que la caracterizaba y la capacidad para profesar amor que con tantas otras personas e ideas podía exhibir, siendo todavía una niña hubiera tenido que endurecer su alma y blindar sus sentimientos por haber vivido en el ambiente malsano en que ella, su madre, la había depositado, y que esa atmósfera contaminada le hubiera llegado a parecer su medio natural. Porque ella y solo ella era la culpable de lo que había vivido su hija. Nora sabía que la situación que ahora ella misma estaba confrontando, de la cual había creído haberse librado, la estaba desbordando. Si hubiera tenido alcohol a mano se habría dado un trago.

Como si respondiera a una orden, luego de terminar la conversación con Violeta, Nora había salido al patio y buscado en la mata de mangos filipinos la rama o el saliente donde dejaría las llaves de la casita, como le había propuesto su hija. Pero su mente era un carrusel de ideas y pensó entonces en ver a Rodolfo, que ya debía de haber regresado. Nora descubrió cuánto necesitaba verlo, y de una manera peligrosa, sibilina, se fijó en su mente una idea que había mantenido encerrada por mucho tiempo: darle otro giro a la noria de su vida, atravesar de una vez el espejo y cerrar un ciclo. ¿O en realidad sería abrirlo? Solo de pensar que a esas alturas de su vida y de la de Rodolfo ella pudiera imaginar semejante opción le parecía ridículo, desatinado, pero también posible, y quizás de esa acción dependerían otras decisiones. Regresó a su habitación y por primera vez en varios años sacó de su escondite el sobre de Manila donde guardaba sus desnudos ante el espejo, los contempló como si los viera por primera vez y pensó en lo que ahora podría hacer con ellos. ¿Redención o venganza? Daba igual, se dijo.

Cuando se asomó al muro para llamar a su vecino, Nora vio que tenía la puerta de la terraza cerrada, pero por las rendijas de las tablas comprobó cómo se filtraba la luz de la lámpara de la cocina. Con aquel calor que exigía tener todo abierto, era fácil concluir el motivo del encierro: la ninfa Yanelis lo estaba visitando. Mejor para él, se dijo, tiene otra cosa en que pensar, y peor para ella, pues sabía que le sería muy difícil competir con la juventud evidente y el vapor que presentía que debía de desprender la tal Yanelis, la mulata china culona.

De regreso a su casa, Nora devolvió el sobre con las fotos a su lugar y sintió con más intensidad la urgencia de un apoyo, y a su mente vino el don de Humbertico. Y fue cuando lo llamó.

Sí, los caminos se le cerraban y el fuego avanzaba indetenible hacia ella.

—Perfecto, a las once estoy en tu casa.

No tenía una razón especial para ello, pero, a la mañana siguiente, Nora se despertó más animada. Tal vez podría ser un día diferente y, con esas expectativas, se preparó para salir.

—¿Y adónde vas tan arregladita a esta hora? —le preguntó Rodolfo desde su portal cuando ella atravesaba su jardín.

Nora sonrió y decidió torturarlo un poco.

—Eso a ti no te importa... Vaya, te lo digo si me dices si ayer estabas encerrado con la ninfa.

Ahora fue Rodolfo quien sonrió.

—Eso sí que a ti no te importa —le devolvió la frase.

—¿Qué tú sabes? —soltó ella, y Rodolfo comenzó a interrogarla con la mirada.

—¿De qué tú hablas?

—Nada, olvídalo... Luego te cuento... si es que te cuento algo —agregó, y salió a la calle, pero dio media vuelta—. Oye, Rodillo, ¿tú has visto por ahí a mi gata?

—No, por suerte no.

—Dónde andará metida... No quiero ni pensar...

Hora y media le llevó realizar un trayecto que podía resolverse en treinta minutos, y llegó pasadas las once a la zona de El Vedado donde vivía Humbertico. Desde que se había casado con Viviana, el joven se había trasladado a esa casa, entonces bastante maltratada, pero que había revivido su aspecto de nobleza mancillada gracias a la bonanza económica en que, desde hacía años, vivía Humbertico en virtud de sus dotes de escrutador del futuro y solucionador místico y material de los problemas del presente para una clientela al parecer muy satisfecha. Gracias a las relaciones establecidas con sus ahijados —esas personas a las que había iniciado en los ritos yorubas y que, sin excepción, lo llamaban Padrino—, el joven había añadido una innata habilidad para hacer dinero a través de varios negocios en los cuales participaba, tratos cada vez más suculentos. Como Nora sabía, ahora su ahijado ganaba cantidades de dinero que a ella, tan pobre y dependiente, le parecían irreales, pues servían incluso para pagar lujos tan inimaginables para ella como vacaciones en París, Nueva York, Cancún, y estancias en Madrid, donde el Padrino también tenía una legión de sus ahijados. En fin, que mientras en el país había cada día más pobres, Humbertico se había hecho rico.

Cuando Nora llegó, luego de besos de saludo y disculpas por la tardanza, Humbertico la llevó a la cocina, beneficiada también por el aire acondicionado, y encendió la hornilla sobre la que había colocado la cafetera ya preparada. En medio de aquel espacio habían levantado una isla cubierta con paños de mármol negro importado de Bélgica, sobre la que descansaba una cesta con frutas, una lata abierta de unas galletas danesas, dos tazas de porcelana para el café y una azucarera, a juego con las tazas y de estirpe *art nouveau*. El escenario parecía más una de las detallistas pinturas de Adigio Montero que colgaban en la sala de esa casa que una cocina en medio de la tórrida y desvencijada ciudad de La Habana.

—Vamos a sentarnos aquí, Madrina —le propuso Humbertico, y le indicó la banqueta que estaba del otro lado de la isla, mientras él ocupaba la más cercana a la cocina de inducción traída de España—. Hoy no viene Lucía, la señora que cocina y limpia la casa... Prueba esas galletas...

Nora asintió, tomó una galleta y golpeó la superficie pulida de la isla.

—No había visto esto.

—Coño, hace como dos años... Rehicimos todo.

—Cada día tienes esta casa más bonita... Me alegro por ti. Mientras todo el mundo vive en la mierda o busca cómo irse, hay alguien que se preocupa por vivir mejor aquí. Has tenido suerte en la vida, chico.

Humbertico sonrió. Negó con la cabeza.

—No es suerte, Madrina. Una parte me la ha dado Dios, la otra me la he ganado yo... Y, es cierto, allá fuera la gente está viviendo de milagro, en la barbarie, pero uno no puede dejar que esa ola lo arrastre. Digo yo...

Ella asintió y cogió otra galleta danesa. Le gustaba que un personaje que se dedicaba a tener ahijados, al que esos cada vez más numerosos iniciados respetuosamente le llamaban Padrino, siempre la tratara a ella de madrina, y recordó la mirada del niño de seis años, ojeroso y demacrado por las malas noches que vivía, aferrado de su mano mientras miraba con aquella intensidad tan suya al cura que le vertía agua bendita en la cabeza en el acto del bautismo católico.

—¿Y cómo te hiciste con esos cuadros que ahora tienes en la sala?

—¡Viste qué maravilla! —saltó el hombre, y el orgullo pintaba su expresión—. Son dos piezas de un ahijado mío...

—¿Adigio Montero también es ahijado tuyo?

—Sí, claro... ¿Te extraña?... Ay, Madrina, tú no te imaginas la cantidad de gente que cree en lo que yo creo. Algunos por convicción, otros por necesidad. Cuando te quitan todo en lo que habrías podido creer, hay que buscar algo para seguir creyendo.

—Me imagino.

Humbertico se levantó, reclamado por los bufidos de la cafetera, y apagó la hornilla. Directamente de la cafetera sirvió las tazas colocadas sobre la isla.

—Milagro no tienes una maquinita de esas de cápsulas —comentó ella.

—No, estas cafeteras lo hacen mejor. Esta me la regaló un maestro cafetero italiano que tiene toda una teoría sobre las máquinas automáticas, porque según él casi ninguna alcanza la temperatura del agua para sacarle su esencia al café.

—Si el maestro lo dice...

—Ponle azúcar al tuyo, Madrina. Yo ahora lo tomo así, amargo. Descubrí que si el café es bueno, así sabe más rico.

—¿Y este café es...?

—Illy, italiano..., buenísimo. Deja que lo pruebes.

—¿De dónde lo sacaste?

—Regalo del embajador mexicano.

—¿También el azteca le mete al folclor?

—Ay, chica, aquí todo el mundo canta, como en aquel programa que hubo en la televisión. ¿Te acuerdas?

Bebieron el café, y Humbertico le dijo que le había pedido que viniera a esa hora para que se quedara a almorzar con él. Viviana, su esposa, había querido llevar ella personalmente su auto —«el de ella, un Toyota, yo tengo un Audi», aclaró el ahijado— a hacerle una revisión técnica que podía durar todo el día, y entonces aprovecharía ese tiempo muerto para irse a la peluquería. Pero Viviana había dejado hecho el almuerzo y solo habría que calentar las cosas: crema de queso y lasaña.

Cuando terminaron el café, salieron a la terraza techada, las paredes cubiertas con celosías de madera brillante por el barniz, con macetas colgantes con plantas, cuatro butacas y un sofá de fibra vegetal sobre los que reposaban unos cojines de telas muy coloridas mientras dos potentes ventiladores pendientes del techo refrescaban el ambiente. Desde la terraza hasta el muro del fondo corría el jardín con el pasto recortado con esmero y, en los perímetros, cortinas de crotos con follajes de distintos colores. A Nora no le sorprendió ver cruzar por el fondo del patio a un hombre casi uniformado como un jardinero y sintió la evidencia de la buena vida de que disfrutaba aquel ahijado suyo que, siendo un niño, ella había visto gritar horrorizado por haber convivido con demonios en sus sueños. Y tuvo la tentación de preguntarle cómo se sentía eso de ser rico en Cuba, con autos modernos nuevos, casa reluciente, personal de servicio, todo en un país donde personas como ella, como Rodolfo, sobrevivían por la caridad, y otros muchos, si acaso, por gracia divina. O no sobrevivían. Pero se contuvo: Humbertico solo aprovechaba lo que la ineficiencia sistémica propiciaba. Y al que Dios se lo dio, como es sabido, pues que san Pedro se lo bendiga, apuntaló y terminó el mejor café que había tomado en siglos.

—Ya mi padre me dijo —comenzó Humbertico cuando se acomodaron. Siempre había sido así de directo, pragmático, sin por ello perder su capacidad de afecto.

—Y yo no estoy preparada. No sé qué hacer. O creo que sí lo sé, pero lo que sí no sé es lo que vendría después.

—¿Y tú crees que Olofi tendría el poder de saber qué es lo que pasará?

—No sé, Humbertico. ¿Tu orisha puede? Es el que lo sabe todo, ¿no?

El babalawo sonrió.

—No lo sé, supongo que sí...

—¿Vas a consultarlo con tu tablero de adivino?

—Coño, Madrina, sin consultarlo con Ifá yo a ti puedo decirte algunas cosas. Me parece que muchas. Acuérdate de que los conozco a todos ustedes desde que nací. Aunque hace tiempo los veo como desde fuera, no sé, como si estuvieran en un teatro y yo viéndolos en una butaca.

—¿Y qué tú ves?

—Antes voy a decirte algo... En todos estos años que llevo consultando el tablero de Ifá, metido en las interioridades de las mentes de tanta gente jodida, he aprendido algunas cosas.

—Me imagino —admitió Nora por segunda vez.

—La primera es que cualquier cosa que diga Ifá es solo una posibilidad que las personas pueden o no concretar con sus decisiones. O sea, que al final cada uno traza el camino de cada uno.

—¿Y el hado del que habla tu padre?

—A lo mejor sí, a lo mejor no... Pero a él le encanta lo del hado porque es literario, ¿no? Pero la Biblia habla del libre albedrío que Dios les dio a los hombres.

Nora se limitó a sonreír. No le parecía apropiado dar ninguna opinión respecto a Fumero, y menos sobre las decisiones de Dios.

—Sigue, por fa...

—La segunda cosa es que nadie viene a verme porque es feliz, sino por algo que lo afecta: problemas con la salud, con la justicia, con la familia, con el dinero..., siempre problemas. O sea, veo el lado más sombrío de la gente, sus desesperaciones y sus miserias, y al menos debo intentar aliviarlos. Y desde esas dos experiencias creo que puedo hablarte, sin tener que hacerle una consulta al más allá, sino nada más que mirar el más acá.

—¿Y qué coño ves además de lo que yo veo y sé? —Nora se sentía levemente decepcionada. No era creyente pero confiaba en que un practicante experimentado como su ahijado quizás fuera capaz de revelarle algo recóndito.

—Bueno, tengo que filosofar un poco... Mira, Madrina, yo veo la vida como una tela de araña. Una araña teje hilos en muchas direcciones y a veces hasta logra dibujar una forma, incluso una forma atractiva, y ahí agarra a las moscas... Y te veo a ti en medio de esa tela, que es también un laberinto donde entraste por una puerta muy extraña, muy estrecha, que no sabías bien adónde te llevaría. Pero ese laberinto, tú lo sabes, tiene varias salidas, y tú debes escoger una. También veo siempre a un perro en una encrucijada, igual, un cruce con muchos caminos, pero aunque el perro tiene cuatro patas, solo puede escoger uno de esos caminos... Y ahora, además, voy a ponerme un poco místico... Cuando Geni hizo lo que hizo, yo consulté a Ifá y él habló: dijo Ifá que con Geni iban la muerte y el miedo. Que él con su acción se había llevado la muerte y debía de llevarse también el miedo. Lo dijo así: debía de llevarse el miedo. Pero ya veo que no lo hizo, el miedo se quedó flotando en ese patio de la casa.

—Eso es verdad —admitió Nora, acechada por nuevos deseos de llorar. ¿O siempre eran los mismos?

—Y hasta aquí la filosofía y el misterio. Ahora lo concreto: ayer tú me dijiste que acababas de hablar con Violeta y sé lo que ella te dijo. Lo sé porque lo sé. Ella siempre ha tenido un carácter..., y su religión es muy jodida con las debilidades humanas, digo yo. Y luego me dijiste que no pudiste hablar con Rodolfo porque estaba encerrado con una muchacha y me imagino lo que sentiste, porque los conozco muy bien. Y también me dijiste que estabas descentrada desde que supiste que Geni volvía... Una tela de araña, una encrucijada, un laberinto y te sientes perdida... Bueno, para eso son los laberintos y las encrucijadas, ¿no?... Aunque también sirven para que las personas sientan miedo sobre qué decisión tomar... Si a eso le sumas cómo están viviendo gente como tú en este país que se hunde sin remedio y se los traga sin masticar después de haberlos molido...

—Cojones, Humbertico, ten piedad —soltó ella, que, de pronto, se veía como él los contemplaba: como moscas atrapadas, o como figuras de un montaje teatral. Lo jodido era que ella, Rodolfo y otros muchos no encarnaban personajes, se representaban a sí mismos.

—A ver, Madrina —se encarriló el revelador de misterios que, de momento, no eran para nada misteriosos—, desde hace muchos años tú estás dejando que otros te digan por dónde tienes que moverte. Desde arriba te lo dicen los que le dan forma a la vida en este país, y por los lados los que te rodean. Geni, tu hija, tu madre... Creo que ahora ha llegado el momento de que te cagues en todos ellos y decidas por ti misma, que revises tus opciones y escojas hacer lo que te salga de las entrañas, lo que te has negado a hacer por las razones que sean. ¿No te parece?

La mujer sintió más deseos de llorar al oír presentadas por otro unas razones tan evidentes, pero otra vez logró contenerse. Entonces asintió.

—Sí, me parece... Gracias, querido...

—Tú puedes, Madrina.

Ella asintió de nuevo, aunque no sabía si podía.

—De todas formas —comenzó Humberto—, si quieres consultamos a Ifá.

Ahora la mujer sonrió, negando con la cabeza.

—Una vez me advertiste que Olofi o no sé qué santo africano de esos decía: lo que se sabe, no se pregunta. Así que nada más te voy a preguntar lo que no sé, querido... ¿De qué es la lasaña que nos vamos a comer ahora?

17

—¡Coño, por fin!... ¿Dónde carajo tú estabas metida?

—¡Eh, eh! *Stop, baby*... ¿Desde cuándo tengo que darte cuentas de lo que hago?

—No estabas en la casa de tu madre... Llamé y la prima Amparito me dijo que no te había visto hoy.

Rodolfo volvió a la carga y Nora movió la cabeza, negando, pero no pudo evitar la sonrisa.

—Andaba por ahí, buscando... lo que a ti no te importa, chico.

—Está bien, está bien —capituló Rodolfo—. Es que quería decirte algo...

La tarde estaba resultando tan bochornosa y sucia como el estado de ánimo de Rodolfo. El cielo se había cargado de unas nubes densas y oscuras que prometían una lluvia que no había llegado y, bajo esa capa algodonosa, el vapor que emanaba de una tierra recalentada por largas horas de sol veraniego había convertido la atmósfera en una nata espesa, oleaginosa, dispuesta a escaldar la piel y hasta las ideas. Lo normal.

La conversación de esa mañana con Pablo el Salvaje le había provocado a Rodolfo los efectos previsibles. Más que una revelación, la teoría de Pablo había tenido la indeseable secuela de haber despertado elucubraciones que Rodolfo, para no hundirse en un pantano de dudas, había necesitado tapiar hacía demasiados años. Pero ahora, expresadas por otra persona, vistas desde una altura diferente, las preguntas más escabrosas estaban saliendo a flote con la perversa intención de obligarlo a revivir la sordidez de una historia que el inminente regreso de Geni ya había alborotado. Piensa, piensa, le había exigido aquella voz aguardentosa salida del pasado, y su reclamo se había cumplido en forma de la presencia fantasmal de su madre la noche del crimen y de un martillo que nadie había podido saber de dónde había salido y cómo llegó a las manos de Geni.

—¿Y para qué me querías? Con esa cara de mierda que tienes..., bueno, me imagino el tema —dijo Nora mientras se pasaba las manos por el rostro para barrer el sudor y se acomodaba en el murete del portal, de frente a Rodolfo, que ocupaba una de las viejas butacas medio desfondadas traída desde la sala.

—Sí, es el tema —ratificó Rodolfo.

—Dime —reclamó ella.

Rodolfo se maldijo por su falta de voluntad, pero no tenía fuerzas para combatirla. Extrajo y le dio fuego al décimo cigarro de un día que iba a exceder con creces las cuotas de nicotina establecidas y a las que tantas veces había logrado ajustarse. Pero ese día ya no.

—Bueno..., a ver, no sé... ¿Quieres dar una vuelta y hablamos? ¿Irnos por ahí y comernos unas pizzas que me van a costar toda la jubilación del mes? —le preguntó Rodolfo, y, de inmediato, se arrepintió de haber hecho una propuesta que un minuto antes ni siquiera había considerado. ¿O, a sus espaldas, su subconsciente sí lo había maquinado? Quizás lo había impulsado la mala conciencia que le provocaba la intención de hacer partícipe a la mujer de una cuestión inquietante y que, con su silencio, bien podría evitarle. Pero tampoco tenía fuerzas para digerir él solo un bocado tan repugnante.

Nora sonrió con un rictus de socarronería. Esperaba cualquier cosa menos una invitación de ese tipo.

—Ay, Rodillo, con lo tacaño que tú eres... ¿Tan jodido está el tema?

—Qué tacaño ni tacaño..., ahorrativo... Tú lo sabes porque estás en la fuácata como yo. O no, no tanto como yo...

—Bueno, un día es un día... Y de verdad debes estar muy jodido, tú... Dale, me baño y nos vamos... ¿Para dónde?

—Si pasa una guagua, para donde vaya esa guagua. Si no hay guaguas, volvemos para acá y hacemos una tortilla. Tengo todavía cuatro huevos.

—Me gusta el plan, me encanta la tortilla... En marcha, estoy lista en media hora. —Y salió en busca de la entrada de la casita, y mientras abría la verja gritó—: Oye, tú, ¿viste ahora por ahí a mi gata?

—Sí, y me la comí —le devolvió el grito Rodolfo mientras cargaba hacia la sala la vieja butaca desfondada. Era una ruina, pero si la dejaba en el portal, seguro que volaba.

En la Calzada del barrio tuvieron la fortuna de atrapar un taxi rutero que, luego de atravesar casi toda una ciudad asolada por un apagón, los depositó en el Parque Central. Rodolfo se alegró de que, al abordar el microbús, los asientos disponibles no fueran contiguos y dedicó la media hora de viaje a lamentar su exabrupto. ¿Qué le podía decir a Nora? ¿Era justo que metiera aquel ruido en un sistema ya de por sí suficientemente bullicioso? Pero la necesidad de compartir la carga depositada por el Salvaje con quien único podía hacerlo, lo había conminado a reaccionar con egoísmo, y luego, para equilibrar un poco la balanza, su conciencia había resuelto no contar con su voluntad y procurado una compensación. ¿Compensación con una pizza? La mujer, con el pelo suelto, apenas peinado luego de haberlo lavado, ataviada con aquel vestido blanco y vaporoso que cubría su cuerpo hasta un par de centímetros por encima de las rodillas y le permitía exhibir la forma todavía admirable de sus piernas, bien hubiera merecido otro tipo de recompensa redentora.

Rodolfo no lo dudó: le propuso a Nora adentrarse en la Habana Vieja. Por falta de costumbre y dinero no sabía si encontraría el sitio adecuado para sus propósitos y su bolsillo. El desbarajuste nacional en marcha incluía que ya no se supiera lo que había, ni dónde lo había ni lo que costaba lo que pudiera aparecer. Sin meditarlo se había dejado arrastrar por un sibilino magnetismo afectivo. Aquella parte de la ciudad siempre había tenido un sitio privilegiado en su memoria y, como el mar, todavía funcionaba como un rastro indeleble que conduce al perdiguero hacia un posible hallazgo. Siendo niño, gracias a su abuelo Quintín, recorrió varias veces aquellas calles, umbrías e historiadas, mientras lo acompañaba a hacer las visitas que una o dos veces al año y siempre ellos dos solos (¿por qué ellos dos solos? Nunca se lo preguntó al abuelo) realizaban a la ya muy anciana madrina de Quintín. Rodolfo nunca había olvidado que en aquellas excursiones el abuelo solía comprarle un pastel de guayaba recién hecho, con el hojaldre crujiente y la pasta de la fruta todavía humeante, los mejores pasteles que había comido en su vida, horneados en una panadería ya expropiada a los judíos que la habían fundado, pero todavía eficiente en esos tiempos remotos. Luego seguía al abuelo en el ascenso por las escaleras estrechas, empinadas, oscuras, que conducían al pequeño apartamento del edificio presumiblemente colonial donde vivía la madrina Estelvina con Olivia, una hija solterona casi tan vieja como ella. Rodolfo apenas llegó a saber que Estelvina, que era negra como el consabido azabache, había sido la mejor amiga de la bisabuela Juana, la madre de Quintín, que había muerto cuando el que sería su abuelo apenas era un niño, y que, en su condición de madrina, Estelvina había ayudado a cuidar y educar al huérfano. A ella, que era maestra de primaria, debía Quintín haber adquirido el gusto por la lectura, entre otros beneficios. Como prueba de gratitud, Quintín la visitó hasta que la anciana murió y, en cada ocasión, le llevó algún poco del dinero que arañaba a sus ganancias.

Cuando evocaba aquellas estancias en un sitio que siempre se le antojó misterioso, Rodolfo recuperaba el olor a humedad y a alcanfor que flotaba en el pequeño apartamento, casi tétrico de tan sombrío, y el sabor anisado del pudín con que en cada ocasión lo agasajaban (no tan bueno como el pastel de guayaba), y entonces se preguntaba qué habría sido de Olivia, la hija de Estelvina, pues, que él supiera, el abuelo Quintín nunca había regresado a aquel sitio luego de la muerte de la madrina. Esas remembranzas, que solo afloraban cuando por algún motivo volvía al territorio de La Habana más antigua, siempre lo hacían reflexionar sobre la levedad de la memoria, empujada por una pregunta sin posible respuesta paliativa: cuando él muriera, ¿alguien recordaría a la madrina Estelvina, aquella especie de mujer fantasma, de piel muy negra y muy arrugada, casi momificada, que siempre se balanceaba en un sillón y, quizás solo para corresponder a la visita, en cada ocasión iba ataviada con una bata blanca de encajes, algunos ya deshilachados, pero con la tela impoluta y rígida por el almidón?

—Nunca me habías contado esa historia —le dijo Nora mientras avanzaban por la calle Obispo, ahora repoblada de comercios, cafeterías y bares para turistas con dinero y también vendutas más modestas para los devaluados especímenes nacionales—. Es un poco triste.

—Es la tristeza del olvido. Alguien lo llamó «el olvido que seremos».

—Y lo seremos por mucho tiempo —sentenció Nora—. Gentes como tú y como yo no llegaremos ni siquiera a la condición de fantasmas. O de momias, como Estelvina...

La llegada de la noche no había traído ningún alivio térmico y Rodolfo le propuso a Nora que sustituyeran las pizzas por unas hamburguesas que se anunciaban en una cafetería de la calle O'Reilly, beneficiada con el aire acondicionado.

Rodolfo tuvo la cordura de no provocar ansias complicadas y se abstuvo de pedir la cerveza que su sed y ánimo le reclamaban y se sorprendieron porque entre los refrescos posibles había Coca-Cola. Dos Coca-Colas, convinieron. Y cuatro hamburguesas, tengo tremenda hambre, sin kétchup las dos mías, precisó Rodolfo. ¿Vienen con papas fritas? Menos mal. Y, por curiosidad..., ¿cuánto es los dos refrescos y las cuatro hamburguesas?... Bueno, mejor quite una hamburguesa y traiga una cortada por la mitad.

La joven dependienta sonrió y dio media vuelta.

—Estamos locos —admitió Nora—. ¿Cómo esta mierda puede costar tanto?

—Ya este país no es para miserables como nosotros.

—Me hubiera gustado ver a mi padre marxista-leninista viviendo aquí, ahora mismo.

—Bueno, es que él y los que eran como él fueron los que inventaron esto y mira adónde hemos llegado. De cada cual según su necesidad, a cada cual según su trabajo. ¿Te acuerdas de ese cuento?

Nora asintió. Rodolfo sacó un cigarro pero la señal de no fumar le cortó la intención.

—Se ve que estás cabrón —dijo Nora, y extendió un brazo sobre la mesa para tomar la mano en la que Rodolfo había tenido el cigarro—. Vamos, suelta la bomba —lo conminó.

Rodolfo miró la mano de Nora sobre la suya y se atrevió a acariciarla. Quizás un poco más de lo que se suponía que le correspondía en las escalas de las caricias tolerables entre cuñados.

—Hoy pasó por la casa Pablo el Salvaje —comenzó, y comprendió que lo más difícil era ponerse en marcha. El resto llegaría casi como un reflejo involuntario. Como un vómito.

18

No pretendo justificar a Geni, pero creo que si yo hubiera tenido un padre como Fermín, también me habría pasado la vida deseando matarlo. Aunque, la verdad sea dicha, también creo que no hubiera podido hacerlo. Y no es porque yo me considere distinto o superior a mi amigo, ni porque piense que si él pudo hacerlo fue porque tenía inclinaciones criminales congénitas o un destino predeterminado (¿un hado?, insisto) que lo hacían distinto a mí. Es que simplemente no me veo en su lugar, porque su acción implica la existencia de una condición demasiado extraordinaria, definitivamente repelente para todos los códigos sociales. Y lo es tanto que, incluso cuando pienso en el interés literario del acto, me cuesta entrar en la psiquis del parricida, aun siendo la mente de una persona a la cual conozco quizás mejor que a cualquier otra, pues ha sido mi parricida particular desde que compartimos pupitre escolar en el quinto grado y luego descubrimos que, de cierta forma, éramos unos sosias antagónicos o tal vez complementarios, llegados al mundo el mismo día del mismo año.

La tentación de convertir el drama de Geni en materia para una novela, la posibilidad de transformarlo en un personaje literario, me rondó mucho tiempo y me llevó a intentar el ejercicio de asumir y elaborar la psicología del parricida. Pero ya debo confesar que no lo he logrado. Pienso que sería capaz de escribir la historia de mi amigo, porque puedo entender sus motivaciones e incluso sus razones, como las he entendido desde hace muchos años. Sin embargo, admito que nunca lograría interiorizar los mecanismos mentales que debieron ponerse en marcha para que Geni concretara esa acción tan radical. Quizás por eso me he conformado con la teoría del «mal día». O la de suponer que Geni actuó esa noche casi sin pensar, por algo así como un reflejo incondicionado, aunque los ocho martillazos pongan en duda esa opción justificativa.

El parricidio, no obstante y como se sabe, ha sido desde siempre un tema de mucho atractivo literario y eso también me provocó por un tiempo la tentación que luego cancelaría. Creo que cualquier persona con una cultura más o menos media al oír mencionar ese tipo de crimen piensa en Edipo. Pero en la tragedia clásica de Sófocles el personaje de Edipo ha sido condenado por ese destino infranqueable que los griegos, como se sabe, llamaron hado: una fuerza desconocida que obra de modo irresistible e inapelable sobre los hombres, los sucesos y hasta los dioses. O sea: si ese es tu hado, estás jodido sin opciones. Porque, para colmos, ni sabes por qué te toca, ni tienes capacidad para resistirlo, y por eso Edipo, que no parecía ser mala gente, tenía que matar al padre y casarse con la madre..., aunque sin saber que el hombre al que mataba era el padre ni que la mujer con la que se acostaba era la madre, y por ello, solo al tener la revelación de sus desastres, el pobre Edipo se arranca los ojos. Lo curioso es que la gran trascendencia del asesino tebano más célebre (porque asesinos en Tebas parece que los había por toneladas) no se debe a que haya matado al padre, sino a que se haya acostado con la madre y con su acción patentizado el famoso complejo, porque hijos que quieren acostarse con su madre hay muchos más que hijos que maten a su padre.

Curiosamente, el parricidio más importante en el mundo griego no tiene la misma fama, quizás porque en realidad fue un parricidio imperfecto. El autor del relato es nada más y nada menos que Hesíodo, que en la *Teogonía* cuenta la historia del titán Cronos, el que llegó a ser el primer rey del mundo luego de destronar a su padre Urano y que luego sería el padre del dios Zeus. Según Hesíodo, Cronos, el más joven de los hijos de Urano, era un tipo «de mente retorcida, el más terrible de los hijos, y se llenó de un intenso odio hacia su padre», un padre que tenía la costumbre de encerrar a sus hijos bajo tierra para evitar que ambicionaran su trono. Y para castigar la lujuria y la maldad de Urano, entre Cronos y su madre, Gea, montaron el plan que terminaría en la castración de Urano y su condena al Tártaro, el infierno griego, que era como la misma muerte. Pero de tal padre tal hijo: cuando el titán Cronos se convirtió en rey del mundo, se casó con su hermana Rea (ahora incesto), y cada vez que esta paría, pues Cronos se tragaba a la criatura (infanticidio), una ingestión de la que se salvó Zeus por un ardid de Gea para que, como había hecho Cronos con Urano, su hijo Zeus terminara derrocando al padre. Y, aunque ese era el plan, el olímpico Zeus, que también resultó ser un tipo bastante retorcido, al final no tuvo fuerzas para matar a Cronos con la hoz que le había dado su madre, ni siquiera para caparlo, que bien se lo merecía.

También Dostoievski en *Los hermanos Karamázov* utiliza un parricidio como motivo dramático de su novela, y Ambrose Bierce, parece que muy obsesionado con el tema, se inventó historias y entrevistas con parricidas. Pero yo no tengo o el alma tan rusa o la capacidad para hurgar en la psicología humana de Dostoievski, ni tampoco el cinismo sardónico de Bierce, que llegó a decir (¿en broma o en serio?) que el parricidio es el golpe de gracia filial por el cual uno se ve liberado de los irritantes tormentos de la férula de la paternidad.

Pero cuando salí de la literatura y por una curiosidad rayana en la obsesión me puse a buscar noticias de parricidios reales, pues comprobé que ese tipo de crimen que desde la época de Roma se extendió a los ascendientes o descendientes por línea sanguínea directa, es mucho más común de lo que solemos pensar. Y anoté que casi siempre cuando se trata de un hijo que asesina al padre, la violencia paterna está en el origen del crimen (violencia que ahora suele ir acompañada de otra perversión: la violación o los abusos sexuales, mucho más comunes de lo que un ser civilizado puede imaginar). Quizás por esa regularidad, un director de cine como Laurent Cantet en la película *El empleo del tiempo,* y luego un escritor como Emmanuel Carrère en su libro *El adversario,* se interesaron en el caso de Jean-Claude Romand, porque parece que los progenitores de este parricida no eran tan cabrones como Urano, Cronos o el mismísimo Fermín, y el tal Romand se extralimitó, porque antes de comer con esos padres tan normales y de matarlos, ya había pasado por su casa y liquidado a su mujer y a sus dos hijos, de siete y cinco años.

El crimen de Geni, como dije, también podría ser una historia con suficientes ingredientes para convertirlo en literatura. Pero a mi incapacidad para la penetración psicológica que entraña la mejor definición del personaje, debo añadir un elemento decisivo: revelar la historia de mi amigo se me antoja una infidelidad que me niego a concretar. La amistad me prohíbe hacerlo. Que en ocasiones me haya portado como un cínico, que haya usado máscaras para sobrevivir en una sociedad enmascarada, que no siempre diga la verdad, no quiere decir que sea un hijo de puta total y, sobre todo, un cabrón oportunista que se quiera aprovechar de una tragedia ajena que me ha resultado tan cercana.

Sin embargo, de lo que sí puedo y quisiera hablar es del miedo. Incluso de los miedos de Geni.

Un día el mundo funcionaba con unos códigos, buenos y malos, a los cuales nos habíamos adaptado, procurando garantizar así la convivencia, sin sacarnos los ojos unos a los otros. Una semana después todas las convenciones, acuerdos y costumbres ancestrales se habían alterado por el más universal e inevitable de los miedos, el miedo a la muerte.

La pandemia, salida de China y en muy poco tiempo extendida por casi todo el planeta, hizo que cundiera el pánico y nos reveló muchas de nuestras debilidades y, por qué no, de nuestras fortalezas como la especie de individuos sociales y más inteligentes que pretendemos ser. Se abrió entonces una extraña pausa en el discurrir del tiempo, lo que luego hemos podido ver como un meandro en el curso de las realidades asentadas y que, al retornar al cauce habitual, nos provocó la sensación de que con ese peculiar flujo cotidiano y pandémico habíamos extraviado dos años de nuestras vidas. Y esa certeza sirvió para revelarnos otras de las cualidades que nos distinguen: la de intentar olvidar, procurar deshacernos de fardos, borrar o bloquear malas memorias para poder continuar.

Fuera de los encierros, convenientemente calificados de confinamientos, mucha gente tiene dificultad para recordar lo que ocurrió en esos dos años cargados de rutinas agobiantes que consiguen desdibujar la densidad de los días y meses. Les cuesta ubicar determinados sucesos en ese tiempo detenido, establecer si algo ocurrió antes de la pandemia, en qué momento, y a veces hasta se duda si algo sucedió o no, por las capas de olvido asimilado que pueden haberlo cubierto. Incluso con frecuencia se renuncia hasta a la evocación de los difuntos, quizás porque en ese lapso la muerte se convirtió en un hecho que, por resultar más cercano y posible, perdió parte de su dramatismo, de su habitualmente escamoteada presencia, pero sobre todo porque somos adictos al olvido. Y a la vida.

Pero lo primero fue el miedo. Fue el motor. En todo el mundo, por miedo, fuimos capaces de aceptar que los gobiernos cancelaran muchas de nuestras más codiciadas libertades e, incluso, se lo exigimos. No queríamos enfermar y morir, y todo era aceptable si apuntaba a ese deseo. Entre nosotros se produjo una manifestación muy reveladora: por años la gente clamó por su libertad de movimientos, por la posibilidad de viajar sin todas las restricciones que se impusieron durante décadas. Y cuando al fin se había conseguido que si un cubano obtenía un visado podía largarse a donde fuera posible, muchas de las personas que más habían añorado esa liberación, al ver el auge de la pandemia, le reclamaron al Gobierno que no demorara más el cierre de fronteras de la isla: que nadie entrara, que nadie saliera, porque el encierro podía ser la diferencia entre vivir y morir. Revelador.

De Geni se podrán decir muchas cosas, tremebundas buena parte de ellas, propias de la oscuridad que ha sido su existencia toda, marcada por una fatalidad que se antoja congénita. Cualquier cosa menos que haya sido un cobarde, que haya vivido con miedo. Desde los tiempos de las tundas que le propinó Fermín, el muchacho perdió un temor tan básico como el miedo al dolor. Aprendió a resistirlo y a saber que, por lacerado que quedara, llegaría el alivio y que ese dolor sufrido se podía convertir en el ingrediente fundamental del odio, de los deseos de venganza que tan pronto concibió. Creo que por esa adquirida capacidad de resistencia, y a pesar de su carácter, Geni tuvo muchas menos peleas de las previsibles con otros muchachos, tratándose de alguien con su genio. Aunque también porque los demás preferían no enfrentarse a un tipo al que muy poco le importaba que lo golpearan y que, a la vez, era una máquina de combate. Solo Pablo el Salvaje, entre sus compañeros de estudio, se atrevió a desafiarlo varias veces, y he llegado a pensar que el Salvaje le caía tan bien a Geni, que mi amigo aceptaba las peleas como un juego en el cual se empleaba con el freno puesto y por eso sus broncas terminaban cuando alguien intervenía (me tocó hacerlo dos o tres veces) con los consabidos gritos de «te voy a descojonar», pero sin nocauts, y al día siguiente jugaban pelota en el mismo equipo... o se volvían a fajar.

Sin embargo, Geni conservó el miedo a la muerte, y es lógico que lo hiciera, porque sabía, como todos, que, a diferencia del dolor, la muerte no tiene alivio, es jodidamente irreversible. Aunque, como me dijo, desde que entró en la cárcel, donde la vida pierde mucho de su valor, se sintió en paz con la muerte y se preparó para recibirla en cualquier momento. No obstante, no la buscó, y me lo demuestra el detalle de que me confesara que les había contado a los otros presos que él estaba allí porque había matado a su padrastro, no a su padre carnal, pues en la ética ancestral de los presidiarios cubanos, crímenes como la violación de menores o los similares a un parricidio entran en la categoría de pecados mayores y suelen ser castigados. Hasta donde sé, pues olvidé preguntárselo, Geni nunca llegó a conocer si en algún momento se filtró la verdadera causa de su condena, aunque en las cárceles se sabe todo. Pero pienso que cuando sus compañeros de prisión tuvieron una idea cabal de las reacciones propias de un hombre como Geni, que era capaz de resistir todos los años de condena sin argüir alguna razón que redujera su pena, aun sabiendo cuál había sido su crimen, ellos prefirieron no complicarse sus ya complicadas existencias. Con sabiduría carcelaria, los otros presidiarios (algunos, como el Beto y el negro Feliciano venían del barrio y lo conocían bien) debieron de asumir que no por gusto en otras épocas el epíteto que había acompañado a mi amigo era el de Geni Caballo Loco o El Loco Malacara.

Hoy sé que uno de esos pocos momentos en que Geni sufrió miedo quizás fue el que terminaría torciéndole la vida y confiriéndole todo su sentido trágico, esa vuelta de tuerca que pudo haber quebrado su maldición y conducido su historia por otro rumbo. ¿Funcionó entonces su jodido hado, una especie de condena olímpica tan irrevocable que conseguía ponerse por encima de ciertas lógicas y manifestarse en ese instante en forma de miedo?

Ya Geni llevaba varios años preso cuando le comenté que siempre me había parecido extraño y lamentable que cuando tuvo la mejor posibilidad de escapar, él regresara de Alemania. Entonces me contó al fin la razón de por qué en noviembre de 1989, cuando cruzó por un boquete recién abierto del Muro de Berlín y pasó tres o cuatro días en la Alemania Occidental, decidió regresar al redil y volver a la acería de Dresde.

Geni había sido testigo en primera línea de la confusión, el júbilo, la perplejidad de aquel momento, viendo cómo la gente atravesaba en uno y otro sentido por las garitas ya sin custodios armados y por las brechas abiertas en la pared que todavía marcaba la existencia de dos mundos. Hombres, mujeres, niños abrazando a los estupefactos guardias fronterizos, mientras enarbolaban aquellos carteles románticos en los que habían sustituido la tibia proclama socialista de ¡SOMOS EL PUEBLO! por la entusiasta de ¡SOMOS UN PUEBLO! y se emborrachaban de cerveza federal y de lo que asumían como la libertad. Y tras los muy democráticos alemanes que cruzaban la frontera, Geni dio un paso en el espacio y el tiempo. Presumía que donde él estaba, en el momento en que estaba, muy difícilmente podría tocarlo el largo brazo del Gran Hermano socialista que siempre lo había observado y al cual debía obediencia. Vagando por Berlín Occidental gozó de la benéfica sensación de que volvía a sus días gloriosos de motero loco, cuando vivió al margen de las convenciones más rígidas. En ese momento histórico, de pronto, incluso sin haberlo buscado, disfrutaba de un ramillete de opciones y alternativas, una capacidad de tomar decisiones que nunca antes lo habían rodeado de forma tan avasallante y provocadora, una libertad de acción y elección que desde hacía mucho había añorado y echado en falta. Bebía las cervezas a las que lo invitaban otros exaltados, se alimentó con salchichas, durmió en un albergue improvisado, en la cama de una alemana (federal, especificó, quizás porque para él era un distingo importante) y en el sofá de un joven de origen turco que lo acogió por uno o dos días, y se impregnó de esos aires de libertad rociada de anarquía. Y, como no podía dejar de hacerlo, pensó: ¿me quedo o regreso? Y ahí radicaba la gran cuestión. Y Geni, el Caballo Loco, decidió regresar y lo hizo... porque tuvo miedo. No al posible castigo político y laboral, sino a la incertidumbre, la incertidumbre total, sin adjetivos que la encasillaran. La evidencia que le reveló aquella sensación de no tener un asidero se transformó en la clara percepción de que si daba el paso y se alejaba, su vida daría un timonazo que lo colocaría en otra órbita, y que en ese otro camino debería avanzar solo. ¿Cómo se las arreglaría para vivir para siempre lejos de lo que hasta ese instante había sido? Lejos de su mujer, su hija, sus rones pendencieros, incluso de sus peleas y sus odios. Y el Loco tuvo miedo. «Por eso volví, por miedo», me confesó.

—Coño, qué cosa..., siempre lo digo... —Sonrió Humbertico cuando le conté aquella extraña historia de un miedo que marcaría todo el futuro de Geni, también en otro sendero, el de la cárcel. Pero aun entre rejas y en la soledad de su condena, cuando incluso renunció a cualquier cercanía con Nora y con Violeta, Geni logró sentirse acompañado—. Sí, siempre tengo que decirlo: hay muchos caminos, y aunque el perro tiene cuatro patas, solo puede decidirse por uno.

—¿Tú crees que volvió porque ya tenía marcado un destino, un hado? —Obsesivo como soy le pregunté a mi hijo, especialista en tales cuestiones.

—Yo diría que sí... y todo sería más fácil. Pero eso haría a Geni más víctima de lo que ya es.

—¿Entonces?

—Que entonces, conociendo a Geni, esa historia a mí me rechina por algún lado. ¿No quiso irse por el Mariel...? Bueno, aunque reconozco que es una buena historia y eso es lo que a ti te importaría, ¿no? Vamos a ver, ¿por fin quieres o no quieres escribir la historia de Geni? —me preguntó Humbertico, y de pronto me sentí descolocado. No era por ahí por donde yo quería moverme, sino por otro nivel más misterioso, de profundidades psicológicas, esotérico tal vez. ¿O más vulgar (miedo y ya), como ocurre en la vida de gentes comunes?

—No, no quiero. No debo...

Mi hijo sonrió.

—Pues no le des más vueltas. Geni nació con una cruz negra en la frente y la suya es de las que no... —E hizo gestos imprecisos con las manos.

—¿Indeleble?

—Eso, eso. Es indeleble... ¡Qué mierda es ser bruto, coño! Da igual la razón, el caso es que tenía que volver y algo lo empujó para que volviera —sentenció el oráculo.

Con frecuencia, sobre todo desde que Geni me reveló la razón de su regreso al redil, aun con la sospecha de mi hijo de que la revelada no fuera la causa verdadera o la única, he intentado imaginar esas vidas alternativas que mi amigo pudo haber construido a partir de aquel convulso mes de noviembre de 1989 en que tuvo la posibilidad de dar el gran salto, el momento que marcaría el primer capítulo de tantos otros cambios de ingente alcance, para él y para todos. Lo puedo ver teniendo una existencia alemana, acompañado por una alemana (ya sin distingos entre federales y democráticas), o establecido en Miami, como muchos otros de nuestros congéneres, disfrutando quizás de lo que nunca ha tenido: una existencia apacible en la que poder revolcarse en sus nostalgias. O no. Pero mis ficciones biográficas apenas logran avanzar un par de pasos, y no creo que por falta de imaginación, sino porque Geni nunca habría podido tener esa figurada existencia apacible, porque aun con ocho, o con cien patas, para Geni en realidad nunca hubo encrucijadas, solo el sendero recto de su abominable destino. Porque sí, definitivamente, su cruz negra era indeleble y por eso llegaría del modo que llegó al final del camino de su vida.

19

Apenas eran las ocho de la mañana y ya hacía calor. El sol resplandecía y el mundo brillaba. Sería un esplendoroso día de verano, ideal para disfrutar del mar, bebiendo unas cervezas en la arena bajo la sombra de un cocotero de propaganda turística tropical, aunque un pésimo día para otras muchísimas cosas, incluida la que se proponía hacer. Iba a sellar con cadenas y candados y pestillos y barras de acero y clavos un sector de su pasado. Porque la noche anterior, mientras Rodolfo le hacía partícipe de una duda razonable que todos habían tenido y a la vez todos habían preferido esquivar, Nora sintió cómo la vida la obligaba a dar un paso al lado para dejar pasar la bestia asquerosa de ese pasado que no parecía acabar nunca, pero que ahora ella iba a tapiar, a cal y canto: se largaría de allí, lejos, tan lejos como pudiera, aunque tuviese que ir a vivir bajo un puente.

La tarde del día anterior, cuando había salido de la casa de Humbertico, Nora había tomado la decisión ya irrevocable, ya necesaria que, sin saber a ciencia cierta por qué razón, había venido posponiendo, como si pretendiera evitarla. ¿La postergaba desde hacía tres días o desde hacía treinta años? ¿Por qué la venía dilatando si cada vez deseaba más su materialización? ¿Por miedo, por convicción, incluso por algo tan lamentable como el pudor? ¿O había sido el efecto de su más acendrada voluntad de practicar la venganza contra lo que había sido una alevosa traición con tantas consecuencias? ¿Había estado condicionada por lo que podía pensar de ella su hija, desde hacía varios años muy contaminada por su fundamentalismo religioso? Con demasiada frecuencia Nora se hacía preguntas para las que no encontraba respuestas convincentes y ahora daba igual si otra vez se quedaba sin un argumento sanador. Solo sabía que había llegado el momento y que Geni, precisamente el regreso de Geni, funcionaba como catalizador. Y resultaba algo tan perentorio que el sabio Humbertico se lo había ratificado sin tener necesidad de consultarlo con los altos poderes que lo iluminaban y le servían para bosquejar los caminos del presente y el pasado. Sin embargo, la conversación con hamburguesas (caras como carajo, pero, la verdad, estaban buenas, y la joven mesera, compadecida, les trajo una cuarta como cortesía de la casa, dijo) había caído como el clásico jarro de agua fría sobre su avasallante intención. Ni ella ni Rodolfo estarían esa noche con el ánimo mejor dispuesto para saltar la dichosa valla que los había mantenido a prudencial y más que absurda distancia y cerrar la jornada revolcándose en una cama o donde fuera. Entonces optó, como si fuera imprescindible hacerlo, por enviarle un mensaje a Violeta. «Dime, ¿qué vas a pensar de mí si empiezo a acostarme con Rodolfo?» Pero de inmediato lo borró. No tenía sentido, intuía la respuesta ríspida de Violeta: se acostaría con el hermano de su marido, un marido al que consideraba muerto, pero que seguía vivo y siendo todavía su marido y, por supuesto, también hermano del hombre con que tendría sexo. ¡Carajo! Nada, que ella tenía derecho a hacerlo y administraría su propiedad: porque se trataba de su culo y no el de nadie más.

Cuando despertó esa mañana, sin embargo, supo lo que sí no podía dejar de hacer, ahora mismo. Por ello, apenas terminó el desayuno (un jugo de mangos, una galleta ya medio zocata sobre la que escurrió las últimas gotas de la última botella de aceite y una taza del café hecho con el polvo infame que cada vez con menos frecuencia y en dosis más disminuidas les vendían por la cartilla de racionamiento), se enfundó un pantalón viejo, una camiseta que le quedaba ancha, se calzó con unas zapatillas con la piel agrietada pero con las suelas todavía bastante firmes y se recogió el pelo bajo un viejo paliacate que había pertenecido al Geni Caballo Loco motero de la prehistoria. Lista para el más perentorio combate. Le parecía totalmente lógico, necesario, indispensable diría, la decisión de reunir y empaquetar sus pertenencias más personales antes de abandonar para siempre la casita donde había recalado por primera vez hacía cuarenta años. Pero que decidiera empeñarse en una limpieza general antes de cerrar sus puertas le resultaba tan incomprensible como impostergable. ¿Limpiaba la casa o borraba las trazas de su larga presencia allí hasta de pelos y señales, de rastros de ADN?

Unos minutos después de haber comenzado a colocar ropas, zapatos y objetos personales salvables en las bolsas que fue encontrando, sintió cómo la frente se le perlaba de sudor a pesar de que había puesto en marcha el ventilador... que había dejado de funcionar. «No puede ser», susurró y levantó el interruptor más cercano para comprobar lo que se temía: otro corte de electricidad. «Hay que joderse, con este calor voy a deshidratarme», pensó, «a ver cuántas horas de apagón nos meten hoy estos hijos de puta», maldijo, pero no se detuvo.

A pesar de las diversas razones que la empujaban, abandonar la casita no podía dejar de provocarle sentimientos turbulentos y encontrados. En un país donde comprar una casa había estado prohibido por décadas y en el que ahora, cuando al fin se podían vender, tenían precios inalcanzables para la gente como ella, o sea, la mayoría de los habitantes del archipiélago; y donde tampoco había resultado fácil construirse una, pues siempre habían escaseado los materiales, en fin, que aquel sitio, aun con su carga trágica, era lo más parecido a una casa *suya* que hubiera tenido en su vida. Porque la de sus padres había sido *su* casa hasta que, con su marido y su hija, debió abandonarla porque se le había convertido en un territorio demasiado hostil, y desde entonces la había considerado así, la casa de sus padres, con un complejo y sostenido sentimiento de ajenitud que nunca había conseguido superar del todo. En los últimos años, varios después de la muerte del padre y con el transcurso de la vejez infinita de la madre, ella se había trasladado con cada vez mayor frecuencia al inmueble familiar para atender a su anciana progenitora. En muchas ocasiones incluso pernoctaba allí por uno o varios días, pero había rechazado un traslado total porque sentía que en la casita gozaba de una privacidad y libertad que la satisfacían, que aquella era su cueva privada e independiente, y esa certera compensación pesaba más cuando tan pocas satisfacciones le quedaban. Y no es que hubiera sido especialmente feliz en aquel sitio, pero una dilatada permanencia, iniciada como una solución y luego continuada como una inercia, sin duda había creado lazos de cercanía más fuertes de lo que hasta ese momento había creído. ¿O había seguido allí porque aquello que iba a ocurrir tenía que ocurrir? Y hasta se atrevió a pensar: si a su regreso de Alemania le hubieran asignado a Geni el apartamento prometido y no concedido porque ni siquiera existía, ¿todo habría sido diferente? ¿O era que el hado oscuro de su exmarido había impedido esa otra realidad, quizás redentora?

Ahora la noticia del cercano regreso de Geni y lo que tal retorno ya estaba provocando no le dejaban otra alternativa que largarse. Y mientras recogía pertenencias, barría y baldeaba los suelos, deshollinaba los techos y acumulaba trastos inútiles, desechables incluso en un país donde nada se desechaba, cosas que ni se explicaba por qué había conservado (baterías vencidas, cepillos de dientes gastados, frascos vacíos), no dejaba de rejonearla una molesta sensación de pérdida, una impresión ubicua, pegajosa, muy mal fundamentada y, sin embargo, lacerante.

Bañada en sudor, sintiéndose mugrienta y con la cintura adolorida, ya pasado el mediodía se sentó a comer el plato de arroz con los dos huevos fritos y las rodajas de un tomate que se había preparado. Desde la mesa de la cocina observó los maletines y bultos donde atesoraba todas sus pertenencias: un poco de ropa, los artículos de higiene y tocador, una caja con treinta, cuarenta libros (incluido el manoseado ejemplar de *La vida está en otra parte* que le había dejado Violeta y un par de novelas de Fumero) y otra más pequeña con alguna papelería y varios álbumes de fotos, el televisor que le había comprado su hija, un viejo pero eficiente radio soviético y unos pocos enseres de cocina. Visible, encima de uno de los maletines, ya con una misión colegiada y decidida, había colocado el sobre con las dos fotos de su desnudo juvenil... Tremendo, se dijo: allí estaban todas las posesiones materiales que atesoraba a los sesenta y cinco años de su vida. No tenía casa propia, no tenía marido, su hija estaba lejos (¿cada vez más lejos?), su madre con la mente medio fundida y en trance de partida, y en la cuenta bancaria había dejado veinte miserables pesos, algo así como cinco centavos de dólar, toda su fortuna, para que no se la cancelaran y cada mes pudieran ingresarle allí su raquítica jubilación de especialista A del Departamento de Personal del Acueducto de La Habana. Y concluyó que el único objeto con valor sentimental y también material que atesoraba era el espejo con el marco labrado que había desmontado y recostado en la pared junto a la puerta de salida a la calle, listo para el traslado. El espejo era una pertenencia irrenunciable con la cual había establecido una vívida relación de intimidad, y en ocasiones llegaba a intentar conferirle propiedades humanas como la de tener memoria visual. ¿Se acordaría el espejo de las veces que ella se reflejó en él? ¿Conservaría un registro de la niña con disfraz de gitana (¿o era de bailarina española?), de la adolescente que observa la maravilla de la turgencia de los senos y el oscurecimiento del pubis, la joven con los ojos llenos de vida que se autocontempla, sonríe con comedida pero incontrolable lascivia y se cree bella, la mujer cuyo vientre se inflama y sus senos se llenan, la solitaria de tantos años que, abierta frente a él, todavía se masturba como una pubescente en ebullición procurando no estancarse en el deprimente proceso de su envejecimiento? El espejo había sido su más fiel compañero, un confidente, y muchas veces le había provocado un doloroso desasosiego el hecho de pensar que, si alguna vez se iba muy lejos, quizás no podría llevarlo con ella. ¿O sí? Al menos ahora, en esa nueva escala de esta huida, se iría con ella: ese espejo mágico al que solía interrogar y en el que en ese mismo instante, a pesar de la distancia y su presbicia, podía verse, sudada, mugrienta, tragando su frugal almuerzo, triste como carajo y sideralmente sola, pero con un propósito en mente.

¿Quién era esa mujer desnuda que no podía evitar que la lascivia asomara en sus labios y los deseos de vivir explotaran en su mirada? ¿Todavía era la misma persona que, cuarenta y cinco años después, buscaba en esas imágenes algo de lo que ella había sido en los días en que se atrevía a posar para una sesión de fotos? ¿Cómo esa joven que se sentía capaz de tragarse el mundo se había convertido en esa otra mujer, ya habitante de la tercera edad, vencida, agotada, erosionada, desmoralizada, sin brújula confiable con la cual orientarse, esa mujer que incluso ya evitaba mirarse mucho en el espejo? Al menos sabía, dolorosa y lamentablemente, que todavía era la misma persona con restos de orgullo y rebeldía que en su pobreza material y en su derrota social no podía evitar sentirse humillada (y a la vez aliviada) cada vez que recibía las ayudas económicas que enviaba su hija y gracias a las cuales ella conseguía sobrevivir en su país. Unos dineros que, además, le servían para sostener con dignidad los años finales de su madre, o sea, la viuda del militante fundamentalista y militante y fundamentalista ella también, esos camaradas que habían aprobado la aplicación de métodos a veces draconianos, pues solían asegurar que todos los sacrificios eran válidos porque se encaminaban hacia la construcción del más brillante futuro para la humanidad.

Sin mayores traumas Nora había asumido y asimilado que el paso de los años entraña un proceso irreversible y universal que transforma el físico y la mente de las personas. A veces, incluso, un año puede ser un largo tiempo y bastan sus doce meses para trastocar muchas cosas. Pero los cuarenta y cinco que la separaban de la joven fotografiada eran sin duda demasiados y tan grosera acumulación de tiempo no podía dejar de provocar consecuencias. Recostada contra el maletín donde había depositado el sobre de Manila en que solía guardarlas, Nora observaba, más bien escudriñaba las dos imágenes de su desnudo ante el fiel espejo de marco labrado. Y lo que la maceraba mientras buscaba lo que quedaba de sí misma en los desnudos no era la evidencia de los desgastes físicos, sino la punzada hirviente del recuerdo de lo que ella había sido antes de que, como solía pensar, la vida y su tiempo se volvieran en su contra.

¿Adónde había ido a parar su rebeldía? ¿Adónde sus sueños? ¿En realidad había sido rebelde y albergado sueños? Nora podía recordar, pero solo como si hubieran sido peripecias de una novela leída hacía mucho tiempo, las incontables ocasiones en que había discutido con su padre a propósito de sus nociones y percepciones de la sociedad en que habitaban. Para ella su padre era como uno de esos mulos que se mueven con anteojeras y apenas arrastran una perspectiva limitada del mundo: en su caso la que le ordenaban la ideología y el Partido, que, como es sabido, eran infalibles y siempre tenían la razón. Los motivos de las discusiones podían ser muchos, pero la esencia que las provocaba siempre había rondado la misma causa: la obediencia ciega del hombre, su incapacidad de aceptar otra idea, la necesidad de ser intransigente, o al menos parecerlo. Al inicio por una cuestión de carácter y por una casi común actitud adolescente y juvenil de oposición ante la figura paterna, pero luego por los principios que fue asimilando, Nora se oponía a semejante forma de entender la vida. Por una simple cuestión de carácter y por su visión personal del mundo, ella necesitaba dudar, quería que la convencieran con razones y no con dogmas, deseaba practicar una libertad de pensamiento que incluso otros creyentes ortodoxos (¿también Violeta?) afirmaban que formaba parte de la condición que el Creador les había entregado a sus criaturas para que asumieran el riesgo de obedecer o rebelarse, de acertar o equivocarse. Como había hecho Adán practicando ese generoso albedrío del que recién le había hablado Humbertico, y que, por ejercitarlo, miren todo lo que ha provocado. Pero el tipo hizo lo que le salió, justa, precisa, perentoriamente, de sus cojones, solía pensar Nora.

Los debates con el padre eran ya de larga data, aunque su intensidad había alcanzado su clímax cuando Nora resultó suspendida por dos años de la Universidad por su rechazo a la medida administrativa disfrazada de espontánea voluntad estudiantil. Lo peor para ella no fue que su padre le imputara que ella lo había avergonzado e incluso la amenazara con expulsarla de la casa. (Nora supo que «el caso» había sido llevado por el «compañero que atendía la facultad» hasta el exclusivo núcleo partidista de veteranos militantes al cual, por su prosapia política, pertenecía el progenitor.) Lo más terrible de la disputa fue la pregunta que ya en un momento de sosiego le hiciera el hombre: «Mija, ¿y por qué no te quedaste callada y ya? Si, total, tú sabías que era una decisión tomada. A ver, ¿qué resolviste con votar en contra?», la conminó. Y fue como una epifanía, porque en ese instante Nora lo entendió todo: el ortodoxo militante pensaba que una reacción hipócrita, que la decisión de optar por tragarse sus ideas, dejarse vencer por el miedo y colocarse una máscara con una sonrisa complaciente resultaba una actitud más racional y adecuada que mostrar con sinceridad su desacuerdo. La postura más revolucionaria. Ya Nora sabía que muchos actuaban de ese modo, porque de ese modo les exigían que se comportaran y así practicaran sin remordimientos una doble moral convertida en la moral más recurrida en el país... Lo peor, ella pronto lo entendería, fue comprender que su revolucionario y obediente progenitor había tenido la razón: no había resuelto nada, no había mejorado el mundo y el único resultado de su ejercicio de honestidad había sido sufrir la marginación que le torció la vida para siempre. Y que tantas consecuencias tendría, porque la verdad puede provocar efectos dolorosos. Porque la libertad siempre tiene su precio. Si en esa ocasión Nora se hubiera callado, si como otros muchos compatriotas se hubiera inclinado, ¿su vida habría sido otra? ¿Mejor? ¿O habría terminado igual de pobre y dependiente como ella y tantos otros obedientes estaban ahora?

Pero no se calló y su rebeldía, mellada pero todavía palpitante, la había llevado luego a la vida loca que practicó antes de conocer a Geni Caballo Loco, la vida que después intensificó con ese mismo Geni y la abocó a una vorágine sin propósitos y autodestructiva que ella, por su voluntad propia, había detenido sin permitir siquiera el efecto de la inercia cuando se reveló su embarazo.

El nuevo giro que entonces dio su existencia respondió a un reclamo ancestral, fisiológico casi, y Nora lo asimiló sin conflictos ni preguntas de complicadas o imposibles respuestas: el hecho de ser madre, aún sin haberlo buscado conscientemente, implicaba otras responsabilidades que, justo era admitirlo, incluso la satisficieron, en tanto la complementaban como ser humano. Nora quería pensar que, por la llegada de la maternidad, su rebeldía no había menguado, sino que se había asentado, tal vez madurado, condicionada por la responsabilidad, pues ya ella no era solo ella: ahora era la esposa de alguien, sobre todo era la madre de alguien, y con esas relaciones los impulsos de su individualidad, puestos en función de otros, perdían parte de su fuerza e integridad pero no desaparecían.

La primera noción palpable de las proporciones de su derrota se produjo cuando Geni se fue contratado para ir a trabajar a la República Democrática Alemana y ella comprendió que la ausencia de su marido le provocaba, sobre todo, una inmediata y compacta sensación de alivio. Para ese entonces llevaban seis años de relaciones, pero, de súbito, Nora descubrió las dimensiones que había alcanzado su dependencia. Y decidió que era el momento de rebelarse y volver a ser lo que quería ser. ¿Aún podía ser lo que hubiera querido? ¿Qué era lo que en una sociedad que podía funcionar como una aplanadora de voluntades ella habría tenido el empeño de ser? ¿O la opción más fácil había sido dejarse arrastrar por la corriente, no luchar más por sus posibles sueños? Convencida, sin embargo, de que quizás había llegado la coyuntura ideal para al menos terminar con aquella convivencia que se satisfacía con unas relaciones sexuales muy intensas pero que fuera de la cama habían perdido el fulgor de la rebeldía original, incluso consideró que hasta podría humillarse un poco e intentar alguna reconciliación con su padre y volver a la casa familiar. El momento tal vez se le presentaba más propicio, pues el militante andaba medio descolocado desde que sus ortodoxias habían sido puestas en crisis por una oficina del Kremlin en la que alguien reconocía que el famoso «culto a la personalidad» había sido el más leve de los desmanes del querido camarada José Stalin, ya públicamente tildado por los mismos soviéticos de asesino de millones de compatriotas. También amasó la idea de probar a sostener otra relación, sentir que era infiel, y aunque la perspectiva la atrajo, no la concretó, y no por falta de deseos y pretendientes. Tenía apenas treinta años y quizás estaba en el momento de su mayor plenitud física. Tenía edad y fuerzas para empezar de nuevo. Le hubiera gustado intentarlo. Pero no se decidió, no hizo nada. Tal vez porque, de forma muy recóndita, su más deseable opción habría sido intentarlo con el veleidoso y traidor Rodolfo, que había regresado de su experiencia de guerra como un hombre disminuido, más frágil y necesitado de amor que nunca. Y si la condición de cuñado le daba una atractiva dosis de perversión a la idea de una relación carnal, en cambio la de hombre con el alma rota colocaba la posibilidad en el terreno de la conmiseración, y Nora tampoco se atrevió a provocarla porque no se trataba de hacer un acto de caridad, sino de insubordinación.

Al final esta vez sí se quedó callada. Toda su rebeldía se había ido diluyendo en proyectos, ideas, planes, soluciones que no crecieron, nunca se concretaron, y Nora llegó a odiarse a sí misma mientras pasaban los meses y los años de la ausencia alemana de Geni y ella permanecía allí, realizando un trabajo anodino en el acueducto habanero, con vacuas reuniones sindicales por cualquier motivo, con una noche en vela de guardia obrera cada tres semanas y un domingo al mes de trabajo voluntario que no era para nada voluntario o de entrenamientos de preparación para la defensa de la patria durante una posible guerra de todo el pueblo y porque cada cubano debía aprender a disparar y disparar bien, según clamaba la consigna en boga. Y ella continuó sembrada allí, conviviendo cotidianamente en la casita con el mal aliento de Fermín y la peste a nicotina de Lola, cerca del medio enloquecido Rodolfo y apenas con la recompensa de ver crecer a una discreta Violeta junto a una explosiva Aitana, esa niña dueña de un carácter indomable, en cierta forma parecido al que ella había tenido y extraviado. Permaneció allí y, al cabo de cuatro años perdidos, recibió a Geni cuando regresó alcoholizado, más descentrado que nunca, cargado de una profunda amargura. Volvió con una bolsa con cuatro pedazos de piedra de lo que había sido el Muro de Berlín y enamorado de una moto MZ ETZ 250, pero sin posibilidad de ser congratulado con el apartamento salvador que nunca había existido.

Nora volvió a pensar entonces que su mejor alternativa era poner toda la distancia posible entre su vida pasada y una posible vida futura. Y pensó con toda seriedad que el único modo radical de hacerlo podría ser largándose de un país que, al fin y al cabo, nunca le había ofrecido unas rutas propicias para ejercer su castigada y cada vez más agotada rebeldía. Pero en aquellos tiempos las puertas de la isla estaban cerradas a cal y canto para gentes como ella. Sin embargo, cuando unos años después se abrió un resquicio y se quebraron las hasta ese momento rígidas fronteras para que la gente se lanzara al mar y escapara en lo que pudiera, otra vez Nora lo pensó como su mejor alternativa. Luego lamentaría que a la larga la vencieran una depresiva falta de ánimos y el miedo muy concreto a intentarlo con los centenares de personas que en ese verano álgido de 1994 lo hacían en cualquier objeto flotante y que ella no se decidiera a emprender una aventura tan incierta y peligrosa, porque solo (y en ese momento más que nunca) lo habría hecho llevando consigo a Violeta y la aterró la idea de poner en peligro la vida de su hija, la única pertenencia afectiva que ella conservaba sin ningún asomo de sospechas. El caso es que tampoco hizo nada. Sus indecisiones la vencieron y siguió callada, sembrada.

Había sido por esa época de balseros desesperados, cuando Geni ya llevaba dos años en prisión, el momento en que Nora, todavía considerándose su mujer, visitó al parricida por la segunda y la que sería la última vez. Ocurrió, además, justo cuando ella casi cumplía sus treinta y siete y todavía consideraba con mucha seriedad la idea de aprovechar la brecha abierta y largarse para siempre. Y fue también ese el momento en que Nora recibió el brutal empujón que provocó el efecto de que al fin se sintiera liberada. Y, ya sin pensarlo demasiado, unos días después abrió las piernas al primero de los varios amantes que tendría a lo largo de casi treinta años pero que, por un extraño recato, siempre los ocultaría a todos, en especial a su hija, sin saber exactamente por qué lo hacía.

A Nora siempre le había resultado arduo intentar explicarse las razones por las cuales siguió conviviendo con Geni los dos años posteriores a la estancia alemana del hombre, justo los anteriores a su acto criminal. El sexo todavía funcionaba, como había ocurrido siempre, pero lo demás que pudo haber existido entre ellos se había ido desgastando hasta hacerse transparente. Quizás esa inercia reflejaba mejor que cualquier otra actitud el deterioro de su pretendida rebeldía. No obstante, cuando Geni fue juzgado y condenado, sobreponiéndose a una compacta sensación de rechazo, Nora fue a verlo a la cárcel donde debía cumplir su sentencia. La había movido la necesidad de saber para así entender y con ese entendimiento iluminar a su hija, y porque Nora llegó a pensar que si a alguien Geni le confesaría el desarrollo de las acciones del día fatal, sería a ella. Sin embargo, en la media hora escasa de conversación que sostuvieron durante esa primera visita carcelaria, el homicida evadió cualquier comentario sobre lo ocurrido y le exigió que nunca le permitiera a Violeta ir a verlo, pues él no la recibiría. Nora quiso entender la decisión de Geni, pero ante el mutismo distante del hombre se largó frustrada por no haber cumplido su propósito y en ese momento casi decidida a no volver a visitarlo. Pero, un año y meses después, cuando se abrieron las fronteras marítimas de la isla y Nora manejó la idea de largarse, ella creyó necesario volver a encontrarse con él para comunicarle su intención y Geni le dijo que era lo mejor que podía hacer, irse sin mirar atrás, siempre que lo hiciera llevando consigo a Violeta, como Nora pretendía hacer. Y entonces el hombre, tal vez empujado por la soledad sideral que lo acechaba, tal vez porque era un hijo de la rabia y un ser más perverso de lo que Nora suponía, cortó de un modo brutal el último hilo que podía conectarlo con la que había sido su mujer: él siempre había sabido que Nora había tenido un romance con Rodolfo cuando estudiaban en el preuniversitario, le dijo Geni, y si él había mantenido y preservado una relación con ella había sido sobre todo para castigar a su hermano, el hijo de sus mismos padres que había tenido la suerte en la vida que desde el principio le negaron a él. ¿Por qué los abuelos Flora y Quintín habían protegido a Rodolfo y lo habían abandonado a él en lo que, ellos bien lo sabían, había sido una vida casi peor que la que llevaba en aquella cárcel? Por eso, cada vez que se acostaba con ella lo hacía pensando que hacía algo que Rodolfo no podía hacer, tenía algo que su hermano quería y no podía tener, porque él sabía que Rodolfo nunca había dejado de estar enamorado de Nora y que Nora tampoco había dejado de estar enamorada de él. Ella fue, desde siempre, el vehículo de una compensación por lo que le habían negado, por el modo en que lo habían empujado a vivir una vida que solo podía desembocar en una explosión de odio y violencia, porque el odio y la violencia habían sido los alimentos con los que lo habían criado hasta convertirlo en lo que fue y ahora era.

Humillada y agredida, Nora debió escuchar entonces el más sucio colofón de aquella historia de perversión: ya teniendo relaciones con ella, Geni se había dedicado, cada vez que podía, a acostarse con Yolanda, la mujer de Rodolfo, la madre de Aitana, y la mujer solo decidió largarse cuando él, Geni, le dijo que ya no volvería a tener sexo con ella. Y entonces remató su agresión: si había regresado de Alemania cuando todos pensaban que no lo haría, le dijo, era porque disfrutaba mucho ejerciendo ese poder que le había dado la vida: el poder de someterlos a todos ellos. Y, por cierto, agregó Geni poniendo intensidad en su mirada, ahora que él estaba en esa cárcel, ¿ya Nora estaba templando con su hermano?

Aturdida, asqueada, incapaz de decir una palabra, Nora había abandonado el recinto carcelario y, al poner un pie en la calle, sintió que la mezquina agresión de Geni tenía el efecto de provocarle una invasiva sensación de libertad e incluso percibió orgánicamente cómo la humillación cedía, el rencor no la atrapaba, porque esa benéfica noción de libertad sentida no era solo física, de movimientos, de decisiones: era la liberación espiritual que tanto había ansiado sin imaginar las dimensiones de ese deseo, las proporciones de su posposición. Y aunque buscó amantes, nunca se lanzó hacia Rodolfo, tal vez solo por no realizar lo que Geni había impedido.

Y ahora, casi treinta años después de aquel instante de su emancipación existencial, mientras recordaba, provocada por la contemplación de sus desnudos anteriores a tantas derrotas y agresiones, constataba que, al cabo de todo lo vivido y lo no vivido, sus pertenencias cabían en una carretilla y, sobre todo, que sus sentimientos habían sido demasiadas veces traicionados pero que ahora, cuando el cielo anunciaba una tormenta sobre su cabeza, quizás debía hacer al menos algo que hacía muchos años debería haber hecho.

El fogonazo de un relámpago la iluminó, el ventilador volvió a detenerse, el ruido del trueno llegó y veinte segundos después el cielo se abrió en un generoso aguacero estival. Sí, también afuera había una tormenta.

20

Las lluvias de verano suelen ser una bendición del cielo. Si llegan a derivar en una tormenta tropical de rayos y truenos, como ocurre con frecuencia, pueden tener sus inconvenientes, como el de esa tarde, cuando una furiosa descarga celestial tocó algún punto neurálgico y cortó el fluido eléctrico local. Pero si, como había ocurrido, tras la batería de retumbantes relámpagos queda solo esa lluvia apacible, que fluye perpendicular, como si ya no tuviera prisa, con gotas que al caer en el cemento arman coronas fugaces y que, después de sofocar el vapor acumulado en el pavimento, en las cubiertas de los techos, en la tierra de los patios, consigue invadir con una humedad fresca la atmósfera de la tarde, la lluvia se convierte en un regalo climatológico. Y si por fortuna ya ha regresado la electricidad y no tienes prisa por ir a ningún sitio ni la presión de hacer nada, pues esa llovizna remanente puede hacer que alguien como Rodolfo llegue a pensar que el mundo no es un lugar tan jodidamente agreste. Incluso que acepte que su isla no es un inhóspito infierno bochornoso que por largos meses lo somete al martirio de que su piel se deshidrate bañada por un sudor quemante, una emanación ácida que, si logra filtrarse hacia sus párpados, siempre le provoca una irritación alérgica empeñada en escocerle los globos oculares y enturbiarle la mirada con un lagrimeo legañoso que solo se alivia con colirios antibióticos. Unos colirios que, por cierto, ya hace mucho no venden en las cada vez más desabastecidas farmacias nacionales y que solo puede aplicarse porque Aitana se los envía desde España.

Sentado en el portal, ya bebida una taza de café y fumado el quinto cigarrillo del día, mientras disfrutaba de aquel generoso espectáculo de la naturaleza que provoca el efecto de alargar las horas haciéndolas a la vez más leves, Rodolfo casi se olvidó de que, por un tiempo, se había librado de la carga de machacarse con sus abundantes pesares pasados, presentes y futuros. Incluso ni se acordó de que debería haber dispuesto las cazuelas y baldes de rigor, por lo que en ese momento ya se acumularían en la cocina y la sala unos charcos del agua filtrada por las goteras provocadas por unas tejas partidas que alguna vez debería cambiar. Bueno, si conseguía las tejas sanas para el recambio. ¿Dónde se conseguían ahora unas tejas francesas en Cuba?

Y como una gota más, gigantesca, codiciada aunque inesperada en ese momento, vio caer a Nora en su portal. El pelo húmedo, oloroso a champú y a lluvia (¿a qué huele la lluvia?), la piel fresca y mojada, la mirada intensa con que lo observó cuando se sentó frente a él en el murete del portal y colocó junto a ella una bolsa plástica blanca, punteada con los banderines verdes que la identificaban sin duda alguna como perteneciente a El Corte Inglés.

—¿Tú estás loca? Venir debajo del aguacero... ¿Qué pasó?

—Todavía nada... Ya terminé de recoger todo y esta noche viene a buscarme Miguel, el hijo de Amparito, con un carro que le van a prestar.

—¿Todo cabe en un carro?

—Y sobra espacio...

—¿Y el televisor? ¿El refrigerador?

—Me llevo el televisor, pero allá tengo refrigerador... Aunque total, para la mierda que ponen en la televisión y lo poco que hay para guardar en el frío.

Rodolfo negó con la cabeza.

—No sé qué apuro tienes...

—Todo el apuro. No quiero estar ahí ni un día más —dijo Nora, y señaló la casita—. Quiero irme ya y te juro que no voy a volver nunca, ni a esa casa, ni siquiera a este barrio sarnoso. Nunca más.

Rodolfo negó con más énfasis. Se había acostumbrado tanto a la idea de que Nora estuviese allí, del otro lado de una barda cada vez más desconchada y decrépita, a unos pocos metros, que imaginar su ausencia lo llenaba de desasosiego. Qué desastre.

—Voy a traerte café. Debe estar caliente todavía. —Rodolfo se puso de pie, entró en la casa, rodeó el charco de la sala pero tuvo que entrar en el de la cocina para servir la taza con la que salió al portal y que entregó a Nora.

—¿Y hoy no viene tu novia mulata china culona? —preguntó ella, sardónica.

Rodolfo no tenía deseos de controversia.

—Creo que no. Pero eso a ti no te importa... ¿Y cuál es el lío para que hayas venido debajo del aguacero?

Nora bebió a sorbos su café y demoró su respuesta.

—No sé bien, la verdad —dijo al fin, y extrajo el sobre de Manila que venía dentro de la bolsa plástica de El Corte Inglés—. O la verdad es que sí lo sé. Vine por esto... Mira lo que hay ahí dentro —lo conminó.

Rodolfo tomó el sobre de Manila que ella le había acercado.

—¿Qué cosa es? —quiso saber sin atreverse a hurgar en el envoltorio.

—Acaba de abrir el sobre y mira, coño. —Ahora su voz arrastraba una exigencia, casi como si le diera una orden.

Rodolfo metió la mano en el envoltorio, palpó las cartulinas y sintió un alivio porque supo que se trataba de fotos. Pero cuando sacó la mano y vio las imágenes impresas sintió que se le cortaba la respiración.

—Pero ¿tú...?

—No, no estoy loca... —lo interrumpió ella, y, como lo había previsto, comenzó el interrogatorio para concluir con su propuesta—: ¿Qué te parece? ¿Ves lo que te perdiste, por comemierda? Dime, ¿quieres probar lo que todavía queda?

—Por Dios... —musitó Rodolfo sin apartar la mirada de las fotos.

—Si te hace falta, tómate una de las viagras que tienes escondidas en el estante de la cocina. Pero eso es ya, coño.

No podía ser de otra manera: todo transcurrió de un modo que se ajustó a la forma en que Rodolfo y Nora, cada uno por su lado, lo habían imaginado. Porque lo habían elucubrado tantas veces, durante tantos años, en tantas variantes posibles que hubiera resultado imposible que no acertaran en una de sus manoseadas, casi desgastadas e infinitas fantasías, quizás con algún ajuste o variación propia de la puesta en escena un día de estreno o por alguna exigencia adicional demasiado elucubrada.

Sin que mediaran más palabras entraron en la habitación y se despojaron de la poca ropa que los cubría. Rodolfo del *short* viejo y el calzoncillo, Nora de la bata de casa de tela gastada bajo la cual no llevaba ninguna prenda. Desnudos, uno a cada lado de la cama, se observaron (¿crítica o impúdica o vergonzosamente?). Rodolfo temía por su capacidad de reacción y Nora lamentaba que su cuerpo no tuviera la tesitura de antaño. Pero cuando se acercaron uno al otro y comenzaron a acariciarse y besarse, quizás a continuar la última tanda de besos y caricias con que se habían despedido más de cuarenta años atrás, Rodolfo sintió que su organismo podía responder del mejor modo que su edad todavía le permitía (con la cooperación de la viagra ya tragada, por supuesto), y Nora olvidó que sus senos ahora no parecían armas de ataque y que su pubis, antes crespo y rebelde, se había alisado con los años, encanecido incluso y mermada su densidad capilar.

El diálogo con que acompañaron los prolegómenos, las diferentes escenas del acto y los minutos de reposo, afortunadamente satisfechos, se redujo a unas pocas exclamaciones, órdenes, interrogaciones, aceptaciones:

—¡Por Dios! —Rodolfo.

—Ven acá. —Nora.

—¡Por tu madre! —Rodolfo.

—Con calma, con calma. —Nora.

—¿Aquí? —Rodolfo.

—Sí, un poquito más arriba. —Nora.

—¡Qué locura! —Rodolfo—. Ya estás mojada... ¿Ahí?

—Sí, ahí... Dale, sigue y no hables, coño. —Nora.

Silencio.

—¿Sigo? —Rodolfo.

—Sigue..., sigue... —Nora.

Silencio. Más silencio. Respiración más gruesa, profunda, como de asfixia.

—Para, para. —Nora—. Acuéstate.

—Sí, sí, ponla más dura. Sí, sí... —Rodolfo—. ¡Por tu madre!

—Deja a mi madre en paz, coño. —Nora.

—Suave, suave. —Rodolfo.

—¿Te gusta? —Nora.

—Suaaaave... —Rodolfo—. Los cojones, cógeme los cojones.

Silencio.

—Métemela ahora. —Nora.

Silencio. Jadeos. Más jadeos, con cierta tendencia al lamento.

—Apriétame las tetas. —Nora—. Más duro, más duro.

—¿Así? —Rodolfo.

—Sácala ahora. —Nora.

—¿Me la limpio un poco? —Rodolfo.

Nora negó. Su lengua andaba en otra cosa.

—Que me vengo. —Rodolfo.

—Métemela, métemela. —Nora.

—Cojones, que me vengo. —Rodolfo.

—Aguanta, aguanta, coño, maricón. —Nora.

—Que me vengo... —Rodolfo.

—Dale, sigue, aguanta, sigue, por favor, hijo e' puta. Muérdeme las tetas, las tetas. —Nora, como si fuera a llorar.

Silencio. Más jadeos, más asfixia. Y, como siempre supuso Rodolfo, Nora era de las que se lamentaba como si el placer del orgasmo le doliera.

—Ay, ay, ay, cooooño, ay. —Nora.

—Ufff. —Rodolfo.

Silencio.

El viejo Lada de 1985, conducido por Miguel, el hijo de la prima Amparito, esquivó los baches, casi furnias que poblaban la calle que discurría frente a la casa, luego torció en el basurero que cubría toda la esquina e invadía parte del pavimento y se perdió dejando atrás el humo negro del escape de aceite quemado generado por un motor renqueante, aquejado por el desgaste de aros y pistones. Atrás quedaba también Rodolfo, asomado al portal, con el sabor en la boca de la saliva y el lápiz labial de Nora, y atacado con una rabiosa forma de soledad y confusión que inauguraba en ese instante.

Luego de hacer el amor, de acariciarse y besarse un poco más, con un ansia adolescente, palpándose, reconociéndose, recuperando unas remotas sensaciones táctiles quizás no perdidas del todo, habían permanecido tendidos en la cama, tomados de la mano, exhaustos y sucios y desnudos, gratificados por la amable temperatura que había dejado la lluvia vespertina. Y al fin hablaron, con la mirada clavada en el techo. Ambos sabían que el salto sobre la barda que habían concretado sería un acto con consecuencias y apremiaba el momento de definirlas.

—¿De verdad tienes que irte hoy mismo? —había preguntado Rodolfo, y en su tono se agazapaba una súplica.

—Ya lo decidí, y nada de nada, ni esto que hicimos, lo puede cambiar. Quiero irme, tengo que irme de aquí —había dicho ella, y en su voz imperaba la firmeza—. Creo que nunca he estado tan convencida de algo.

—¿Puedo ir a verte allá?

—Claro que puedes... El único permiso que necesitas es el mío. Y por ahora lo tienes.

—¿Por qué esperamos tanto?

—Eso ya no importa y no tiene remedio..., aunque sí una respuesta: porque los dos somos unos tremendos comemierdas y siempre nos ha dominado el miedo.

—Es verdad... Pero ¿te imaginas que...?

—No, Rodillo, eso no. Lo que hicimos y lo que no hicimos ya no tiene remedio. No tenemos otra vida.

—Pudimos haberla tenido.

—Pero no la tuvimos... No le des más vueltas. Ahora la cuestión es qué vamos a hacer —había dicho ella, y liberó su mano para alzar el torso apoyada en el codo y poder mirar a Rodolfo a la cara—. Yo me voy con mi madre y resuelvo mi problema. O una parte... Pero tú te quedas. Y tu hermano va a volver aquí en tres o cuatro días. Deja tranquila a mi teta...

—No..., vamos a concentrarnos en las tetas... Lo otro va a pasar como debe pasar, que no sé cómo será. Pero quiero tocarte mucho las tetas. ¿Te gusta que te las aprieten y te las muerdan?

Habían vuelto a besarse sin que Rodolfo dejara de acariciar los senos de Nora.

—Las tetas de Yanelis deben estar mejor que las mías. Más duras..., como yo las tenía cuando me hice las fotos.

—Olvídate también de Yanelis... —dijo, y ella le tomó la mano y detuvo el sobado.

—¿Tú te vas a olvidar de ella?

—No hace falta..., ayer voló para Nicaragua. Se fue... como se están yendo todos.

—¿Tú sabías que se iba?

—Sí y no... Ella no hablaba de eso. Decía que podía darle mala suerte. Pero me alegro por ella. Todavía puede armar su vida por ahí con su marido o sin el marido. Aquí..., ¿aquí quién puede planificar nada? ¿Qué coño es lo que viene?

—Más desastres. Muchos... Esto se está pareciendo a Haití.

—Sí, por eso los jóvenes tienen que irse, aunque se jueguen el pellejo.

—Del carajo... ¿Cómo lo hizo ella, Rodillo?

—Su marido, el que se fue antes, le pagó el viaje. Con el pasaje de avión de aquí a Nicaragua todo el recorrido son en total por lo menos diez mil dólares. En Nicaragua ya tienen una, este, no sé, una organización, como una agencia medio mafiosa. Te recogen allí y te llevan por ahí para arriba hasta la frontera americana. Con diez mil dólares haces el viaje lo más seguro y cómodo posible. Los que no tienen tanto dinero, pues lo hacen como pueden, caminan, cruzan ríos, viajan un tiempo metidos en el maletero de un carro, se deshidratan, los secuestran y piden rescate, se juegan la vida. Una cosa tremenda. Pero no les importa. Lo único que les importa es irse.

Nora volvió a dejarse caer, otra vez la mirada fija en el techo.

—Cuando mi mamá se muera, creo que yo también me voy a ir. Violeta dice que me puede sacar por ahí, con esos traficantes...

Rodolfo sintió cómo el escroto se le recogía. Sabía que irse de Cuba era una opción tan recurrente como latente para Nora. Que lo hiciera había sido un reclamo intermitente de Violeta y que el regreso de Geni, enfermo o no, podría tener el efecto de funcionar como catalizador de una manoseada opción que se podría concretar en algún momento. Pero ahora, después de lo que acababan de hacer, sería el peor de los momentos para Rodolfo. Y tuvo la sospecha en ese instante de que no solo había deseado siempre a Nora, sino que, posiblemente, también la amaba.

—Bueno, creo que es la hora —dijo Nora ya aseada, cubierta con su bata de casa y sentada en el borde de la cama—. Yo no quiero ver a Geni, no solo por lo que pasó ahí al lado —e indicó el patio contiguo, el lugar del crimen—, sino por algo que me dijo la última vez que fui a verlo y...

—¿Qué te dijo?

—Cosas horribles.

—¿Por eso no fuiste a verlo más? ¿Por eso no volviste a verlo?

—Sí, por eso —afirmó ella, y, porque necesitaba mucho hacerlo, le contó su último diálogo con el presidiario Geni, cuando el que todavía ella consideraba su marido le confesó unas macabras estrategias que la incluían a ella pero que había destinado a agredir a su hermano.

Rodolfo escuchaba, todavía con capacidad de asombro, y reaccionó:

—¿De verdad pudo hacer algo así? ¿De verdad podía ser tan hijo de puta?

Nora asintió y luego negó:

—El problema es que en toda esa historia hay una parte de verdad y una que es mentira —dijo.

—No entiendo —susurró Rodolfo.

—Un tiempo después de esa conversación, Fumero vino a verme. Me advirtió que iba a traicionar a Geni, pero prefería hacerlo antes que guardarse lo que sabía... Y es que Geni sí sabía que tú y yo habíamos tenido algo, pero cuando lo supo ya se había enamorado de mí y él trató de olvidarse de lo que había pasado antes entre nosotros, o pensó que no le importaba. Y Fumero también me dijo que la historia con Yolanda había sido diferente: Geni se enteró de que ella se acostaba con un tipo que era chofer de las guaguas del paradero de aquí, y le dijo que si seguía engañándote la iba a moler a palos... Y ella, que lo conocía bien, cogió miedo y puso tierra por medio..., bueno, con el guagüero que se templaba. Además, después yo saqué la cuenta y la verdad es que eso pasó antes de que me conociera a mí...

Rodolfo, todavía desnudo pero ya también sentado en el borde la cama, escuchaba en silencio.

—Entonces, si todo lo que te dijo era mentira..., ¿por qué inventó todo eso?

—No, ya te dije, creo que no todo era mentira. Pero lo hizo para que yo me alejara..., para que empujara a Violeta a seguir distante..., para cortar con todo. Dice Fumero que lo hizo para que nadie lo esperara ni se preocupara por él... Y es lo que yo quiero creer. No puedo pensar que yo haya podido vivir tantos años con una persona tan retorcida.

—Pero eso fue muy cruel contigo. Una cabronada... Porque lo que sí me creo es que se alegraba de joderme. Siempre se alegró cuando podía joderme.

—Fue muy humillante, me hirió de verdad... El problema es que incluso después de lo que me dijo Fumero yo sabía que había algo que era verdad y que también debe de haber influido en todo lo que me dijo...

—¿Qué parte de todo eso tú crees que es verdad?

—Que nunca les perdonó a tus abuelos que te salvaran a ti y lo abandonaran a él. Y que siempre te despreció porque te consideraba un cobarde, porque nunca te enfrentaste a Fermín y te escabullías y al final tuvo que ser él quien hiciera lo que él creía que se debía hacer.

—¿Todo eso también te lo contó Fumero? —Rodolfo se sentía física y espiritualmente desnudo.

—Sí, más o menos..., pero yo también sabía o suponía algo. Y te lo he dicho ahora no solo por lo que acabamos de hacer en esta cama, eso que quiero seguir haciendo en esta o en otra cama, sino porque tú tienes que decidir qué vas a hacer cuando Geni vuelva. Y para bien o para mal tú debías saber lo que te he dicho. Qué complicado es todo, ¿verdad?

Dos horas después, cuando vio perderse en la esquina el Lada en que viajaba Nora con sus pertenencias, el espejo amarrado sobre el techo del auto, Rodolfo lo supo sin duda alguna: lo que sentía por Nora siempre había sido diferente a todo lo que había sentido por cualquier otra persona. Era algo más que deseo o atracción sexual. Él amaba a esa mujer y quería vivir con ella los años que le quedaran, librarse con ella y gracias a ella de muchos miedos e incertidumbres, tener al menos un pedazo de tierra firme donde poner un pie sin hundirse en el cieno de la soledad que amenazaba con abrazarlo en los finales de la vida. Se sentía tan gratificado, incluso podría decirse que feliz, que en el portal de la casa, sentado en la butaca medio desfondada, iluminado por la luz de una luna rotunda y fumándose el que sería el décimo cigarro del día, Rodolfo lloró.

Por decreto, refrendado en la constitución, antes avalado por la soberana voluntad popular, en Cuba debería estar prohibida, so pena de incurrir en un delito, la programación de entierros en las horas del mediodía durante los seis largos meses del verano nacional. Cuando transcurre esa prolongada y belicosa estación estival que no respeta los límites de los equinoccios, a las dos, tres de la tarde, en la isla solo puede haber dos escenarios climatológicos posibles: o un sol que raja las piedras y calcina hasta la vergüenza, o un aguacero (con los consabidos rayos y truenos, como ya ha sido dicho) que te enchumba en cuerpo y alma en tres minutos.

Esa tarde, avanzando en segunda fila tras la carroza mortuoria desde la entrada del camposanto en busca de la tumba donde depositarían el cadáver, Rodolfo continuaba preguntándose de qué cosa querría hablarle la doctora Hilda Casas, al mismo tiempo que elucubraba la necesaria regulación funeraria veraniega cubana, en cuanto que víctima de la despiadada agresión solar que en segundos lo puso a deshidratarse con la amenaza bien conocida por él de que el sudor le corriera hasta los ojos y le provocara el escozor que le nublaba la vista con lágrimas legañosas.

En primera fila, delante de él, iban los familiares más cercanos del difunto, encabezados por la doctora Hilda e incluida Mónica, una de sus hijas emigradas, la que había logrado llegar a tiempo para darle el último adiós al doctor en psiquiatría Pedro Luis Gonzaga, y Rodolfo se apiadó un poco más de la familia, que, aparte del dolor por la pérdida de aquel buen tipo, se veía ahora sometida a la tortura climática. Detrás de Rodolfo marchaban otras veinte o treinta personas, y supuso que varios de ellos debían de ser otros desequilibrados expacientes del psiquiatra. ¿A cuántos miles de infelices habría tratado en sus más de cincuenta años de actividad? ¿Cuántas historias de horror habría escuchado en todo ese tiempo? ¿A cuántos los habría ayudado a vivir con una aceptable normalidad? ¿Y sería verdad que al psiquiatra le gustaban los entierros? Porque con ese sol y calor, seguramente no le habría complacido asistir al suyo, a menos que se viera tan obligado, como era el caso.

Muy temprano en la mañana Rodolfo había recibido la noticia de la muerte de su loquero personal, y aunque detestaba los ritos funerarios, por un instante sintió una perversa satisfacción al saber que la mujer que lo procuraba, una vecina del difunto, cumplía la encomienda de la doctora y ahora viuda Hilda Casas de llamar a cada uno de los anotados en la lista de familiares y amigos cercanos del psiquiatra. Saberse en esa selecta categoría de allegados le confirmaba el carácter de la relación que había llegado a tener con el ahora difunto Pedro Luis y su esposa otorrino. Y, de inmediato, sintió también la desolación de un nuevo vacío creado por la pérdida de su confidente, esa persona a la que había contado casi todas sus más oscuras acciones y pensamientos, al menos las que necesitó confesar para no volverse completamente loco. Con su muerte recibía, además, la avasallante certeza de que pasaba el tiempo y cada vez se quedaba más solo: sus afectos jóvenes se iban de la isla, sus afectos coetáneos y mayores se morían (o también se iban, si podían), y no parecía haber remedio para una u otra situación. Aunque de momento tenía a Nora, se consoló. ¿De veras la tenía? ¿Hasta cuándo? Llegado el momento, ¿también ella se sumaría al éxodo casi bíblico que asolaba al país? Lo peor era que nada podía hacer contra esa otra perversión del destino. A muchos les tocaría semejante suerte: morirse solos. Ese era otro padecimiento de su generación.

Rodolfo había pasado toda la mañana en la funeraria de la Calzada de Santa Catalina, decidido a estar también en el entierro vespertino. Al llegar, luego de acercarse a la doctora Hilda, maquillada como siempre, sentada junto al ataúd cubierto de flores como una flor más, él se limitó a darle un apretón en las manos y a musitar un lo siento, fórmula que repitió con la recién llegada hija del médico para, de inmediato, como si alguien lo persiguiera, ir a refugiarse en el rincón más apartado de la sala. La evidencia de la muerte quizás lo afectaba de un modo más incisivo que a otras personas por su propia relación tan traumática con ese desenlace.

En algún momento de la mañana, recién recuperado su rincón luego de haber salido a la calle a fumar un cigarro, la doctora Hilda se le había acercado y se sentó a su lado.

—¿Cómo te sientes? —Rodolfo le tomó la mano.

—Todavía no sé. Lo estoy procesando, aunque ya lo esperábamos.

—¿Cómo fue? —se había atrevido a preguntarle.

—Hasta para morirse anduvo con suerte. Hace dos días tuvo un coma diabético pero se recuperó, aunque quedó medio turulato, como ido de la realidad. Por eso les avisé a las niñas y Mónica pudo llegar ayer... Y anoche se murió, durmiendo. Parece que el corazón.

—Menos mal —dijo Rodolfo, sin estar muy convencido de que ese fuera el comentario adecuado.

—Mira, el otro día, después que te fuiste, nosotros dos estuvimos hablando de ti.

—¿Y?

—Pedro Luis sabía que la relación tuya con tu hermano es enfermiza, muy tóxica. Y tenía miedo de que fueras a caer en una crisis, una depresión.

—Yo también lo he pensado, pero creo que encontré una tabla de salvación para no hundirme en ese pantano.

Hilda Casas asintió.

—Menos mal... ¿Te vas a España con tu hija o por fin estás templando con tu cuñada?

La mujer era así: muy doctora, muy maquillada, pero siempre disparaba al pecho y con una escopeta de dos cañones.

—Ya hace años no es mi cuñada. O casi no... —Rodolfo trató de defenderse como pudo.

Ahora la mujer le apretó con fuerza la mano que él le había tomado.

—Menos mal, me alegro... Pero quiero decirte una cosa, y ahora mismo no puedo... Si vas al entierro te veo después. Si no, pasa mañana o pasado por casa.

—Voy al entierro.

—Gracias... Ahora nada más voy a decirte que Pedro Luis te tenía mucho aprecio y pensaba que en la vida te habían pasado cosas que no te merecías —dijo, y se soltó de la mano de Rodolfo para cortar el recorrido de una lágrima que se proponía mancillarle el maquillaje—. Creo que eras su loco preferido, porque según él eras el más desvalido y, no sé por qué, el que más razones tenía para estar jodido —añadió Hilda Casas, se puso de pie y regresó a su lugar de viuda junto al féretro.

Mientras el cortejo avanzaba por la avenida central de la necrópolis, Rodolfo recorrió con la vista el sector donde estaban para intentar ubicar la tumba familiar, pero no lo consiguió. Solo tenía como referencia que cerca había un álamo que le daba sombra en las mañanas. La última vez que Rodolfo había entrado en el Cementerio de Colón había sido en 2004 para enterrar a Lola. Aunque habían transcurrido veinte años, Rodolfo recordaba con detalles la agresión de un llanto casi seco, salido más desde el pecho que desde la garganta o los ojos, que lo había sorprendido cuando vio bajar la caja forrada con aquella descolorida tela gris ratón hacia el fondo de la fosa donde todavía estaba lo que quedaba del cuerpo de Fermín y de los abuelos Flora y Quintín. La certeza de que allí dejaba, tapiada bajo tierra, una parte tan gloriosa como turbia de su pasado le provocó la perversa idea de que la tumba era como la casamata angolana en donde estuvo enterrado durante los meses más agónicos de su vida y que esos restos inertes apenas tendrían una expectativa: recibirlo a él o a su hermano Geni. Solo considerar esa posibilidad le removió las entrañas: víctimas y victimarios, los que en la vida compartieron casa y destino, en la muerte revolviéndose en la misma sepultura, y así por toda la eternidad.

Ya frente al modesto panteón en donde sería inhumado el doctor Pedro Luis, sudoroso y hambriento, Rodolfo escuchó las palabras de despedida que un colega médico le dedicó al difunto. Nada que él no supiera. Verdades: buena persona, buen médico, buen amigo. Mentiras: fiel esposo y ferviente discípulo del pensamiento de sus padres, los viejos luchadores por la justicia social y la solidaridad entre hombres y pueblos. Con las verdades habría bastado.

Terminada la función, los asistentes comenzaron a dispersarse. La doctora Hilda, del brazo de su hija, avanzó hacia el auto que las devolvería a la casa y Rodolfo dudó si recordarle su petición. Pero cuando las dos mujeres estuvieron cerca del carro, la doctora se volvió y le hizo un gesto a Rodolfo.

La hija ocupó el asiento delantero y Rodolfo se acomodó en el trasero, junto a la viuda. No sabía qué decir, si debía decir algo, y a punto estuvo de soltar su propuesta de prohibir los entierros vespertinos veraniegos en todo el territorio insular.

—Gracias por acompañarnos, Rodolfo —dijo Mónica cuando el auto avanzaba hacia la salida del cementerio.

—Era un deber —logró decir Rodolfo—. Yo sé que él y yo éramos más que médico y paciente. Su loco más desvalido y con razón para estarlo. Loco, quiero decir...

—Sí —dijo la doctora Hilda Casas—. Suena fuerte... No sé por qué él pensaba que tenías motivos para estar loco. No hablaba de eso, se llevó tus secretos a la tumba... Pero lo de desvalido hasta yo lo podía asegurar, y es porque nunca has sabido defenderte... Precisamente por eso hablamos de ti el otro día, después que nos visitaste... ¿Te acuerdas lo que te dije esa tarde? Te recomendé que te cagaras en el mundo y vivieras lo que te queda de vida y que no cargaras culpas que no son tuyas. Porque, mira dónde estamos, Rodolfo... —Y señaló el entorno—. En unos años nosotros también vamos a estar en un lugar como este. Lo que nos queda es un suspiro y no vale la pena perderlo o no vivirlo de la mejor manera. Yo sé que en este país, como está este país, eso de una mejor manera es difícil, sé incluso que si nos morimos pronto hacemos un favor social, pues somos menos a pedir lo que no tenemos, lo que no alcanza, lo que se acabó... Hasta las medicinas que necesitamos para no morirnos tan rápido y que muchas veces tampoco hay. Bueno, la verdad es que en esta historia todos somos un poco o bastante desvalidos..., ¿o será devaluados?

—¿De eso también hablaron ustedes pensando en mí?

—Sí, pero no solo en ti. También pensando en nosotros... Porque ahora pasó lo que sabíamos que estaba a punto de pasar y de lo que hablamos fue del futuro.

—¿De qué futuro?

—Del que empieza ahora... Porque te advierto que por lo menos no vas a tener que venir a mi velorio... Ya está decidido, yo voy a preparar mis papeles, pedir mi jubilación anticipada, tratar de vender la casa y mi carro que se cae a pedazos. Y por lo que me den, porque ahora nadie quiere comprar casas y el carro es una ruina, me voy a ir de aquí a vivir con mis hijas esos años que me quedan... No quiero morirme sola y arañando unos miserables dólares que pueden pagarme unos cuantos pacientes en el gabinete clandestino que me he montado..., donde me juego el título de médico pero donde también puedo aliviar a la gente que puede pagar los medicamentos que no hay en Cuba y que me manda Mónica.

Rodolfo miró a los ojos de la mujer. Había esperado cualquier otra confidencia, consejo, incluso una recriminación por su dependencia nicotínica y no aquel discurso de despedida y la confesión de su renuncia a la ética médica.

—¿Él sabía que querías irte?

—Por supuesto. Sabía que se iba a morir y que yo debía irme. Por eso ya habíamos puesto la casa a mi nombre, para que fuera más fácil poder venderla... Aunque lo del cambio de propiedad pasó antes, cuando le cortaron la pierna y...

—Coño, Mami —protestó la hija en el asiento delantero aunque sin voltearse.

—Es la verdad... Sacó la cuenta de que ya no podía buscarse una mujer más joven que yo, que yo era su último tren...

Rodolfo tuvo que sonreír.

—Él siempre supo que tú eras la última porque eras la mejor. O la que más lo soportaste... Pero ¿qué pensaba de que quisieras irte?

—No de que quisiera irme, Rodolfo, sino de que debiera irme. El plazo era este, su muerte. Porque él sí quería morirse aquí, aunque fuera de hambre. No hubiera soportado estar en otra parte, lejos de lo que siempre había sido, y menos si en esa otra parte tuvieran que mantenerlo sus hijas. Era demasiado orgulloso, hubiera sido como reconocer una derrota. Tú lo sabes, aunque en los últimos años despotricaba por muchas cosas, él había sido de los que creyeron en que todo iba a ser mejor. Aunque él también sabía muy bien que desde hace años las niñas nos han estado ayudando, pero no es lo mismo un alivio que una dependencia total. O él asumía que no era lo mismo. Podía ser una ilusión, pero también una forma de salvar su dignidad, al menos un poco de dignidad luego de haber perdido tantas cosas: desde una pierna hasta su fe en lo que ha sido y va a ser este país.

—Qué triste es todo eso —murmuró Mónica, siempre sin volverse.

—Sí, un destino triste..., una derrota —añadió la otorrino, y estiró la mano para buscar el hombro del chofer que las devolvía a la casa—. ¿No lo cree usted, señor?

El chofer incluso tosió antes de responder:

—Yo de eso no sé nada, señora. No me complique la existencia.

—Sí, mejor sería no saber.

—Mami, por favor —clamó Mónica, y esta vez sí se volteó a mirar a su madre.

Por unos minutos viajaron en silencio. Rodolfo al fin se atrevió a obtener su información.

—Pero, por fin, ¿qué hablaron de mí?

—Bueno, lo que hablamos de ti, o más bien lo que habló Pedro Luis es que por una vez en la vida tú no puedes ser cobarde. Él quería que no tuvieras miedo. Que aunque sea una mierda, cojas lo mejor que te puede dar ese pedazo de futuro que te queda... ¿Tu hija no podría sacarte de aquí?

—Nunca tocamos ese tema. Y no es porque yo sea orgulloso. Casi vivo de lo que ella me manda... Pero ella tiene su carácter. Y..., bueno, a mí todo me da miedo, Hilda.

—Te entiendo, te entiendo... Bueno, él quería llamarte y decirte eso, pero ya no puede... Lo que sí te puedo asegurar es que esa receta con diagnóstico y método que te acabo de dar fue una de las últimas que firmó este pobre viejo que se me murió ayer —dijo, y aferró la mano de Rodolfo—. No seas cobarde, ese fue el diagnóstico que te dejó. Y también me dijo que quería dejarte sus guayaberas...

—¿Sus qué...?

—Sí..., ya tenía repartidas algunas cosas y, no sé por qué, pero decidió que a ti te dejaba sus guayaberas. Son tres o cuatro... Así que cuando quieras pasa a buscarlas. Si no las quieres usar, pues las vendes. Sin sentimentalismos, Rodolfo.

No, no solo iba a enfrentar sus miedos, se dijo Rodolfo, sino que iba a intentar disfrutar lo que al fin tenía, pasando por encima de todo y de todos. La constatación y el disfrute de las iniciaciones, las confesiones y los descubrimientos, por ejemplo.

Por primera vez, exactamente cincuenta y dos años después de haber conocido a Nora, Rodolfo llegaba frente a ella y, en lugar de un beso en la mejilla, se lo daba en los labios. Por primera vez, con el beso en los labios, él palpaba los senos de la mujer, movía las manos de los senos a las nalgas, pero deslizándolas por debajo del batón con que Nora lo había recibido, hurgando, acariciando, reconociendo, apretando la carne femenina como si pudiera apropiarse de ella y prolongaba el contacto para recibir los efectos de la intensión de las caricias. Por primera vez, Rodolfo y Nora, que habían sido novios, cuñados, vecinos a lo largo de las cuatro quintas partes de sus vidas, que se conocían uno al otro como nadie los conocía ni podría llegar a conocerlos ni a uno ni al otro, descubrían cuánto les faltaba por conocer y, para ganar tiempo y también en eficiencia, se confesaban que a él le gustaba que en el acto sexual la mujer le frotara el esfínter anal, y que a ella la volvía loca que él le chupara el lóbulo de la oreja izquierda, siempre la izquierda, mientras le apretaba el pezón derecho, siempre el derecho, pero duro, bien duro y que luego se lo mordiera mientras la penetraba. Descubrieron, casi con júbilo de adolescentes, que apenas con un margen de dos días, Nora era capaz de erotizar al muy sesentón Rodillo y que ella se humedecía con los primeros besos. Y con esas revelaciones asumidas hicieron el amor uno con el otro por segunda vez en sus ya dilatadas existencias.

Cuando regresó del cementerio, el día anterior, el primero en que sabía que ella no volvería a la casita y su ausencia le dolería más, Rodolfo le había dicho que esa noche no la iría a ver, pues prefería estar solo. La muerte de su amigo y psiquiatra lo había afectado más de lo que hubiera podido pensar, pues había desvelado momentos de su vida que, con el auxilio del médico, había tapiado con tanta vehemencia que casi había logrado hacerlos desaparecer. Aunque tal vez, tanto como la muerte del médico, lo había conmovido el diálogo con su también amiga y otorrinolaringóloga, que le confirmaba las proporciones de una derrota y la inmensidad de los vacíos, las soledades, las humillaciones y pobrezas que los acechaban. Y

Nora lo entendió y se lo agradeció: antes de que él fuera a verla a Santos Suárez quería advertirle a su prima Amparito de la nueva situación y no sabía por qué le costaba hacerlo.

—No tengas miedo, no seas cobarde —le había dicho Rodolfo más para convencerse a sí mismo que para empujarla a ella.

Quizás como resultado de esa conversación entre las primas, cuando Rodolfo llegó al final de la tarde a la casa de los padres de Nora no vio por ningún lado ni a Amparito ni a Catalina en su sillón de ruedas. Y fue cuando la besó, la sobó, cuando se fueron a la habitación de Nora y se confesaron preferencias mientras se acariciaban y al fin hicieron el amor.

Rodolfo tuvo la certeza de que Amparito ya era cómplice de lo que estaba ocurriendo cuando a la habitación llegó el olor de un sofrito.

—Amparito va a seguir viviendo aquí —le comunicó Nora—. No puede volver a su casa con el hijo de puta de su marido y no tiene otro lugar donde ir.

—Es tu casa. Tú decides —aceptó Rodolfo—. Pero ¿Amparito cocina mejor que tú?

—Mucho mejor. Vas a ver...

—¿Y Catalina?

—Cada vez más ida. Cada vez más débil... Se muere un poco cada día.

—Bueno, nosotros, por lo menos yo, no voy a llegar a su edad.

—No, porque antes te van a matar del corazón...

—¿Tú? —preguntó Rodolfo sonriendo.

—O Aitana...

La sonrisa de Rodolfo se esfumó al oír el nombre de su hija.

—¿Qué pasó, Nora?

—Todavía nada, Rodillo..., es que Violeta habló con ella y le contó que su padre salía de la cárcel y todo lo demás...

—Me imaginaba que eso iba a pasar. Ellas se lo cuentan todo.

—Pero lo que creo que no te imaginabas es que Aitana le dijo a Violeta que va a venir para acá. Que quiere hablar personalmente contigo... y conmigo.

—Por Dios..., pero ¿qué es lo demás que Violeta le contó a Aitana? —reaccionó Rodolfo.

—Pues esto..., que ahora tú y yo hablamos encueros después de templar.

21

Aitana tenía cuarenta y ocho años y había pasado fuera de Cuba más de la mitad de los años vividos en su país. En sus casi tres décadas de exilio la mujer solo había regresado en dos ocasiones a la isla y, desde que inició lo que sería ese dilatado tiempo de ausencia, había tratado de poner todas las distancias posibles entre su sitio de origen y su nueva vida en otra geografía, y mucho había adelantado en ese propósito. Solo su padre, Rodolfo, y su tía, Nora, habían sobrevivido a la intención de la emigrante de enterrar un pasado traumático y oscuro que incluía muchas experiencias amables y decepciones lacerantes, pero también horrores mayores. Sin embargo, la etiqueta de su nacimiento en un ambiente tan peculiar y las experiencias aún más peculiares de sus años de niñez, adolescencia y juventud eran una cicatriz indeleble, como las marcas con hierro candente en la piel del ganado. Y la mujer aún las exhibía.

Cuando Aitana cumplió los quince años y comenzó a tener conciencia de cómo funcionaba el país en que vivía y donde se pretendía que pasara toda su existencia, en la isla se había destapado una crisis con la que se esfumó todo: la comida, la electricidad, el transporte. Luego, en el momento en que logró salir de Cuba, a los veintidós, y ya con el título de Diseño Gráfico de nivel medio y tres años vencidos de la carrera de Arquitectura, la crisis empezaba a menguar en sus más álgidos aspectos, sin remitir del todo, pues ya nunca lo haría. Para ese entonces, aun cuando durante los tiempos más arduos de las carencias su padre había levantado murallas para protegerla (alimentarla, vestirla, impedir que se vulgarizara en medio de un deterioro moral colectivo), la muchacha había hecho los aprendizajes necesarios y dominaba las más diversas estrategias de supervivencia practicadas en esos años difíciles en los que entró en la adultez responsable y comenzó a tomar decisiones. Y ese aprendizaje había sido como el de las tablas de multiplicar que Rodolfo tanto insistió en que memorizara: si Aitana cerraba los ojos, podía comenzar a recitar las tablas y también las condiciones de una realidad a la que le negaban la posibilidad de cambiar.

Cuando en el vestíbulo del aeropuerto, al fin Rodolfo y Nora vieron aparecer a Aitana, les costó trabajo distinguirla detrás de la carretilla en la que cargaba tres enormes bultos. Como ella diría después, traía una «donación» contundente: desde comida y medicinas hasta jabones, calzoncillos y blúmers, el par de zapatos que por sus cálculos ya necesitaba Rodolfo, bolsas de los culeros desechables que utilizaba Catalina y, por supuestísimo, dijo, paquetes de papel higiénico que, sabía Dios por qué recóndita razón, siempre escaseaba en períodos de crisis, incluso en países donde la gente comía poco y debía de cagar menos, ¿no?

Cada vez que volvía a verla, Rodolfo lloraba al abrazarla, al besarla, hasta intentaba cargarla, y Aitana lo dejaba hacer y sonreía. Nora, más pragmática, como la misma Aitana, controlaba mejor su efusividad con la mujer que también podría haber sido su hija, que ella había ayudado a criar y que había sido como la hermana mayor de su hija Violeta.

—Bueno, bueno —dijo Aitana cuando ya estaban junto al Lada en el que habían ido a buscarla al aeropuerto, el carro que le prestaban a Miguel, el hijo de Amparito—, los veo bien... Parece que en los últimos días aquí han pasado más cosas que en los últimos veinte años, ¿no? —Y miró con toda su malicia a Rodolfo y a Nora—. Y no me digan que eso no es problema mío, porque sí lo es...

—No empieces a joder, Aitana. —Rodolfo hizo como si la requiriera mientras cargaba los bultos, que, ya era evidente, no cabían todos en el maletero del auto—. Coño, en este país hasta la abundancia es un problema... Creo que exageraste, Aitana.

Miguel dio la solución: los dos bultos mayores cabían en el maletero, y el maletín alargado podía ir sobre las piernas de las dos mujeres en el asiento trasero. Y así emprendieron el viaje de regreso a la ciudad.

—Aitana, Nora habló con Amparito y ella va a dormir en estos días en el cuarto de Catalina para que tú estés en la otra habitación allá en Santos Suárez —comenzó a informarle Rodolfo mientras avanzaban.

—¿Porque ya tú estás viviendo en casa de Nora? ¿Van a esa velocidad? A ver, a ver... Ahora mi tía política es mi madrastra, ¿no?

—No jodas más, chica... No, yo sigo allá en la casa...

—Pues mejor, porque yo también quiero ir a mi casa. Te agradezco, tía Nora, pero quiero estar estos días en el que fue el cuarto de mis bisabuelos y luego el mío, en mi casa.

—Pero... —Rodolfo intentó protestar.

—Déjala, Rodillo... —intervino Nora—. Tú sabes que no la vas a convencer... Hacemos como tú quieras, querida... Pero si cambias de idea, ya sabes dónde hay refugio.

—¿Por qué iba a cambiar? ¿Porque Geni va a salir y va a estar ahí al lado, en la casita?

—Sí, también —admitió Rodolfo.

—Aitana —entró entonces Nora—. ¿De verdad por qué decidiste venir para acá así, casi de un día para otro?

Aitana miró hacia fuera.

—Aquí en Cuba las noches son más oscuras —dijo la recién llegada—. Miren eso, esto es una boca de lobo... No, tía, ya llevaba dos o tres meses preparando este viaje, tenía muchas cosas compradas. Iba a venir con Karla, pero ahora ella siempre anda muy complicada de trabajo y quiere ahorrar para ir a Australia... Nada, para ayudar, ella pagó el exceso de equipaje y por eso pude traer más kilogramos. Y cuando supe que estaban pasando cosas, pues ya me decidí a venir, aunque viniera sola.

—Me alegro mucho de que hayas venido, mi hija..., pero ni hacía falta que trajeras tantas cosas. Y tampoco sé qué puedes hacer con lo que está pasando o va a pasar —dijo Rodolfo.

—¿Tú sabes que ni tu padre ni yo queremos ver a Geni? Bueno, no, no es así... Lo que no queremos es tener que ver con Geni —aclaró Nora.

—Pero se está muriendo...

—¿Tú quieres verlo, Aitana? —preguntó entonces Rodolfo.

—Ustedes saben que yo también corté radical con él y no me costó trabajo. Es raro, Nora, a ti siempre te vi como a mi tía y a él nunca le di ese lugar. Al contrario, creo que lo evitaba, aunque era un tipo tan raro que también me atraía un poco... El Caballo Loco, con su moto y la coleta esa ya medio canosa que se dejó... Pero ahora... ¿A ustedes no les parece que ha pasado mucho tiempo, que Geni ha sufrido lo que otras gentes sufren en tres o cuatro vidas, que siempre fue un infeliz por lo que le tocó vivir? ¿Ustedes no piensan que ha pagado por lo que hizo y que si no pueden perdonarlo, al menos no deberían machacarlo más de lo que ya lo ha machacado la vida? Se va a morir...

Las preguntas de Aitana provocaron un denso silencio, más patente en la oscuridad de la carretera por donde avanzaban.

—Mi hija..., ¿cómo tú crees que va a reaccionar Geni cuando sepa que Nora y yo...?

—Qué sé yo... A lo mejor coge un martillo...

—¡Coñó! —exclamó el circunspecto Miguel.

—Por Dios, Aitana —protestó Rodolfo.

—No, no los entiendo... ¿Ustedes tienen miedo por haber empezado a hacer lo que hace años tenían que haber hecho? ¿Ustedes creen que Violeta y yo no sabíamos que ustedes iban a terminar así? A Violeta, que se ha vuelto medio zonza y va a cantar a una iglesia donde por todo le dan gracias al Señor, bueno, a ella no le gusta la idea. Pero a mí, que nada más canto en la ducha..., a mí me encanta... Así que ahora, queridos míos, ahora tienen que disfrutar lo que les queda de vida en este país de mierda o donde sea. Y no pueden tener miedo..., por eso fue que vine ahora, Nora, porque de Geni me voy a ocupar yo... Y si saca un martillo, se lo quito y le doy un tortazo y, muerto el perro, se acabó la rabia, ¿no?

Miguel volvió el rostro un instante hacia Rodolfo.

—¿Tu hija habla en serio? —le preguntó.

—Sí, es en serio —le ratificó Rodolfo.

—De los diez ejemplares de tu novela que has vendido en España, nueve los compré yo, y el otro un loco que se confundió —le dijo Aitana a Raymundo Fumero mientras sonreía y lo abrazaba—. Y, por cierto, ¿dónde aprendiste todo eso de la folladera que formas en esa novela? Porque tú siempre me has parecido un pasmao.

—Las apariencias engañan —había sentenciado el escritor.

La tarde se había desplomado, densa y pegajosa, huérfana de lluvia, sin que el calor remitiera. En el portal de la casa, con el ventilador a toda marcha, Rodolfo, Nora y Aitana habían visto a Fumero bajar de su auto, ataviado con una camisa blanca, ancha, de cuello Mao, sus sandalias mexicanas, cubierto con el sombrero panamá y, como si fuera su arma de ataque, la pipa inerte en la mano derecha. Y Aitana había susurrado:

—Coño, parece un colono de *África mía.* —Y se había puesto de pie e ido al encuentro del hombre—. ¡Bienvenido, *wana!* ¿Vas a ver las nieves del Kilimanjaro?

Con risas, cruzadas las preguntas e informaciones de rigor, Aitana y Fumero se habían acomodado en el murete del portal, de frente a Nora y Rodolfo, que ocupaban las desvencijadas butacas que Quintín y Flora habían comprado a plazos, allá por los años de 1940, en la mueblería que entonces existía en el barrio.

—Vine a ver a Aitana, pero también a buscar la ropa de Geni —advirtió al fin el visitante.

—Pero vas a tomarte una cerveza por lo menos, ¿no? —le propuso Aitana.

—Está bien, pero una sola... —aceptó el escritor, y Aitana entró en la casa en busca de la cerveza.

Fumero miró entonces a Nora y Rodolfo y señaló unas botellas vacías de cerveza.

—Nora, ¿estás tomando?

—Debería..., pero no. Todavía no...

—¿Y por casualidad ustedes no tienen algo que decirme?

Fue Nora la que le respondió.

—Usa tu imaginación de escritor, querido... —Y se propuso cortar esa ruta de conversación—. Ah, mira, en esa caja está lo que era de Geni. Llévatela completa. De puro milagro no la boté el otro día cuando hice limpieza general. Ten cuidado, debajo de esos trapos están los pedazos de piedra del Muro de Berlín. Debería haberlos vendido...

Fumero asintió en el momento en que Aitana volvía con una cerveza ya destapada, un vaso pequeño y un paquete de café en las manos.

—Ya casi ni vasos hay en esta casa —se justificó la mujer—. Este café no es italiano, pero está bueno —dijo mientras el escritor recibía la botella, el vaso y el paquete de café.

—Gracias —dijo Fumero—. Siempre viene bien.

—¿Y cómo está Humber? Dice Nora que lo vio el otro día y está mejor que nunca.

—Sí, parece que sí —admitió Fumero—. Ahora los que están mejor en Cuba son los dueños de las mipymes y los babalawos. Son los que le dan a la gente lo que necesitan: leche en polvo, pollo y un poco de esperanzas. Y el negocio funciona. Vamos a ver hasta cuándo. Ustedes saben, aquí siempre hay un problema para cada solución.

—Yo vengo una vez cada diez años... y cada vez que vuelvo este país está más extraño que el viaje anterior. Tú que eres escritor puedes darte banquete..., esto es una cabrona distopía. El que quiera entender algo, se vuelve loco... ¿Ahora los que tienen mipymes de esas se están haciendo ricos? ¿Ya no son explotadores del hombre por el hombre que se quedan con la plusvalía? Me acuerdo de cuando hacían «operativos» de la policía contra los que se enriquecían con algún negocio. Ganar dinero fabricando chancletas o turrones de maní era un delito. De tranca... En España dicen que detrás de los dueños de esos negocios más grandes de ahora están las gentes de allá arriba. —Y su dedo indicó un cielo que todos sabían por quién estaba poblado.

—¿Siempre tenemos que hablar de «la cosa»? —intervino Nora con un tono de protesta en la interrogación.

—Es que no entiendo nada —se justificó Aitana—. Allá en España las cosas también están jodidas, pero con una lógica, bastante perversa, aunque muy clara. El capitalismo juega con las reglas del capitalismo, y son reglas muy duras. Aquí tengo la sensación de que nada más hay una regla: que no cambie nada, o que al menos parezca que no cambia nada, aunque sí estén cambiado cosas y ahora hay gente ganando dinero mientras la mayoría del personal está cada vez más jodido... Miren este barrio... Cada vez más sucio y feo. Hasta la gente es más fea y parece más sucia, de verdad que sí. No me extraña que todo el que puede se esté escapando hasta por las ventanas.

—Esta niña no tiene remedio —admitió Rodolfo mirando a Nora y señalando a su hija.

—Vale, vale..., me callo..., o no, no me callo, porque cambio de tema... Dime, Fumero, ¿qué estás escribiendo? De verdad creo que a tu novela porno le fue bastante bien en España.

—Si vender doscientos ejemplares está bien... —se lamentó el escritor—. No, no es fácil... Y, nada, ahora estoy pensando escribir otra novela, pero basada en hechos reales que conozco muy bien.

—Entonces no va a ser otra erótica... ¿Es la novela de Geni? —lo emplazó Nora. A pesar de la persistente negación del escritor, ella seguía pensando en esa posibilidad.

—¿De verdad? ¿Como Truman Capote? —regresó al ruedo Aitana, y Rodolfo negó con la cabeza. También Fumero.

—Ya dije que no. Creo que no tengo derecho a exponer las intimidades que él me ha contado. Voy por otro lado, ya van a ver y..., por cierto, Rodolfo, ¿Pablo el Salvaje vino a verte?

—Sí, el otro día, y hablamos... El Salvaje delira. —Rodolfo trató de escabullirse.

—¿Pablo el Salvaje todavía existe? —Aitana expresó su asombro.

—Y... —comenzó Fumero, e hizo una pausa: o de verdad no se decidía o pretendía ser muy teatral—. ¿Qué le van a decir ustedes dos a Geni cuando lo vean? —preguntó mientras apuntaba con la pipa a Nora y a Rodolfo.

—Yo no le voy a decir nada, porque no voy a verlo —sentenció Nora.

—No te preocupes... Yo sí lo voy a ver y le voy a hablar, por supuesto —dijo Aitana—. Y le voy a hacer una sola pregunta... ¿Tú crees que todavía tienes derecho a reclamar algo? ¿Tú crees que si puedes pedir algo nada más sería rogar que te perdonen para que puedas morirte con alguien al lado tuyo? Van a ver... y, coño, ¿soy yo que veo mal o ustedes no ven inclinado ese muro? —E indicó la barda que dividía la propiedad—. Qué cosa, en cualquier momento se cae. Bueno, aquí todo se está cayendo..., pero no se cae.

Humbertico conducía uno de los autos modernos —un Audi negro del 2020— que en los últimos tiempos y por algunas extrañas vías habían podido entrar en el país y ser pagados a precios exorbitantes por reguetoneros y salseros (de la categoría de los que, además, ya hasta alquilaban guardaespaldas), o comprados por los nuevos hombres de negocios, en cuya categoría entraba el santero comerciante. Aquella máquina poderosa, el aspecto de su casa reformada y bien pintada, las ropas que vestía y los bares y restaurantes de la ciudad que frecuentaba eran los más patentes galones de una prosperidad económica que el hombre disfrutaba sin recato.

Desde que había muerto su abuela, la madre de Raymundo Fumero, Humbertico no había vuelto al barrio y, al abandonar la Calzada y adentrarse en su auto reluciente por la calle plagada de baches que conducía a la propiedad de los Bermúdez, constató los niveles de deterioro que exhibía aquel lugar que en su niñez siempre le pareció pobre pero amable y que ahora le resultó hostil, feo, degradado, maloliente. La armónica pobreza de siempre había evolucionado hacia una miseria exultante, extendida, agobiante, como la acumulación de basura y de gente mal ataviada que vio en varias esquinas.

Aitana, maquillada con un esmero poco habitual en ella y vestida con sus mejores prendas, ya lo esperaba en el portal de la casa y, al verla (y no porque fuera capaz de predecir futuros y vivir de esa capacidad), Humbertico tuvo la certeza de lo que ocurriría esa noche.

—Cuídamela —había bromeado Rodolfo al despedir a Humbertico y Aitana.

—Coño, Rodolfo, ¿tú no sabes que desde que nació esta mujer es Carola, la que se defiende sola? —había ripostado el babalawo, luego de estamparle dos besos en las mejillas a la mujer, a la española, y mientras le abría la puerta del carro para que ella se acomodara en el sitio del copiloto.

—Los veo muy jodedores a los dos —comentó ella—. No me provoquen...

El día anterior, cuando Fumero se fue de la casa de Rodolfo y se llevó a Nora, pues ella prefería dormir en Santos Suárez, Aitana se había ido al patio y, acomodada junto a la vieja mesa de madera, bajo el mango filipino, había llamado a Humbertico y hablado con él casi media hora. En su niñez y adolescencia Aitana y su prima Violeta habían sostenido una relación como de familia con el hijo de Fumero. Aitana, que era cinco años mayor que Humber, como ella solía llamarlo, siempre había sentido un afecto especial, quizás incluso maternal, por el muchacho que a los tres años había perdido a su madre, a los seis había sufrido la crisis de unas pesadillas que habían estado a punto de matarlo a él también, y a los ocho (por cuestión de salud, aclaraba su padre) empezó a llevar en la muñeca un *ildé,* la manilla litúrgica de los iniciados en los primeros niveles de los ritos afrocubanos. Aquella relación de cercanía y afecto, casi una debilidad de Aitana por el muchacho, se había mantenido impoluta con el paso de los años y tuvo ese carácter hasta que Aitana, de la mano de su novio español, se perdió en el horizonte.

Sin embargo, la última vez que Aitana había estado en Cuba, diez años atrás, ni ella ni él eran los mismos. A sus treinta y tres años, el huérfano delirante que luego, interpretando las señales de un tablero sagrado, se asomaba al porvenir, se había convertido en un tipo extremadamente seguro de sí mismo, y parecía mirar al mundo desde un pedestal. Con sus artes adivinatorias y otras artimañas se ganaba muy bien la vida y ya se había casado con una mujer bellísima, mucho más joven que él. Aitana, por su lado, con treinta y ocho años, una hija adolescente, dos divorcios a cuestas, hacía tiempo que funcionaba como la mujer independiente y luchadora que era, y además se comportaba como alguien que estuviera de regreso de muchas cosas. Y los días que se vieron y compartieron rones, cervezas y baile, ambos sintieron que una chispa de otro color y condición se había producido durante aquellos roces. Sin embargo, en el plazo de los siguientes diez años que Aitana estuvo sin regresar a Cuba, ni siquiera se cruzaron un mensaje o una llamada telefónica. Quizás porque cada uno por su lado estimaron que la chispa no debía provocar un incendio que podría traer complicadas consecuencias.

Pero la noche anterior, luego de ponerse al día de sus realidades más públicas, incluida las predicciones sobre los rumbos que podía seguir la tormenta que se avecinaba y amenazaba afectar de diversas maneras a sus familias, y después de hacerse algunas preguntas con segundas y terceras intenciones, Humbertico le había preguntado a Aitana si le aceptaba una invitación para comer y tomar algo, mejor si ellos dos solos. Y Aitana había aceptado de inmediato.

—Veo que de verdad has progresado —le dijo ella cuando superaron los callejones plagados de baches y enfilaron por la Calzada, con la proa apuntando a uno de los sitios de privilegio de la ciudad—. Un Audi es un Audi donde quiera.

—Más aquí en Cuba..., pero mis ahijados son magos. Sacan Audis y Toyotas de un sombrero.

—¿Quiénes son esos ahijados hechiceros?

—Gente con *power*, con conexiones, con manga abierta...

—¿De los que meten discursos y salen en la televisión?

—No, de los que prefieren no salir nunca en la televisión y no les hace falta meter discursos.

Aitana sonrió.

—Tanto nadar... para llegar a la misma mierda.

—Y con la gente ahogándose sin llegar a la orilla. Mira a Nora, mira a tu padre... Tú y Violeta los mantienen. Y yo casi mantengo al mío...

Aitana asintió.

—Y en ese proceso de demolición..., gentes como tú, como esos ahijados que hacen magia y con sus negocios ganan mucho dinero... ¿Se vuelven unos cínicos?

Humbertico esperó a que le dieran la luz verde y torció por Santa Catalina.

—¡Carajo, tú no cambias! Bueno, algunos sí... han heredado el poder que tienen. Yo no, tú lo sabes. Yo creo que lo que de verdad soy es, no sé, un pragmático... A ver, Aitana, hay un refrán que dice que si la vida te da limones, pues lo mejor es que aprendas a hacer limonada... Y es lo que yo he hecho. Mi forma de hacer limonada es un don que algo o alguien, o sencillamente Dios, me dio, y desde hace años me ha permitido sacar la cabeza de un mar de mugre donde estamos todos. ¿Qué debo hacer? ¿Un voto de pobreza? ¿Sumergirme en esa mugre y renunciar a la respiración? ¿No consultar a unos mexicanos ricos, a unos españoles con plata, a unos italianos medio mafiosos o a unos bandoleros cubanos que también son ricos o se creen eso? Yo no soy tu prima Violeta, que le da un diezmo a un pastor que bien puede ser un cabrón, como sabemos. Yo tampoco tengo que darle clases de moral a nadie, y menos puedo arreglar lo que se torció en este país y ni soñar con hacer otra revolución. Nada más puedo ayudar con mis recursos a los que vienen a verme porque están desesperados y... mi ayuda funciona, de verdad que funciona. Y algunos de ellos son agradecidos.

—Muy agradecidos —precisó Aitana—. Eres el Padrino.

—Sí, pero también he encaminado a otros ahijados que no tienen donde caerse muertos y yo los he ayudado a salir de sus atolladeros, y esos son los que me agradecen trayéndome un paquete de café mezclado y unos tabacos infames..., y yo se lo agradezco igual.

—Sí, eso es pragmatismo, bueno, un pragmatismo un poco cínico, y no te ofendas...

Humbertico sonrió:

—No me ofendo, pero veo que en lugar de volverte más realista, con los años te estás volviendo romántica..., a lo mejor romántica y marxista.

—Puede ser... Cuando uno se pone viejo también se va volviendo comemierda.

—Tú no eres vieja, Aitana... Mírate...

Ella volvió a sonreír.

—Humber, deja ese tono y esa mirada para después, cuando tengamos dos tragos entre pecho y espalda... —Y refrendó su pedido colocando por un instante su mano en el muslo del hombre, pero a una altura que advertía muy claras intenciones—. Y, nada, tú lo sabes: lo que más jode es que haya personajes especulando con la miseria de mucha gente y que puedan hacerlo porque tienen un paraguas político o familiar que les permite hacer lo que le negaron a esa gente que ahora es más pobre... ¿Quiénes son esos personajes?

—Estás entrando en aguas oscuras. En esa corriente es mejor no meterse. En eso sí que soy muy muy pragmático. Si no voy a resolver nada, pues no revuelvo esa mierda.

Aitana tuvo que sonreír. Definitivamente había cuestiones que no cambiaban. Incluso un hombre como Humbertico podía tener miedo a ser tocado por los tentáculos de un poder muy poderoso.

—Te entiendo, te entiendo. Yo no caí aquí en un paracaídas... El problema es que veo a mi padre y a Nora y a todos los que son como ellos y me da rabia y dolor. Tanta perversión... El otro día..., ellos me lo contaron..., pidieron en una cafetería dos hamburguesas para cada uno y cuando vieron el precio tuvieron que decir que nada más les trajeran tres..., y se estaban gastando toda la jubilación del mes de mi padre con esas tres hamburguesas y dos refrescos.

—Así funciona ahora este país..., y ellos y mi padre son de los afortunados porque existimos nosotros... Ya estamos llegando...

El Audi mágico avanzaba ahora por una calle de El Vedado.

—¿Por fin adónde me llevas? —quiso saber Aitana.

—A uno de los lugares que está de moda ahora. Buena comida, buena carta de vinos, música en vivo... A veces hasta Carlitos Varela o Kelvis Ochoa.

—¿En cuánto puede salir una noche ahí? Para tener una idea...

—Depende..., no sé, no te lo digo en pesos para que no te tires por la ventanilla... Mínimo mínimo cincuenta dólares por persona, no, setenta con una botella de vino aceptable.

—Igual o más que en España.

—Pero si pides langosta y champán francés o vodka ruso Beluga multiplícalo por diez.

—¡Ño!

—Así son las cosas ahora aquí... Unos no tienen para una hamburguesa y otros comen mariscos. Pero ya vas a ver, seguro que eso está lleno de cubanos de los que todavía viven en Cuba y a algunos les gusta mucho el Beluga.

—¿Y de dónde esa gente saca dinero para gastarse cien dólares por noche, que es..., no sé bien..., cinco o seis meses la jubilación de mi padre? No, es como un año de pensión. ¡Carajo!

Humbertico redujo la marcha y arrimó el Audi a la acera. A unos metros de ellos, iluminada con guirnaldas de colores, se levantaba la elegante casona de El Vedado. Desde su asiento, Aitana pudo leer el cartel que identificaba el sitio: LA DULCE VIDA.

—La mayoría hace negocios, tienen olfato y habilidad... ¿Ya te hablaron de cómo funcionan las mipymes? Pues fácil, los dueños montan un negocito y con esa patente compran fuera de Cuba lo que el Gobierno no puede comprar porque no tiene dinero. Pero una empresa del Gobierno lo importa y ellos pagan una cantidad por ese servicio, y luego venden aquí eso que compraron fuera... Pollo, aceite, harina..., ¡hasta azúcar importan! Porque en Cuba casi no se produce azúcar... Y, claro, lo venden al precio que quieren, porque ahora mismo son los únicos que tienen.

—Y con ese dinero que ganan se compran Audis y Toyotas...

—Sí, o Mercedes... Porque no se sabe hasta cuándo va a durar ese negocio. Tú sabes, aquí todavía hay gente arriba a la que les da urticaria que algunos ganen dinero. Bueno, vamos... Y no jodas más con mi carro y con los negocios, coño.

—Está bien, vale... Pero espérate un minuto, porque quiero terminar de entender todo esto de lo que hemos hablado y después pasar a otras dimensiones del tiempo y el espacio... Y te vuelvo a pedir que no te ofendas, no te estoy atacando ni emplazando... Porque, además, no creo que tenga mucho derecho a hacerlo. Yo resolví mi problema yéndome de aquí y no quiero ser como esos que también se fueron y les piden a los que se quedaron aquí que sean héroes o mártires... Pero es que quiero saber...

—A ver, ¿qué cosa tremenda quieres saber?

—Bueno, es que yo siempre me lo he preguntado, incluso otras veces te lo he preguntado, pero quiero saber ahora mismo, en esta coyuntura horrible que está viviendo este país, con unos cuantos vivos como tú que se están haciendo ricos porque los del Gobierno son una banda de incapaces que nada más les interesa mantenerse a flote...

—Cojones..., me asustas... No se te ocurra bajar del carro a gritar algo contra el Gobierno, que de eso sí que no me salva ni Orula y su ejército de orishas...

—Tranquilo. Soy vieja y comemierda pero no loca y ya te lo dije, sé muy bien cómo funcionan esas cosas aquí, porque son las mismas desde que yo nací. Lo demás se hace talco, pero eso sí que no cambia...

—¿Entonces, Aitana?

—Entonces... A mí nunca se me ha olvidado lo de tu historia con las pesadillas y del cuento de la ceremonia que te hicieron y te curó... Y mi mente racional de atea agnóstica de dudosas inclinaciones marxistas me dice que todo eso pudo ser un efecto de sugestión o algo así, con una explicación más o menos racional... Después creciste, te iniciaste y, según me dices, te dieron la posibilidad de desarrollar el don de ver lo que otros no podemos ver. Y entonces otra vez te pregunto: ¿de verdad tú crees que tirando unos caracoles encima de un tablero con rayitas y cuadritos se puede predecir el futuro, resolver los problemas de salud o con la justicia de alguien? ¿Salir de un rollo muy gordo nada más que sacrificando una paloma y un chivo? ¿O que puedan aclararte la mente con un baño de agua con miel y flores? ¿De verdad tú crees en eso? Y ¿por qué, por ejemplo, no pudiste salvar a tu abuela cuando se enfermó con aquel cáncer horrible que la secó antes de matarla?

Muy serio, Humbertico colocó las dos manos sobre el timón de su poderoso Audi y miró al frente durante unos segundos que se arrastraron lentos, como si se asomaran al borde de un precipicio.

—Mira, a ti y a casi nadie le parece raro que alguien, como Violeta, por ejemplo, crea en la resurrección de los muertos, o en el Espíritu Santo... Pero no creen en lo que hacemos nosotros, los paganos o los salvajes primitivos... Pero yo sí, yo creo. Y tengo muchas pruebas. A ver... Uno de los dueños de este negocio donde vamos a entrar es una de esas pruebas... Él y su mujer querían tener hijos y se hicieron un millón de estudios, probaron todos los métodos, incluso en una clínica carísima de Francia. Hasta que me fueron a ver: ahora tienen tres hijos, dos de ellos de un solo palo, mellizos...

—No me jodas, Humber.

—Un ahijado mío, español, por cierto —se enrumbó el sacerdote yoruba—, me pidió que le hiciera una consulta y, entre otras cosas, le salió que tuviera cuidado con el agua y el cielo..., así, el agua y el cielo. Pero no hizo caso... Unos días después un rayo lo mató en la playa saliendo del mar.

—Me estás dando miedo.

—Cree lo que quieras, pero ya te lo dije, querida, yo soy un pragmático, no un cínico y mucho menos un farsante.

—Última de mis preguntas con entonces... —pidió ella—. ¿Entonces de verdad Dios existe?

—Existe el poder, el misterio..., y la gente lo llama Dios, Alá, Jehová, el Señor... Los masones le dicen El Gran Arquitecto del Universo.

Aitana asintió larga, sostenidamente.

—Pues bien..., espero que ese Dios te ayude y tu mujer no se entere... Porque ahora no vamos a entrar ahí. —Y señaló hacia el sitio de la diversión—. Llévame a donde primero podamos hacer lo que de verdad vinimos a hacer y que no hacía falta ser babalawo ni un carajo para saberlo, ¿no? Dale, arranca y vamos.

Había sido apenas la segunda noche que dormían juntos. Después de hacer el amor, con más sosiego que en las ocasiones anteriores, Rodolfo se había quedado rendido, pero a las tres de la mañana un reclamo de su conciencia le abrió los ojos. Cuidando de no despertar a Nora, salió de su cuarto y caminó hasta la habitación donde se había alojado Aitana, y comprobó que su hija aún no había llegado y no pudo evitar una sensación de intranquilidad y angustia, que pronto fue desplazada por una certeza: ¿qué otra cosa que lo más evidente podrían haber hecho esa noche Aitana y Humbertico? Y le fue muy fácil darse una respuesta a la que siguió una determinación: no tenía ningún derecho a inmiscuirse en las acciones de su hija de cuarenta y ocho años, entre otros motivos, porque tampoco había tenido esa potestad desde que la muchacha se convirtió en la joven independiente y rebelde con la que había intentado convivir con la mayor cordialidad posible hasta que la vio abordar el avión que se la llevaba a otro mundo, al mundo de Aitana.

Tendido otra vez en la cama, pasadas las tres y media de la madrugada sintió llegar a la mujer y, casi de inmediato, volvió a dormirse para abrir los ojos a las cinco, como cada día desde hacía cuarenta y cinco años, tuviera o no que ir a trabajar.

Ahora Rodolfo descubría una coyuntura con la que no lidiaba desde hacía mucho: debía moverse con sigilo entre el baño y la cocina para no despertar no a una, sino a las dos mujeres que en ese momento dormían cerca de él. Y se sintió congratulado por la fortuna. Tardíamente, pero congratulado. Acompañado. Por eso se limitó a colar una cafetera pequeña, fumarse el primer cigarro del día, defecar con la habitual abundancia y, luego de cepillarse los dientes, al fin salió al portal y allí presenció todo el proceso, siempre grandioso y además gratuito, de la llegada de un nuevo amanecer.

Nora se levantó a las siete y Rodolfo entró para prepararle su café, que la mujer bebió después de tomar el yogur con el que desayunaba siempre que tenía, como había hecho por veinte años, luego de descubrir que la leche le provocaba diarreas. Ya aseada y vestida, Nora también se fue al portal y se acomodó en la otra butaca que había sacado Rodolfo, que sentado en la suya se fumaba el segundo cigarro del día.

—¿Por fin a qué hora regresó Aitana, tú? —quiso saber Nora.

—Tres y media... —susurró Rodolfo.

—Candela... Rodillo, ¿tú crees...?

—No creo, estoy seguro..., qué disparate.

—Pero ni se te ocurra decirle nada —lo conminó Nora.

—Claro que no —dijo él—. Yo no estoy tan loco.

La engañosa sensación de que el tiempo que gastaban se vaciaba de expectativas alarmantes, que su ritmo les pertenecía y simplemente podían emplearlo así, tomados de la mano como los novios recientes que eran y disfrutando de la temperatura todavía benéfica del amanecer, mientras apenas esperaban con una paciencia extraviada el despertar de una hija díscola, los envolvió como un manto amable. Pero todo se desvaneció con el regreso de la realidad que provocó la llamada de Raymundo Fumero.

—Me acaban de llamar. Hoy sueltan a Geni. Ahora salgo a buscarlo —les informó el escritor, y añadió—: Ya saben, le voy a proponer que se quede unos días en mi casa, pero si no quiere lo tendré que llevar para allá. Para que lo sepan.

—Dile que le dejo las llaves en un clavo que tiene la mata de mangos —pidió Nora.

Y Rodolfo agregó:

—Porque Nora se va a su casa... y creo que Aitana y yo también.

—Yo hago lo mío, ustedes lo de ustedes. Ya hablaremos —dijo el escritor, y colgó.

Rodolfo y Nora se miraron. Ya no se tomaban de la mano.

—Aitana está empeñada en verlo —comenzó Rodolfo—. No le puedo decir que no lo haga, pero le voy a pedir que no sea hoy.

—¿Por qué, Rodillo? ¿No es mejor salir de esto de una vez? —dijo Nora, y suspiró—. Ya nos jodió mucho la vida.

—A él le queda poco, Nora.

—¿Qué tú me quieres decir? ¿Tienes algún sentimiento de culpa?

Ahora fue Rodolfo quien suspiró, pero muy sonoramente. Un suspiro superlativo.

—No sé..., de culpa no... Pero no puedo evitarlo, desde que me contaste todo lo que te dijo cuando fuiste a verlo, en vez de encabronarme, ahora no puedo dejar de tenerle lástima. O compasión, no sé.

—Sí, y no está mal que sientas eso. Tú eres un hombre bueno, Rodillo. Tú haz lo que quieras hacer, yo sé lo que voy a hacer. Pero mientras Geni esté vivo, esta es la última vez que yo vengo a esta casa..., y el que quiera irse conmigo, que se ponga los zapatos, porque en cuanto se despierte Aitana yo me voy —dijo Nora, y, con un gesto brusco, se arrancó de la mejilla la lágrima que se había atrevido a brotar.

22

Creo que vale la pena contarlo.

Mi tía Katy, que no era propiamente tía, sino prima de mi padre, tenía una casa en la playa de Guanabo. La había construido su padre, el tío abuelo Bernabé, me imagino que por 1920, cuando empezó la urbanización de esa zona del litoral cercano a La Habana. Era una casa de madera, pintada de verde, con las jambas de blanco y techo de tejas rojas criollas. De algún modo era una construcción parecida a la del viejo Quintín, pero con la elegancia que le conferían unos portales amplios que recorrían las cuatro caras de la edificación y el beneficio de unas ventanas con persianas que bajaban hasta el suelo para acaparar toda la ventilación. Aquel estilo arquitectónico, por ser el más adecuado, había sido por varias décadas el más recurrido para las casas cubanas de playa y se repetía en Santa Fe, en Varadero, y creo que en otros sitios de este país rodeado de agua por todas partes.

Cuando yo era niño, desde que cumplí los siete hasta los doce años, mis padres me llevaban en el mes de agosto para que pasara dos o tres semanas de las vacaciones en la casa de la tía Katy, disfrutando de la playa con mis primos segundos Orlandito y Martica, dos y tres años menores que yo. Eso ya ocurría a principios de la década de 1960 y para mí la idea del paraíso en la tierra era Guanabo.

En los años cuarenta y cincuenta, la playa, a media hora del centro de La Habana, se había ido poblando de muchas más casas, la mayoría ya de mampostería. Una buena parte de ellas luego serían abandonadas por sus dueños originales cuando se fueron del país en los primeros años que siguieron al triunfo de la Revolución. Todas esas casas, de inmediato confiscadas por el Gobierno, se dedicaban entonces al alquiler por semanas o quincenas o eran entregadas por varios días como estímulo a los trabajadores destacados. Con el crecimiento del barrio, también habían aparecido en la zona restaurantes de diferentes estalajes, cafeterías, heladerías, panaderías y dulcerías, puestos de chucherías que en los tiempos de mis estancias playeras todavía funcionaban con lo que más tarde nos parecería una proverbial eficiencia y precios muy accesibles. En Guanabo incluso había dos cines, uno con la estructura tradicional de las salas de proyección, con butacas acolchadas y el imprescindible aire acondicionado, y otro con una pantalla montada en un espacio cerrado por cuatro paredes pero sin techo ni lunetario: cuando entrabas pagabas veinte centavos y te daban una silla de tijera para que te colocaras en el lugar que quisieras o encontraras. En ese cine rudimentario y libérrimo, refrescado por varios ventiladores, se podía comer, fumar, tomar cerveza, y era mi preferido porque siempre proyectaban películas de aventuras, siete películas, una por día, las mismas siete durante toda la temporada. Como los vacacionistas permanentes nos las sabíamos de memoria, pues nos divertíamos más cuando interactuábamos con los personajes de las películas y gritábamos para avisar al bueno que el malo lo estaba acechando en una emboscada, o para decirle al muchacho que la muchacha sí estaba enamorada de él. Ese fue mi Cinema Paradiso, y nunca mejor nombrado.

En aquel Guanabo de mi niñez, en donde con mis primos nos movíamos a cualquier sitio y hora por toda la zona, con la única restricción de no entrar en el mar si no íbamos acompañados por algún adulto, disfrutábamos de la más benéfica libertad. En aquel Guanabo las calles estaban limpias, las casas pintadas, las aceras arregladas, los jardines podados, la arena sin otra mácula que no fueran las algas depositadas por un mar de un azul transparente. Desde entonces comencé a acariciar el sueño de alguna vez poder tener una casa allí, en Guanabo, pero ese ha sido uno más de mis anhelos desvanecidos.

Cuando mi tía Katy, con su marido Manuel y sus hijos Orlandito y Martica se fueron de Cuba hacia Miami en una lancha que los vino a buscar por la ensenada de Boca de Camarioca, en octubre de 1965, la casa que construyó el tío abuelo Bernabé pasó a ser propiedad del Gobierno y desde entonces mis vacaciones de verano fueron menos intensas y divertidas.

Unos años más tarde, los padres de Pablo el Salvaje habían sido escogidos vanguardias en sus centros de trabajo y recibieron como estímulo una semana en una casa de Guanabo. Fue en esa ocasión cuando nuestro antiguo compañero de estudios y vecino del barrio nos invitó a mí y a Geni a pasar con ellos el fin de semana, y, luego de un tiempo sin poder hacerlo, yo volví de vacaciones a Guanabo. Debía de ser el año 1971 o 1972, porque estoy seguro de que ya había matriculado en la universidad y el Salvaje estaba a punto de volar a Moscú para comenzar allá sus estudios de Ingeniería. Y en esa nueva estancia fui testigo de cómo se estaba deteriorando, y a qué velocidad, mi paraíso infantil. Si te bañabas en la playa, salías con el cuerpo lleno de unas pústulas de un petróleo pestilente que la marea arrastraba desde unos pozos que habían abierto un poco más al este. Los puestos de comida y chucherías callejeros, la dulcería y los granizaderos habían desaparecido, arrasados por la Ofensiva Revolucionaria de 1968, que intervino todos los negocios privados, incluidos hasta los sillones de los limpiabotas y los carritos de churros. El cine sin techo había dejado de existir, pues una de sus paredes había colapsado, y en la sala clásica ese verano no funcionaba el aire acondicionado y estar en ella era como entrar en una sauna. La arena, ahora más oscura, también manchada por esas tortas de petróleo, ese fin de semana estaba repleta de desperdicios: envolturas de tamales, botellas vacías, pedazos de papel o cartón, mierda de perros. Sin embargo, Guanabo todavía conservaba su dignidad, como un aura de aquel esplendor compacto que yo había conocido, y cuando te limpiabas restregándote con arena las costras de petróleo que tenías prendidas al salir del mar, podías sentir que era un buen lugar en donde todavía conseguías comerte una pizza o unas papas rellenas y hasta pescar cervezas en algún bar. Como esas cervezas, pagadas por Geni, con las que nos emborrachamos una noche el Salvaje, Geni y yo, sobre todo yo. Fue mi primera borrachera total y la pagué con una vomitera que por poco me mata.

Además de la deplorable constatación del ya visible deterioro del pueblo y de mi vomitera alcohólica, de aquel fin de semana playero siempre he recordado una extraña, casi extemporánea conversación previa al lance cervecero, un debate que también me provocó un vértigo ideológico. Fue la charla que tuvimos Pablo, Geni y yo, o más bien tuvieron Geni y Pablo, conmigo como testigo mudo o enmudecido. Porque fue un diálogo que mucho después se llenaría de todo su sentido. De varios sentidos.

En esa época cada uno de nosotros andaba por un rumbo diferente. Yo, en mi Facultad de Historia y con mi novia Zoilita, ya ambos militantes de la Juventud Comunista y convencidos de que eran necesarios todos los sacrificios y privaciones, pero las cosas siempre iban a mejorar, como me repetían mis padres y proclamaba el Gobierno; Pablo, por su lado, preparándose para su salida hacia la Unión Soviética, vencido todo el curso en régimen interno de un entrenamiento intensivo que incluía el aprendizaje de la lengua rusa, también él distinguido como militante y con más fe que nunca en el porvenir mejor hacia el que avanzábamos, inexorablemente; y Geni, que ya entraba y salía de diversos trabajos, y recuerdo que aquella fue su etapa de auxiliar de fontanería con un plomero sordo, vecino nuestro del barrio, quien le había advertido, profiriendo los gritos con que se comunicaba, que en aquel oficio no se valía tener asco, pues había que coger la mierda con la mano. O sea, más cerca de la mierda, como siempre estuvo.

Sentados en la arena, con los pies metidos en el mar, Pablo el Salvaje sacó el tema de las maravillas que esperaba encontrar en el país de los soviets, donde ya andaban tan avanzados en el proceso histórico en marcha que se había dicho que estaban al borde, a casi nada, de entrar en las primeras fases de la etapa histórica superior y última en el desarrollo de la humanidad, el mismísimo comunismo, cuando desaparecerían hasta las clases sociales y reinaría la más compacta igualdad humana y prosperidad económica. Y hablaba de aquel proceso magnífico con un convencimiento y vehemencia que llegaban a emocionarlo. Años después, confirmado por Pablo, supe que además de ruso, física y matemáticas, en el concentrado previo al viaje a la URSS, les habían llenado la cabeza de información sobre la vida soviética, con historia del PCUS incluida, y, por lo que decía nuestro amigo, los habían convencido de que viajarían al mejor de los mundos posibles, a la materialización misma (o casi casi) de la Arcadia, la utopía en la Tierra.

Mientras Pablo el Salvaje nos describía El Mundo Feliz, Geni había estado como ajeno al discurso, ocupado en buscar a su alrededor las piedras más propicias para lanzarlas al mar e intentar que rebotaran sobre la superficie tres, cuatro veces.

—Pues yo no me lo creo —dijo Geni de pronto, y lanzó otra piedra.

—¿Qué cosa?

—Toda esa cantaleta de lo bueno que está eso por allá.

Ya he advertido que Geni era un muchacho inteligente y que esa cualidad suya había sido una de las causas de su rivalidad escolar con Pablo. Pero lo que más me sorprendió, lo que me dejaría grabada en la memoria esa precisa conversación, fue el proceso de análisis, rudimentario, lleno de tópicos y vacíos de información, pero que luego, cuando al fin conocimos muchas verdades que entonces no teníamos posibilidad siquiera de imaginar, comprobaríamos cuán acertado había sido su juicio y lo justificado de la convicción que demostró nuestro amigo en su reparo al discurso de Pablo.

—Mira, Salvaje, si a los alemanes, a los húngaros y últimamente a los checoslovacos les han metido el socialismo a la fuerza y con tanques de guerra, hay algo que no cuadra... ¿Por qué los obligan si ellos no quieren?

—Es la contrarrevolución imperialista que... —trató de rebatirlo Pablo, y Geni reaccionó como solía hacerlo, con esa violencia que no podía evitar ni siquiera en un intento de filosofar.

—No me vengas con consignas y déjame hablar, cojones, que yo te dejé a ti. O me voy pal carajo... —dijo, y esperó unos segundos. Pablo se mantuvo en silencio y Geni se enrumbó—. Ya sé que los imperialistas son unos singaos, que explotan y matan con napalm a los vietnamitas, que les caen a palos a los negros y toda esa mierda que hacen. Pero esos imperialistas hijos de puta no te prohíben viajar, no te prohíben hablar aunque después se caguen en lo que les has dicho, te dejan escoger entre cuál de los dos o de los tres o los cuatro políticos más hijos de puta imperialistas y burgueses tú puedes decidir quién será el que te gobierne y después gritar en la calle que el tipo es un tremendo cabrón. Tampoco te prohíben que oigas la música que te gusta, que te dejes el pelo del largo que te salga del culo, no se meten en que seas maricón o creyente, o se meten menos, no sé. Pero, de acuerdo, son unos cabrones de mierda... Lo que sí sé, Salvaje, es que no se vale querer hacerte feliz, que seas mejor, hacerte más solidario, todo eso a la fuerza, y de la forma en que alguien decide que lo seas y que te obliga porque dice que él, o ellos, tienen la razón...

—La razón histórica —lo apuntalé yo, sin saber muy bien por qué lo hacía o lo decía.

—Eso, la dichosa razón histórica. Y que su razón histórica es infalible, más todavía, es la única razón y que tú, por tu bien, quieras o no, tú tienes que aceptarla... Pero ¿sabes lo que más me jode? Pues que me quieran engañar, que no me digan la verdad, que yo no pueda decidir por mi cuenta si Dios existe o que si dar el culo es bueno porque tú has decretado que Dios no existe y que el culo solo debe usarse para cagar... Y no me digas que es por el bien de la humanidad, porque la humanidad también soy yo y quiero que me dejen decidir, quiero equivocarme incluso, así que no me jodas...

Pablo el Salvaje, demudado, miraba a Geni, pero apenas terminó su diatriba, él sacó a relucir su poder de recuperación.

—Yo también soy la humanidad, compadre... Así que dime una cosa: ¿por qué tú crees que un negro como yo, hijo de dos negros comunes y corrientes, puede ir a la universidad, incluso a una universidad fuera de Cuba?

Geni asintió.

—Es verdad, te lo admito. Te doy el punto y me alegro mucho... La discriminación racial es tremenda cabronada. Pero también te vas a estudiar porque eres más inteligente y te lo ganaste... Y no me cuqueen más hablando estas mierdas. Porque lo más jodido es que a nosotros, los que somos la humanidad, los que están arriba, da igual dónde y por qué, lo único que hacen ellos es usarnos y jodernos, por poder, por dinero, por hijos de puta que son... Así que es lo mismo, estamos jodidos y ya... Y pal carajo, ahora vamos a hacer lo poco que nos dejan hacer y tomarnos unas cervezas. Yo invito —dijo, y se puso de pie.

Pablo permaneció sentado.

—Sí, Geni, como tú quieras. Pero yo me gané lo que tengo porque aquí se hizo una revolución socialista y me dejaron jugar. Este país es distinto, acuérdate de eso... —dijo Pablo, y entonces hizo la pregunta de rigor en aquel momento, la que contextualizaba el discurso de Geni e incluso le correspondía hacer como buen militante de la Juventud Comunista—: ¿Tú eres gusano, Geni?

Geni sonrió.

—Bueno, si pensar así es ser gusano... Y si lo fuera, ¿entonces tú y yo no podemos ser amigos, tenemos que ser enemigos?

—¿Enemigos de clase? —creo que pregunté yo, no sé por qué.

Pablo seguía sentado y ahora miraba al mar, tan apacible aquella tarde.

—Debería decir que somos enemigos de ideas —comenzó Pablo, y parecía sentirse triste—. Pero a veces somos enemigos de otras cosas, y por eso en la escuela nos caímos a piñazos tantas veces. El problema es que también eres mi amigo, y yo quiero seguir siendo tu amigo. A lo mejor algún día te convenzo y pensamos igual. O tú me convences a mí..., aunque lo dudo. Y eso que yo soy dialéctico —concluyó un Pablo borracho de categorías marxistas.

Geni se inclinó y le tomó un hombro a nuestro amigo.

—Sí, me gusta eso, que seas dialéctico —admitió sonriendo—. Pero, dale, Salvaje, vamos, que los amigos dialécticos y los antidialécticos pueden tomar cervezas juntos.

Pablo se puso de pie, y le tendió una mano llena de arena a Geni. Se las estrecharon.

—Dale..., búrlate de mí, pero, Geni, oye otra cosa..., no digas nada de eso que piensas delante de mis padres, sobre todo de mi padre. Tú sabes...

—Yo sé... El tipo come candela.

Y los tres nos reímos.

El resto de la historia de ese día fue mi borrachera, y el resto de la Historia —con mayúsculas— también lo conocen. Solo añadiré una acotación: yo estaba tan desconcertado como Pablo con todo lo que había dicho Geni, creo que hasta un poco molesto con una argumentación tan elemental pero para nosotros, en aquella época, muy explosiva y peligrosa, definitivamente reaccionaria, como se solía decir. Porque, como Pablo, yo también creía en la dichosa «razón histórica», en la certeza expresada por líderes y padres como los míos o los de Pablo o los de Nora, de la necesidad de sacrificios en aras de un futuro mejor, y en otras ideas similares que nos venían embutiendo, incluida la imprescindible dialéctica. Fue por estar inoculado con esa convicción por lo que el año anterior, cuando todos los varones del preuniversitario fuimos movilizados por tres meses a los cortes de caña para trabajar en la Zafra de los Diez Millones de toneladas de azúcar de 1970, fui uno de los que lloró la mañana en que nos formaron ante el albergue donde dormíamos para informarnos de que, a pesar de todo el esfuerzo y sacrificio del país, no se alcanzaría la meta de los Diez Millones... Esos Diez Millones que habrían tenido la posibilidad de sacarnos de un golpe del subdesarrollo. Lloré por la imposibilidad de materializar un sueño en el que creía sin un ápice de duda, y en el cual de inmediato volví a creer, porque ahora seríamos capaces de «convertir el revés en victoria», como Alguien proclamó.

Después de esos días de vacaciones de 1972 disfrutados con mis amigos, volví unas pocas veces a Guanabo. Y ahora no sé cuántos años llevaba sin bajar a esa playa, incluso sin ni siquiera pasar por allí. Y tampoco sé por qué esta tarde decidí hacerlo.

El día anterior Geni me había llamado. Para terminar los trámites burocráticos de su excarcelación anticipada y porque estaba cada vez más débil, lo habían trasladado desde la cárcel del Combinado del Este a una granja-prisión de régimen abierto cerca de Guanabo, donde debía esperar los días necesarios para salir a la calle. Y me pidió si podía llevarle alguna ropa, sobre todo una muda para el día que lo liberaran, y también un poco de comida, de ser posible unas malangas, que era lo que mejor admitía su estómago deteriorado, y también un par de sábanas, pues las de su albergue provisional parecían telas de araña de la cantidad de huecos que tenían. Me había llamado, me dijo, porque era la única persona en el mundo a quien podía llamar y pedirle ayuda. Por supuesto, le dije, no te preocupes, mañana te llevo lo que necesitas.

Con las vituallas solicitadas por Geni salí a cumplir la encomienda, y podía haber ido hasta la granja-prisión transitando directamente por la Vía Blanca, la carretera que corre paralela a la costa, pero al llegar a la altura del semáforo intermitente de Guanabo decidí torcer hacia la playa y recorrer una parte del sitio donde había vivido mis más felices vacaciones infantiles y agarrado mi primera borrachera gracias a la generosidad de Geni y la invitación de Pablo el Salvaje.

No soy capaz de definir qué fue lo que sentí al atravesar Guanabo y cometer el pecado afectivo de bajarme de mi carro y caminar algunas cuadras en busca de la casa de mi tía Katy, del mar y de los residuos de mis amables recuerdos. Porque lo que me esperaban fueron reacciones de dolor, indignación, asco, frustración. Todo a la vez. El tsunami de la desidia, del abandono, de la incompetencia, de la degradación física y humana del ambiente se han adueñado del lugar.

Porque de este Guanabo han ido desapareciendo, como devorados por el tiempo y la penuria, sitios de referencia, como la casa de mis parientes, medio derruida por lo que debía de ser una prolongada falta de atenciones, o el estado de muchas de las casas que antes se alquilaban, ahora deterioradas, varias de ellas vandalizadas. Comprobé que habían desaparecido algunas de las cafeterías sobrevivientes después de 1968, e incluso no logré encontrar el bar de mi aventura etílica. Caminé por calles plagadas de fosos y grietas en los cuales incluso crecía la yerba, y seguí el curso de una especie de arroyuelo que no era tal, sino una corriente de aguas albañales que fluía con su mierda hacia el mar luego de atravesar una franja de arena ahora mucho más estrecha pero más poblada de desperdicios de todo tipo y cualidad.

¿Cómo habíamos llegado a este nivel de deterioro, de desparpajo, de mugre calcificada? ¿La desidia se había convertido en una manifestación sistémica? ¿En qué país se estaba convirtiendo lo que había sido el país que en la playa de Guanabo me había entregado la certeza de que podía existir un paraíso terrenal? Allí, observando la franja de costa sembrada de desechos, el mar turbio en que chapoteaban unos niños, tuve la extraña sensación de sentir vergüenza nacional, no solo por la indolencia institucional, sino por el deterioro moral de las gentes con la urbanidad extraviada que se revolcaban en aquella inmundicia y, con su apatía y desechos, contribuían a potenciarla.

Con esa herida en el costado de mis sentimientos me senté junto a Geni en un banco de madera, cerca de los barracones donde dormían los reclusos, bajo un falso laurel posiblemente centenario. A unos doscientos metros se veía el mar, resplandeciente bajo el sol de la tarde, y hasta allí llegaba su brisa inconfundible. ¿Para Guanabo y su mar existiría la posibilidad de una redención?

—¿Qué te recuerda este lugar, Geni? —le pregunté a mi amigo incluso antes de interesarme por su salud.

—Tu primera borrachera... Vomitaste hasta el alma —dijo, y sonrió, mostrándome los dientes postizos manchados de negro, cubiertos por el sarro del abandono y la nicotina, sucios como la playa de Guanabo—. Y la cara del Salvaje cuando le dije lo que le dije. Tenía los ojos rooooojos. Me acusó de ser gusano.

—Es que en esa época casi nadie pensaba así... ¿De dónde sacaste todo eso que le dijiste a Pablo?

—El abuelo Quintín. Él nunca se creyó el rollo... Tú sabes, eso ya te lo he contado, él era de los que oían bajito La Voz de las Américas, y me dio a leer *1984* y *Rebelión en la granja*. Él sabía también la historia de los gulags y de la intervención rusa en Hungría, que aquí eran como si nunca hubieran existido.

—Qué tipo Quintín.

—Sí, el tipo que era amigo de todo el mundo, tan buena persona, que leía cuando tenía tiempo... y que a mí me jodió la vida... Pero no sé si te dije alguna vez que el Salvaje me dio la razón cuando se jodió todo allá con los soviets...

—Sí, lo sé... Para él fue muy duro tener que reconocer algunas cosas...

—Me lo imagino. Porque es verdad. Él es un negro cubano que llegó a donde los negros cubanos no les era fácil llegar... ¿Y de verdad dejó de beber alcohol?

—Creo que sí, no sé bien..., y, por cierto, ya hablé con él y me dijo que cuando salgas va a ir a verte.

—Coño, al menos hay uno que quiere verme... Mi amigo el Salvaje. Mi viejo enemigo de ideas...

—Bueno, ¿y por fin qué vas a hacer cuando salgas y llegues a tu casa?

—¿Tú puedes venir a buscarme el día que me suelten?

—Claro, claro... Pero te preguntaba qué vas a hacer cuando llegues a tu casa.

—Algo que ya debía haber hecho, bro... Sentarme en ese patio, debajo de la mata de mangos filipinos, emborracharme y volver a emborracharme y en cuanto pueda, morirme, morirme y ya.

Todavía lo recuerdo. Perfecta y nítidamente. Y no creo que haya muchos más que lo recuerden. Debería preguntarle a Geni, seguro que él también lo recuerda.

Aquella imagen desvaída me vino a la mente como un flashazo cuando vi cerrada la ventana que daba al portal de la vieja casa de Rodolfo, la morada que tabla a tabla había construido el habilísimo Quintín y a la cual el viejo, por petición de la abuela Flora, le había hecho una adaptación a esa ventana frontal: una especie de pequeño mostrador, para que por allí ella pudiera exhibir y vender algunos artículos de quincalla, otros de escritorio y hasta caramelos y pirulís, un diminuto negocio con el cual mejoraban la economía familiar.

Uno llegaba al portal, se apoyaba en el mostrador y se asomaba por la ventana y por lo general veía a Flora encorvada, cosiendo en su máquina Singer de pedal, con la radio a su lado, puesta a bajo volumen. Esa era su principal faena y también su momento de calma, porque aquella mujer parecía una hormiga, nunca paraba de hacer cosas, pues además se ocupaba de la limpieza de la casa y de la cocina, incluso de hacer los mandados en la bodeguita de la esquina y hasta de controlar que Rodolfo hiciera las tareas escolares. Desde esa ventana se podía ver también la mesita donde estaban algunos de los artículos en venta y la pared donde pendían otros. Todavía soy capaz de precisar el precio de varios de ellos: los caramelos dos por un centavo; los pirulís, a tres; los lápices a diez centavos, igual que las gomas de borrar, mientras las libretas, los lápices bicolor y la barrita de plastilina, una peseta. Era la época en que un medio valía cada uno de sus cinco centavos y con ellos podías comprar cosas... ¿Cuál podía ser la ganancia que le dejaban aquellos productos?, ¿a qué precio se los daban los proveedores para que la venta de un caramelo a un centavo y un lápiz a diez produjeran beneficios? No tengo idea ni manera ya de saberlo. Solo que si necesitabas un lápiz, allí lo encontrabas, o si querías y podías, comprarte un caramelo. Porque Flora siempre tenía, y si no te alcanzaba el dinero, ella te fiaba o, por lo menos a mí, tal vez por ser amigo de su nieto, incluso hasta me lo rebajaba de precio o directamente me lo regalaba. Y así fue hasta aquel mes de marzo de 1968, cuando el Gobierno decretó la intervención de todos los negocios privados, incluida una quincalla como la de Flora, porque era necesario estatalizar toda actividad productiva o comercial para que el país avanzara (victorioso, ya se sabe) por la senda del socialismo.

Supe lo que había ocurrido cuando fui a comprar un pirulí —los de Flora eran los mejores del barrio porque los cocinaba el propio Quintín— y vi, como ahora, la ventana cerrada y a Quintín mirando esa ventana, como si nunca la hubiera visto.

—Eh, ¿y eso? ¿No abre hoy la quincalla? —le había preguntado.

El viejo me miró, muy serio.

—Ni hoy, ni mañana ni pasado... Ya no hay quincalla. —Y me contó que la habían intervenido. Una comisión con poderes oficiales, encabezada por Berta Metralleta, enfundada en su consabido uniforme de miliciana y exhalando su tufo a sudor agrio, había ejecutado la orden de inventariar y cerrar hasta nuevo aviso, o para siempre, ese y todos los negocios privados del barrio, porque estaban interviniendo todos los del país. Según Metralleta, aquella era una actividad comercial burguesa que encarnaba una de las formas de la explotación del hombre por el hombre propias del sistema capitalista y por eso se imponía poner esos negocios en manos del pueblo.

—Nunca lo había pensado, muchacho..., que por coser ropa y vender cuatro mierdas, mi mujer fuera una explotadora capitalista con dos cuernos y rabo de diablo debajo de la saya... Estamos viendo cosas, muchacho, y creo que vamos a ver más. Lo que no sé, la verdad, es dónde cojones ahora van a venderte un pirulí... Pero hoy te salvaste —dijo Quintín, y metió la mano en uno de sus bolsillos y sacó varios pirulís—. Vaya, coge uno para hoy, llévate otro para mañana y mientras, como parte del pueblo, averigua si el Gobierno va a fabricar y luego vender los pirulís en algún sitio...

Y ahora, cuando aporreaba la puerta para que Rodolfo me abriera, también recordé que el hombre de negocios Quintín Bermúdez no me aceptó que le pagara los pirulís que tal vez fueron los últimos que creo haber chupado en mi vida. Ese mismo Quintín, generoso y trabajador, que siempre que podía leía un libro, y que tanto trabajo me costaba ver como el culpable de muchos de los males que alimentaron la niñez de Geni, como él insistía en pensar.

Evidentemente Rodolfo no estaba o se escondía, pues la casa seguía cerrada a cal y canto, igual que la casita de Nora y Geni. Lamenté mi estupidez por no haberlo llamado antes, presuponiendo que, como casi siempre, Rodolfo estaría allí, viendo pasar la vida con esa pachorra suya.

Cuando al fin Rodolfo me respondió al celular, le expliqué lo que necesitaba: ver si conservaban alguna otra ropa de Geni. Y me dijo que él no, por supuesto, que le preguntaría a Nora, y de inmediato me respondió que ella decía que sí, un par de pantalones y algunas cosas más que no había botado. Le pregunté entonces dónde estaban ellos, y me dijo que en Santos Suárez, en la casa de los padres de Nora. ¿Y cómo podíamos hacer para que yo recogiera esa ropa? Y Rodolfo me dijo que esa noche llegaba a Cuba su hija Aitana y que él estaría en su casa al día siguiente. Y, como otro flashazo, más por el tono de la voz de Rodolfo que por la información que había recibido, tuve la certeza de lo que estaba pasando. Y tuve también el temor de que aquello que estaba pasando, que hasta donde yo sabía no había pasado antes aunque hacía mucho que debía haber ocurrido, podía traer muchas consecuencias. Y no miento si digo que hasta me dio un poco de miedo, porque conocía a Geni y bien sabía que era impredecible. Qué cosa.

Tercera parte
Morir en la arena

23

En una ocasión, cuando ya llevaba más de veinte años preso y después de varios sin verlo, volví a visitar a Geni, y me atreví a hacerle dos preguntas que desde tiempo atrás me perseguían. Quizás me motivó que para ese momento los encuentros con Geni se producían en el salón de visitas, superado el tiempo en que se realizaron en condiciones de restricción, cuando veíamos al preso a través de los barrotes que nos separaban y hacían más palmaria la distancia que existía entre el recluso recalcitrante y el mundo exterior.

—Geni —le pregunté, casi al final del tiempo concedido para la visita—, desde acá dentro, ¿cómo se ve el mundo de allá afuera? ¿Cómo tú lo ves?

Yo había tratado de imaginarme ese trance, tan literario, que ya aparece en los orígenes de la narrativa moderna con el personaje de Rip van Winkle, el protagonista del cuento de Washington Irving, ese campesino que se duerme durante veinte años y, al despertar, debe insertarse en un mundo que ha continuado su marcha. Pero la velocidad del mundo de 1819, cuando Irving publicó su relato, era una. La de fines del siglo pasado y los primeros años de este siglo es vertiginosa en comparación con aquella.

Entre 1992 y 2013, o 2014, cuando le hice esas preguntas a Geni, ocurrieron tantas cosas en la política, la economía y la ciencia mundiales que no tiene el menor sentido tratar de anotar siquiera las más importantes, apenas recordar que habíamos pasado del mundo analógico al digital, con todo lo que ese salto mortal ha implicado. Sin embargo, curiosa y tozudamente, en esos veinte años el tiempo cubano había transcurrido como ralentizado, porque la estructura del país que dejó Geni y la que había en aquel momento era más o menos la misma, con algunos pocos cambios de nombre: en ese momento el que mandaba ya era Raúl Castro y no Fidel, que por cierto murió por esa época y, aunque con estilos diferentes, los dos gobernaron del mismo modo desde el poder del secretario general del Partido, ya se sabe cuál, el único, el que regía al Gobierno y la propia concepción del Estado que existía desde hacía décadas. Tal vez la diferencia más apreciable era que la crisis económica que se había desatado en 1990 había menguado, aunque no desaparecido, y la vida cotidiana de la gente seguía siendo difícil, a pesar de que, es cierto, con el Gobierno de Raúl Castro al fin los cubanos podíamos contratar una línea de teléfono celular, alojarnos en hoteles para turistas y hasta viajar al extranjero sin pedir permiso a demasiadas autoridades, como había sucedido por unos cincuenta años. En algunas cosas nos íbamos pareciendo otra vez al resto del mundo: el problema ahora era, como en el resto del mundo, tener dinero para alimentar el celular, pagar el hotel y mucho más para comprarte un pasaje de avión, porque el dinero, en vez de valer más, cada vez valía menos. Incluso, mi visita a Geni pudo haber ocurrido, tal vez, en el momento en que comenzaron los contactos entre los gobiernos de Cuba y Estados Unidos, que, en medio del marasmo nacional, nos hicieron albergar sueños de cambios en los destinos del país, cambios que, sí, se produjeron, pero no como hubiéramos deseado y creo que necesitado y, al final, por supuesto, no había sido para mejorar.

A diferencia del personaje que duerme y no siente ni padece durante su letargo, Geni tenía alguna información de lo que ocurría más allá de los muros de la cárcel, podía bosquejar un diseño de la realidad, pero no siempre colocar de forma precisa los colores que la matizaban, como había podido comprobar en otras conversaciones. Pero cuando respondió a mis preguntas, entendí mejor lo trágico de su relación con la otra realidad, la de los que no cumplíamos condena carcelaria.

—Ahora puedo ver la televisión —me dijo Geni—. Un rato por la noche, algunos programas, los juegos de pelota de los domingos al mediodía, y todo me parece igual y distinto a la vez. Pero ¿sabes qué? No me importa demasiado. Cuando entré aquí iba a cumplir cuarenta años, ya ahora tengo sesenta, y no saldré hasta después que cumpla los setenta, si llego allá. A esa edad, ya me va a dar igual todo, no me va a importar entender nada, lo único que me va a quedar por hacer es morirme. Si no me muero antes, claro. Y cuando uno se muere, da igual cómo esté el mundo.

Aquella percepción de su presente y, sobre todo, de su magro futuro, me aclararon una de las más extrañas relaciones de Geni con el mundo exterior, y era la total falta de curiosidad que había mostrado en todos esos años —al menos conmigo, no sé si habrá sido igual con Lola hasta que ella murió— por la vida de Nora, de su hija Violeta y de su hermano Rodolfo, esos seres más cercanos que lo habían sepultado desde el mismo momento del crimen. Conmigo hablaba de mi trabajo, de mis cosas, me preguntaba por su ahijado Humbertico e incluso por mis hijas menores con las que tuvo poca relación. Me comentaba la lectura de cada uno de mis libros y de otros que le había llevado —recuerdo que me habló mucho de *El Evangelio según Jesucristo,* de Saramago, y tuve la sospecha de que podía estar sufriendo una transformación mística que luego no se concretó—, y solo una vez habló de Violeta y su salida de Cuba, que él pensaba que había sido la decisión más atinada.

—Mientras más apartada esté Violeta de toda la mierda con que la hemos rodeado, mejor para ella. Espero que lejos de nosotros pueda ser feliz.

Sin embargo, en ese mundo familiar del que Geni se había mantenido distante, de pronto estaban ocurriendo transformaciones muy profundas, imposibles de ignorar porque lo afectarían de manera directa y que, como era previsible, podrían traer sabía Dios qué consecuencias, abrir heridas. Pero no me correspondía a mí intervenir en aquel asunto extremadamente privado entre hermanos, entre marido y mujer.

Y ahora había llegado el momento en que al fin Geni se reencontraría con el mundo. Ocurría a la altura del 2023, ya a nuestros setenta y un años y con la muerte esperándolo al doblar de la esquina. Y además se concretaba cuando el país volvía a estar en otra crisis, tal vez más extraña y profunda que la de 1992, porque no afectaba solo a nivel económico y social: se trataba de una crisis también espiritual, de credibilidad, de pérdida de fe y esperanzas, de imposibilidad de entrever la luz al final de túnel, pues ya ni siquiera se sabía si existía el dichoso túnel. Y por eso muchos no esperaban a saber de sus dimensiones: se largaban, en hordas, quemando las naves y llevándose a sus hijos. Otros (cada vez más), sin posibilidades de largarse, se evadían metiéndose unas drogas químicas que pululaban en un país donde engendros como aquellos nunca estuvieron al alcance de nuestra generación. Mas ¿le importaría algo de eso al moribundo Geni? El problema es que, aunque no le importara, ese era el mundo raro al cual se iba a incorporar para vivir los últimos meses de su existencia.

Cuando Rodolfo me entregó la caja de cartón sacada del fondo de un clóset de la casita donde en algún momento Nora había metido algunas ropas de Geni, comprobamos que su único destino posible era el basurero. La humedad y las cucarachas habían hecho lo suyo, y habían tenido mucho tiempo para hacerlo a conciencia. Busqué entonces otras opciones, y al final el maletín de ropa que pude llevarle para su salida había sido parte de una maleta de prendas que hacía años Humbertico había dejado en mi casa, pues para él estaban pasadas de moda, y que podían servirle a Geni, pues él y mi hijo tenía más o menos la misma estatura (unos diez centímetros más altos que yo). Y como se trataba de ropas viejas, seguramente de la década de 1990, cuando de pronto todos bajamos de peso y nos volvimos flacos, me pareció que se ajustarían mejor a la delgadez enfermiza de Geni.

Para hacer efectiva su salida a la calle, el preso había sido devuelto a la cárcel donde cumplió los más de treinta años que se dilató su encierro, pues allí estaba toda la documentación que debía procesarse y archivarse. Por eso, luego de entregar el maletín con la ropa para que él escogiera la que mejor le sentara, debí esperar en un salón contiguo al área de oficinas de la prisión hasta que, casi dos horas después, al filo del mediodía, vi salir al exrecluso, con el maletín de la ropa en una mano y un sobre con lo que debían de ser documentos en la otra. Geni volvía a ser un hombre libre.

—Parece mentira —le dije cuando nos dimos la mano.

—Porque es mentira. Voy a andar por allá afuera, pero no porque sea libre.

Cuando llegamos al parqueo de la prisión donde había dejado mi Lada, le pregunté a Geni si tenía hambre. Podíamos comer algo por ahí o en mi casa, le di a escoger.

—Después..., ahora quiero ir al cementerio... Quiero ver la tumba de mi madre. Acuérdate que no me dejaron ni siquiera ir a su velorio ni a su entierro.

En todo el recorrido hacia la ciudad, Geni apenas hizo algún comentario y yo decidí respetar su silencio, tuviera el motivo que tuviera. En el trayecto fumó dos cigarros, devorados hasta sus últimas consecuencias, a punto de quemarse los dedos. Cuando salimos del túnel de la bahía y enrumbé por el Malecón, hizo uno de los pocos comentarios del viaje:

—De pinga..., hasta que me mandaron a Guanabo estuve más de treinta años sin ver el mar.

Y no pude más que sentir compasión por él. Por haber tenido la vida miserable que tuvo.

Como me había tocado realizar el entierro de Lola para ayudar a Rodolfo, tan inútil para esas gestiones, tenía una idea del sitio donde se hallaba la tumba familiar en el Cementerio de Colón, aunque debimos recorrer varias parcelas hasta al fin encontrarla, muy cerca del álamo cuya existencia por fortuna recordé y que ahora me había guiado hacia el sitio.

La tumba se veía sucia, a todas luces abandonada hacía muchos años. Los nombres de Quintín, Flora y Fermín casi se habían borrado de la lápida expuesta a la intemperie. Más visible resultaba el nombre de Dolores María Páez Suárez, nacida en 1931 y muerta en 2004.

Y antes de pedirme que lo dejara solo unos minutos, Geni dijo la frase que le daba sentido a su primera acción como hombre libre:

—A ver si cuando me metan ahí con todos ellos por fin en la muerte tenemos la fiesta con la armonía que no tuvimos nunca en la vida. Ese es el beneficio de la paz de los sepulcros, ¿no, bro?

Me alejé unos metros y vi cómo mi amigo se sentaba en el piso, bajo el sol y frente al sepulcro, y metía la cabeza entre las rodillas. No sé si lloraba o rezaba o meditaba. Y entendí que al menos para eso le estaba sirviendo a Geni su libertad: para pensar que en la muerte podía existir la concordia. Pero, antes de que llegara esa muerte con sus alivios, la noria de los hechos podía dar varias vueltas sobre su turbio eje.

Una de las máximas de la investigación criminal de la que más y mejor nos hemos apropiado los escritores de novelas policiales es la mentira de que el asesino *siempre* vuelve al lugar del crimen. Bueno, pues con Geni fui testigo de ese regreso en la realidad más real, en el contexto y situación más dramáticos y por ello literarios, pero ni esa tarde ni en los días siguientes me atreví a preguntarle a mi amigo qué sentía, ni siquiera para conservar como información el enrevesado proceso mental que, asumo, debió de producirse en su cabeza.

Junto a Geni, en la acera, frente al portón que daba acceso al patio donde se levanta la casita de Fermín, lo observé mientras él volvía a mirar aquel sitio por donde podían estar deambulando, como las ánimas solas y en pena de la famosa plegaria, los fantasmas de los muertos cuyas tumbas habíamos visitado, incluido el espíritu que, a martillazos, él mismo había puesto a vagar. Luego, tras él, entré en el patio donde todavía daba su sombra una de las eternas matas de mangos filipinos. La casita de Fermín, cerrada a cal y canto, me pareció en ese momento más fea y tosca que nunca. Desde la última vez que Geni estuvo allí lo único que faltaba era el mango viejo que no resistió las ráfagas de un ciclón (da igual cuál), las tejas de fibrocemento que le dieron un portal a la casita (arrastradas por ese mismo o por otro huracán) y el cadáver con el cráneo deshecho de Fermín, aunque estoy seguro de que, al registrar con la vista el sitio, Geni tuvo que verlo. Él no podía dejar de verlo. Tampoco podía dejar de constatar los efectos del paso del tiempo: porque el lugar era el mismo donde él había matado a su padre el 22 de marzo de 1992, pero que en 2023, treinta y un años después, había sufrido los desgastes previsibles, los mismos que había padecido, a su modo e intensidad, todo el país: paredes desconchadas y ya casi sin rastros de pintura, el muro divisorio a todas luces inclinado, la atmósfera extendida de desidia y abandono. Un ambiente preñado de una decadencia potenciada por la ausencia de seres humanos, de los gritos de júbilo o rabia o dolor que allí abundaron tanto.

—Qué desastre —lo oí susurrar mientras ejecutaba su examen del sitio para luego caminar hasta el tronco de la mata de mango donde ya le había dicho que Nora había colgado las llaves. No le pregunté a qué desastre se refería.

Porque no podía dejar de hacerlo, en el recorrido desde el cementerio al barrio, ya le había comentado lo más general de la situación que se encontraría al llegar a su casa: Nora, que hasta unos días antes había vivido allí, se había trasladado definitivamente a la casa de sus padres, mientras Rodolfo, que acababa de jubilarse y de recibir la imprevista visita de su hija Aitana, lo mismo estaba que no estaba en la casa vieja y, como él ya sabía, no tenía ningún interés en verlo. De lo que al fin ocurría entre su hermano y su mujer no me atreví a decir una palabra. Curiosamente, lo más arduo en nuestra conversación fue, en cambio, el ahora imprescindible intento de bosquejar la realidad del país al cual llegaba, donde iba a vivir sus últimos meses, un contexto que, con nuestro diálogo cargado de tantas preguntas sin respuestas satisfactorias, de pronto cobró para mí su sentido más estricto y desquiciado. Porque Aitana tenía razón: Geni volvía a un mundo distópico, una trama social en la cual resultaba imposible fijar lógicas y explicaciones coherentes.

—Ahorita cuando salí me dieron un sobre con tres mil pesos para que tenga dinero hasta que me vea alguien de Asistencia Social... —me dijo Geni—. No sabía que también había billetes de mil... ¿Ahora eso es mucho dinero?

—Bueno..., pues no, no es mucho.

—¿Qué puedo comprar con eso?

—No sé... Si vas a fumar..., pues si acaso los cigarros de un mes y ya, más nada.

—No jodas... ¿Cuánto vale ahora una caja de cigarros?

—No sé, cien, doscientos, trescientos pesos. Depende.

—Cojones... ¿De qué depende?

—Tampoco sé... Geni, vamos a ver —comencé, para tratar de poner algún sentido referencial a una situación que no los tenía: ni sentidos ni referencias aclaratorias—. Ahora no se sabe lo que vale nada, ni lo que vale el dinero cubano, ni los cigarros, ni la comida. Tampoco se sabe dónde se compra algo, ni cuándo, ni cuándo hay.

—¿Ya las bodegas no funcionan, ni la libreta de abastecimiento?

—Sí, todavía..., pero eso no te alcanza para vivir ni diez días comiendo mal.

—¿Y cómo hace la gente?

—No sé..., ¿viven de milagros? Compran cosas donde haya, con el dinero que tengan. La gente inventa, resuelve...

—¿Y qué se hace entonces con tres mil pesos? —Geni se hundía un poco más en el foso de una realidad sin fondo.

—Casi nada —fue lo que me atreví a decirle, aliviando un poco la nada con el adverbio casi, y tuve la percepción de que el retorno de Geni a la sociedad iba a ser más complicado de lo que imaginé, incluso más de lo que pudo haber imaginado él mismo, si es que lo había hecho—. Geni, olvídate de cómo fue este país. Ahora es otra cosa muy rara que ni Dios entiende, algo que se cae a pedazos pero no termina de caerse y donde la mayoría de la gente..., pues sí, creo que vive de los milagros.

En ese mismo instante, al insistir en los milagros, pensé que solo mi hijo Humbertico con su solvencia económica y sus relaciones podía ayudar a Geni en esos meses que le habían dado para que se muriera en libertad de un cáncer de páncreas... o de hambre. Qué vida la de este hombre, un infierno hasta la muerte.

Cuando Geni tuvo en las manos las llaves que descolgó del tronco del mango, me pareció que dudaba si debía entrar o no en la que había sido su casa y ahora, luego de un dilatado paréntesis, volvería a serlo. Al parecer le costaba dar ese paso y se volvió hacia mí.

—¿Podemos tomarnos ahora un trago del ron ese que tienes en el carro?

—¿Sin comer nada? —le pregunté, porque me pareció que era la pregunta más lógica. Y porque no tenía sentido decirle que en su condición de salud no debía beber alcohol, ni fumar. Esas eran de las libertades que había recuperado y yo no tenía derecho a coartarlas. Total, ¿qué tiempo de vida perdería? ¿Dos o tres semanas en tres meses?

Geni me extendió las llaves de la casita.

—Estoy muy cansado, la cabeza me da vueltas... Entra tú, busca dos vasos y mira si fueron tan caritativos y dejaron algo de comer.

Entré en la casita y salí solo con dos vasos en la mano. Eran de aquellos vasos soviéticos que en una época existieron en todas las casas de la isla. ¿Serían los mismos en que él y Fermín bebieron el día de su última borrachera?

—Nada de comer... El refrigerador está limpio y desconectado... Voy a buscar el ron —dije, y coloqué los vasos sobre la mesa de madera.

Cuando regresé, vi a Geni orinando contra la mata de mangos, como habíamos hecho tantas veces en los viejos tiempos. Y como en otros tiempos, le entregué la botella de ron. Esa mañana me había pedido que le hiciera ese regalo para su regreso y la botella era suya. Que él bebiera si quería, que sirviera ron si quería, y quiso. Medió los vasos y ocupó uno de los bancos que flanqueaban la mesa. Probó el ron.

—Ah... —bufó—. Qué maravilla este ron. Choca conmigo... —dijo, y alzó su vaso y brindamos.

—Por ti, Geni —dije, y bebí.

Él sonrió.

—Mejor por ti... Tengo que cuidarte. Eres lo único que tengo.

—Eres mi amigo —dije por decir algo.

—Sí, gracias... Eres un hermano. Mi verdadero hermano —remachó.

En ese instante casi sentí deseos de llorar. Pero no solo por Geni, sino también por mí, por Rodolfo, por Nora, por Pablo el Salvaje, por Pelayo Pata Tiesa, por el Negro Mongo que mendigaba para comerse una pizza, por la difunta Zoilita, por mi amigo Mario Conde y sus socios, incluso llorar por Yoyi el Mono, Felipe el Bizco, Billy el Niño, Orlando Zanahoria, muertos varios de ellos, vivos (o casi) algunos, llorar por todos los idos y por los todavía sobrevivientes camino de la vejez más desoladora y triste y pobre en un país que se había convertido en un territorio tan hostil para los viejos. El panorama de nuestras vidas era la crónica de un derrumbe que nos arrastraba como desechos por una pendiente que terminaba en una tumba.

—Mira, Geni —le dije entonces casi sin pensarlo—, creo que lo mejor es que ahora vengas unos días conmigo a mi casa. Hasta que tengas más clara la mente. Hay demasiadas cosas que resolver y otras que no se pueden resolver y...

—Sí, veo que hay demasiadas cosas que no tienen solución, Ray. El dinero, para empezar. ¿De dónde saco dinero? Creo que ya no se saca mucho limpiando zapatos, como hice antes.

—Ya la gente ni limpia los zapatos.

—Y no tengo fuerzas para chapear patios...

—No tienes que hacerlo. Vamos a resolver las cosas. Humbertico puede ayudarnos, lo sé. Él sabe cómo hacer... Así que dale, vamos para mi casa y allá comemos algo. Tengo un hambre del carajo y si me tomo este trago con la barriga vacía seguro que me emborracho.

Geni asintió, pero sin responderme vi cómo vaciaba el vaso del ron ya servido y volvía a llenarlo. Y adiviné lo que ocurriría: Geni Caballo Loco se emborracharía porque necesitaba hacerlo en sus primeras horas de libertad, como para reencontrarse a sí mismo, como para embriagar los restos de dignidad que le podían quedar a un tipo tan alfa y prepotente y maldito e intenso como él había sido. Y también pensé que quizás ese sería el momento en que, para librarse de su carga, al fin Geni me hablaría de lo que allí había ocurrido el peor día de su vida, el de su anterior borrachera, treinta y un años atrás. Trago tras trago Geni se embriagó hasta que casi perdió el sentido y tuve que ayudarlo a entrar en su casa y dejarlo caer en su cama, y ni siquiera en su primera borrachera de hombre libre y moribundo me habló de su acto mortal. Ni ese día, ni nunca.

En mis primeras novelas policíacas —creo que el tema viene al caso, o yo lo obligo a hacerlo— los únicos que bebían alcohol eran los delincuentes y los agentes enemigos pagados por el imperialismo. Nunca los heroicos combatientes que nos protegían del crimen y la subversión. Y bebían cerveza y ron o, si eran malvados foráneos, pues mejor tomaban whisky (en Cuba la gente le dice «la bebida del enemigo»), pero siempre utilizando el alcohol como una forma de reflejar su despreciable catadura moral. Los malos también lo eran porque bebían alcohol.

En unos tiempos cada vez más remotos, cuando estudiaba en el preuniversitario, esa época en que conocí a Zoilita y nos hicimos novios, la bebida era una práctica ocasional, festiva, casi siempre limitada en cantidad y frecuencia. Porque, en general, en nuestros tiempos de juventud y de estudios, incluso ya en la universidad, períodos también de fe en el futuro y miopía para observar el presente, muchos de nosotros fuimos unos jóvenes espantosamente sobrios de cualquier sustancia narcótica, incluido el alcohol. Gentes como Geni y el grupo de sus amigos moteros, consumidores consuetudinarios de alcohol e incluso usuarios de otras drogas, fueron como meandros respecto a la corriente principal, esa por la que corríamos Zoilita, Pablo, yo y la mayoría de nuestros compañeros. Por ese entonces todavía vivíamos con la ilusión, como ya lo he dicho, de que la vida era buena y nos sonreía, convencidos de que el futuro mejor, tantas veces prometido, podía vislumbrarse en el horizonte.

Yo mismo, cuando murió Zoilita, también me refugié en la inconsciencia alcohólica como remedio a mi desesperación. Sin embargo, en cualquier repaso que hubiéramos podido hacer unos años más tarde, y de modo mucho más evidente si vamos a la década de 1990, encontraríamos un mapa totalmente diferente de la situación: lo que eran puntos se convirtió en una mancha expansiva. La lista de los amigos alcoholizados siempre la ha encabezado Geni, pues está aderezada por sus trágicas consecuencias. Pero para entonces debemos anotar la adhesión de Nora, de Pablo el Salvaje, ocasionalmente de Rodolfo, de gentes como mi librero de viejos Mario Conde y sus socios Carlos el Flaco y el Conejo y Candito el Rojo antes de volverse santo. Una relación a la cual puedo sumar la entusiasta militancia de muchos de nuestros viejos amigos del barrio y no sé cuántos de mis colegas escritores. De verdad que el panorama etílico daba espanto y, por supuesto, transparentaba mucho más que la simple recurrencia en una adicción: era la respuesta generacional a un desencanto histórico y la pérdida de expectativas, y quizás quien mejor lo expresó entre nosotros fue el Salvaje, que sí fue un creyente convencido y para el que la decepción engendrada por los descubrimientos fue mucho más que una conmoción ideológica. Fue la constatación de un fracaso.

El alcohol fue entonces el refugio maldito, la droga de nuestra generación, y se encargó de hacer estragos individuales y colectivos y dibujó, quizás mejor que cualquier otra reacción, postura, actitud e incluso pensamiento, el estado social y mental de una frustración colectiva. Y sus efectos fueron terribles, como terribles deben de estar siendo, aunque a mayor velocidad, los de las desoladoras drogas que ahora consume mucha gente en el país, ese engendro que genéricamente llaman «el químico». Por Dios.

En la novela que pretendo escribir, a diferencia de mis viejos policiales y hasta con más persistencia que en mi relato erótico, ya les permitiré a mis criaturas literarias beber whisky sin ser por ello agentes del imperialismo. Y estos personajes de ahora se van a parecer mucho más a mi realidad que aquellos esqueletos con que poblé mis libros en una época en que, apresado por el ambiente, había asumido sin contradicciones que esos debían ser los habitantes de mi literatura. Pero fuera de mis libros pasaban cosas, de pronto empezaron a pasar muchas más cosas (aunque de ellas casi no se hablaba, menos se escribía, pues «no era el momento oportuno», se solía decir y hasta se llegaba a creer), y por esas cosas mis amigos, colegas y conocidos comenzaban a transitar el camino oscuro de la droga de nuestra generación. Fue la realidad la que les dio el gran empujón. La realidad me está dando a mí un necesario empujón.

24

Despertó y, antes de poder esgrimir algún argumento para defenderse, recibió el golpe impúdico de una densa nostalgia que creía derrotada, tan exiliada y distante como ella misma. Apenas salida del apacible letargo, Aitana había descubierto que desde las tablas machimbradas del techo la miraban con desparpajo dos ojos, cuidadosa y sibilinamente dibujados sobre la madera calcinada, en varios puntos ya carcomida por la escofina del tiempo. A juzgar por la apertura de los párpados, aquellos ojos tan bien bosquejados debían de pertenecer a un rostro sonriente y, sin pensarlo siquiera, ella les dijo, me pillaron, y devolvió una sonrisa cómplice.

Entre los muchos olvidos cultivados en su exilio, ella había arrinconado el recuerdo de cómo, a lo largo de los años que había dormido en aquella cama, en esa habitación, la niña y la joven que una vez había sido jugaron a descubrir figuras grabadas por la humedad, el polvo y los deseos en ese mismo techo. Había visto cuerpos íntegros o incompletos de animales, esbozos de objetos, figuras a las que su fantasía daba alguna identidad: un cohete, una media luna, una mariposa... Solo con el abuelo Quintín había hablado de aquellos hallazgos, y había sido él quien la colocara en el camino de lo que sería su vida: dibújalos, le dijo, y ella comenzó a reproducirlos en uno de los cuadernos, ya amarillentos, que el anciano había hurtado de la quincalla de Flora el día de la intervención y que, exigiéndole la complicidad del secreto, le regaló. Y en su casa en el exilio guardaba varios de esos vetustos cuadernos grabados con esas y otras estampas (castillos, palacios, ciudades imaginarias), y los preservaba como un tesoro, aunque, como buenos tesoros, los había enterrado. Ahora, sin embargo, era capaz de asegurar que nunca había encontrado una imagen tan definida como la de esos ojos sonrientes, empeñados en descolocar sus defensas y advertirle algo que ella tanto había tratado de ocultar.

Era la cuarta jornada en que Aitana volvía a yacer en la que por dos décadas y media habían sido su cama y su habitación. También la primera noche en mucho tiempo en la que debía haber dormido unas siete horas sin acechos de desvelos ni sueños tropelosos y, a pesar del reblandecimiento del colchón de muelles hacía tiempo vencidos, del rugido del ventilador antediluviano, del canto impertinente de unos desafinados gallos con relojes biológicos desfasados, la mujer despertaba satisfecha y con una sonrisa. Todavía tendida, con su cuerpo solo cubierto por la diminuta tanga de encajes negros que había comprado en Tezenis con la intención muy definida de exhibirla, sintiéndose observada por la mirada quizás hasta un poco voyerista de un testigo mudo pero afable, Aitana dialogó con esos ojos que no había encontrado en los amaneceres previos, quizás porque apenas habían sido creados por la lluvia de la tarde anterior con el propósito de que esa precisa mañana ella reparase en esa mirada definitivamente socarrona. Y en ese instante fue consciente de que, aun habiendo sufrido carencias materiales de todo tipo, de haber sido víctima de volcánicas tragedias y dramas familiares, ella debía reconocer que mientras vivió bajo ese techo en proceso de descomposición, su existencia había tenido una plenitud que, a pesar de todo, había resultado provechosa. Una forma de plenitud que, en las dos décadas y media de su exilio, despertando bajo otros techos quizás mejor conservados, había sido reemplazada por un persistente sentimiento de zozobra, de inseguridad, de ajenitud: la sensación de nunca encontrarse a sí misma en la totalidad de su cuerpo y, sobre todo, de su alma. Porque Aitana había aprendido que los ejercicios del albedrío pueden tener recompensas, pero siempre tienen un precio.

Después de pasar por el baño se dirigió a la cocina, todavía cubierta solo con la tanga con que, asediada por el calor físico y mental, se había ido a dormir luego de haber sostenido otro encuentro íntimo con Humbertico. Una prenda que se disponía a desechar esa misma mañana pues ya había cumplido su función seductora. Pero sobre todo porque, debido a su atrevida estructura, el diminuto blúmer insistía en metérsele en la raja de las nalgas, provocando que de algún sitio de su memoria más afectiva aunque más sepultada hubiera subido a su mente la frase «se te queman los frijoles» con que en un remoto pasado solían calificar lo que le ocurría entre la tela y la voraz hendidura de su culo. Y aunque ya no miraba al techo, todavía se sintió acompañada por aquella inesperada y confortable impresión que la conectaba con lo mejor de su pasado, incluso su pasado verbal, del cual tanto había renegado para soportar mejor el nuevo presente del destierro y procurar asimilarse a otras realidades. Casi de modo maquinal, como cumpliendo un rito atávico, Aitana se preparó el desayuno elemental que cada día de esa vida anterior, a veces con estrategias y búsquedas indescriptibles, siempre le había ofrecido su padre antes de que ella se fuese a algunos de sus colegios: un pedazo de pan recalentado en la sartén y untado con algo de mantequilla o mayonesa, el vaso de leche tibia y la taza de café. Y, cuando había, uno o dos de los platanitos de los cultivados en el patio de la casa. Definitivamente, ella y Rodolfo habían luchado juntos y, por fortuna, sobrevivido más o menos indemnes, y por ello podían sentirse satisfechos y ella por siempre agradecida, más aún, comprometida.

La amable sensación de plenitud aún la seguía cuando Aitana, ya aseada, vestida incluso con otro blúmer y con una segunda taza de café en la mano, decidió salir al portal de la vieja casa para encender un cigarro y satisfacer el entrañable hábito que solo sostendría en los días de su estancia en el país natal.

Pero antes de tomar la infusión y de darle fuego al cigarro, escuchó la tos y miró hacia el patio arbolado, por encima de la barda, y lo vio. Si se lo hubiera encontrado en la calle, quizás no lo habría reconocido. Pero ahora y allí, debajo del mango filipino, acodado en la vieja mesa de madera, acariciando la panza de un gato negro e inhalando el humo de un cigarro, aquel espectro del pasado molido por la vida y el tiempo solo podía ser su explosivo tío Geni, el parricida.

—Oye, Geni, buenos días —lo reclamó Aitana, evadiendo cualquier fórmula de bienvenida que no imaginaba cuál podía ser pero imponiéndole a su voz el tono más cordial que consiguió, y de inmediato levantó su taza y la mostró a su interpelado—. ¿Ya tomaste café?

—Coño, sobrina, ya sabía que andabas por aquí. Buenos días... Y no, aquí no hay nada. Ni eso tengo..., ¿me invitas?

—Espérate. Voy para allá —dijo ella, y, de pie en la cocina, luego de beber su café, sirvió el resto del contenido de la cafetera en la misma taza, que ni siquiera enjuagó, y salió al encuentro del verdadero propósito que la había devuelto a la casa donde todavía conseguía ver figuras entrañables en el viejo techo de madera mientras se le quemaban los frijoles.

—Para que quede claro desde el principio —dijo ella, luego del muy formal estrechón de manos, y se interrumpió para darle fuego al cigarrillo pospuesto, mientras observaba a Geni paladear el café, como si fuese la primera ocasión en que el hombre probara aquel brebaje—: yo no te tengo miedo.

Geni mostró sus dientes tétricamente postizos, más oscuros por la pátina del café.

—¿Todavía puedo meter miedo?

—Bueno, la verdad es que no —admitió ella—. Estás hecho mierda. Hasta la voz te ha cambiado, creo... ¿Cómo te sientes, te duele?

—Ahora no. Todavía no. Pero puede empezar a doler cualquier día.

—Lo siento... La verdad es que salir de la cárcel para morirse es una putada, como se dice en España.

Geni asintió.

—Debe ser lo que me merezco, ¿no?

—No lo sé —admitió ella—. Yo no voy a juzgarte. Decídelo tú mismo.

Geni la miró a los ojos y casi sonrió.

—Siempre me gustó cómo eras. Inteligente y descarada. No parecías hija de tu padre... Bueno, tampoco de tu madre... Dime, ¿qué ha sido de tu vida? —pidió—. Sé que te fuiste hace años. Pero cuéntame algo de ti. Algo bueno, por favor.

Aitana no podía precisar cuándo había hablado por última vez con su tío Geni. Sí recordaba, en cambio, que siendo una adolescente el personaje la había deslumbrado cuando al fin regresó de aquel universo distante y ya moribundo llamado República Democrática Alemana a bordo de una reluciente moto MZ y con una bolsa con fragmentos del Muro de Berlín como único obsequio para dispensar. Incluso había sentido una abierta simpatía por aquel tipo difuso y huidizo, que insistía en llevar una melena que a veces se recogía en una coleta ya rayada con canas, un ser tan diferente a su padre y a los padres de sus amigas y del que se hablaba en voz baja. Geni se le presentaba como un hombre para el cual no parecían existir las disciplinas ni los límites, y esa condición le proporcionaba un patente atractivo. Aitana, que a duras penas había logrado saber algo de la experiencia de Rodolfo en la guerra de Angola, en cambio podía evocar muchas conversaciones con Geni, allí mismo, sentados a esa mesa, junto al tío extrovertido y explosivo que no parecía un tío sino algo diferente y difícil de definir. Anécdotas de su estancia alemana que incluían la gran aventura de su paso al otro lado del Muro perforado, donde se comió una McDonald's que no le había gustado más que las salchichas teutonas. Gracias a esos relatos, la muchacha llegó a crear la imagen que aún conservaba de un mundo oscuro, sórdido, frío, que solía imaginar tan tétrico como en una clásica novela de John le Carré, un sitio donde imperaba el miedo y en el cual las personas solo sobrevivían gracias a la cerveza y el vodka, como él sobrevivía en esos días posteriores a su retorno con el ron y los otros alcoholes pendencieros que ingería casi cotidianamente. Su relación, más que familiar y de posible respeto o afecto por el rango y la edad, era la que podía tener con un personaje novelesco e hiperbólico, a medio camino entre lo ficticio y lo real.

Luego, cuando se produjo el tremendo crimen y la realidad macabra del tío asesino se impuso a su aura romántica, Aitana se sintió defraudada y lo confinó a un rincón de su mente, también oscuro, sórdido y frío. Porque ella necesitaba luz, cordialidad y calidez para tolerarse a sí misma, para sobrevivir en una atmósfera social y familiar cada vez más enfermas, y poder marchar hacia el territorio adonde se proponía llegar: al mundo donde conseguiría la libertad de avanzar despojada de los lastres turbios del presente y del pasado.

Sin ser demasiado exhaustiva, Aitana le contó a Geni las peripecias más notables de sus veinticinco años de exilio, y se cuidó de mantener fuera del relato a su prima Violeta, porque el recuento podía derivar por senderos que ella, de momento, no deseaba transitar. Y hasta le contó que en su casa de Barcelona exhibía aquel pedazo del Muro de Berlín que él le había regalado.

—Te ha ido bien. Me alegro —dijo Geni—. Siempre supe que eras muy fuerte.

—No te creas. A veces he sentido que me derrumbaba. Y aunque me propuse no mirar hacia atrás, a cada rato hasta pensaba en si no era mejor volver... Aunque, la verdad, esa idea la descartaba a los tres minutos. Hace mucho supe que aquí no hay quien viva. Y ahora menos.

—Eso dice todo el mundo... Bueno, es lo que parece... ¿Entonces hacía diez años que no venías a Cuba? ¿Por qué volviste ahora?

—Vine por varias cosas. Quería ver a mi padre, traer algunas cosas que hacen mucha falta aquí, resolver un problema personal..., pero sobre todo para esto, para hablar contigo.

—¿Conmigo? ¿Hablar de qué?

—De lo que pasó hace treinta años y, sobre todo, de lo que puede pasar de ahora en adelante.

—Ahora no va a pasar nada... Bueno, va a pasar que me voy a morir.

—Pero mientras tanto..., porque no te vas a morir mañana, ¿no?

—¡Quién sabe!

Aitana sintió que quizás se estaba extralimitando. Hablar de tiempos futuros con un hombre que los tenía férreamente limitados podía ser incluso cruel. Pero necesitaba cumplir su tarea. Y se lanzó.

—¿Sabes que mi padre y Nora están juntos?

Geni volvió a sonreír mientras negaba con la cabeza.

—¿Desde cuándo?

—Hace poco..., unos días nada más.

—¿De verdad? No jodas... ¿No llevan años juntos?

—No, no..., pasó el otro día.

—No me lo creo —afirmó Geni, y volvió a sonreír—. ¿De verdad? No, no puede ser. ¿Qué estaban esperando?

—No lo sé..., eso mismo me pregunto yo. El caso es que ahora sí están juntos y ya tú sabes que ninguno de los dos quiere saber de ti. Porque además de lo que hiciste aquí —y señaló a su alrededor, la escena del crimen—, fuiste muy hijo de puta al decirle a la tía Nora que estabas con ella por joder a mi padre.

Geni asintió.

—Así que te contaron eso... ¿Y lo de tu madre, de Yolanda, también te lo contaron?

—¿Qué pasó con ella? —se extrañó Aitana con la entrada en el diálogo de aquella figura tan difusa, casi inexistente para ella, la madre desvanecida que la había parido y luego abandonado.

—Fue la última vez que vi a Nora. Yo no quería que ella ni

Violeta tuvieran ninguna relación conmigo. Sabía que tu padre no lo haría, pero también quería estar seguro con ellas. Y cuando Nora fue a verme a la cárcel, le dije lo que tú ya sabes de ella y de Rodolfo y de mí... Pero también le conté que yo me acostaba con Yolanda, la mujer de Rodolfo, bueno, tu mamá, y que por eso ella se había ido así, para siempre...

—¿Tú hiciste eso? ¿Te templaste a la mujer de tu hermano?

—Dije todo eso..., pero no lo hice. Ni una cosa ni la otra... Y vine a saber que Nora y Rodolfo habían tenido algo cuando regresé de Alemania, casi al final —aclaró, e hizo una pausa—. Y para serte sincero, no me importó demasiado. Yo estaba tan jodido que nada me importaba mucho.

—¿Y lo de mi madre?

—Bueno, lo que sí es verdad es que a Yolanda le dije que si seguía engañando a tu padre con cualquiera le iba a caer a palos..., y como ella me conocía bien se asustó tanto que prefirió irse con el guagüero ese con que se acostaba. Después he pensado que no hice bien, que no tenía que haberme metido en eso, pero en ese momento creí que era lo que debía hacer. Todo el barrio se reía de tu padre, o sea, del comemierda y tarrú de mi hermano...

—Así pues..., ¿nunca te acostaste con ella?

Geni negó con la cabeza y respondió.

—Bueno, sí, pero mucho antes de que se empatara con Rodolfo, mucho antes de que tú nacieras... A ver, a ver, ¿quieres que de verdad sea sincero contigo? —Aitana asintió, por una vez incapaz de encontrar ni una mínima salida verbal—. Bueno, es que Yolanda iba a la escuela conmigo y desde chiquita era más puta que..., perdón, porque es tu madre y... Disculpa, no sé si... Eso pasó cuando teníamos doce o trece años.

Aitana sentía un rubor maligno, perverso, al que intentó sobreponerse del modo más digno que encontró. Aunque Yolanda hubiera sido para ella algo así como un fantasma volátil, mirar debajo de su sábana y ver sus más sucias intimidades no podía dejar de agredirla.

—Pero mi padre es una buena persona. Siempre lo fue —dijo, aferrándose a lo que encontró a su alcance.

—No estábamos hablando de Rodolfo. Todavía. Que, por cierto, él sí se está acostando con la que todavía es legalmente mi esposa, ¿no?

Aitana necesitó encender otro cigarrillo. Debía buscarle nuevos senderos a la impostergable conversación que la había traído desde su rutina y su vida en Barcelona hasta aquel patio marcado por la sangre. No, no estaba allí ni para amanecer con sensaciones de júbilos perdidos ni para recibir porrazos sentimentales y contraofensivas indetenibles. Y decidió pasar al ataque.

—¿Sabes lo que hizo mi papá en los últimos años de la abuela Lola, después que tú hiciste lo que hiciste?

—Sé que la cuidó. Eso se lo agradezco. Y aunque él no fue a verme a la cárcel, siempre la ayudó a ella para que fuera a visitarme y llevarme algo. Cosas que él compraba.

—Sí. Lo hizo por ella, no por ti... ¿Y sabes qué pasó al final final? —Geni fumaba otra vez, luego de sorber las últimas gotas de café remanentes en la taza—. Esto me lo contaron, porque yo ya me había ido... —titubeó, pero decidió omitir que Violeta, testigo de los hechos, había sido la fuente de información—. Bueno, la abuela Lola empezó a perder la mente y de un día para otro borró a mi padre de su cabeza y lo convirtió en ti... Lo llamaba Eugenio, así, Eugenio, y la única persona aquí que te decía Eugenio era ella.

—No lo sabía... Bueno, cuando alguien pierde la cabeza...

—O cuando alguien tiene una sola idea en la cabeza. Y la abuela Lola solo tenía un hijo en su cabeza. Y ese eras tú. El vínculo contigo era muy especial, ¿no crees? —Aitana esperó alguna respuesta, pero Geni apenas negó con la cabeza—. Y mi padre tuvo que aceptarlo y seguir sosteniendo a tu madre, que, sin embargo y hasta casi ese final final, fue a verte y llevarte las cosas que mi padre compraba para ti, como tú mismo dices. Y a veces las compraba con un dinero que no le sobraba y que podía darme a mí o usar para él. Y mira lo que tú hiciste con él y con Nora.

Geni dirigió la vista hacia la casita. A pesar de toda su armadura sentimental, la andanada de Aitana debió de provocar en él algún efecto. Su madre, Lola, parecía seguir siendo su punto neurálgico.

—Aitana —comenzó, e hizo una pausa—. A Nora yo le inventé eso de que había estado con ella para joder a Rodolfo, porque lo que de verdad quería era liberarla. Bueno, a los dos, también a Rodolfo... Y porque incluso antes de saber que ellos habían sido novios en el preuniversitario, sí sabía que él siempre había estado enamorado de ella y ella siempre había tenido una debilidad por él... Eso se sentía en el aire, ninguno de los dos podía evitarlo... Por eso no entiendo que sea ahora cuando por fin se estén acostando. Bueno, aunque también sé que los dos, Nora y tu padre, los dos son un poco comemierdas.

Aitana intentaba procesar las informaciones que soltaba Geni y apenas lo conseguía. ¿Quién coño era en realidad aquel hombre? ¿Por qué había hecho muchas de las cosas que hizo? ¿Por qué se había sometido a más condenas de las que le habían impuesto?

—¿Tengo que creerte? ¿Creer todo lo que cuentas de Nora y mi padre, lo de Yolanda? ¿Creerte cuando una vez dices algo y luego lo contrario? —preguntó, evitando mencionar su relación con la persona que había sido su madre, pues toda la seguridad y prepotencia con que había comenzado aquella conversación se estaban diluyendo como una gota de añil en un vaso de agua.

—Después que pasó lo que pasó aquí —comenzó Geni, y desvió un instante la vista hacia la superficie del patio—, ya en la cárcel, cuando le caí a golpes al custodio sádico e hijo de puta ese que hasta perdió un ojo, entendí que en mí siempre había existido algo malo, no sé, brutal o qué sé yo, un diablo que cuando se despertaba no tenía control. Y que lo mejor era que nadie estuviera cerca de mí. Todos fuera de mi campo magnético, lejos de toda esa violencia que me podía salir así... Mucho mejor si los repugnaba, si les daba asco, si me odiaban. Y por eso dije lo que dije. No, Aitana, no tengo por qué mentirte... Además, qué carajo, ya te lo dije, no sé si mañana voy a estar muerto.

—No sé..., a lo mejor quieres redimirte —dijo Aitana, que se sintió desvalida, superada. Entre el Geni telúrico y avasallante que había esperado encontrarse, más endurecido aún por los muchos años de vida carcelaria, y aquel ser patético, capaz de reconocer su condición casi demoníaca y ahora tal vez reblandecido por la cercanía de la muerte, había una distancia cósmica que ella necesitaba asimilar y, si era posible, hacer fructificar—. Por cierto, ¿además del café has tomado algo?

Geni sonrió.

—Un buchito de ron que quedaba en la botella que me zampé ayer y un mango que me encontré ahí en el suelo... Desde ayer no como nada... Creo que Fumero va a traerme algo. Ya debería de haber llegado.

—Bueno, ven, para que comas algo.

La sobrina y el tío que nunca se habían tratado como tales fueron hacia la casa y, mientras Aitana preparaba un pedazo de pan, rociado con el aceite de oliva que había traído de España y calentaba los restos de la leche de su desayuno, Geni se asomó a la ventana de la cocina y observó el patio común desde esa perspectiva. ¿Qué coño estará pensando?, ¿se verá a sí mismo machacando la cabeza de su padre?, ¿cómo se puede seguir viviendo con ese acto en la conciencia?, se inquietó Aitana, y pensó que debía preguntárselo a Geni de un modo directo, porque también para eso había regresado. Solo la devolvió a su momento el murmullo del ascenso del café en la vieja moka italiana que, diez, quince años atrás, ella también había enviado desde su territorio de exiliada.

—¿En qué estás pensando? —se atrevió Aitana.

Sin voltearse, luego de tomarse su tiempo, Geni respondió:

—En ese muro que divide la casa de la casita. Cualquier

día se cae pal carajo... Creo que nunca debió existir. Si no hubiera existido... —Y se detuvo, aún sin voltearse.

Aitana completó para sí el posible razonamiento del hombre: si no hubiera existido ese muro, tal vez todo habría sido distinto. ¿O no? Y lo pensó porque justo la noche anterior, en el vacío que sucede a la consumación del acto sexual, Aitana y Humbertico habían hablado del peso de las decisiones, de cómo las resoluciones, incluso las que pueden parecer más banales, arman las vidas de las gentes, una concatenación de causas y efectos a la cual el oficiante de la religión yoruba añadía el peso de las predestinaciones: como la que ellos estaban consumando en una cama. Humbertico pensaba incluso que muchas causas de nuestros actos ya están determinadas por las consecuencias, en una extraña relación que, según él, anticipaba la presencia determinante de los efectos. Y Aitana, que en otro momento habría considerado semejante reflexión como un desvarío, pensó que sí, que todo era posible. ¿También funcionaban las maldiciones?

—Desde que tengo memoria ya existía esa separación —dijo al fin Aitana—. Para mí era natural, pero creo que tú tienes razón, antes no la había.

—¿De verdad ese muro está medio escorado o yo veo mal?

—Está torcido, sí, como todo aquí —aseguró ella, y él asintió—. Cualquier día se cae.

—Esa cerca dividió el mundo... Bueno, era como nuestro Muro de Berlín...

—El Muro de Berlín de verdad que tú cruzaste una vez —dijo ella, y decidió aprovechar la coyuntura—. Y déjame decirte que nunca he entendido bien por qué regresaste de allá cuando ya estabas del otro lado. Eso sí habría cambiado tu vida. Yo no habría vuelto.

Geni asintió, siempre de espaldas a Aitana. Luego se volvió, haló una silla y se sentó a la mesa. Se tomó un tiempo para encender otro cigarro.

—Mira... Te voy a contar algo que no le he contado a nadie,

ni a Nora, ni a Fumero... Pero ya da igual y creo que te va a explicar más cosas... Bueno, como tú seguro sabes, Nora tal vez se creyó que yo había vuelto porque me habían prometido un apartamento aquí en Cuba, una casa para vivir nosotros solos. Pero eso también es mentira. Ya en Alemania nos habían dicho que no había casas suficientes, que nos olvidáramos de eso... Por su lado, Fumero cree que volví porque tuve miedo de empezar otra vida, yo solo, en otra parte, o cree que lo hice porque mi destino no me permitía hacer otra cosa. El hado, dice él...

—¿Entonces por qué...?

—En Berlín había empezado como un carnaval con la caída del Muro. La gente cruzaba para uno y otro lado, bailaba, bebía, se abrazaba y yo con ellos. En la parte occidental los bares y las cervecerías no cerraban a ninguna hora. En medio de ese desenfreno yo estuve una noche con una alemana y pensé que con una mujer así quizás podía empezar a quedarme. Pero allí nada duraba. Todo se movía como si hubiera un terremoto sin fin... Y como al tercer día, en una cafetería, conocí a un muchacho, un muchacho turco muy simpático y... El caso es que hablamos, le encantó saber que yo era cubano... Y, bueno, me invitó a tomar, a comer, a pasear por la ciudad, y como ya no tenía dinero, pues tomé y comí con él, y me dijo que si quería quedarme él me podía ayudar porque era hijo de turcos, aunque había nacido en Alemania Occidental, era ciudadano alemán y conocía a ciertas gentes. Sin embargo, mi maldición parece que era más fuerte que cualquier otra opción, que no descansaba. Porque esa noche, durmiendo en el sofá de su casa, todavía medio borracho, el muchacho me despertó dándome besos y acariciándome, y cuando me espabilé, vi que estaba completamente encueros... y que tenía una tremenda erección... Como yo había caído en el sofá completamente borracho, al principio me costó trabajo entender lo que pasaba, hasta que entendí..., y como me había acostado vestido, con mis botas de trabajo y todo lo demás, de pronto reaccioné sin pensar. Medio me incorporé, lo empujé y le lancé una patada, para alejarlo más. Pero él había retrocedido un poco y le di la patada en la sien, un tremendo golpe con aquellas botas durísimas con un casquillo de metal en la punta, las que nos daban para trabajar en la fundición. Y para joder más las cosas, el maricón fue a caer de cabeza contra una mesa de madera... y empezó a convulsionar. Y allí lo dejé, retorciéndose, y me largué corriendo.

Aitana, de pie ante la hornilla ya apagada, lo escuchaba, casi sin respirar.

—¿Lo mataste?

—No lo sé..., nunca lo supe... Porque ese mismo día regresé al Este y me fui directo a Dresde, a mi trabajo. Y hasta el mismo día en que me mandaron de regreso para acá, como a los tres meses de que pasara aquello, estuve temiendo que fueran a detenerme. Nunca fueron, quizás porque sí, porque se había muerto y nadie sabía de mí..., no sé. O porque en realidad era turco y allí importaba poco un turco muerto...

—Por Dios, Geni, es como si fueras el cabrón Atila. Por donde pasas...

—O una maldición, ¿no?

—O una maldición —admitió Aitana.

—Bueno, fue por ese miedo y no por el que cree Fumero que regresé a Cuba, aunque es verdad que me pregunté mucho si era capaz de vivir para siempre en otra parte, porque eso también me daba miedo. Y también es verdad que quería volver a estar con mi mujer y mi hija. Todo eso es una sola verdad, y volví.

—Claro, la soledad da miedo —admitió Aitana, que sabía algo de ese sentimiento.

—Sí, la soledad... Bueno, sobrina, lo único que te pido ahora es que no le cuentes esto que te he dicho a nadie. Por lo menos mientras yo esté vivo. ¿Puedes?

—Claro, te lo prometo..., qué horror. No, no se lo puedo decir a nadie. Sería peor.

—¿Todavía peor?

—Por Dios, Geni..., no, nada puede ser peor. Del carajo...,

bueno, ahora come y tómate el café... —casi lo conminó mientras colocaba en la mesa el pan calentado y el café con un chorro de leche—. Te hace falta.

—Gracias —dijo, y lanzó la colilla por la ventana desde la que se veía la barda divisoria.

—No hay de qué, no hay de qué —respondió ella con la fórmula consabida, y la repitió y esperó unos segundos antes de intentar una recuperación de la conmoción que le había provocado el relato del tío maldito, desposado con la fatalidad y la violencia, y para intentar retomar el control del diálogo ya programado—. Geni, ahora que me has contado esa historia tremenda... Coño, dime, ¿por qué ni a la policía, ni en el juicio, ni a Nora ni siquiera a Fumero les has contado lo que pasó ahí esa noche? ¿Me lo cuentas a mí? Te juro que yo tampoco se lo cuento a nadie. Pero es que...

A Geni le costaba masticar el pan con su dentadura mal ajustada. Asintió mientras terminaba de moler un bocado y se ayudó a tragar tomando un sorbo del café con leche.

—En la cárcel nunca nos daban café con leche. A veces un poco de café aguado, casi nunca nos dieron leche.

—No es un campamento de verano...

—Esta dentadura postiza... Cuando te quedas sin dientes, traen una bolsa con unas cuantas, te las pruebas y te quedas con la que te sirva. Yo creo que son de muertos.

—Terrible... Pero ¿y entonces? Dime, ¿por qué no has contado nada de eso?

—Aitana, todo el mundo sabe lo que pasó. Ahí al lado pasó lo que pasó y de eso sí que no quiero ni voy a hablar más. Y eso tú lo sabes bien. Bueno, ya te he contado demasiado...

Aitana no estaba dispuesta a darse por vencida con una respuesta que no respondía a la pregunta que los perseguía hacía treinta y un años.

—¿Mi abuela Lola estaba cerca? ¿Ella vio lo que pasó? ¿Ella hizo algo? ¿Por eso es que tenía esa obsesión contigo?

Geni detuvo el gesto de llevarse el pan a la boca.

—¿De qué tú estás hablando?

—De lo que pasó ahí al lado. Coño, Geni, ¿qué te importa contarlo ahora? Tú mismo dices que te vas a morir...

—Bueno, podía haberme muerto antes..., este es el segundo cáncer que tengo, o la continuación del primero.

—¿Ya tuviste cáncer?

—De próstata. Me operaron y me dijeron que no volvería. Pero el hijo de puta volvió. Así que hazte idea de que me morí de ese primer cáncer.

—Pero estás vivo, coño. ¿Qué es lo que no quieres contar?

—Olvídate de mezclar a mi madre en eso. Aquel fue un asunto entre mi padre y yo, y a nadie más le importa.

—¿Cómo que no nos importa? Tuvo que ver con todos nosotros —dijo, y no pudo ya evitarlo—. Tuvo mucho que ver con tu hija. Casi le descojonas la vida a la pobre Violeta. Todavía lo que hiciste la persigue... Creo que por eso hasta se ha hecho religiosa y se ha vuelto medio comemierda.

Geni la miró con una intensidad diferente. Algo de su mirada de siempre había vuelto a sus ojos de un verde ahora incluso más desvaído, pero no menos satánico. Y en ese instante ella le tuvo miedo.

—¿Vas a seguir? —preguntó el hombre con tono tajante.

—Sí —se repuso la mujer—. Porque hace un rato, cuando te asomaste a la ventana y hablaste del muro, yo estaba preguntándome qué podía haber en tu cabeza mirando hacia ese patio. Y no tenía que ver con el muro. ¿Qué es lo que de verdad piensas, Geni? ¿Qué es lo que quisieras que pensáramos nosotros?

Geni se puso de pie.

—Gracias por el desayuno —dijo. En la mesa estaba la mitad del pan servido y en la taza algo del café con leche—. Me alegro de haberte visto. Y espero que no traiciones mi confianza —añadió, y abandonó la casa, bajó a la acera y regresó al patio. Desde la ventana de la cocina, Aitana lo vio volver a sentarse en uno de los bancos de la mesa del abuelo Quintín y encender otro cigarrillo. Y tuvo una certeza: después de una casi infinita condena carcelaria y hasta moribundo como estaba en ese instante, Geni seguía siendo Geni.

Confundida, descolocada, incómoda, indignada y, sin embargo, en cierta medida también satisfecha. Así, cargada con el lastre de tantas incertidumbres, Aitana sopesó sus opciones, y se decantó por la perspectiva exterior y la proclamada sabiduría incluso esotérica de Humbertico, antes que la interior, afectada, la sensibilidad herida de su padre o de la tía Nora que por supuesto resultarían demasiado prejuiciadas.

Luego de varios intentos, cuando al fin respondió a su llamada de auxilio, Humbertico le propuso recogerla alrededor de las doce e irse a almorzar a algún sitio. Podía dedicarle un par de horas.

Ya lista, sentada en el portal con el ventilador apuntándole a la espalda, Aitana vio el Audi de Humbertico doblar la esquina y luego detenerse frente a la propiedad. Le extrañó ver que primero se abría la puerta del copiloto, y la sobresaltó la idea de que se tratara de la mujer de su amante. Pero la alivió reconocer que bajo su panamá, ataviado con bermudas y una ridícula camiseta sin mangas que exhibía la flacidez de sus brazos, quien descendió del auto fue Raymundo Fumero. Desde la calle, el escritor le hizo entonces un gesto de saludo y, de inmediato, la señal de que se acercara, mientras él avanzaba hacia la parte trasera del auto.

Cuando bajó a la acera, el cristal tintado de la ventanilla del chofer descendió y, tocada con el soplo de aire fresco que salía del auto, Aitana vio el rostro sonriente de Humbertico.

—Mi padre se queda, tú y yo nos vamos —le informó el hombre.

—¿No vas a saludar a Geni?

—No, todavía no. Quiero hacerlo con calma. Y después de oír lo que me vas a decir...

—Vale. Cierro la casa y vuelvo —dijo ella, y se acercó a Fumero, que la besó en las mejillas, siempre asumiendo la costumbre española.

—Aunque hoy tienes un poco de cara de mierda, la verdad es que cada vez estás más linda —dijo el escritor, y se volteó para sacar del maletero dos bolsas voluminosas.

—Gracias por el cumplido, y esta es la mejor cara que tengo... ¿Y eso? —dijo ella, y señaló los paquetes.

—Una donación, como diría tu padre. De Humbertico para Geni... Nos complicamos y no pude venir por la mañana. El pobre debe estar muerto de hambre.

—Yo le di desayuno —le advirtió Aitana.

—¿Y?

—No se lo comió todo..., pero hablamos bastante.

—¿Y?

—No sé..., tengo un lío cada vez más grande en la cabeza... A lo mejor me hace falta una rogación... A ver si el señor babalawo me la hace. —Rio, y regresó a la casa para guardar el ventilador, la butaca y cerrar la puerta con llave, como le había exigido su padre.

Imponiendo la prudencia a la curiosidad, Aitana evitó preguntarle a Humbertico qué justificaciones le daba a su mujer para sus frecuentes salidas diurnas y, sobre todo, nocturnas, que podían extenderse hasta la madrugada. ¿La tal Viviana sería de las que huelen la ropa y el pelo del marido que regresa a deshoras y con aliento etílico? ¿Quién era la mujer que olía efluvios de vaginas en el cabello de su amante? Mejor no averiguar, se dijo.

Humbertico condujo hacia el sur de la ciudad en busca de un restaurante que regentaba un italiano aplatanado en Cuba y que alguien le había recomendado, más por la calidad de los vinos que por la excelencia de la carta. Y porque el sitio quedaba apenas a diez minutos del barrio.

Ya acomodados en la terraza de la casa, devenida salón del restaurante y abierta hacia un patio arbolado en donde se mecían los últimos mangos y los primeros aguacates de la temporada, aliviados del bochorno del mediodía por los ventiladores pendientes del techo, Humbertico y Aitana chocaron las copas y se dispusieron a beber un tinto Barolo piamontés de setenta dólares la botella.

—¿Por qué pediste el pollo si nos dijeron que el cerdo asado es la especialidad de la casa? —quiso saber Aitana.

—No puedo comerlo. Por mi religión.

—¿Qué me dices? ¿Tú eres además musulmán o judío, como tu colega ruso, ucraniano o qué sé yo?

Humbertico sonrió.

—No está mal el vino, ¿verdad?... No, ni musulmán ni judío. Pero cuando recibí los atributos, mis santos me prohibieron varias cosas. Entre ellas comer cerdo, calamares y zanahoria.

—¡Cojones! —soltó Aitana, y estuvo a punto de escupir el vino que tenía en la boca—. No sabía eso. Todos ustedes están locos...

—Sí, un poco —admitió Humbertico—. Y por lo que veo, a ti tus parientes te están volviendo loca.

Aitana asintió y bebió otro sorbo de vino.

—¡Y tú no sabes nada! —exclamó.

La charla de esa mañana con su tío la había descolocado, comenzó a decirle a su amante y confidente, sin atreverse a ventilar el secreto germánico que le había confiado Geni. Ya no tenía dudas de que algo más oscuro, quizás más turbio, debía de existir en la historia de su familia. Entre todos habían armado una convivencia ríspida, muchas veces desprovista de afectos, pero sí plagada de secretos, mentiras, violencias y brotes de locura, de historias que se negaban una a la otra, una trama que había determinado el pasado y seguía pesando en el presente, y, ahora ella lo veía mejor, incluso se proyectaba hacia el futuro. Algo la advertía de que la tragedia aún tendría peripecias drásticas. En fin, que Aitana estaba cada vez más convencida de que a aquel mecanismo le faltaban piezas. Pero ¿qué carajos era?

¿Algún papel activo jugado por su abuela Lola la noche trágica de 1992?

—¿Y por qué me lo preguntas a mí? ¿Crees que yo lo sé? ¿Que lo puedo averiguar con mis orishas?

—Ojalá pudieras averiguarlo. Pero te lo pregunto a ti porque ya sé la respuesta de los otros. Va a ser la misma de siempre: se van a quedar callados.

—¿Incluso tu padre?

—Él más que ninguno, pero también porque no sabe nada... Todo el tiempo lo han usado. Lo usó mi madre, lo usó mi abuela Lola, y él ni siquiera se lo imagina bien. Creo que hasta Nora lo utilizaba. Eso me mata de pena, el pobre... Y a lo mejor Fumero te ha dicho algo, no sé.

—Me ha dicho muchas cosas. Algunas de esas que te soltó hoy Geni..., pero tampoco creo que sepa mucho más. Y si sabe, no creo que lo afloje así como así. Tú sabes, su fidelidad es con mi padrino, con Geni. Desde hace sesenta años.

Aitana volvió a asentir. Seguía moviéndose por un terreno minado que nadie quería o podía transitar.

—¿De verdad qué fue lo que le contó Geni a tu padre de su regreso de Alemania? Es que todo el mundo pensaba que no volvería...

—¿No lo sabes?... Algo raro, pero posible... Que tuvo miedo a quedarse solo. Yo no me lo creo, pero es lo que Geni le dijo.

—Sí, ya lo sabía, eso es lo que dijo —ratificó Aitana—. ¿Y Fumero le creyó?

—No sé..., ¿por qué no iba a creerle?

—Porque lo conoce mejor que nadie. ¿Miedo y ya?

Humbertico asintió y volvió a llenar las copas y concentró su mirada en el patio arbolado.

—Mira, Aitana, mi padre y Geni tienen más historias de las que conocemos. Después que pasó lo que pasó con tu abuelo Fermín, cuando mi padre se mantuvo al lado de Geni, yo lo presioné mucho, no entendía que él no juzgara a alguien que había matado a martillazos a su padre... Y él me contó algo.

Aitana negó con la cabeza. ¿Otra historia de horror?

—Coño, Humber, no me vayas a decir que ellos dos son...

—Son amigos —la cortó Humbertico—. Amigos de verdad... El día que Fermín le dio una tremenda paliza a Geni que por poco lo mata, todo fue por unos gallos finos que tu tío se había robado. Bueno, en realidad los habían robado los dos, mi padre y mi padrino. Una cosa de muchachos. Pero incluso la idea de cómo robarlos sin tener problemas con los perros que había en ese patio se le ocurrió a mi padre... Y Geni nunca lo confesó. Se tragó él solo la culpa y Fermín por poco lo mata... Si él hubiera delatado a mi padre, a él también le habría caído una zurra de mi abuelo revolucionario, que era más estricto que Fermín, aunque menos salvaje. Y, como te imaginarás, seguramente hay más historias entre ellos, historias que prefiero ni saber, la verdad. Así que no te asombres de la fidelidad de mi padre con Geni.

—Carajo, no sé si esa es una historia bonita o triste —admitió Aitana, con la sensibilidad ya alterada, ahora tocada por aquel relato de complicidades blindadas.

—La gente es muy complicada, Aitana. Yo creo que entre ellos dos hay una conexión más profunda incluso que la amistad. ¿Tú sabes que nacieron el mismo día, en el mismo hospital?

—Sí, verdad..., se me había olvidado. ¿Y eso significa algo?

—Yo creo que sí... A mi padre siempre lo ha preocupado algo que él trata de ver desde la literatura. Algo así como la historia del príncipe y el mendigo en versión adaptada a un barrio cubano... Él piensa que, si en lugar de tener los padres que tuvo, la suerte le hubiera dado a un Fermín, quizás él también habría terminado siendo un parricida. Pero tuvo la fortuna de tener una familia más o menos normal, bueno, cuando ser tan comunistas era normal. Aunque él, que siempre ha sabido montar personajes, también sabe que el suyo era el papel de niño bueno, y a Geni le tocaba el de niño malo, pero que la verdad es que esos personajes no eran de una sola pieza.

—Como los buenos personajes —ratificó Aitana.

—Anjá..., y por eso sé que hay cosas que Geni nunca ha dicho ni dirá, y cosas que mi padre tampoco dirá... Tú lo sabes, todo el mundo esconde cosas.

—Coño, Humbertico, claro que lo sé...

—Tú misma escondes cosas.

—¿Yo? Yo soy transparente...

Humbertico sonrió.

—No tanto... A ver, dime, ¿por qué nunca sacaste a tu padre de Cuba, ni siquiera lo has invitado a ir a España? Mi padre se lo pregunta a veces...

Aitana detuvo el gesto de llevarse la copa a los labios. Miró hacia el patio y prolongó un silencio.

—Por mezquindad..., sí, por eso. Al principio porque no podía, no tenía dinero ni dónde alojarlo. Y después por miedo a que me altere la vida, que me complique, no sé... Él nunca me lo ha pedido porque yo nunca se lo he propuesto. Y porque es más fácil mandarle un poco de dinero y un par de zapatos y unos calzoncillos que asumirlo a tiempo completo. Mezquindad pura y dura, querido.

—Disculpa, no debí tocar esa tecla —dijo el hombre, y le acarició la mano que la mujer tenía sobre la mesa—. Todos somos un poco mezquinos.

—No me consueles, carajo... Ni te me hagas el chivo loco... Porque lo que quiero saber es lo que no sé... ¿Y si tú le preguntas a Ifá, el que conoce el futuro?

—Pero todo esto es el pasado...

—Con más razón. Tu amigo Ifá, Orula, el que sea, con su sabiduría, no tiene que adivinar lo que va a pasar, sino descubrir lo que pasó. Darme una luz y no sé si un poco de tranquilidad, coño, poder entender mejor las cosas... ¿Te atreves?

El sacerdote yoruba pareció pensarlo.

—Pero tendrías que ir a mi casa..., mi mujer.

—Tranquilo. Podemos ir, que no te me voy a tirar arriba..., o no para templar contigo. Bueno, depende de lo que me digan los muertos.

—No son los muertos, son los orishas... los que conocen los secretos y designios de Olodumare..., de Dios.

Aitana asintió varias veces y miró con intensidad a los ojos de Humbertico.

—¿De verdad verdad tú crees en todo eso?

Él se atrevió a sonreír.

—¿Otra vez con eso? No, no lo puedes evitar. Claro, piensas que yo soy un farsante.

—No, no, pero es que...

—Es que..., es que a veces nos enteramos de cosas que es mejor no saber —dijo Humbertico, y su voz alcanzó una solemnidad disuasoria.

Aitana miró otra vez hacia el patio arbolado por donde en ese momento se paseaban unas gallinas gordas, al parecer hasta felices, ajenas a un destino que podía llevarlas a uno de los platos que gentes como ellos podían devorar allí, tan cerca. Esa era la realidad. ¿Existía otra realidad, otra dimensión de esa realidad? Humbertico no podía ser un farsante, como él mismo calificó su posible filiación, pero ella tampoco lo era. Y no iba a empezar a serlo a sus cuarenta y ocho años tan vividos.

—Vale, vale... Mejor dejamos a Ifá para otro día —dijo, y dio un largo sorbo a su copa de vino tinto del Piamonte—. Hoy hace un calor del carajo.

25

Cuando restablecieron la electricidad y regresaron, vieron que Aitana, beneficiándose con un abanico, los esperaba en el portal de la casa familiar de Santos Suárez.

—Qué coño habrá hecho esta, por Dios —musitó Rodolfo al verla.

El paseo había sido idea de Nora, harta de una cotidianidad agobiante. El corte de electricidad, un padecimiento cada vez más frecuente, podía durar horas. La anciana Catalina, sometida por los tranquilizantes que le habían recetado, dormiría como una piedra hasta la mañana siguiente, y la prima Amparito no se iba a mover de la sala, pues era la única que confiaba, con su optimismo infundado y muy pasado de moda, en que pronto se restablecería la electricidad y aún podría ver el capítulo diario de la telenovela brasileña de turno. La frugal comida nocturna estaba casi toda lista, pero Nora rechazaba la idea de sentarse a la mesa iluminados por una lámpara de emergencia y a merced de un calor que no cedía. Y, luego de buscar soluciones posibles, llamó a Rodolfo y le propuso una alternativa.

—Vamos un rato para el parque de allá arriba, a ver si mientras ponen la luz. Así mismo, en *short* y chancletas —casi ordenó, y, sin preguntas, Rodolfo la siguió, pues sabía que no existían espacios para opciones y mucho menos negaciones. Y porque le pareció que no era una mala idea.

Aquel parque de Santos Suárez abarcaba toda una manzana de terreno y había sido diseñado cuando se parceló y comenzó a construir el reparto. Generosamente arbolado y con sinuosos senderos interiores, formaba parte de los sitios que Nora y Rodolfo habían utilizado para algunos de sus contados besuqueos juveniles. Fue Rodolfo quien lo recordó, y también recordó que, desde entonces, nunca había vuelto a sentarse en uno de sus bancos originales, de los que ahora pocos sobrevivían a los vandalismos y las desidias; mientras los viejos árboles del jardín, tan generosos, exhibían un aspecto tétrico, luego de ser sometidos a unas podas hechas más con rabia que con motosierras. Y, a pesar de la oscuridad reinante, también fue Rodolfo quien advirtió que una de las esquinas del parque, la más próxima a donde en aquel tiempo remoto habían existido canales, columpios y un tiovivo para retozos infantiles, ahora se había convertido en un vertedero con depósitos de basura torcidos o volcados o destripados y camellones de desechos que cubrían parte de la acera y bajaban hasta la calle. Y, siempre a pesar de la oscuridad, allí vio al hombre que hurgaba entre los desperdicios como si, en la basura cubana, fuera posible encontrar algo que no fuera basura.

—Por Dios, la mierda nos va a comer —sentenció Rodolfo.

—O nos va a abducir... —matizó Nora—. Qué desastre, cada día hay más gente registrando la basura. Y este parque..., parece que estamos en Haití.

—La has cogido con eso... ¿Cómo sabes que esto se parece a Haití? Si nunca has estado por allá.

—No hace falta. Sé que se parece a Haití —insistió Nora—. Todas las miserias se parecen, digo yo. La miseria es la madre de los miserables.

—Eso puede ser verdad —aceptó el hombre.

A Nora todavía le costaba asimilar el nuevo estadio de su relación con Rodolfo y lo transitaba incluso con una dosis de asombro. Conocía tanto al hombre, había compartido tanto tiempo de vida con él, lo sentía tan próximo que solo pensar que para redondear el círculo de la convivencia más íntima apenas les hubiera faltado el pequeño trazo que habían marcado yéndose a la cama para tener algo tan elemental e irreversible como una relación sexual, le parecía el compás más absurdo de unas vidas con mucho de absurdo y, además, con tantos años ya vividos. Lo que alteraba todas las lógicas posibles es que ese trazo conclusivo de la relación al final hubiese sido empujado por la presencia de Geni. ¿Deberían agradecerle que hubiera catalizado los mecanismos que los había movido hacia un recodo de la vida en el cual, acompañados, recibieran como beneficio un sorbo de felicidad, muy otoñal, aunque quizás por ello más gratificante?

—Entonces..., ¿qué vas a hacer tú, Rodillo? ¿Piensas no volver nunca más a tu casa, comportarte como un prófugo? Coño, tengo que ir a buscar a mi pobre gata...

Rodolfo extrajo y encendió uno de sus cigarrillos. ¿Ya era el noveno del día?

—¿Tú también crees que le tengo miedo a Geni? Aitana lo piensa.

—Ella lo piensa de los dos... Que le tenemos miedo y más porque ahora estamos juntos. Pero ¿tú le tienes miedo o qué?

—¿Sabes qué me da miedo de verdad? Pues llegar a sentir lástima por él, compadecerlo por todo lo que le tocó vivir.

—Estás en tu derecho.

—¿Y no sería como perdonarlo un poco?

—A lo mejor. Pero eso no es algo malo. El perdón no es malo en sí mismo. Bueno, eso es lo que yo creo.

—Yo no lo sé... Es que me había acostumbrado a no pensar en él, como si no existiera o como si ya se hubiera muerto, y así me sentía más cómodo. Y ahora el cadáver sale de su tumba para venir a morirse de verdad, pero delante de mí.

—De nosotros —puntualizó Nora, y tomó a Rodolfo de la barbilla y lo besó en los labios, penetrándolo con la lengua, mordiéndolo, lamiendo y sorbiendo su saliva—. Me gusta esto de poder besarte cada vez que me dé la gana, de poder acariciarte, de que tú me acaricies a mí. Sentir que no hay límites físicos. Que seamos tan cercanos y tan cómplices como para no tener vergüenza de que me veas desnuda con esta vejez horrible y pellejuda que tengo, estas tetas gordas y flojas. —Y tomó la mano de Rodolfo y la deslizó por debajo de la blusa para que palpara sus senos sin cobertura de un ajustador.

Volvieron a besarse, como lo habían hecho en su juventud, cincuenta años atrás, ahora alentados por la oscuridad que no solo reinaba en aquel recodo del parque, sino en casi la mitad de la ciudad decrépita, sometida a la condena cíclica y cada vez más frecuente y dilatada del apagón.

—¿Cómo pudimos ser tan imbéciles? —le preguntó él, aunque en realidad se interrogaba a sí mismo—. ¿Por qué no lo hacíamos?

—No pienses más —lo conminó Nora—. Ya lo estamos haciendo. Y vamos a seguir haciéndolo.

Con la electricidad restablecida, pero sin intentar darse una respuesta que a esas alturas se volvería retórica, tomados de la mano como buenos novios, volvieron a la casa y no se alarmaron demasiado al ver a Aitana sentada en el portal abanicándose y fumando un cigarrillo: ambos eran conscientes de que había una bomba con la mecha encendida. Del interior de la casa, todavía a oscuras, solo salía el reflejo de la pantalla del televisor, ante el que Amparito consumía lo que quedaba de su telenovela.

—Vengo con cosas para contar —advirtió Aitana al verlos.

—A ver, ¿qué pasó ahora? —quiso saber Rodolfo—. ¿Hablaste con él?

—Bueno, pues sí, hablé con Geni. Mucho, de muchas cosas. Y me enteré de algunas que ustedes dos nunca me quisieron contar.

—¿Qué cosas te contó?

—Algunas de las que ustedes me escondieron. Los cabrones secretos que no sé por qué carajo le gusta guardar a todo el mundo en esta familia de descerebrados que me tocó. Y para que no digan que yo soy igual y escondo cosas..., esta tarde fui a la oficina de los pasajes y cambié el mío para quedarme una semana más. Y se imaginan por qué, ¿verdad? Pues claro, porque estoy templando con Humber y quiero seguir haciéndolo todo lo que pueda. ¿Y saben algo más? Pues también sepan que lo hago porque no soy una zonza como ustedes dos, que son con ventaja las dos personas más comemierdas que he conocido y voy a conocer en mi vida... De mi padre lo esperaba, pero, la verdad, no tanto de ti, tía Nora... Pero es lo que hay... Y ahora, antes de seguir hablando, bueno, tengo allá dentro una botella de whisky. Regalo de Humber, por supuesto..., ya a mí no me queda ni un euro... Si quieren, los invito. Si no, por lo menos miren a ver si con el apagón no se derritió todo el hielo y me dan un poco para yo darme un buen trago. Pero deberían acompañarme, a ver si de una vez se les suelta un poco la lengua, carajo.

Cuando Rodolfo dejó de ser Rodolfo y en la mente de su madre se convirtió en Eugenio, hacía ya unos meses que Lola respiraba con dificultad por el agravamiento de su enfisema, pero ni aun así había dejado de fumar. Rodolfo, que en realidad seguía siendo Rodolfo y se había impuesto como misión el cuidado y satisfacción de los requerimientos de su madre, incluida su dependencia nicotínica, tuvo entonces la sospecha de que la mujer, ya con los nortes perdidos para casi todas las cuestiones, conservaba sin embargo un inquietante resquicio de clarividencia: la suficiente como para hacer lo necesario y tratar de salir cuanto antes de una vida que le había dado más puñetazos que caricias. Y lo haría como había vivido: fumando.

El corte de la lucidez de Lola había sido bastante abrupto. Cierto es que Rodolfo había advertido en los meses previos que la mujer tenía algunos deslices mentales, sobre todo olvidos y desconcentraciones, y los atribuyó a la edad de su madre, ya cercana a los setenta años, y también al hecho de que su carácter se hubiera tornado más hosco, amargado, incluso más hermético desde el momento en que se vivió lo que ella insistía en llamar «el mal día de mi hijo Eugenio», que fue el modo en que siempre asumió el sangriento episodio del homicidio. Según el doctor Pedro Luis Gonzaga le había dicho a Rodolfo, semejantes reacciones de la mujer formaban parte de un bloqueo de la realidad con el cual ella procuraba protegerse, y se trataba de un comportamiento bastante común en casos como el de Lola. Y Rodolfo sabía muy bien que ese tipo de reacciones mentales eran un bálsamo para espantar los recuerdos traumáticos, porque él mismo las había practicado con la asimilación del suceso más siniestro de su vida.

Aunque Rodolfo siempre había evitado las discusiones, incluso las conversaciones con Lola sobre la acción de Geni, nunca había dejado de molestarlo la actitud justificativa de la mujer. Y por eso le pareció excesivo que una Lola que se decía católica, que llevaba junto a su carné de identidad una estampita plastificada con la imagen del milagrero san Lázaro, pero que él no recordaba que hubiera ido alguna vez a la iglesia, ni siquiera para asistir a bautismos u oficios de difuntos, un buen día comenzara a entrar a misa y luego pasara horas arrodillada, rezando o pidiendo algo a su Dios. Algo relacionado con su hijo Geni, por supuesto. ¿Relacionado con la salvación de su alma?

Para todos, incluido el doctor Pedro Luis al que Rodolfo le contaba la evolución, o en realidad involución psíquica de su madre, fue una sorpresa inexplicable que luego de meses en los que la mujer vivía entre más desvaríos que en la realidad, Lola recuperara parte de su lucidez extraviada. Pero ni en aquel retorno mental ella rescató la identidad real de Rodolfo, que hasta el final siguió convertido en Eugenio, su hijo, su único hijo. Muy pronto sabrían que semejante recuperación había sido una variante de la clásica mejoría del moribundo previa al desenlace final. Menos de un año después, conectada a un balón de oxígeno del cual solo se apartaba para ir al baño o para sentarse y fumar, completamente distanciada de la realidad, había muerto el esqueleto viviente y fumante de cuarenta kilogramos en que se había convertido la consumida Lola.

Justo en esas semanas de lucidez restablecida, sin que jamás consiguiera en aquel momento explicarse con satisfacción por qué lo hacía, Rodolfo le contó a Lola el secreto mejor guardado de su vida. Sentado junto a su madre en un banco de la iglesia del barrio y escuchando los ronquidos que acompañaban cada inhalación, había levantado las compuertas más sepultadas de su mente, las que solo había abierto con el psiquiatra que le tendió una mano cuando estaba en el fondo del abismo. Y Rodolfo comenzó a hablar con la vista puesta en la imagen que pendía del techo, en el altar mayor, la del Cristo crucificado, el Hijo del Hombre ya encarnando el clímax de su papel de Redentor. Luego pensaría si tal vez lo había hecho para acercar su experiencia vital a las oscuridades de la existencia de la persona que ahora él era para su madre y enyuntarlas, como animales de tiro. O quizás como un modo de conectar, por la vía de la muerte, las dos personalidades que ella había fundido, diluyendo la esencia de una en el cuerpo de la otra. O porque, para aligerar un poco la carga propia, Rodolfo necesitaba repartir alguna vez el peso de aquella historia y decidió que el secreto se fuera a tres tumbas: a la del doctor Gonzaga, a la suya y ahora a la más cercana, la de su madre.

Rodolfo había confinado con tanta profundidad la verdad de su más dramática experiencia personal, la había bloqueado con una fuerza tal que incluso muchas veces había asumido que la historia paliativa que había urdido era en realidad la vivida y no la trama sórdida que su mente había escondido incluso durante las primeras charlas terapéuticas con su psiquiatra Pedro Luis Gonzaga. Hasta el momento en que el ladino doctor, convencido de la existencia de algo más —su experiencia lo alertaba de que existía algo más—, le provocó el vómito de la confesión. Pero, desde entonces, a todos los que en algún momento lo habían conminado a hablar, Rodolfo había conseguido narrarles con absoluta facilidad y coherencia las circunstancias en que había ocurrido lo que decía haber ocurrido en 1986 en los límites de aquel *museque* angolano donde, para otros, por castrense orden expresa, nada había ocurrido.

Como contó cada vez que decidió hacerlo, ese día malhadado, luego de escuchar la explosión de la mina y de ver volar por los aires a su compañero de misión, él apenas había respondido al impulso de un acto reflejo cuando había tirado del disparador de su AKM colocado en modo ráfaga. Mientras hablaba podía armar la secuencia de acciones y reacciones con tanta organicidad (explosión, gritos, carreras, polvo levantado por la metralla) que, muy pronto, a él mismo le resultaría cada vez más arduo recuperar la imagen de ese mismo hombre, frente a ese mismo *museque* angolano, ese mismo día y con ese mismo fusil entre las manos, la del hombre que luego de escuchar la explosión y ver saltar por los aires a su compañero de misión se había lanzado al suelo, entre aturdido y aterrorizado. Entonces, desde la postura de tendido practicada en los entrenamientos en los polígonos de tiro, ese hombre real tuvo la lucidez de buscar en su campo visual y, cuando localizó una figura en movimiento, apuntó a la mitad de su anatomía y contuvo la respiración, como también le habían enseñado a ese hombre que un tirador debía hacer cuando tenía marcado el blanco. Y solo en esas condiciones ese hombre había decidido, con toda conciencia de lo que hacía, aunque sin saber muy bien por qué lo hacía, que era el instante de oprimir el disparador del fusil. El hombre tendido, el hombre que había sido enviado a esa guerra en la cual no quería estar, el verdadero Rodolfo Bermúdez que actuaba empujado por su miedo más compacto, pudo ver en ese instante casi fugaz cómo los proyectiles que barrían el espacio levantaban polvo y briznas, y también consiguió o creyó ver cómo la figura en movimiento a la que había colocado en su mira recibía el golpe de los plomos, seguramente varios plomos, y era lanzada como un saco de arena a la tierra reseca, una arcilla pálida y tan africana, hediente a excrementos humanos y animales y a pescado podrido, y también vio cómo el cuerpo quedaba inerte. Solo cuando soltó el disparador, aquel hombre real enviado a una guerra real se permitió respirar, porque él seguía estando vivo, aunque ya ese mismo hombre no era ni volvería a ser la misma persona que hasta apenas un minuto antes había sido a lo largo de sus primeros treinta años de vida.

—Mima —agregó Rodolfo cuando pudo recuperar la voz, sin apartar la vista del Redentor y mientras se secaba unas lágrimas más amargas que saladas—, ya lo sabes, tus dos hijos se parecen más de lo que la gente cree. Tú has sido la única persona, seguramente porque eres la madre de los dos, que se ha dado cuenta de que somos tan iguales que podemos ser uno solo: haber matado a alguien nos hace más hermanos. Ahora te puedes morir cuando quieras, pero sabiendo, si es que te sirve de algún consuelo, que has parido no a uno, sino a dos asesinos.

—¡Cojones! —musitó Rodolfo.

La luz del día, tímida aún, levemente amarilla pero ya manifiesta, se filtraba entre las cortinas de la habitación. Sin poder precisar todavía dónde despertaba, Rodolfo miró el reloj lumínico de mesa y se asombró un poco más: las seis y treinta y dos. Una hora y treinta y dos minutos más. ¿Cuándo fue la última vez que había superado la frontera de las cinco de la mañana? No, no podía recordarlo, se dijo, mientras con un quejido salido de su cintura más que de su boca, abandonaba la cama donde, despatarrada, con la bata de dormir recogida hasta el vientre para apropiarse mejor de la brisa del ventilador, Nora roncaba los efectos del alcohol bebido durante la larga e intensa noche anterior, que se extendió hasta alguna hora imprecisa de la madrugada, cuando ya ni Nora, ni Aitana ni el propio Rodolfo pudieron añadir una palabra a la revulsiva revelación del secreto más doloroso que el hombre podía entregar.

Con la boca pastosa y la cabeza pesada, Rodolfo se fue a la cocina de la casa de los padres de Nora y, mecánicamente, preparó la más pequeña de las cafeteras y esperó la colada. Una taza de café y un cigarro ayudarían a mejorar el nebuloso amanecer.

La conversación, exigida por su hija, había sido para Rodolfo y Nora mucho más que una charla informativa sobre el encuentro de la sobrina con su tío Geni. Los reproches, las explicaciones, las interrogaciones, las disculpas que alimentaron aquel diálogo fueron conformando un repaso de sus vidas vistas desde un presente con turbias perspectivas de futuro hacia un pasado incluso anterior al nacimiento de la ya casi cincuentenaria Aitana, para luego transitar sobre la estampa de Geni y al fin desembocar en la revelación del traumático secreto de su padre, el tirador tendido del fusil AKM. La catarsis, sin embargo, terminó con el reconocimiento de su hija de su deficiente gratitud hacia el progenitor a cuyo incombustible amor debía todo lo que en realidad era y tenía.

Mientras hablaban y bebían —Nora dudó, había tardado en incorporarse al ejercicio etílico, pero en un momento crítico del diálogo sintió que debía ceder a la necesidad que la agobiaba y al fin escanció un generoso primer trago—, los tres fueron admitiendo que ahora sí, y gracias a Geni, todos al fin se completaban un poco más y, lo más significativo, que el parricida hermano de uno, tío de otra y marido de otra más recibía una iluminación que ponía de relieve otros rasgos o perspectivas que Aitana calificó como la contemplación de una de las cabezas cubistas de Picasso. Un ojo por aquí y otro por allá, y no sabes bien cuál es el que te mira, y cuál el que tú debes mirar, dijo. Y eso sin que ella, fiel a su promesa, se atreviera a revelar el más lamentable episodio alemán del endemoniado.

Pero la sostenida negativa de Geni a contar los sucesos de la noche del 22 de marzo de 1992 comenzó entonces a tener una condición diferente para Rodolfo. Geni era capaz de revelarle a Aitana episodios tan oscuros como su relación sexual con la madre de su sobrina antes de que fuera la mujer de su padre, de haberle contado a Fumero y ahora a Aitana la verdadera razón de su agresión sentimental contra Nora y también contra Rodolfo y que incluía el destino de la relación con su hija Violeta. También era capaz de admitir que alguna vez había sufrido miedos. Habían redactado una lista de confesiones tan escabrosas que hacían que aquel empecinado cierre de compuertas, que todos habían aceptado como una reacción con la cual el asesino se blindaba, resultara cada vez más inquietante y al mismo tiempo más comprensible: con su silencio, Geni se protegía, dijeron, y les pareció la más satisfactoria resolución. ¿Se protegía de qué? ¿O, en realidad, protegía a alguien? Porque eso implicaría a una tercera persona. Rodolfo incluso debió reconocer para sí mismo que podía entender el silencio de su hermano, porque él también se había refugiado en el mutismo, forjando una fábula bajo la cual se había ocultado para poder sobrevivir al horror. Y por eso decidió, ante las dos personas más importantes de su vida, las únicas a las que estaba seguro de haber querido, que le urgía subir su propio telón y mostrarse desnudo, sin protección.

Ahora, mientras bebía el café matinal, Rodolfo sintió cómo el efecto de su confesión se imponía incluso al del whisky bebido hasta vaciar la botella, y se le manifestaba como una levedad espiritual que nunca había contemplado entre las posibles secuelas de una tan postergada apertura del recodo más negro de su memoria y sus actos. ¿Esa benéfica levedad liberadora le había concedido esas casi dos horas de sueño más allá de los límites de la rutina? Rodolfo se dijo entonces que ocultar la verdad, incluso empeñarse en ocultársela a sí mismo, había sido en su caso la tabla que lo había mantenido a flote en medio del naufragio. ¿Por qué no concederle entonces ese mismo beneficio a Geni?

—Querido —oyó entonces a sus espaldas, y se volteó, también alarmado por la palabra con que Nora lo había requerido—, ¿sabes que ahora lamento más no haber hecho antes lo que estamos haciendo?, ¿que creo que estás listo para tomar muchas decisiones?, ¿que desde anoche estoy segura de que te quiero de verdad y que me hace mucho bien poder pensar que mi vejez va a ser mejor porque estamos juntos?... Pero, sobre todo, ¿sabes qué?: que si ahora mismo vuelves a colar café, te voy a querer todavía mucho más.

—No puedo irme sin bañarme en el mar —había dicho—. Por lo menos aquí sigue existiendo el mar y espero que todavía esté bueno. Aunque a este ritmo, ahorita ni mar...

Aitana sabía escoger los momentos para lograr sus propósitos: desnudos y saciados, tendidos en la cama mullida del hotel boutique privado, regentado por un (otro) italiano aplatanado, ahijado del Padrino, que, por supuesto, se negaba rotundamente a cobrarle a su gurú el alquiler de la habitación y el consumo de alguna bebida; mientras ella, con la mano humedecida con su saliva sobaba suave pero insistentemente el pene de Humbertico, preparándolo para un segundo asalto amoroso, esperaba confiada el comentario que cumpliría los deseos expresados.

—¿Adónde quieres ir?

—Ojalá fuera Varadero —soltó, sibilina.

—¿Mañana?

—Sí, puede ser mañana.

—OK, yo no puedo, tú sabes, pero te mando un chofer para que te lleve y te traiga. ¿A qué hora?

Ella, sin dejar de sobar, hizo como si pensara lo que en realidad hacía tiempo tenía pensado.

—A las siete... Así llegamos a Varadero antes de las nueve de la mañana. Es que al mediodía hace un calor y un sol...

Y a las siete en punto Aitana, Rodolfo y Nora abordaron el auto de alquiler, moderno y refrigerado como había esperado la amante del poderoso «hombre nuevo», y pusieron rumbo a Varadero. En el recorrido de ciento treinta kilómetros que cubrieron en menos de dos horas, los tres pasajeros hablaron de cuestiones intrascendentes, conversaciones en las que incluso involucraron al joven chofer, quien confesó que hacía tres años se había graduado como ingeniero industrial, pero desde hacía uno había conseguido, por intervención del Padrino, aquella plaza como chofer de alquiler gracias a la cual ganaba diez o doce veces más que en la empresa estatal socialista donde había sido ubicado al concluir sus estudios. Y allí estaría, tras el timón, hasta que le concedieran, como esperaba, la visa *parole* humanitaria que le permitiría emigrar a Estados Unidos.

—¿Y por qué estás tan seguro de que te va a llegar ese visado? —quiso saber Aitana.

—Porque tengo allá buenos padrinos que apoyan el *parole,* y acá el mejor padrino, que ya hizo los trabajos que hay que hacer. Y él nunca falla.

—Pues la verdad, parece que nunca falla —ratificó Aitana con cierto conocimiento de causa.

Frente a un mar del azul más transparente, bajo un cielo sin nubes, en medio de una franja de arena que corría hasta perderse de vista a un lado y otro de la orilla, Aitana despidió toda su compostura de mujer blindada y, con el torso desnudo, corrió, gritó, se revolcó en la arena, pateó el agua y se zambulló en aquel plato cálido y acogedor, tan diferente de las frías playas mediterráneas y las intratables del Cantábrico, según afirmó.

Con el agua a la altura del pecho, ya protegidas Nora y Aitana por unos sombreros de fibra que la más joven había comprado a un vendedor ambulante, con los senos de Aitana otra vez cubiertos por exigencia de su padre («No puedo hablar contigo con esas tetas al aire», la reprendió), los tres playeros bendecidos por el poder económico de Humbertico entraron sin demasiado entusiasmo en el asunto que los apremiaba.

—Y por fin, ¿qué? —Aitana abrió la puerta.

—Ayer hablé con Fumero —comenzó Rodolfo.

—Sí, ¿y qué dice? —indagó Nora.

—Convenció a Geni de que se fuera unos días con él. Quedamos en que Fumero me va a avisar hasta cuándo va a estar con él para que tú pudieras ir a la casa conmigo.

—Y dale con ir a tu casa... De verdad que no, no me puedo creer todo lo que estoy oyendo —intervino Aitana—. En vez de arreglarse mejor la vida ahora que están juntos, que hasta les sobran casas en un país donde no alcanzan las casas, ustedes se están complicando la existencia por culpa de Geni. ¿No es absurdo eso?

—No, Aitana, no es absurdo —intervino Nora—. Es inevitable.

—Pero hay una solución, queridos. Y ustedes dos la saben. Acaben de hablar con Geni, y si tienen que mandarlo a la mierda, mándenlo a la mierda, y si quieren perdonarlo, perdónenlo y hasta cuídenlo cuando empiece a morirse en serio. Pero hagan algo.

—Tú lo ves todo muy fácil —opinó Rodolfo.

—Y ustedes lo hacen todo muy difícil —lo rebatió su hija—. Mira, Papi, déjame decirte algo y luego haz lo que quieras. Es lo último que digo de este tema que me pone de los nervios...

—Prepárate, Rodillo —le advirtió Nora con una sonrisa socarrona.

—A ver, mi hija. Dispara, que aquí hay un hombre.

—Ríanse, ríanse —los recriminó Aitana—. Bueno, pues nada, en unos días yo me voy y vuelvo a mi vida, la que creo que pude escoger, aunque no siempre estoy convencida de eso, la verdad. Vuelvo y seguro voy a pelearme con mi hija, que es de derechas en serio y piensa que los emigrantes son la desgracia de su mundo y que son gente que andan por ahí robando y violando. Y ella se lo cree de verdad, y hasta se le olvida de dónde vino la madre que la parió. —Aitana se pasó la mano mojada por la cara, como si pretendiera desprender algo pringoso que se le hubiera adherido a la piel—. Voy a volver a hacer mi trabajo porque en este mundo en que vivimos todo gira alrededor del trabajo y los que tenemos uno podemos considerarnos bendecidos. Así, bendecidos, que es una palabra que siempre repite Violeta... Con ese trabajo, y disculpa que lo diga ahora, Papi, te ayudo a sobrevivir aquí y eso sí lo hago con gusto y con amor, porque, además de mi hija de derechas, tú, Nora y Violeta son toda mi familia y los quiero con el alma, y si un día tengo que dejar de comer para que coman ustedes, lo voy a hacer.

—Por Dios, Aitana... —intervino Rodolfo.

—Déjame seguir, por favor, porque no puedo volver a hablar de esto. Me afecta mucho, me duele, porque estoy lejos y mi familia no está toda conmigo, o yo no estoy con mi familia, que es más o menos la misma mierda. Porque no vivo en mi país porque mi país se ha convertido en un sitio invivible, aunque todavía tiene una playa como esta que yo sí creo que es la mejor del mundo... En fin, a lo que iba... Papi, habla con tu hermano y perdónalo antes de que se muera. Geni es una víctima que nació con una cruz negra en la frente, como dice Humbertico. Tú, Papi, y tú, tía Nora, tienen que ser mejores que él y lo que les corresponde ahora es ser compasivos. El rencor y el odio envilecen al que lo siente, sea por la razón que sea. Papi, tú has cargado con tu cruz: fuiste a una guerra a la que no debiste haber ido e hiciste lo que se hace en las guerras. Allí tuviste un mal día, como diría Fumero.

—No es lo mismo, Aitana —Nora se sintió compulsada a precisar.

—Nadie ha dicho que sea lo mismo, aunque el resultado haya sido el mismo: una persona muerta, un ser humano muerto. Y estuviste a punto de volverte loco, Papi, y nunca te has curado de eso que hiciste, aunque tú también fuiste una víctima de decisiones que tomaron otros... Pero nada ha impedido que hayas sido toda tu vida un hombre bueno. Que hayas sido el mejor padre que yo hubiera podido tener, seguro que sí... Pues demuestra ahora esa bondad, por favor, carajo. Tu hermano ya ha sido castigado de todas las formas posibles y ahora se va a morir. No lo dejes que se muera como un perro sin dueño. Tú nunca dejaste que alguno de tus perros se muriera sin que tú estuvieras con él, y de eso yo fui testigo tres veces. ¿Te acuerdas?

—Claro que me acuerdo —ratificó Rodolfo cuando pudo hablar.

—Entonces haz ahora lo que debes hacer. Verás que vas a sentirte mejor.

—Redención —musitó Rodolfo.

—La especialista en redención es Violeta, que lo consulta todo con su pastor... Yo lo llamo liberación —rectificó Aitana, y volvió a limpiarse la cara con la mano mojada para de inmediato mostrar una sonrisa—. Y hablando de otra cosa..., ¿no les parece que ya es hora de tomarnos unas cervezas debajo de una sombrilla, picando unos camaroncitos y creyéndonos que somos unos bárbaros? ¡Los reyes del mambo, coño! ¡Millonarios por un día, carajo! —Y palmeó el agua una, dos, tres veces, como le gustaba hacer cuando era niña y, en una guagua repleta de gentes y olores, Rodolfo las llevaba a ella y a Violeta a la playa y luego les daba para almorzar un pan con croqueta del que Aitana siempre guardaba un pedacito para llevárselo al perro que tuvieran en ese momento, alguno de aquellos que, junto a su padre, ella había visto morir de viejos, reconfortados en el trance por la presencia de una mano caritativa sobre sus cabezas. Inocentes.

26

Habría que tener el corazón de piedra para no emocionarse con semejante escena. Por lo menos yo tenía todas las razones para sentir la conmoción que, me parece mentira, me puso al borde de las lágrimas. Porque los había visto pelear decenas, quizás cientos de veces, gritarse horrores, discutir soltando chispas por los ojos, odiarse visceral e íntimamente. Los había visto debatir sobre las cuestiones más banales y sobre las más serias mientras sus respectivas existencias y formas de entender la vida tomaban rumbos que los colocarían en galaxias tan distantes una de otra como para que pareciera imposible cualquier relación conciliatoria en cualquier tiempo futuro mensurable. También los había visto abrazados y alcoholizados beber codo a codo sus rones y brebajes de derrotados, cuando se esfumaron los sueños que pudieron haber existido, los que —sacrificios y renuncias mediante— en vano tantas veces nos prometieron, y entonces ambos se lanzaron, cada uno por su lado, con su estilo y razones, a una autodestrucción para la cual uno parecía haber sido programado, y el otro, como creímos todos, haber sido salvado, redimido incluso, elegido por una fortuna personal e histórica que le había dado también una fe que, golpeada por la Historia y sus revelaciones, derivaría en el desencanto del descreimiento, en la constatación del engaño. Los había visto envejecer, tan lejos uno del otro, pero compartiendo mi mismo tiempo vital, cada uno de ellos (¿o todos nosotros?) vilipendiado y macerado por sus acciones, aunque también por su contexto. Podía verlos de cierta forma encarnando sus respectivas némesis, pero siempre amarrados, como las dos caras complementarias de una única moneda, conmigo en el centro, o en el canto, una moneda lamentablemente devaluada y, además, sin ningún interés numismático: a nadie le importaban unos viejos fracasados como ellos. Dos desechos prescindibles de una época que no fue lo que nos dijeron que en verdad era y mucho menos lo que luego iba a ser. Dos representantes extraordinarios y a la vez tan típicos de una generación en muchos sentidos privilegiada y, en otros muchos más, demolida.

Antes incluso de que consiguieran pronunciar una sola palabra, al verlos estrecharse en un abrazo que se fue haciendo largo, fundidos los dos hombres bajo la centenaria mata de mangos filipinos, en aquel patio que también había sido escenario de algunas de sus desavenencias infantiles más o menos violentas, el blanco y el negro, el rebelde y el obediente, el inadaptado y el desencantado, el Caballo Loco y el Salvaje; y al contemplarlos llorar sin vergüenza de atravesar ese trance sentimental que liberaba todas sus debilidades: ¿no era, de verdad, como para emocionarse y yo también empezar a llorar?

Porque allí fui favorecido testigo de un encuentro con abrazos y lágrimas y todavía sin palabras —¿eran necesarias las palabras o me dejaban a mí su elección y uso para darle permanencia a este instante?— que, calculé, se producía treinta y un años después del más nefasto de los días. Justo treinta y un años después de esa tarde oscura en que Geni y Pablo el Salvaje bebieran juntos dos, o tres, o cuatro tragos de ron infame en la barra del mercado del barrio, para que luego, con esa misma carga etílica a cuestas, uno intentara un suicidio y el otro cometiera un crimen. Pero en ese instante comprendí que yo estaba presenciando algo más entrañable que el abrazo de dos casi ancianos, uno de ellos moribundo, el otro de momento escapado de la muerte. Porque esos dos seres que se fundían en cuerpo y alma ante mí eran la revelación de que, incluso por encima de los desastres, de los naufragios más desoladores, de las adversidades y hasta las desavenencias más dolorosas, entre los hombres también puede sobrevivir la forma de amor que conocemos como amistad.

—Mi amigo, coño. —Al fin logró hablar Pablo el Salvaje, y con esas tres palabras pensé que lo había dicho todo. Más que todo.

—Mi hermano —lo superó Geni, y ahora sí no podía decirse más.

—Hace como un mes le preparé a Adigio Montero dos bastidores grandes para unos lienzos que quería pintar —dijo Pablo el Salvaje mientras vertía un poco más de ron en su vaso, y me pregunté a qué venía en ese contexto contar algo de su trabajo como custodio y resuélvelo-todo del pintor.

Llevábamos como una hora conversando, revolcándonos en los jirones sobrevivientes de un pasado común que ahora recuperábamos como la edad de oro de la inocencia. Por aquel territorio magenta vimos pasar peleas a puñetazos, juegos de pelota, los encabronamientos académicos del Salvaje cuando Mala Cara lo superaba en la nota de alguna asignatura porque yo le había soplado las respuestas, el vuelo patriótico de Pelayo el Vanguardia para convertirse en Pelayo Pata Tiesa, las tardes de domingo en que nos fuimos al estadio a ver jugar a los Industriales, el sabor de los pirulís de fresa, menta, anís y caramelo que cocinaba Quintín y nos vendía la abuela Flora (o Geni se los robaba), y hasta nos visitó la evocación de fábula de que teníamos el privilegio histórico, la gran responsabilidad social de constituir la generación elegida para que en nosotros engendrara el Hombre Nuevo del socialismo en ascenso y triunfante. De momento, como si previamente nos hubiéramos puesto de acuerdo, nos negábamos a hablar de desgracias, traumas, frustraciones y desengaños, del Gran Desastre, porque para ello habría tiempo, o quizás no: hubiera hecho falta demasiado tiempo y ya habíamos comenzado a gastar los minutos de propina del descuento.

Hablábamos, robándonos la palabra y gesticulando para imponernos, riéndonos como los niños que fuimos allí mismo, bajo el mango filipino, y ya la primera botella de ron agonizaba sobre la eterna mesa de madera de Quintín. Desde que, azuzado por la suspicacia de Geni, Pablo extrajo del bolso que lo acompañaba el ron con solera que le había regalado su patrón, el pintor Adigio Montero, nuestro amigo lo había conminado a descorcharlo y, de inmediato, dejado bien claro que no aceptaba consejos sanitarios. La suya era una muerte más decretada que anunciada y, después de treinta y un años haciendo solo lo que le permitían o dejaban hacer, quería disponer de su espacio y un tiempo de libertad, incluida la libertad de acelerar la llegada de lo decretado (¿o dijo lo deseado?). Y tanto Pablo como yo tuvimos que aceptar su decisión. Solo me preocupaba constatar que en su segundo día de libertad Geni tenía su segunda aventura alcohólica y ese no era el estado más conveniente para que ocurriera algo que yo pensaba que debía ocurrir: una conversación con su hermano Rodolfo y su exmujer Nora, la madre de su hija Violeta, un diálogo que quizás allanara incluso un contacto final con esa hija lejana. Una conversación que, al parecer, Aitana había intentado programar esa mañana y, de realizarse, tal vez consiguiera sellar la relación entre ellos y con el pasado, incluso con el futuro, y quizás hasta incluyera la gran confesión, para que Geni saliera del mundo dejando tras de sí algo que, creo, él jamás tuvo: un poco de concordia y paz espiritual.

Entonces Pablo bebió un trago para aclararse la garganta y se enrumbó.

—Eran unos bastidores de dos metros de largo por un metro veinte de alto, y por eso él me tuvo que ayudar a fijar la tela con tachuelas y presillas, para que quedara bien tensa. Y al día siguiente vi que tenía los dos lienzos sobre caballetes y los había cubierto con una tinta negra muy espesa, así, como grumosa. Parecían dos ventanas abiertas a la noche... Claro, al ver aquello yo pensé que él nada más había trabajado en la imprimación de las telas, una base neutra sobre la cual pintar después, como otras veces lo he visto hacer. Pero no, esas manchas negras eran en realidad el color que tendrían los cuadros, y en unos días empecé a ver cómo aparecían en esas manchas oscuras trazos que cogían formas como de unas figuras humanas, así, medio transparentes, muy difusas, como sombras negras sobre el fondo negro. Unas figuras con rasgos muy elementales que más o menos podían distinguirse, pero siempre sin que se les viera muy bien si tenían ojos o boca. Aquello me pareció un poco tétrico, sobre todo porque Montero suele jugar mucho con el color y de pronto trabajaba precisamente el negro, que es la ausencia de color, como él mismo me dijo el otro día cuando me vio asomado por la ventana contemplando aquellas dos telas. Y me dijo más: «Pablo, esas figuras sin color somos nosotros, los cegados, los mudos, los que hemos vivido en medio de esa oscuridad sin verbo que ha sido nuestro tiempo».

Pablo hizo silencio y nos miró.

Y entonces los tres miramos hacia la botella de ron. Sí, quedaba un trago para cada uno. Seguir bebiendo era lo único y lo mejor que podíamos hacer.

—Coño, se acabó el ron —dijo Pablo después de hacernos ver con sus palabras las pinturas negras de Adigio Montero.

—Tranquilo, campeón, voy a ver dónde encuentro algo —dije, y salí a la calle. Los tres necesitábamos más droga, un alivio.

27

Seguía siendo un montaje admirable. La luz que ascendía desde el punto que marcaba el oriente decretaba el fin de la noche y, en minutos, el horizonte comenzaba a teñirse y se tornaba rojizo, naranja, y la luz invadía el cielo para luego exhibir un amarillo cada vez más potente y dedicarse a filtrar rayos entre las casas, los árboles, los postes del tendido eléctrico, y fijar la existencia del nuevo día que Rodolfo recibía sentado en el portal de la casa que, casi un siglo atrás, había construido su abuelo.

Ya había bebido dos tazas de café y fumado los dos primeros cigarros de la jornada, y había pensado en casi todo lo que debía pensar. Esperaba el pistoletazo de arrancada que sonaría con el despertar de Aitana y el cañonazo que dispararía la llamada telefónica acordada con Raymundo Fumero para advertirle del regreso a la casita de un Geni al parecer al borde de la muerte.

Más que ansioso o preocupado, como en los días transcurridos desde el anuncio de la salida de su hermano parricida, Rodolfo sentía el adelanto de un sentimiento de liberación que, esperaba, pronto se convertiría en la descarga de los fardos que arrastraba quizás desde los tiempos en que, sesenta años atrás, antes de irse al colegio, se sentaba con su abuelo Quintín para, sabiéndose protegido, aprender a disfrutar de ese mismo, persistente, maravilloso espectáculo del amanecer sin pensar en el miedo que le provocaban las reacciones de su padre, de su madre, de su hermano.

Con la llegada del nuevo día, Rodolfo contempló el proceso de revelación de otro escenario, también cotidiano aunque de acordes menos románticos, cuando su calle cobró vida. La suya era una cuadra como cualquier otra del barrio, de la ciudad cada vez más arruinada, y desde su posición de vigía pudo observar cómo, de un momento para otro, esa calle se fue llenando de gentes con una abundancia cuantitativa y una movilidad similar a la que se produce cuando se alborota un hormiguero. Ante sus ojos, cada vez con menos motivos para dejarse atrapar por el asombro, el intenso tráfico humano en curso ilustraba el desarrollo de la batalla diaria que debían cumplir aquellas personas: la de la sobrevivencia. La gente salía a intentar arreglarse el día —a «bucear» decían algunos—, casi nadie sabía bien cómo y menos aún cuánto, pero asumiendo que la pasividad se castigaba de maneras muy drásticas y por ello emprendían la misma lucha que la jornada anterior y también emprenderían la posterior, como lo hacían desde ya no se sabía cuándo y lo deberían hacer en un tiempo futuro que nadie podía medir.

Viendo aquel desfile de necesidades, Rodolfo entendió sin demasiada dificultad por qué antes, después y ahora mismo miles de miles de jóvenes y no tan jóvenes se largaban hacia cualquier sitio, abandonándolo todo, arriesgando incluso la vida. Entendió también las razones de que tantos otros invirtieran sus días, hasta agotarlos muchas veces, bebiendo los alcoholes de la desmemoria, de la desconexión, o se pasaran al consumo de otros remedios que en semanas les fundían las pocas neuronas que aún habrían podido contabilizar. Intentó entender, con más dificultades, por qué tantos otros se dejaban vencer y optaban por la marginalidad, el vacío de expectativas, el ver pasar el tiempo sin mirar el reloj, dedicados a tomar y consumir lo que hubiera a mano: sexo, desidia, y ahora ese tremebundo reguetón que se escuchaba por todas partes. Y, entre lo entendido y lo difícil de entender, pudo concluir que, ante sus ojos, ya deslumbrados por el sol, se armaba el mapa de una parte demasiado grande y atiborrada de una sociedad cada vez más distópica. ¿De verdad aquello parecía Haití?

—Sí, dime. —Reaccionó de inmediato cuando su teléfono vibró y lo sacó de sus meditaciones. Antes de responder había leído el nombre de quien lo procuraba en la pantalla.

—Buenos días —dijo Fumero.

—Sí, claro, buenos días —se disculpó Rodolfo, y supo que no era cierto: aún no se había liberado y estaba ansioso y preocupado.

—Creo que hoy no va a regresar a la casita.

—¿Lo convenciste de que estuviera más tiempo allá contigo?

—No, no es eso..., anoche entró en crisis. Te llamo desde el hospital. Le están poniendo un suero.

Rodolfo tuvo que tragar saliva antes de hacer la pregunta.

—¿Se está muriendo?

—Sí. Pero no sé si va a ser hoy. Creo que por lo menos van a dejarlo ingresado hasta mañana. Lo que sí sé es que se acaba el tiempo.

—Sí, a mí también se me acaba el tiempo —se lamentó Aitana, y Rodolfo pensó: qué desastre, definitivamente se acaban todos los tiempos.

Aitana había insistido en que, casi a modo de despedida, ella y su padre almorzaran unas pizzas en un local del barrio. Esa noche ella saldría con Humbertico y, al día siguiente, regresaría a su vida más real: se le acababa el tiempo.

Humbertico había llegado a buscar a la mujer a las ocho de la noche y Rodolfo le había pedido que lo adelantara hasta la casa de Nora. Y en esos instantes Rodolfo percibió todo lo extraordinario de la situación: nunca había viajado en un auto como aquel Audi, con interior refrigerado y todavía oloroso a la piel que cubría los confortables asientos (¿cuántos miles habría costado esa máquina?), y lo hacía escoltando a su hija, que, un par de horas más tarde, estaría teniendo sexo con aquel amante que Rodolfo apenas podía ver como el babalawo famoso y el hombre de éxito económico que era, quizás (si se lo proponía) hasta el futuro alcalde de la ciudad o, por qué no, presidente del país (¿sería esa la solución nacional?), sino siempre como el muchacho al que vio nacer, crecer, sufrir alucinaciones y jugar con su sobrina Violeta y con su hija Aitana (a la que ahora se templaba). No pudo evitar que por su mente pasaran entonces las imágenes de lo que podía ocurrir entre el hombre y la mujer y sintió un vahído de vergüenza paterna.

—Déjame decirte algo, Rodolfo —se había atrevido Humbertico en el trayecto hacia Santos Suárez—. Me alegra mucho que tú y mi madrina Nora por fin hayan roto el celofán. Ninguno de los dos se merecía tanta soledad. Y te lo digo porque sabes que ustedes son mi familia.

Aitana sonrió.

—¿Y entonces nosotros, tú y yo, somos como primos? ¡Los primos que se exprimen!

—Por Dios, Aitana..., lo tuyo es... —protestó Rodolfo.

—Esta prima mía no tiene remedio, Rodolfo —sentenció Humbertico, ruborizado.

—¿Y por fin fuiste hoy al hospital? —quiso saber Rodolfo, necesitado de moverse por otros senderos, aunque fueran igual de escabrosos.

—Sí..., fui a preguntarle a Geni si quería que le llevara un cura. Hay uno que es muy amigo mío.

—¿Un babalawo y un cura que son amigos? —Aitana casi saltó de asombro.

—Sí, ¿por qué no? Ese cura es buena gente y no se pone a joder y bautiza a los que no están bautizados y quieren hacerse el santo yoruba. Y tiene ahí en Regla una especie de comedor para ancianos sin familia ni dinero. Y cada vez son más... Muchos de ellos, por cierto, son viejas y viejos santeros..., y a cada rato yo le doy algún dinero y le llevo comida para esa pobre gente.

—Ya entiendo —admitió Aitana—. Colaboración católico-yoruba... Esto es como decía aquel libro de geografía que me regalaste, Papi... *Así es mi país.* ¿Te acuerdas?

—Todavía lo tengo guardado —confirmó Rodolfo—. ¿Te lo quieres llevar?

—Pues sí, me lo llevo. A ver si entiendo algo..., aunque sea de geografía. ¿Y qué te dijo Geni del cura?

—Lo que se pueden imaginar..., que no le hace falta.

—Bueno, mi madre rezaba por él. Ojalá eso cuente. Porque se acaba el tiempo —insistió Rodolfo—. Y les voy a decir algo que es un horror, pero es lo que siento: no sé si prefiero que Geni se muera ya de una vez y se acabe toda esta historia o si quiero intentar saber de una vez lo que no sé si quiero saber. Y no me digan ustedes qué es mejor, es mi problema, no el de ustedes, carajo. —Y se estableció el silencio oneroso en el cual se mantuvieron el resto del recorrido.

Tres horas después, discretamente comidos y bebidos para tener la mejor disposición posible para lo que más querían hacer, Aitana y Humbertico tuvieron una intensa, casi agresiva tanda de sexo, aun sin lamentar verbalmente que podía ser la última o la penúltima vez en sus vidas, a menos que algo cambiara de un modo muy profundo. Y, para sorpresa de Aitana, fue el hombre poderoso, el Padrino, quien esbozó la posibilidad.

—¿De verdad no tienes chance de quedarte unos días más?

—Ojalá pudiera, muchacho —dijo ella entornando cinematográficamente los párpados—. Creo que podría ayudar a mi padre. Creo.

—Y cuando puedas, ¿vas a volver?

—No lo sé. Yo estoy muy peleada con este país. Vine por lo que tenía que arreglar y de paso resolver... —Y lo besó en los labios.

—¿De paso nada más?

—Bueno, no tanto, no tanto. Ha sido muy satisfactorio esto que tú y yo hemos resuelto, la verdad. Pero sigo peleada con este país, creo que más. Cada vez que regreso todo está más jodido, cada vez con menos esperanzas de que las cosas mejoren y siempre oyendo el mismo cuento de la resistencia y el sacrificio. No sé dónde va a ir a parar...

—Si te decides, yo puedo ponerte a trabajar conmigo acá —propuso Humbertico, que no había pensado antes en tal posibilidad—. O con algún amigo...

—¿Con el cura de Regla? No, no..., eso sería como una obra de caridad. Además, está tu mujer.

—Eso yo lo puedo resolver.

—No digas eso, por favor —le rogó ella, ahora con absoluta seriedad en su mirada.

—Aitana, incluso los que como yo creemos que hay más vida por ahí, en el cielo o en el monte o donde sea, creemos que esta vida de ahora es la que tenemos y debemos exprimirla... ¿Entiendes lo que te digo?

—No soy tan anormal, muchacho. Claro que entiendo. Y yo pienso igual que tú. Pero no me obligues a pensar en lo que no quería pensar, en lo que no había pensado.

—¿Por qué?

Aitana aproximó los labios a la oreja de Humbertico más próxima a ella.

—Porque me encanta singar contigo y porque creo que hasta puedo enamorarme de ti y eso sería la locura más grande de mi vida.

—Pues yo ya estoy loco —admitió el hombre—. Si tú no vienes, yo voy a ir a España a verte.

—¡Que me vas a complicar la existencia, carajo! —gritó ella—. Yo creo que tú me has echado brujería, cabrón. Para amarrarme. Pero yo soy como Houdini: siempre me escapo. Estoy en eso de escurrirme desde que nací y es una de mis especialidades —dijo, sonrió y volvió a besarlo en los labios.

Con el paso de los años, la prima Amparito había visto cómo se esfumaban sus siempre escasos encantos femeninos y la agredían nuevas cualidades físicas, no precisamente amables: su espalda había comenzado a encorvarse, su cabellera se había vuelto más rala, la delgadez, ahora incrementada, le había acentuado el garfio de la nariz y hecho más evidentes los nudos que formaban sus rodillas. Pero con el paso de esos mismos años la habilidad que desde joven había sido su distinción mayor también había crecido, incluso se había refinado a pesar de las dificultades y ausencias que la rodeaban para su realización, y la prima Amparito se había convertido en un genio culinario. Y a su talento encomendaron —con mucho alivio para Nora, que no era especialmente eficaz frente a un fogón— el almuerzo de despedida de Aitana.

Pollo a la cazuela, arroz congrí, yuca con mojo de naranjas agrias y ajo, crema de verduras y dulce de coco para el postre: nada demasiado sofisticado. Pero Aitana, Rodolfo, Nora, Humbertico y hasta Miguel, el hijo de la artífice, tuvieron que reconocer que «el punto» que le daba a cada plato la prima Amparito tenía el toque de un genio.

El almuerzo, organizado en el patio de los Bermúdez, a la sombra de la mata de mangos filipinos y junto a la fatigada barda que dividía la propiedad, servido sobre la eterna mesa de madera construida por el abuelo Quintín hacía muchísimos años, humedecido con cervezas casi congeladas y refrescado con dos ventiladores que luchaban contra la canícula veraniega, resultó todo lo animado que cada uno de los convocados se empeñó en demostrar, para así paliar la sensación de vacío, abandono, pérdida que a todos ellos, a sus personales maneras y particulares proporciones, los acecharía en las próximas horas cuando dejaran a Aitana en el aeropuerto por donde regresaría a España, a lo que ella insistía en llamar su vida.

Había sido una exigencia de Rodolfo que en esa despedida no se volviera a hablar de dos temas abrasivos: Geni y «la cosa». Sin embargo, cuando agotaron los otros muchos asuntos que los preocupaban y que todos ya habían considerado y hablado a lo largo de la estancia de Aitana en la isla, el reclamo de Rodolfo fue violado y la realidad, la del país y la de Geni, volvieron a imponerse.

Fue Humbertico quien, luego de mirar un mensaje recibido en su teléfono, dio la información.

—Era mi padre... Le dan el alta a Geni.

—¿Y qué viene ahora? —quiso saber Aitana.

—Mi padre quería que se quedara con él en Santos Suárez, pero ustedes saben, Geni quiere venir para acá. —Y con el mentón señaló la casita, con sus ventanas y su puerta cerradas.

—¿Fumero te dijo cuándo lo sueltan? —preguntó Nora, que se había abstenido de beber incluso cervezas.

—No. ¿Quieres que le pregunte? —se ofreció Humbertico.

—No, deja eso —saltó Rodolfo—. Que vuelva para acá cuando quiera. Ya...

—¿Y qué vas a hacer por fin? —se atrevió a preguntar Humbertico luego de un denso silencio.

Rodolfo miró a su hija, luego a Nora. Incluso miró a Amparito y sintió envidia al verla fumar un cigarro tras otro.

—Pues no lo sé...

—¡Por Dios, Papi! —protestó Aitana—. ¿Cómo que no lo sabes?

—¿Qué te extraña, Aitana? Me he pasado la vida sin saber hacer bien las cosas, con miedo, huyendo, escondiéndome, volviéndome medio loco. Y ya no creo que pueda cambiar. Lo siento.

Aitana hizo el ademán de hablar, pero Nora levantó una mano ordenándole silencio.

—Rodillo, óyeme, tú no tienes que hacer nada que no quieras hacer. Ni Fumero ni nadie te puede obligar. Ni Aitana que es como es, y te salva la vida con el dinero que te manda...

—¿De qué estás hablando, Nora? —saltó Aitana.

—De la realidad, querida. Sin ofender a nadie, sin herir la sensibilidad de nadie. Aquí todo el mundo hace lo que le sale de sus cojones. Menos tú, Rodillo. Pero lo que quiero decir es que cuando decidas lo que decidas hacer, yo voy a estar contigo —dijo, y enfocó a su prima—. Amparito, hazme el favor y sigue quedándote en Santos Suárez. Yo me quedo aquí, con Rodolfo... Y se acabó la discusión. Vamos a hablar de otro tema... Queridos, ¿han visto qué mala se ha puesto «la cosa»?

28

En las ocasiones en que lo visité en la cárcel, nunca le pregunté a Geni qué pensaba de la libertad. Cómo se la imaginaba, qué haría con ella cuando la recuperara. Y es que no solo me parecía inapropiado, incluso cruel sacar a colación semejante tema cuando le faltaban quince, diez años para recuperar su libertad física y legal. Pero es que, además, yo estaba casi convencido de que mi amigo no llegaría a alcanzar el día de 2024 en que, con setenta y dos años a cuestas, cumpliría, hasta el último minuto estipulado, sus dos estrictas condenas. Unas penas a lo largo de las cuales había sufrido otros castigos adicionales, como sin duda debió de ser para él el previsible rechazo en masa que le concedió su familia, que él potenció con sus actitudes.

En cualquier caso, recuperar al fin la libertad para tirarse en un rincón a esperar la muerte decretada e inminente encarnaba una forma mezquina de volver a poseerla. Pero, y esto resulta significativo, Geni no lo lamentaba. Casi al contrario, parecía estar tan en paz con la idea de su muerte cercana, un desenlace que se había vuelto certeza desde que lo agredió el primer acecho del cáncer, que él veía en su muerte el arribo incontestable, sin posibilidades de que le fuera negada, de su liberación. Y esa búsqueda de la libertad decidió acompañarla —o catalizarla— con sus recursos: fumando y bebiendo ron. Más claro, como se dice, ni el agua. Geni quería morirse ya.

Relacionar muerte con libertad, como parecía hacer Geni, como alguna vez me confesó su hermano Rodolfo que él también lo hacía, entraña un pensamiento sin duda patético, aunque no sea para nada extraño, pues ya sabemos que puede ser más frecuente de lo que por lógica, instinto y tradición debería ocurrir. Y yo pronto lo entendería y lo aceptaría: la muerte nos libera. Su cercanía rompe cadenas.

Para un tipo como Geni, con pasaje hacia el infierno ya comprado y sin posibilidad de reembolso (un infierno al cual, por su ateísmo, consideraba una mala fábula ideada para regular comportamientos), determinadas cuestiones teológicas y filosóficas sobre la muerte o, más aún, sobre el suicidio, debían de tenerlo muy sin cuidado. Su problema estaba en el mundo de acá, el único en que él creía, el único que lo afectaba, aunque ya no le importaba demasiado.

Los días que, casi obligándolo, permaneció en mi casa para facilitarnos las pocas gestiones que con mucho desgano aceptó cumplir en su reintegro social (la inscripción hospitalaria que le garantizaba el acceso a ciertas drogas calmantes, su registro en la Seguridad Social y otras pocas gestiones así), los utilizamos además, gracias al financiamiento de Humbertico, a buscar dónde comprarle algunas cosas que necesitaría para no ser un indigente total. Ese tiempo de convivencia me reveló, a veces sin palabras, a veces con los comportamientos más displicentes, cuánto acariciaba Geni la idea de la muerte más inmediata y hasta qué niveles trágicos ella implicaría una liberación.

—Lo único que tiene algún sentido ahora mismo —me dijo una de esas tardes, acomodados en la terraza de mi casa, con un cigarro en una mano y el vaso de ron en la otra— es que me den pastillas e inyecciones en el hospital si hay pastillas e inyecciones cuando empiecen los dolores fuertes. Lo demás, Ray, lo demás no importa. ¿Que no hay calzoncillos? Pues puedo andar sin calzoncillos.

—¿Y el ron y los cigarros? —pregunté para bajar un poco el nivel tétrico de su razonamiento.

—Confío en la generosidad incombustible de mi ahijado Humbertico, pero no quiero excederme con otras minucias.

Con las cosas que me llevaste a la cárcel tengo con qué vestirme y taparme.

—¿Y la comida? ¿O vas a morirte primero de hambre?

—No pretendo tanto... El otro día me llevaste cosas... ¿Y de verdad no alcanza lo que ahora venden por la libreta? ¿Ni para una semana?

—Esa es una verdad como un templo —dije, y sonreí. Si él estaba afilado en sus diálogos, yo me refugiaba en las frases hechas. La realidad triste de Geni me abrumaba, su soledad compacta me espantaba.

—No sé entonces. Porque mañana regreso a mi casa y no quiero que vayas todos los días a llevarme comida.

—No jodas, Geni... A Ada Helena no le molesta que estés aquí. Y yo quiero que estés aquí. Por lo menos hasta que tengamos todo lo tuyo más encaminado.

Él negó con la cabeza mientras inhalaba con la vehemencia que ahora aplicaba al ejercicio nicotínico.

—Coño, Ray, respóndeme con sinceridad —dijo, y abrió una pausa que se dilató pero que no quise coartar—. ¿Para qué coño le sirve la libertad a un tipo como yo? Mira, no es tu caso, por suerte para ti, porque tú tienes otra vida. Pero si ahora mismo los que siempre han estado fuera de la cárcel están comiéndose un cable y ni siquiera tienen esperanzas de que las cosas puedan mejorar..., bueno, por todo lo que está jodido y tú sabes mejor que yo lo jodido que está todo... ¿Para qué?

Con su mirada, verde y desvaída, Geni me exigía una respuesta. La única respuesta posible en su caso, en muchos casos de mucha gente, incluso si no atravesaban coyunturas tan dramáticas como la suya. Y en ese instante tuve la más dolorosa convicción de que aquel hombre devastado física y espiritualmente no esperaría a que su páncreas minado lo matara. Él mismo abriría, con sus manos, las rejas del infierno para lanzarse al fuego eterno que le habían preparado todos sus demonios. Y nada de lo que yo hiciera o dijera podía cambiar el cierre de su destino trágico. Ni siquiera lo alterarían el perdón y la redención, o el hecho de haber recuperado al fin la libertad y poder ejercitarla.

En muchas ocasiones he sentido envidia del bodeguero de la esquina, de mi vecino electricista, del cartero que ya no trae cartas y a veces ni siquiera el periódico al cual estoy suscrito y que, cuando se lo reclamo, el muy cabrón tiene el descaro de decirme que me lea el último que me dejó, pues, total, los periódicos en Cuba todos los días dicen lo mismo (y es verdad lo del cartero; no tanto lo que dicen los periódicos). Esas gentes comunes, desfachatadas en muchas de sus actitudes, a veces muy elementales y en ocasiones hasta vulgares en sus preferencias, pueden (o no) ver y vivir la vida con una clamorosa simplicidad. Creo, y no pretendo subvalorar a nadie pero es lo que consigo ver, que todo se reduce para ellos justamente a eso, a vivir, o a sobrevivir, en realidad, y lo hacen con los miedos más humildes y elementales: miedo al dolor, a la muerte, a no tener dinero para la próxima botella de ron, a la impotencia sexual que ya no les permita templarse a la putísima vecina de los altos. Y solo piensan en esos miedos, o los sienten cuando se han presentado sus efectos y ya padecen de sus consecuencias.

Vivir con miedo a decir lo que piensas y quisieras decir es algo muy diferente. Es una condena. Tal vez hasta peor que la sufrida por mi amigo Geni entre los muros de una prisión. Puede resultar incluso más hiriente que el miedo a la vida de Rodolfo, que, sin embargo, ha tenido el valor de atreverse a hablar de las acciones y reacciones que ha emprendido o ha sufrido por su cobardía. En su caso podría considerarse como una simple y explicable cuestión de carácter, educación, de unas coyunturas epocales que, de cierta forma, hacen entendibles, diría que justificables, algunas reacciones de sus pánicos personales. En cambio, la presión de un miedo personal pero de proyección social, ese temor que te impide actuar, decidir, incluso solo expresarte porque estás imaginando nefastas consecuencias, se convierte en una cárcel más opresiva, pues llevas sus barrotes por dentro y se manifiesta hacia lo que no te atreves a exhibir fuera.

El miedo, ya es casi innecesario apuntarlo, concreta y manifiesta una falta de libertad, aunque en apariencia no estés entre rejas. Creo que mi amigo Geni, que algo debe de saber del tema, bien podría preguntarme a mí cómo me imagino la libertad, cómo vivir con libertad. Como artista libre. Sin miedo.

Con la justificación de la necesidad de terminar los trámites necesarios para su reinserción social y lo complicado que se había puesto la compra de gasolina para mi carro, logré retener a Geni en mi casa un par de días. Y decidí no insistir más ante la voluntad de mi amigo de irse a su casa y, debo confesarlo, también ante las miradas de Ada Helena, que, ya me lo había dicho, le daba miedo que Geni bebiera tanto: no por lo que le pasara a él, sino por lo que podía hacer él, habida cuenta de su elocuente historial.

La noche previa a su regreso a la casita, cuando ya sabía qué decisión había tomado Rodolfo —una decisión bastante indecisa, como era de esperar en él—, dejé a Geni bebiendo solo en la terraza de mi casa, pues ya mi físico no admitía un trago más de alcohol.

Casi a media noche, cuando fui a despedirme de él y acordar algún detalle de su partida, lo encontré tirado en el suelo, retorciéndose de dolor sobre la bilis apestosa de su vómito. Puedo confesar que, en ese momento, sentí más asco que lástima.

Como pude lo limpié un poco con una toalla húmeda mientras esperaba la llegada de Humbertico. Entre mi hijo y yo lo montamos en mi carro y nos fuimos al hospital oncológico donde ya estaba registrada su historia clínica. Para aliviarlo, de inmediato le colocaron un suero en el mismo cuerpo de guardia. Dos horas después, viendo que Geni dormía, noqueado por los calmantes, le pregunté al médico de guardia por el estado del paciente.

—No hay mucho que hacer —me dijo el especialista—. Su cáncer es así: cuando se revela, mata al paciente. A su amigo no le queda mucho tiempo. Y a nosotros no nos sobran las camas. En uno o dos días va a tener que llevárselo. Lo siento, pero es así.

—Gracias, doctor, no se preocupe... Para él siempre ha sido así.

29

El peso del vacío lo agobiaba: lo percibía como un volumen físico, expansivo, que había caído sobre su cuerpo y su ánimo desde que se alejó de la hija, luego de besarla, abrazarla, volver a besarla y terminar llorando en su hombro. La hija que, así lo sintió, volvía a abandonarlo. Una sensación dolorosa que ni siquiera la presencia de Nora lograba mitigar.

Al final de la tarde, con truenos y relámpagos incluidos, había vuelto a llover y una descarga pavorosa había provocado el corte de electricidad que se extendía en la noche y solo Dios sabría hasta cuándo. Acomodados en las dos viejas butacas, con los pies levantados sobre el murete del portal, Rodolfo y Nora esperaban un milagro, otro, y contemplaban las tinieblas apenas quebradas por una linterna, un quinqué de querosene en alguna de las casas vecinas, el paso fumador de alguna silueta silenciosa. La gente había asumido con tal fatalismo y estoicismo aquel modo de gastar la existencia que sus voluntades parecían haberse diluido para terminar absorbidas por la tierra. Ver pasar los días, jornadas iguales que sumarían años sin alivios, como seres congelados en medio de la canícula y sumidos en las tinieblas como las figuras de las pinturas negras de Adigio Montero. Espectros andantes.

—¿Te he contado que cuando niño soñaba con tener otras vidas?

—Sí, Rodillo. Muchas veces.

—¿Y que mi abuelo me sacaba la pezuña cuando me iba al colegio?

—Claro, también.

—Pero... ¿tú sabías que yo siempre trataba de mirarte las tetas cuando andabas sin ajustador?

—Ay, Rodillo..., ¿por qué tú crees que yo me ponía esas batas sin llevar ajustador?

—¿Para torturarme?

—Sí, un poco. Y otro poco para saber que seguía gustándote.

—Bueno, hay algo que seguro no sabes...

—Lo sé todo, no te esfuerces. Lo sé todo —remachó.

—No, tú no sabes lo que voy a hacer porque no lo he hecho.

—Sí lo sé..., sé que cuando venga Geni vas a ir a verlo y vas a hablar con él y vas a decirle que no lo perdonas porque él no tiene perdón, pero que lamentas que haya salido de la cárcel para venir a morirse, que eso es una putada, como ahora le gusta decir a Aitana. Y le vas a preguntar qué pasó ahí al lado esa noche y le vas a pedir que te diga de una vez de dónde salió el dichoso martillo que le hizo papilla la cabeza a tu padre y por qué no fue bastante con uno o dos y tuvo que darle ocho martillazos a Fermín. Tú le vas a exigir la verdad porque tú necesitas esa verdad... Necesitas saber si tu madre, Lola, tuvo algún papel en lo que pasó ahí, en ese patio. Porque saberlo puede cambiar muchas cosas. Podría servir para entender el silencio de Geni, incluso para saber que no tenías que perdonarle nada. Y de paso también le vas a preguntar por qué carajo regresó de Alemania para venir a joder más las cosas, porque él ya sabía que no le iban a asignar ningún apartamento cuando volviera, y esa mierda que él contaba de que tuvo miedo de quedarse solo, no, esa yo nunca me la he tragado completa. Ahí hubo otra cagada de las suyas y por eso volvió más jodido que como se fue... Y te hace falta saber todo eso antes de que él se muera porque andas con esa astilla metida en la punta de un dedo hace treinta años, y cada vez que tocas algo te da una punzada de dolor. Y cuando él te revele todo lo que tú necesitas oír, saber, entender, le dirás que no importa lo que te haya contado, porque aunque es verdad que saber ciertas versiones podría cambiar muchas maneras de entender y asumir lo que ha pasado, hay una cosa que no cambiaría: Geni no tendrá tu perdón, el tuyo particular, y tú tampoco podrás redimirlo porque no puedes pagar por sus culpas. No tienes la moneda que se necesita para sus deudas... Pero, en cualquier caso, lo que tú sí vas a darle es tu compasión, lo único que de verdad puedes ofrecerle, tu compasión. Porque al final él es un ser humano, además de ser un pobre tipo con una vida de mierda o un destino trágico ya marcado, en versión Fumero. Y porque tú lo sabes, Rodillo, yo lo sé, Geni puede haber sido un victimario, pero también ha sido una víctima. ¿Ves que lo sé todo?... Y ahora me voy al baño. Hablar de estas cosas me da dolor en las tripas, por Dios.

Antes de irse, Nora le tocó la cabeza y le alborotó el pelo, exactamente como solía hacerle su abuela Flora. ¿Alguna vez le había dicho a Nora cuánto lo jodía esa expresión de cariño? Daba igual. Ella lo sabía todo.

Para mitigar su hastío, Rodolfo cruzó la barda que dividía la propiedad y, auxiliándose con la lámpara recargable que también había venido en la última donación de su hija, se empeñó en la absurda tarea de recoger los restos del almuerzo de despedida de Aitana, la tarde anterior. Como si a alguien le importara. Como si a él le importara. Como si el regreso de Geni lo ameritara. En una bolsa de nailon fue depositando las latas vacías de cerveza, las servilletas sucias tiradas por cualquier parte, las dos botellas de vino bebidas, los vasos de cartón. Tuvo incluso la lucidez de lanzar sobre la valla hacia su terraza dos recipientes plásticos de refresco, pues siempre resultaban útiles para almacenar lo que apareciera. Y, embebido en la labor, en algún momento hasta pensó que los restos desechables que iba acumulando alimentarían alguno de los basureros desbordados de las dos esquinas de su cuadra, que ya parecían dos trincheras o dos murallas, en cualquier caso el inicio de acumulaciones en proceso de fosilización que unos millones de años después podrían incluso convertirse en petróleo. Pensaba, divagaba, cuando dio un salto porque sintió una presión en la pierna, por encima del tobillo. Con el corazón desbocado descubrió el origen del contacto: la gata negra de Nora hacía su reaparición triunfal. ¿Dónde coño se metía esa cabrona? ¿Nora podría capturarla por fin y, como pretendía, llevarla con ella a Santos Suárez? ¿Cuando ya esa dichosa gata no estuviera allí, entonces desaparecería también la última traza de la presencia de Nora?

—Vuelve a perderte, cabrona —le rogó a la gata, acariciándole una oreja.

Habían restablecido la electricidad casi a la una de la madrugada y solo entonces Rodolfo y Nora pudieron irse a la cama, aliviados por la brisa de los dos ventiladores y con todas las ventanas abiertas. Era tal la fatiga física y mental acumulada que ni se les ocurrió pasar más allá de las caricias formales de la despedida y las buenas noches. Pero, a pesar de haber dormido apenas cuatro horas, Rodolfo abrió los ojos faltando tres minutos para las cinco de la mañana según le advirtió el viejo y confiable despertador ruso. Y tuvo la inmediata sensación de que no lo desvelaba la costumbre, sino un llamado de origen imprecisable pero muy perceptible, físico incluso, y la difusa sensación de que, en sueños, había sentido unos extraños sobresaltos. Como alaridos de alguien que pide auxilio. O estertores, tal vez.

Ya de pie, en la penumbra, observó el cuerpo de Nora. Dormía boca arriba, la vieja bata de casa recogida hasta el vientre, las piernas abiertas, el sexo abultado bajo una de las atrevidas tangas que le había regalado Aitana y que había decidido lucir en unas jornadas de muchos estrenos. ¿Por qué habían sido tan rematadamente imbéciles?, volvió a preguntarse Rodolfo sin que la contemplación de la mujer y la gratitud que le provocaba saberla cercana consiguieran desterrar por completo la sensación de inquietud con la que había despertado. Porque el día y su momento habían llegado.

Imponiéndose a su ansiedad, Rodolfo cumplió cada paso de su rutina matinal. Lavado de cara y enjuague de boca, cafetera a la hornilla, pan del día anterior sobre la sartén beneficiada con unas gotas del aceite de oliva traído por Aitana, tragar con agua las píldoras hipotensoras y para la regulación de los triglicéridos, al fin mojar el pan en el café recién colado, endulzado con muy poca azúcar, y beber luego el resto de la infusión, sentarse en la cocina a fumar el primer cigarro del día, de inmediato en la taza del inodoro para aliviar los intestinos, cepillado de dientes y lavado más profundo del rostro, nuevo trago de café todavía caliente y, con el segundo cigarro en la mano, sacar la butaca al portal para ver la llegada del nuevo amanecer. Y mientras tanto, pensar en lo que ya no podía dejar de hacer porque había llegado el momento. Y en el proceso fue sintiendo cómo crecía en su organismo la sensación de alarma que lo acechaba desde su despertar. Fue al salir al portal cuando, alertado por esa invasiva excitación, miró hacia el patio de la casita y lo golpeó un nuevo sobresalto: el muro que había cruzado la noche anterior para ir a recoger desechos, sobre el que había lanzado dos botellas plásticas vacías, el parapeto que más de cincuenta años atrás Geni había levantado para dividir la propiedad, ya no existía. Como una serpiente muerta vio tendidos en la tierra del patio trozos quebrados de la barda, ladrillos partidos, polvo de repello sobre lo que fue el cimiento de la barricada, a uno y otro lado de donde la pared se había alzado. La propiedad adquirida casi un siglo atrás por Quintín Bermúdez volvía a recuperar su continuidad, su espacio original, como un retorno a los remotos orígenes, a los tiempos de la inocencia. Y Rodolfo sabía que solo una persona podía ser el autor de la demolición.

Rodolfo ya no recordaba haber visto el patio con la dimensión que ahora había rescatado y, observándolo en silencio, como atado a su butaca medio desfondada, fumó otros dos cigarros y recibió la llegada del amanecer. El cielo despejado y el sol brillante prometían un día esplendoroso, intensamente tórrido. Entonces decidió no esperar más y, en lugar de bordear la propiedad por la acera, cruzó sobre las ruinas de la barda que la había dividido hasta unas horas antes. Y de pronto dudó: ¿seguía o esperaba? Dudaba, siempre dudaba. Y en ese instante fue como si un relámpago de luz cruzara por su mente. Junto a la mesa, casi bajo uno de los bancos, vio la botella de ron vacía y un martillo de herrero. La tarde anterior, despidiendo a Aitana, habían bebido cervezas y vino, pero nadie tomó ron. Y no recordaba haber visto por los alrededores ninguna botella de ron cuando él mismo, con la ayuda de Miguel, el hijo de la prima Amparito, se encargó de extender el mantel de hule con que habían cubierto la superficie de la mesa. Tampoco cuando en la oscuridad de la noche anterior había realizado la recolecta de desechos. Menos aún recordaba haber visto ese martillo, manchado de polvo, con el que probablemente, quizás solo con un par de golpes precisos, se había demolido el muro ya escorado. ¿De dónde había salido ese martillo? Geni y el ron y un martillo en el patio de los Bermúdez. ¿Sería el mejor momento?

Reclamado por una exigencia que ya se le hacía inexcusable, Rodolfo miró hacia la casita. La puerta y las ventanas estaban cerradas, como todos los días posteriores a la estampida de Nora. Pero en el gancho de la puerta no vio el candado que diez, quince años atrás él mismo le había regalado a su cuñada y que desde entonces ella había utilizado para proteger la entrada. Con un sigilo inapropiado, como un cazador furtivo, Rodolfo se acercó a la puerta de la casita y pegó un oído a la madera. Silencio. Desde esa postura recibió un atisbo de movimiento en los confines de su campo visual y levantó la mirada hacia su casa y vio que Nora, todavía en bata de dormir, lo observaba desde el portal y, alarmada, le indicaba las ruinas del muro. Rodolfo asintió y le hizo una seña: quédate ahí. Porque él ya estaba decidido. Quédate ahí, insistió con el gesto. Entonces tocó la puerta. Silencio. Insistió. Silencio. Volvió a mirar a Nora, que no se había movido y lo observaba y con las manos lo interrogaba. ¿Qué pasa? Rodolfo negó y por fin se decidió a comprobar si la puerta estaba cerrada por dentro. La puerta cedió. Ya no había otro momento.

Rodolfo empujó la puerta de madera y desde el dintel lo vio, atrapado por el sol que, como un reflector, lo iluminaba como si estuviera en el centro de un escenario. De una viga del techo medio desconchado pendía el cuerpo de su hermano Geni, el parricida. En el suelo un charco de orine, el último que en su vida o el único que en su muerte expulsaría aquel hombre que derribaba otro muro para cruzar hacia una dimensión de la cual no volvería jamás y, con su decisión final, arrastraba tras de sí a todos sus muchos demonios personales, legiones y legiones de demonios y, de paso, se llevaba consigo las últimas respuestas escamoteadas, tal vez reveladoras. Se largaba del mundo dando un portazo, sin escuchar las palabras de conmiseración que, en cualquier y en todo caso, se merecía. ¿Y también la posibilidad de una redención?

Epílogo
Después de la muerte: redención y escritura

Ahora, cuando luego de tanto nadar he llegado a la orilla, la he superado y manoseo la idea de poder avanzar en la arena, debo advertirlo: aunque tenga tanta prosapia literaria, sobradas conexiones culturales e incluso místicas, no fui yo el que trajo a esta historia el tema de la redención. La redención de la que tanto se habló, la que quizás hasta se buscó, pero que nunca llegó, al menos para Geni, porque, entre otras cosas, Geni no quería ser redimido. Ni siquiera perdonado. ¿Para qué?

Porque si alguna redención real y tangible veo en toda esta trama, es la que destila la historia del amor de Rodolfo y Nora, de Nora y Rodolfo, una pasión otoñal pero redentora, la única arena firme que al fin ellos, luego de tanto andar, han encontrado bajo sus pies cansados.

Pero Nora está convencida de que la historia de Geni, su crimen y su castigo, es el material sobre el cual estoy escribiendo o pretendo escribir. El hecho de haber sido el mayor confidente de un asesino parricida, su más viejo y constante amigo, al parecer incluso la última persona que habló con él la noche antes de su muerte, cuando ya en la madrugada lo dejé en su casa, la *casita,* acompañado por sus demonios y una botella de ron, todo eso me ha dado el extraño privilegio de estar muy cerca, casi diría que dentro de una tragedia altamente literaria, de las que no se producen todos los días. Lo que nunca le he dicho, creo que solo para mantenerla en vilo y convenientemente alejada de lo que en realidad busco, es que de quienes pretendo y por fin voy a escribir es de gentes como ella y como Rodolfo: de los derrotados o vencidos que nunca pelearon, los golpeados, los comunes y corrientes, esos seres que se deslizan hacia un final de vida lamentable. Y no por haber cometido crímenes deleznables o tenido grandes equivocaciones o arrastrado muchas dudas, sino solo por haberles tocado existir en su tiempo y espacio y haber tomado (o no haber tomado) determinadas decisiones... y haber sido víctimas del miedo.

No sé cuántos años hace que esta idea me persigue, aunque estoy seguro de que hace bastante tiempo que me viene rondando, rejoneándome como a la bestia en el ruedo. Me consuela pensar que no había aflorado como una exigencia no por miedo, sino porque todavía no se habían revelado todas las proporciones de su dramatismo y salido a flote sus reales y más dramáticas dimensiones, y porque la mina de donde salen las ideas para escribir historias es misteriosa, insondable, y estas historias solo se revelan cuando se tienen que revelar... o no lo hacen nunca.

Quizás lo que sí deba agradecerle a Geni es que haya sido como un catalizador. Pero no puedo dejar de reconocer que el miedo (mi miedo, nuestro miedo) ha sido siempre un estado tan invasivo y extendido que tal vez me habría impedido primero concientizarla y, seguramente, concebirla y luego intentar darle forma. Y ya sabrán que no ha sido un miedo infundado, un simple acto de cobardía, una cuestión de carácter personal. Ha actuado, sobre todo, como resultado de una educación sentimental, un arduo e inapelable aprendizaje existencial del cual comencé a recibir lecciones desde aquellos tiempos de oscuridad e inconsciencia cuando recibí los primeros impulsos y me puse a escribir del modo en que creía que debía hacerlo, empleando las claves con que mi contexto me impelía a intentarlo. Y, haciéndolo bajo esas condiciones y exigencias, hasta llegué a creer que fraguaba lo único que verdaderamente podía concretar, lo que creía incluso que debía escribir. Y me sentí tan escritor. Porque, como el fundamentalista ortodoxo padre de Nora, como mi padre dirigente político campesino que nunca fue campesino, como Pablo el Salvaje y como muchos otros, yo también llevaba unas anteojeras (me las habían ajustado con fuerza) que solo me permitían tener un ángulo específico y reducido de visión que enfocaba los colores más cálidos de un proceso definitivamente utópico. Y hasta creo que así me sentí cómodo, al menos convencido de que nuestra vida era buena, y tan confortado por mis miedos que casi ni los distinguía en su muy onerosa actuación.

Porque la conciencia de que vivíamos con miedo estaba muy presente pero a la vez resultaba difusa, hasta diría que soportable para muchos de nosotros. Era igual de transparente e inodora que el aire: la respirábamos, sin pensar siquiera en lo que hacíamos. Era una sensación que nos circulaba por la sangre, integrada a nuestra vida, y por eso apenas nos incordiaba. Aunque siempre supimos que existía el control y debíamos temerle, pues de diversos modos nos lo hicieron evidente: aunque no te torturaran, sabías que existían los instrumentos. La presencia de «el compañero que atendía el sector» (que podía llegar a ser «el que te atendía», así, personalizado, y entonces sí que te cagabas de miedo); las verificaciones periódicas a que éramos sometidos; la sospecha de que alguien, incluso cercano y afable, fuera un informante y ante él controlaras tus discursos o el posible descubrimiento de una delación de un colega o compañero presionado; además, por supuesto, de la constatación de castigos puntuales (desde advertencias y amonestaciones privadas o públicas hasta drásticas cancelaciones sin fecha de vencimiento), todo ese marasmo de aprehensión y suspicacia le dio forma a esta trama en la que hemos vivido inmersos, de pies a cabeza.

Y ahora que ha pasado el tiempo —y muchas águilas sobre el mar, habría dicho José Martí—, resulta que hemos vivido etapas muy reveladoras, desde los acontecimientos mundiales de los años de 1990 y la crisis interminable que inauguramos entonces hasta el extraño trauma de una pandemia con sus restricciones y sus muertes, unos tiempos que tanto y tan bien provocaron los más nítidos reflejos de las esencias de la condición humana. Y siento que ha llegado el momento. Al fin, propio e intransferible, *mi momento*. Porque además, también para mí se acaba el tiempo. Luego de ocho novelas publicadas, de llevar casi cincuenta años viviendo como escritor con una pipa entre los labios (treinta con la pipa vacía), de haber sido a la vez víctima inconsciente y consciente de mi miedo, puedo aspirar a mi liberación. ¿O será mi redención? La dichosa, quizás necesaria redención. La compra de mi libertad con la moneda que poseo y uso. Porque a mi alrededor, repito, han pasado demasiadas cosas, pesadas, dolorosas, incluso irreversibles, se han acumulado demasiadas frustraciones y revelaciones, han caído máscaras y también anteojeras. Para más ardor: he atravesado la frontera de los setenta años y arrastro la certeza de que el espacio temporal de mi futuro es cada vez menor, y siento que debo y puedo prescindir de muchos de mis miedos, o al menos afrontarlos, y a partir de ahora quedarme solo con los temores universales: el miedo al dolor, a la miseria, a la impotencia —o a la pérdida de la potencia asistida que me queda, para ser del todo honesto—. Será la humana posibilidad de preservar, con toda su densidad, solo el miedo inapelable a la muerte. Ese puede ser mi gran miedo remanente, asumiendo el hecho de que todos sabemos que la vida es una pelea perdida.

Y, sintiéndome liberado, de algún modo redimido, empeñarme al fin en escribir del modo en que antes no me atreví a hacerlo, o, para ser más benévolo, no tuve capacidad para hacerlo. Escribir sobre las vidas deshechas de personas como Rodolfo y Nora, que no han sido protagonistas de nada, si acaso figurantes de un drama que elevó tantas expectativas luminosas y en su deriva solo ha resultado ser una puesta en escena mediocre. Y entonces avanzar entre palabras y llegar a bosquejar ideas y certezas, como las de este epílogo que se me revela como un final vulgar, anticlimático, aunque también inevitable y hasta humillante. Es un punto de inflexión de la trama (y de la Historia) al cual hemos llegado luego de haber atravesado un mar de sacrificios y frustraciones con la promesa de que había tierra firme allá en el horizonte y que al alcanzarla podríamos pisar la orilla y sentirnos a salvo.

Pero cuando hemos llegado a esa ribera resulta que, al salir a la arena y dar unos pocos pasos, apenas nos queda la opción de morir con pena y sin gloria, porque lo sólido no lo es. La arena se comporta como esas voraces tembladeras de las novelas latinoamericanas de la tierra, que te abducen sin que tengas la capacidad del barón de Münchhausen de salir a flote tirando de tu propia coleta. Y aquí, en ese litoral tan voraz, las existencias de gentes como Rodolfo y Nora y Pablo el Salvaje y las de muchos otros como ellos, quizás también como la mía —alzo la cabeza, y veo la costa, la orilla, la arena engañosa y el mundo sin coordenadas que está más allá—, se esfumarán en el más compacto olvido, con toda su miserable carga de unas angustias y frustraciones tan volátiles que será como si jamás esas criaturas hubieran existido. A menos que alguien se decida a eternizarlas, no para que sigan vivas, sino para que no mueran del todo, después de tanto nadar, tirados ahí, en la arena calcinada, sepultados por el cieno hambriento de nuestra época. A menos que yo me decida a vencer todos mis miedos y me atreva a escribir la crónica de una derrota.

Mantilla, agosto 2024 - marzo 2025

ADVERTENCIA Y AGRADECIMIENTOS

Esta novela, que se nutre con la existencia de hechos tan reales como un parricidio cometido por alguien cercano y también intenta hablar de ese destino lamentable e ingrato de tanta gentes de mi generación en Cuba, es o pretende ser, de algún modo, un homenaje a mis contemporáneos, gente buena y esforzada en su enorme mayoría, esos congéneres con los cuales conviví y continúo conviviendo, mientras todos nos acercamos al final inevitable —al que algunos ya han llegado.

La realidad de ciertos acontecimientos y la experiencia vital que he acumulado son los ingredientes de este relato. Todo lo que cuento sobre nuestras experiencias son verdades comprobables, aunque para otros puedan tener lecturas diferentes, como ocurre con las verdades y su proverbial relatividad. Pero no por ello dejan de ser verdades.

En la escritura de esta novela, como siempre, han participado varias personas, algunas (varias sin saberlo) con sus historias y otras con sus lecturas de sucesivas versiones del texto, con lo que han contribuido a darle «su definición mejor», como diría el poeta.

Entre los primeros no puedo dejar de mencionar a Jorge el Conejo, Tomás el Bipra, Pello, Danilo el Gordo y Felipe el Bizco (estos dos últimos en el cielo), Eddy Mandrake (en el más allá), Felicio el Negro, Pedro el Salvaje y todos los socios del barrio que aún respiran y, ya en sus setenta años, o al borde, vivieron muchas partes de esta historia y hoy, jubilados, algunos de ellos viven sus consecuencias, y saben que, en clave de novela, he dicho la verdad, solo la verdad y nada más que la verdad.

Mientras, la lista de mis lectores cómplices es extensa y quizás hasta olvide algún nombre, de los que solo mencionaré ahora esos que con sus miradas y juicios, a veces devastadores, me ayudaron a llegar a un resultado que considero al menos satisfactorio. Y entre esos están mi amiga Elena Zayas con sus agudas, minuciosas, inteligentes lecturas que otra vez han resultado decisivas para avanzar en el trabajo. No menos importantes han sido las de mis editoras cubanas Vivian Lechuga y Claudia Acevedo. Igual de necesarias las de Helena Núñez, Arturo Arango, Marisela Fleites-Lear, Kostas Atanasius, John Kirk y Mario Vizcaíno. E, indispensable como ya es habitual, las muy exhaustivas de mi editor español Juan Cerezo, siempre en función de mejorar mis textos y, por supuesto, la de mi editora Christina Sánchez Krellenberg, que con una mirada de halcón me ayuda a decir mejor lo que quiero decir... Gracias a todos ellos.

Pero, como suele sucederme, las más demoledoras y lúcidas y comprensivas lecturas han sido las de mi Lucía, López Coll por más datos. Por eso, como siempre, para ella va mi gratitud y la mejor dedicatoria de esta novela, que coloco en esta línea final pero que lo encabeza todo: otra vez más, para ti, Lucía, siempre con amor y, para no confundir a los traductores, esta vez sin salingeriana escualidez.

En Mantilla, La Habana, Cuba, mayo 2025